Christine Anlauff

Good morning, Lehnitz

Christine Anlauff

Good morning, Lehnitz

Roman

Gustav Kiepenheuer Verlag

ISBN 3-378-00661-7

1. Auflage 2005

Vertreten durch Agentur Literatur Gudrun Hebel, Berlin
Einbandgestaltung gold, Fesel/Dieterich
Druck und Binden GGP Media GmbH, Pößneck
Printed in Germany

www.gustav-kiepenheuer-verlag.de

Für zwei Jungs, ohne die es dieses Buch
so nicht gegeben hätte: Falk und Julian.
Und für …

Prolog

Hat Kleinwüchsigkeit Vorteile? Blässe? Eine Brille? Neunzehn Jahre lang hatte Tilli versucht, sich das eine oder andere einzureden. Aber die Fakten sprachen einfach dagegen.

In den Stoßzeiten kostete einen eine Fahrt mit der Straßenbahn fast das Leben. Immer auf Achselhöhe der anderen, das war gefährlich und deprimierend. Mit der Blässe war es im Prinzip dasselbe. Na schön, sie galt als vornehm. Aber seit 1945 war Vornehmsein out, gesunde sozialistische Bräune dagegen in, und in der Nacht der Wende war in dieser Hinsicht nur das »sozialistische« weggefallen.

Und am Strand war die gängige Übersetzung für »vornehm« »käsig«. Kein Junge wollte eine käsige Freundin. Eine käsige Freundin war noch schlimmer als eine mit Brille.

Nun, Tilli war knapp einen Meter fünfundfünfzig groß, blaß wie ein Handtuch und konnte es in Sachen Kurzsichtigkeit mit jedem Maulwurf aufnehmen.

Und jetzt noch eine letzte Frage: Was wurde eine kleine, blasse Brillenträgerin, wenn sie mit der Schule fertig war? – Sekretärin oder – Buchhändlerin. Tilli war Buchhändlerin. – Gewesen. Denn die S-Bahn, die sich gerade durch die letzten spätsommerlichen Ausläufer des Hochs »Victor« quälte, brachte sie nicht etwa in eine entlegene Buchhandlung oder von einer entlegenen Buchhandlung zurück nach Hause.

Es war früher Sonntagabend, und Tilli war beklommen zumute, obwohl sie das Mädchen, dem sie gegenübersaß, kannte. Sie fühlte sich immer unwohl, wenn sie zum erstenmal irgendwohin fuhr. Man wußte ja nie, was einen erwartete.

Die Bahn hielt in einem unscheinbaren Nest, und ein Soldat stieg ein.

Tilli beobachtete ihn unauffällig. Er war nicht viel älter als sie selbst, sah gut aus, vielleicht ein wenig mager, und hatte sein grünes Käppi unter eines seiner Schulterstücke geklemmt. Er blieb in der Nähe der Tür stehen und sah aus dem Fenster. Tilli tat es ihm gleich und bemerkte bei der Gelegenheit, daß die Siedlung in Kiefernwald überging.

Sie war sich ziemlich sicher, daß der Soldat und sie dasselbe Ziel hatten, ein NVA-Ausbildungslager in einem Dorf namens Lehnitz, auch wenn sie sonst gar nichts verband. Der Soldat nämlich lernte dort, eine Kanone zu bedienen, und sie würde einen Packen neuer Formeln lernen. Und was noch so für das Abitur nötig war.

Eins

Zu dieser Schule war Tilli gekommen wie die sprichwörtliche Jungfrau zum Kinde.

Im Jahr nach der Wende kamen alle möglichen Leute in ihrer Umgebung auf ähnliche Weise zu allen möglichen Sachen: Häusern, Jobs, Geld, einer Aktennummer beim Arbeitsamt oder manchmal tatsächlich zu Nachwuchs. Es war eine Wunderwelt, in der es kaum feste Regeln gab – und selbst die Naturgesetze nur widerwillig und nach harten Diskussionen anerkannt wurden. Für viele aus der Generation ihrer Eltern barg diese Welt mehr Schrecken als Freuden, aber die paar Leute, mit denen Tilli kurz nach der Wende in ein marodes, aber charmantes Barockhaus in der Potsdamer Innenstadt gezogen war, ließen sich mit ausgebreiteten Armen hineinfallen.

Ihr war sehr wohl bewußt gewesen, daß es ein Paradies auf Zeit sein würde. Jede Narrenfreiheit war befristet, und diese Tatsache versah die ihre mit einem zarten Blattgoldschimmer.

Alles war aufregend, und alles war möglich, und so war das Leben – jedenfalls vom Januar bis zum Juli – ein nicht enden wollendes Abenteuer gewesen.

Natürlich wäre sie nie ohne Birthe in das Haus gekommen.

Birthe war ein Phänomen. Ein Blick in ihre nachdenklichen blauen Augen, und dir war klar, daß du ein Problem hattest, das dir vorher nicht bewußt gewesen war und das du nur mit ihrer Hilfe würdest lösen können. Tilli war nie dahintergekommen, wie Birthe das hinbekam, aber es *war* so, und im ganzen Haus gab es niemanden, der ihr nicht irgendwie zu Dank verpflichtet war, sie hofierte oder sich von ihr abhängig fühlte.

Am schlimmsten hatte es sicherlich sie selbst getroffen.

Sie war Birthe vor zwei Jahren in einer Buchhandlung begegnet. Man kann dabei nicht direkt von Zufall sprechen, denn sie hatten an diesem Tag zusammen eine Ausbildung begonnen.

Buchhändlerin zu werden war nicht Tillis Idee gewesen, sondern die ihrer Mutter. Irgendwann hatte sie das Ruder in die Hand genommen, als abzusehen gewesen war, daß ihre Tochter in Erwartung eines Entdeckers ihrer Talente (die sie auch nicht so genau beschreiben konnte) verhungern würde. Ohne ihre Mutter hätte sie Birthe also nicht kennengelernt, und vielleicht wäre dann alles ganz anders gekommen. Doch so waren Birthe und sie bereits nach zwei Wochen unzertrennlich gewesen.

Birthe war das genaue Gegenteil von ihr: Groß, ruhig und selbstbewußt, der Typ Mädchen, der immer ein paar Jahre älter geschätzt wird, weil er so reif wirkt.

Im ersten Jahr der Lehre und ihrer Bekanntschaft hatten sie sich darin gefallen, über das Spießertum zu klagen, das wie ein Krake mit unzählbaren Armen nach ihnen griff, um sie an sich zu ziehen. Manchmal hatte der Krake das Gesicht eines Lehrers in Leipzig, wo sie den theoretischen Teil der Lehre absolvierten, oder das ihrer Chefin in Potsdam; meistens allerdings zeigte er Züge ihrer Eltern. Jeder hatte seinen persönlichen Kraken, aber deren Verwandtschaft war trotzdem nicht zu übersehen.

»Auf Dauer«, sagte Tilli eines Novembertages im zweiten Lehrjahr in der Mittagspause, als sie auf der Warenannahmerampe hinter der Buchhandlung saßen und der Abfahrt bis zum Bersten gefüllter Busse Richtung Westberlin zusahen, »auf Dauer zehrt es zu sehr an den Kräften, allein gegen das Ungeheuer zu kämpfen, irgendwann hat es uns.« Birthe kniff ihre abendblauen Augen ein wenig zusammen und nickte.

Tags darauf erschien ein strohhaariger Junge in der Buchhandlung, den Tilli kannte und verabscheute, seit sie ihm zum erstenmal im Kindergottesdienst begegnet war. Er kaufte Che Guevara als Reclam-Heft und ließ beim Bezahlen wie nebenbei fallen, daß er gerade dabei sei, mit ein paar Kumpels ein Haus zu besetzen, daß aber irgendwie noch Mädchen fehlten.

Birthe und sie bezogen zwei benachbarte Zimmer. Von da an fuhren sie jeden Morgen in die Buchhandlung und abends zurück, kauften gemeinsam ein, aßen zusammen und schliefen mal in dem Bett der einen, mal in dem der anderen. Nach einer Weile merkte Tilli, daß sie anfing, unter Verlustängsten zu leiden, wenn Birthe nur mal auf die Toilette ging.

Ohne Birthe war sie nichts. Das wurde ihr immer deutlicher. Nicht, daß irgend jemand etwas in der Richtung gesagt hatte, sie merkte es einfach.

Die Leute, die sie trafen, überschütteten Birthe mit Gunstbeweisen. Tilli nahmen sie wie ein Accessoire Birthes hin, sie hatten sich schnell daran gewöhnt, daß sie wie ein Pudel zu Füßen ihrer Freundin auf ein Häppchen oder hin und wieder eine Streicheleinheit wartete.

Birthe, die Starke, die Kluge. Tilli wußte, daß besonders der Eindruck emotionaler Stärke, den Birthe abstrahlte wie eine kleine Sonne, ihr Potential war. Und ihre vielbewunderten Ideen.

Dabei stammten die meisten eigentlich von ihr, aber darauf wäre niemand gekommen. Im Grunde war sogar Tilli selbst der Meinung, daß sie Produkte der Inspiration durch Birthe waren und es deshalb nur recht und billig war, sie ihr auch zuzuschreiben. Aber manchmal kränkte es sie, daß niemand sie wahrnahm, außer durch die Membran, die ihre Freundin darstellte.

Trotzdem – sie liebte sie, denn sie brauchte sie. In Birthes Schatten war sie sicher, und Tillis geheime Hoffnung war es, daß vielleicht etwas von Birthes Persönlichkeit im Laufe der Zeit auf sie abfärben würde.

Wenn sie gegen halb sieben aus der Buchhandlung kamen, machten sie für gewöhnlich Abendbrot nach dem Vorbild ihrer Eltern. Schmalzstullen oder Pellkartoffeln. Manchmal kochten sie auch richtig, aber eher selten, wegen des unvermeidlichen Abwasches hinterher. Danach saßen sie mit den Leuten aus ihrem Haus auf dem Dach herum, spielten Gitarre oder Anarchisten, oder lasen sich gegenseitig aus Orwells »1984« vor.

Obwohl alle ständig über die Zukunft des Staates redeten, hatte sich keiner Gedanken über seine eigene Zukunft gemacht – vorerst genügte es vollkommen, mietfrei inmitten der bröckeligen, dennoch nicht ganz verblaßten Pracht längst vergangener Zeiten zu thronen und die neue Freiheit zu feiern.

Dann war der Juli der großen Veränderung gekommen. – Sie hatten ausgelernt.

Das bedeutete, daß einige aus der Hausmannschaft nun das taten, was »Ton Steine Scherben« in den Liedern, die allabendlich vom Dach herunterdröhnten, als absolutes Spießertum verdammten, nämlich arbeiten.

Auch Birthe hatte eine Anstellung in einer winzigen Kunstbuchhandlung auf der Potsdamer Flaniermeile bekommen und kehrte jeden Abend mit dem neuesten Stadtklatsch heim.

Auf Tilli dagegen sauste völlig unerwartet der Hammer der Arbeitslosigkeit herab. Die kleine kirchliche Buchhandlung, die ihr im Winter eine Stelle zugesagt hatte, zog ihr Versprechen plötzlich wieder zurück. Es war ein Schock.

Arbeitslose kannte Tilli bislang nur aus gruseligen Erzählungen ihrer Staatsbürgerkundelehrerin und von Bildern im Lehrbuch.

Es waren traurige Menschen auf unscharf geschossenen Schwarzweißfotos, die verblichene Jeans mit Schlag trugen und in tristen Endloskorridoren auf einen Tagelöhnerjob oder ein Almosen warteten.

Zu denen gehörte sie nun also.

Die Julihitze wälzte sich durch die Stadt und machte aus ihr eine Quarantänestation seliger Benommenheit. Die Straßencafés quollen über. Unten im Hof blühten Hunderte kleiner gelber Blumen, vom Fenster aus konnte man den benachbarten Heiligen See riechen, Mauersegler zirpten um das Haus und brachten wenigstens ein bißchen Bewegung in die kataplektische Luft, zum Frühstück gab es Vanilleeis, und eigentlich war die Bohème perfekt, aber Tilli konnte sie nicht genießen.

Während sie auf Birthe wartete, malerte sie deren Zimmer, dann ihr eigenes und las alle Bücher, die sie sich während der Lehre gekauft hatte. Und dann die, die auf der Muß-Liste der WG standen, wie »On the Road« oder »Der Fänger im Roggen«. Sie fand beide Bücher blöd, weil sie sich in ihnen nicht wiederfand, und ging zur »Love Story« über.

Das war endlich etwas, das ihr unter die Haut ging! Dieses ganze Gefasel von coolen Männern, die ihr Leben damit verbrachten, irgendwo herumzutrampen, Schnaps zu trinken und halbgewalkte Weisheiten von sich zu geben, war etwas für Leute, die deshalb davon träumten, weil sie es nicht haben konnten. Sie hätte jederzeit überallhin trampen können, aber sie wußte nicht, wozu. Ihre Heimatstadt gefiel ihr, fremde Gegenden dagegen machten ihr angst, wenn sie allein dort war. Dafür sehnte Tilli sich wie verrückt nach jemandem, der ihr Liebesschwüre ins Ohr brabbelte. Fast alle im Haus waren liiert (bis auf Birthe, die Männer albern fand), nur sie schien immer unsichtbar zu werden, sobald sie einem Jungen begegnete.

Tilli weinte beim Lesen, weil sie sich selbst so leid tat – sie hatte keinen Freund, keine Idee für ihr Leben, viel zu viel Freiheit, und vor allem bestand kaum Aussicht, daß sich daran in nächster Zeit etwas ändern würde. Und als der Sommer anfing, seine Sandalen zu lösen, war sie nur noch ein verunsichertes Häufchen Ahnungslosigkeit, vom dauernden Herumsitzen zu träge aufzustehen und unfähig, sich nach einer neuen Ausbildung oder wenigstens *irgendeiner* Beschäftigung umzusehen.

So fand sie Sanne eines Abends Ende August.

Sanne war Krankenschwester und knappe fünf Jahre älter als der Rest des Hauses. Daß sie direkt nach der Arbeit nach Hause kam, war schon etwas Besonderes. Meistens führte sie ihr Weg direkt in die nächste Kneipe. Tilli hatte sie selten nüchtern erlebt. Daß sie es an diesem Tag war, mußte bedeuten, daß Sanne am nächsten Morgen Frühschicht hatte und sich keinen Kater leisten konnte.

»Ist Birthe noch nicht da?« fragte sie.

Als Tilli trübe den Kopf schüttelte, schob Sanne eine Zeitung über den Küchentisch.

»Was hältst du davon?«

Es war eine »Märkische Volksstimme«, schon ein paar Tage alt und auf der Seite mit den Inseraten aufgeschlagen.

Mehr aus Höflichkeit als aus Interesse warf Tilli einen Blick auf eine rot eingekreiste Annonce. Es handelte sich um eine Werbung für einen Abiturkurs. In Lehnitz bei Oranienburg, nie davon gehört.

Sie schob die Zeitung zurück.

»Das ist *die* Chance!« sagte Sanne. »Man kann sogar dort wohnen.«

Richtig. Die Schule verfüge über ein eigenes Internat, war dort zu lesen.

»Hier werden wir uns im Winter den Hintern abfrieren, guck dir bloß mal die Öfen an!«

»Aber es ist bei der Armee!« wandte Tilli ein und tippte auf die Zeitung.

Sanne zuckte die Achseln. »Abi ist Abi. Und in nur einem Jahr, das ist so gut wie geschenkt.«

»Was ist mit deinem Job?«

»Ich wollte sowieso längst aufhören.« Zu Tillis nicht geringem Erstaunen ließ sich Sanne ihr gegenüber am Tisch nieder. »Die ewigen Nachtschichten hängen mir zum Hals raus«, sagte sie. »Ich bin vierundzwanzig. Wenn ich verhindern will, daß ich in einem Krankenhaus versauere, muß ich es jetzt tun. Und das da klingt gut. Ich wollte eigentlich Birthe fragen ...«

Sannes Augen fokussierten sie plötzlich, und sekundenlang schob sie die Brauen zusammen. Dann legte sie nachdenklich den Kopf schief.

Tilli rutschte unruhig auf ihrem Stuhl herum. Sie hatte das merkwürdige Gefühl, von Sanne zum erstenmal als eigenständige Person wahrgenommen zu werden, und Birthe, hinter der sie sich hätte verstecken können, falls das Urteil ungünstig ausfiel, war nicht da.

Sanne schien angesichts ihrer Entdeckung selbst überrascht zu sein, denn auf einmal warf sie mit einem Ruck ihren geflochtenen braunen Zopf über die Schulter und fragte: »Hast du nicht auch Lust? Du bist doch arbeitslos!«

Ja. Natürlich – sie war arbeitslos und die Aussicht, die Sanne ihr gerade geboten hatte – wie ein Zimmermädchen, das die Vorhänge in einem besonders dunklen Zimmer aufzieht, um ein strahlendes Panorama zu enthüllen – war fast zu schön, um wahr zu sein. Abitur in nur einem Jahr, raus aus diesem Wartezimmer von WG, ihre Mutter würde sich freuen, und schließlich – was sollte sie sonst tun?

Dann fiel ihr Birthe ein. Ein Jahr ohne sie, wie sollte sie sich da je zurechtfinden? Sanne kannte sie kaum. Außerdem war Oranienburg ewig weit weg und wahrscheinlich schwer zu erreichen, sie würde also *allein* Zug oder S-Bahn fahren müssen, und das war schon Grund genug abzulehnen.

Bis zu Tillis achtzehntem Geburtstag hatte ihre Mutter sie nie ohne Begleitung aus der Stadt gelassen, was sicherlich dazu beigetragen hatte, Birthe, ohne groß zu überlegen, in dieses Haus zu folgen, statt eine eigene Wohnung oder ein Zimmer zu suchen.

Jetzt hatte sie den Salat. Und der Kurs begann in einer Woche!

»Ist das nicht ein bißchen kurzfristig, das Ganze?« fragte sie, um Zeit zu gewinnen.

Sanne hob die Schultern. »Die werden schon einen Grund haben, wenn sie erst jetzt inserieren. Vielleicht hat sich die

Möglichkeit ganz überraschend aufgetan.« Sie faltete die Zeitung zusammen. »Na überleg's dir.«

Tilli überlegte die ganze Woche, ohne zu einem Ergebnis zu kommen. Jeden Morgen wachte sie mit dem festen Willen auf, sich für den Abiturkurs anzumelden. Aber schon wenige Stunden später schwemmte sie diese lähmende Melancholie davon, unter der sie seit ein paar Wochen litt, und wenn Birthe am Abend nach Hause kam und sie wieder auf den Boden zurückholte, war ihr klar, daß sie unmöglich gehen konnte. Sie hatte Birthe sogar gefragt, ob sie nicht mitkommen wolle, aber die hatte ihr erklärt, daß sie für den Rest ihres Lebens genug Schulen gesehen habe.

Dann verschwand Sanne nach Lehnitz, und damit war die Angelegenheit erledigt.

Tilli beschloß, sich bei der »Märkischen Volksstimme« als freie Mitarbeiterin zu bewerben. Wenn sie etwas konnte, dann war es schreiben. Irgendeiner von Birthes Freunden hatte erwähnt, daß sie dort neue Leute suchten.

Aber in ihrer alles erdrückenden Trägheit verschob sie den Gang von einem Tag auf den anderen, bis Birthe am Freitag beim Abendbrot verkündete, daß sie ausziehen werde.

Der Tee in Tillis Mund gerann.

Birthe wiederholte mechanisch, wie leid es ihr tue, aber es half nichts. Er wollte sich nicht schlucken lassen. Obendrein hatte sie plötzlich vergessen, wie man atmete.

Der Freund einer ehemals guten Freundin, hörte sie durch den dichten Nebel zwischen sich und Birthe, war bei einem Unfall gestorben, und nun hatte die ehemalige Freundin Birthe gebeten, zu ihr zu ziehen, weil sie die Einsamkeit nicht ertrug …

»Und was ist mit *meiner* Einsamkeit?« unterbrach Tilli bitter, als der Tee endlich abgeflossen war.

Birthe legte ihr beruhigend die Hand auf den Arm. »Ich bin doch nicht aus der Welt. Es ist nur eine halbe Stunde mit dem Bus. Wir können uns an den Wochenenden sehen oder auch mal nach der Arbeit.«

Dieser blaue Blick!

Es tat ihr wirklich leid, Tilli merkte es an der Art, wie Birthe behutsam auf sie einredete und sie tröstete. Aber sie wollte es nicht hören! Birthe ging und ließ sie zurück. Das war alles, was zählte.

»Wann?« ächzte sie, als die Beteuerungen endlich leiser wurden.

Birthe mied ihren Blick, als sie sagte: »Übermorgen.« Dann begegnete sie ihm und lächelte versöhnlich. »Aber morgen bleiben wir zusammen, den ganzen Tag, und lassen niemanden sonst an uns heran.«

Vom Rest des Abends wußte Tilli nichts mehr.

Sie half Birthe nicht beim Packen. Sie hätte es nicht ertragen, und Birthe verlangte es zum Glück auch nicht von ihr.

Statt dessen fuhr Tilli in ihr Neubauviertel vor der Stadt mit dem lyrischen Namen »Stern« und besuchte ihre Mutter. Sie fand, daß ihre Wäsche dringende Reinigung nötig hatte.

Es waren genau acht Stufen von der Haustür hinauf zu der Wohnung, die noch vor nicht allzu langer Zeit auch ihre gewesen war. Oben klingelte sie, zählte bis vier oder fünf, dann ging die Tür auf, und ihre Mutter fragte: »Hast du dich endlich beim Arbeitsamt gemeldet?«

Es war jedesmal dasselbe.

Tillis letzter Besuch lag über einen Monat zurück. Da hatte sie irgend etwas von einem Plan, als Au-pair-Mädchen nach London zu gehen, erzählt. Damit würde sie dieses Mal natürlich nicht mehr durchkommen.

»Laß mich doch erst mal rein!«

Mit in die Hüften gestemmten Fäusten ließ ihre Mutter sie passieren, schloß die Tür und wiederholte: »Und?«

Tilli heftete den Blick auf das hellblaue Kittelkleid, das ihre Mutter seit Menschengedenken in jedem Sommer trug, atmete zweimal durch und sagte: »Ich mache Abitur.«

Das Kittelkleid spannte sich ein wenig.

»Wie?«

»Bei der NVA.«

Ihre Mutter ließ die Arme sinken und gab dem hellblauen Bild damit einen blassen, braun gesprenkelten Rahmen. Tilli gefiel der Anblick nicht. Dagegen war es ein Vergnügen, der mütterlichen Kinnlade dabei zuzusehen, wie sie herabklappte. Umgehend beschloß sie, noch einen draufzusetzen: »Morgen geht's los.«

Soviel Aufmerksamkeit wie in der nächsten Stunde hatte sie in der elterlichen Wohnung schon lange nicht mehr genossen. Ihre Mutter vergaß, die Hausaufgaben von Tillis jüngerer Schwester Corinna zu Ende zu kontrollieren, die ausgebreitet auf dem Küchentisch lagen, kochte Kaffee, holte einen Assiettenkuchen aus dem Schrank und wollte alles wissen.

Was das für ein Abitur sei, wie Tilli überhaupt dazu gekommen sei, ob sie Schulgeld bezahlen oder welches bekommen würde, ob sie vielleicht – Gott bewahre – selbst der NVA beitreten müsse, wenn sie dort lernen wollte, und so weiter.

Zwischendurch steckte Corinna den Kopf zur Tür herein. »Darf ich jetzt raus?«

»Wenn du bis zum Abendbrot zurück bist«, sagte ihre Mutter, ohne den Kopf zu wenden.

»Echt?« Corinna blinzelte überrascht. Sie drehte Tilli eine Nase und zog sich dann blitzschnell zurück, bevor ihre Mutter es sich anders überlegen konnte.

»Es ist einfach ein Abitur wie jedes andere«, sagte Tilli, als sie ihre Schwester die Wohnungstür ins Schloß werfen hörte. »Ganz normal, nur der Ort ist eben etwas ungewöhnlich. Aber was ist im Moment überhaupt irgendwie gewöhnlich?«

Sie hatte keine Ahnung, ob es stimmte, was sie da sagte, aber eines wurde ihr während des Redens immer klarer: Wenn sie ihrer Mutter auch in Zukunft noch in die Augen sehen wollte, konnte sie nicht mehr zurück. Sie hatte sich selbst in dieses Abenteuer manövriert.

Jetzt mußte sie das Abitur machen, koste es, was es wolle.

Gleich nach dem Mittagessen fuhr sie zurück in die WG, um Sanne zu treffen, die übers Wochenende hergekommen war. Sie sah ihr eine Weile dabei zu, wie sie mit Wäschestücken hantierte, bevor sie es wagte, ihre Frage zu stellen.

»Immerhin ist der Kurs ja schon angelaufen«, fügte sie leicht beschämt hinzu.

Sanne packte eben ein Paar Turnschuhe in ihren Rucksack. Als sie damit fertig war, stand sie auf. »Ich wüßte nicht, warum sie dich nicht noch reinlassen sollten«, sagte sie. »Zur Not erzählst du eben, daß du im Urlaub warst und die Anzeige jetzt erst gelesen hättest.« Sie zuckte die Achseln. »Oder sonst was.«

Damit war die Sache beschlossen. Sie verabredeten sich für sechs, und Tilli begann eilig, ein paar Sachen in eine Tasche zu werfen.

Sie fühlte sich seltsam beschwingt. Nur als sie einen Blick in Birthes verwaistes Zimmer warf, mußte sie schlucken. Die Möbel standen noch darin, und es sah aus, als wäre es das Zimmer einer Verstorbenen.

Sie riß sich zusammen. Sie hatte keine Zeit zu trauern.

Die Nationale Volksarmee wartete auf sie!

Das erste, was Tilli auffiel, war die ungewöhnliche Länge des Lehnitzer Bahnsteiges. Es dämmerte bereits, als sie ausstiegen. Einen Großteil der zweistündigen Fahrt hatte sie damit verbracht, sich das Dorf vorzustellen, in dem sie die nächsten neun Monate verbringen würde.

Nachdem sie den Tunnel, in den die Bahnsteigtreppen mündeten, verlassen hatten, führte Sanne sie am eigentlichen Ortseingang, der links zu erkennen war, vorbei – in Richtung einer asphaltierten Straße, die aussah, als führte sie ins Nichts.

Mit ihnen waren noch ein paar andere Leute unterwegs, Soldaten und Zivilisten, alle mit Rucksäcken oder Reisetaschen über der Schulter. Von oben mußte der Weg wie eine mäßig frequentierte Ameisenstraße aussehen.

Direkt vor ihnen lief eine hochaufgeschossene Blonde. Ihr langes Haar wippte im Takt ihrer Schritte und schimmerte im Abendlicht wie Weißgold. Manchmal drehte sie sich um und lächelte zaghaft, so daß sich Tilli der unwahrscheinlichen Hoffnung hingeben konnte, daß sie auch zum erstenmal hier war.

Sanne hatte die Fahrt genutzt, sie über alles, was sie im Zusammenhang mit der Schule für wichtig hielt, zu unterrichten. Tilli wußte jetzt, daß fast alle Unterrichtsräume und das Internat in einem Haus untergebracht waren und daß es insgesamt sechs Seminargruppen gab.

»Die haben da nämlich ein Prinzip, nach dem sie die Klassen belegen«, hatte Sanne erklärt. »Am ersten Tag haben sie uns alle im Essenraum zusammengetrommelt, einzeln aufgerufen und verteilt. Mich haben sie in Seminargruppe 1 gesteckt. Und jetzt paß auf! Während der letzten Woche habe ich mitbekommen, daß ausnahmslos *alle* aus meiner Klasse die POS mit Auszeichnung oder wenigstens sehr gut abgeschlossen haben. Und so geht es weiter: In der SG 2 tummelt sich das obere Mittelfeld, in den SG 3 und 4 das absolute Mittelfeld, und so geht es runter bis zur SG 6.« Dabei hatte sie zu grinsen begonnen. Sanne hatte eigentlich keinen besonders breiten Mund, aber bei Erwähnung der SG 6 hatte er wie eine Verbindungsstraße zwischen ihren Ohren ausgesehen. Sie hatte jedes Wort betont, als sie sagte: »In Seminargruppe 6 sind nur Jungen.«

Noch stand gar nicht fest, ob sie überhaupt zugelassen wurde, aber wenn, dann betete Tilli zum Himmel, daß er ihr die SG 1 ersparte.

In dem schmucken braunen Kunstlederbüchlein, das ihre Zeugnisse enthielt, fand sich zwar unter den Zensuren der Nachsatz »Mit Auszeichnung bestanden«, aber diese Zusammenfassung war eher ein großmütiges Abschiedsgeschenk des Lehrkörpers ihrer Schule gewesen als ein glaubwürdiger Beweis ihrer Intelligenz.

Jeder, die Lehrer wie Tilli, wußte das, aber niemand erwähnte es, denn es hatten alle etwas davon. Sie das prächtige Zeugnis zum Vorzeigen, die Schule einen Lessingmedaillenträger mehr, ebenfalls zum Vorzeigen. Ihre wirklichen Leistungen stufte Tilli eher in der Nähe der SG 2 oder der SG 3 ein. Außerdem hatte Sanne ihr erzählt, daß in Seminargruppe 2 jemand nicht zum Schulbeginn erschienen war. Hoffentlich nicht das blonde Mädchen vor ihnen.

Es war ein verhältnismäßig warmer Septemberabend, trotzdem fröstelte Tilli ein wenig. Ohne Birthe fühlte sie sich irgendwie nackt. Es würde vielleicht Wochen dauern, bis sie sie wiedersah.

Das ganze letzte Jahr über war Birthe die Glucke gewesen, unter deren Gefieder sie gehuscht war, wenn Gefahr drohte, wenn ihr kalt war, wenn sie Nähe brauchte. Natürlich gab es hier noch Sanne, aber auf die würde sie wahrscheinlich nicht zählen können, falls sie nicht, Gott bewahre, in ihrer Seminargruppe landete.

Nein, sie mußte allein zurechtkommen, und das ausgerechnet in diesem erbärmlichen Zustand, in dem sie sich selbst so fremd war, daß sie fürchtete, sich zu siezen, falls sich einmal die Gelegenheit zu einem Selbstgespräch auftat.

In der zunehmenden Dunkelheit versuchte Tilli etwas vom Weg zu erspähen, aber außer einem Stacheldrahtzaun an Betonpfeilern, der sie seit einer Weile rechter Hand begleitete, sah sie nichts. Die Gegend bot nicht viel Trost für jemanden, der der Heimat beraubt war.

»Wir sind schon da«, sagte Sanne, die Tillis Blick richtig gedeutet hatte.

Tilli kniff die Augen zusammen. Manchmal half das.

Sanne schmunzelte. Offensichtlich war Tillis Reaktion zu ihrer Zufriedenheit ausgefallen. »Die Gebäude kommen erst später«, erklärte sie. »Ich meine, hier beginnt das ›Objekt‹.«

Tilli blieb wie angewurzelt stehen und sah sich um. Direkt neben ihnen war ein grellgelbes Schild unter dem Stacheldraht angebracht. In schwarzen Blockbuchstaben stand darauf:

ACHTUNG!
MILITÄRISCHE SICHERHEITSZONE
SCHUSSWAFFENGEBRAUCH!

Unter dem Schild klemmte eine leere HB-Schachtel.

Sie sah Sanne an. »Kommt man da ohne Erlaubnis überhaupt wieder raus?«

»Wie du siehst«, sagte Sanne.

Sie setzten den Weg fort, doch Tilli wurde mit jedem Betonpfeiler unbewußt langsamer.

»Letzte Woche, als ich angekommen bin, war ich genauso erschrocken«, sagte Sanne gelassen. »Aber du wirst sehen, daß die strenge Fassade mehr wirkt als birgt.« Sie kicherte über den unverhofften Reim. »Wir wußten doch, daß die Schule zur NVA gehört«, fügte sie sachlich hinzu.

Ja, das stimmte. Was Tilli allerdings noch immer nicht wußte, war, warum.

»Warum eigentlich?« fragte sie.

Sanne setzte einen Aber-das-ist-doch-sonnenklar-Blick auf und sah sie von oben herab an.

»Vor der Wende war es allgemein üblich, daß Jungen, die sich freiwillig für mindestens drei Jahre zur Armee gemeldet hatten, am Ende automatisch das Abitur ins Gepäck gelegt bekamen«, dozierte sie. »Aber pro forma mußten sie den Stoff der 11. und 12. Klasse wenigstens mal gehört haben. Also gab es in Militärobjekten wie diesem auch Schulen mit allem Drum und Dran. Das Drum und Dran ist hier noch da, die Schule auch, aber wohin damit, wenn kein Offizier mehr auf die gute alte DDR vereidigt wird? Uns wurde gesagt, daß der letzte Kurs im Juli ausgelaufen ist.« In der Ferne wurde ein heller Fleck sichtbar. Sanne beachtete ihn nicht. »Es sind aber noch ein Haufen Lehrer und der Direktor da. Die haben natürlich Existenzangst. Da sind sie auf die grandiose Idee gekommen, denselben Kurs für Zivilisten anzubieten.«

»Geht denn das?« fragte Tilli, während sie versuchte, dem Fleck eine Form abzuringen.

Sanne zuckte die Achseln und wechselte eine prallgefüllte Plastetüte von einer Hand in die andere. »Mal sehn. Die Zustimmung vom Ministerium fehlt wohl noch. Die sind ganz schön kühn, fangen erst mal an zu unterrichten, in der Hoffnung, daß ihnen dann keiner mehr das dazu nötige Kleingeld verweigern kann. Deshalb auch die Bedingung, eine abgeschlossene Berufsausbildung zu haben.« Sie deutete mit der freigewordenen Hand theatralisch auf das Dunkel hinter dem Zaun. »Das hier ist eine betongewordene 180-Grad-Wende: erst Offiziere, die Günstlinge des Systems, und jetzt die Verstoßenen. Ein Sozialprojekt, so was muß natürlich gefördert werden.«

Tilli, die gerade beschlossen hatte, sich demnächst endlich dem überfälligen Sehtest zu unterziehen, hob die Schultern. »Ist das nicht ein bißchen dramatisch? Ich habe eine super Lehre hinter mir, obwohl ich evangelisch bin. Ich kam mir eigentlich nie sonderlich verstoßen vor.«

»Nein?« Sanne sah sie abschätzend von der Seite an. Vielleicht fand sie es komisch, daß jemand wie Tilli über eine eigene Meinung verfügte.

»Du hast doch bestimmt einen ganz guten Schulabschluß, oder?«

»Na ja«, erwiderte Tilli vage.

»Und, hast du nie daran gedacht, auf die EOS zu gehen?«

»Doch, schon, aber als die Bewerbungen dafür liefen, stand ich noch auf Zwei, ich kam sowieso nicht in Frage.«

»Ach, mit einer Eins hättest du's auch nicht geschafft«, winkte Sanne ab.

»Die Leute in *meiner* Klasse und die meisten aus SG 2 und SG 3 jedenfalls hätten liebend gern Abitur gemacht, waren aber leider nicht gewillt, als Russischlehrer zu enden, oder sie waren in der Kirche wie wir, oder die Eltern galten als nicht kompatibel. Genau diese Leute werden hier jedenfalls von Lehrern ausgebildet, die sich zusammenreißen müssen, damit sie sich nicht gegenseitig mit dem Dienstgrad anreden.«

»Aha. Muß ich eine Waffe tragen?«

Sanne runzelte die Brauen. »Werd nicht albern!«

»Und«, fragte Tilli behutsam, »mal abgesehen von uns – ist sonst noch was los, ich meine, militärisch?«

»Klar!« sagte Sanne plötzlich mit einer Begeisterung, bei der Tilli nicht ganz mitkam.

»Das hier ist AR 1 – das Artillerieregiment Rudolf Gypner. Alles in Betrieb hier. Paß mal auf, gleich wirst du's erleben.«

Sie bogen um die Ecke und standen plötzlich vor einem Stahltor.

Es war offen. Gleich dahinter sah Tilli ein kleines, im Licht einer halbherzig flirrenden Laterne stehendes Häuschen.

»Das ist die Wache«, raunte Sanne. »Jetzt Haltung und durch!«

Tilli packte ihre Tasche fester und tat es Sanne gleich. Die Augen zielstrebig geradeaus gerichtet, marschierte sie durch das Tor, auf das Häuschen zu und daran vorbei. Gerade als sie aus dem Lichtkegel der Laterne schlüpfen wollten, sagte eine Stimme lässig: »Halt!«

Sannes durchgedrückter Rücken fiel in sich zusammen. Sie lächelte entschuldigend. »Manchmal klappt es.«

»Dienstausweis!«

Tilli drehte sich um und erblickte einen überlangen jungen Mann in Uniform, der sich aus dem Betonhäuschen lehnte. Bei seinen Maßen mußte es eine ungemütliche Position sein. In einer Hand hielt er ein Blatt Spielkarten. In den Augen auch. Tilli fühlte sich von seinem Blick nur umrissen, er begleitete die Aufforderung – oder hier sprach man wohl eher von einem Befehl –, doch er wirkte hohl und beängstigend. Er erinnerte sie an einen Film, in dem ein Alien auf genau dieselbe Art seine potentiellen Opfer besichtigt hatte.

»Alles in Ordnung.« Sanne schob sie ein Stück zurück, bis sie selbst mit dem Wachhabenden Auge in Auge stand, und begann in ihrem Rucksack zu kramen.

»Das ist hier kein Ferienlager«, zischte ihr Gegenüber, und ein feiner Speichelniederschlag benetzte Tillis Wangen.

»Nicht?« fragte Sanne, wartete aber die Antwort nicht ab, sondern reichte ihm schnell ein weißes Kärtchen.

Statt es zu nehmen, drehte der Soldat ihr Handgelenk um, um es lesen zu können. Sanne biß die Zähne zusammen, aber sie sagte nichts.

Als er mit ihr fertig war, wandte er sich an Tilli.

»Und du?«

Sie ließen zwei Mädchen vorbei, die unaufgefordert ihre Kärtchen gegen die Scheibe zoomten.

Der Blick des Soldaten wurde plötzlich wacher. Er sah auf die Dokumente, auf die schüchtern lächelnden Mädchen, hübsche Mädchen in modischen Stretchjeans. Er leckte sich flüchtig die Lippen und ließ sie passieren. Erst als sie verschwunden waren, schwenkte sein Blick zurück. Er war so stumpf wie zuvor.

»Ich hab' noch keinen Dienstausweis«, sagte Tilli. »Ich bin gerade erst angekommen.«

In das matte Grau schlich sich eine Spur Argwohn. Ohne eine Miene zu verziehen, ließ er es über ihre Lederjacke, die Wollzöpfchen, die lackierte Brille gleiten.

»Personalausweis!« grunzte er, nachdem er endlich zu dem Schluß gekommen war, daß von diesem kleinen Mädchen keine unmittelbare Gefahr für das Objekt ausging. Durch die Sprechluke nahm er ihren Ausweis entgegen, ohne ihr die Hand abzureißen. Dann ging er einen Schritt zurück in den Raum, wo Tilli an einem Tisch noch einen zweiten Soldaten entdecken konnte. Auch er hielt Karten in der Hand. Der erste legte sein Blatt auf die Tischplatte, zeigte seinem Kollegen ihren Ausweis und flüsterte mit ihm.

»Der soll sich mal nicht so haben!« knurrte Sanne. Tilli sah, daß sie ihr Handgelenk unauffällig am Oberschenkel rieb.

In dem Moment kam der Lange zurück. Ohne ein Wort zu sagen oder sie überhaupt nur anzusehen, winkte er sie durch.

Tilli rührte sich nicht. »Und mein Ausweis?«

»Kriegst du gegen Dienstausweis zurück.«

Er schloß die Luke, das Gespräch war beendet.

An Sannes Seite schritt sie ihrer neuen Heimat entgegen. Vor ihnen überquerten ein paar Soldaten die Asphaltstraße und verschwanden in einem der Blöcke zu ihrer Rechten. Sie beachteten die Ankömmlinge nicht, trotzdem entspannte Tilli sich erst, als sie sicher war, daß ihnen keine weiteren folgten.

Die Luft war mild und roch nach warmem Teer. Links ließ sich etwas wie ein Sportplatz ausmachen, dahinter ragten schwarz und steif ein paar Nadelbäume in die Luft. Der Weg nahm kein Ende. Gerade als Tilli anfangen wollte zu nörgeln, blieb Sanne stehen, machte eine halbe Drehung und sagte: »Willkommen zu Hause.«

Das Gebäude vor ihnen unterschied sich in nichts von denen, die sie in den letzten fünf Minuten passiert hatten. Es war ein vierstöckiger Betonklotz, grau, gerade – ein zu großer Schuhkarton. Das war es also. Es hätte besser kommen können. Eins allerdings mußte man dem Schuhkarton lassen: Er versprach äußerlich nichts, was er von innen nicht würde halten können.

Der erste Raum, den Tilli in Sannes Schlepptau betrat, war eine Art Foyer. Sie sah sich um und schoß ein erstes Foto mit den Augen. Wände, die sich hinter beige gemusterten Nostalgietapeten mit abgeschubberten Kanten verbargen, Linoleum am Boden, ein Kasten mit anspruchslosen, fleischblättrigen Grünpflanzen. Rechts ließ sich noch deutlich erkennen, wo bis vor kurzem die obligatorische Wandzeitung gehangen hatte.

Jemand, der diese Gastlichkeit nicht gewohnt war, konnte gut und gerne schon zwei Meter hinter der Haustür verzweifeln. Aber Tilli hatte ihr Leben, mit Ausnahme des letzten Jahres, in einem Neubaugebiet verbracht. Sie war zehn Jahre lang in eine Schule mit einem ganz ähnlichen Foyer gegangen, und sekundenlang hatte sie das angenehme Gefühl, tatsächlich nach Hause zu kommen.

Nur eine Kleinigkeit war anders: Die Wand zu ihrer Linken wurde von einem großen Schiebefenster mit Sprechluke beherrscht, dahinter sah man ein paar Köpfe.

Sanne winkte einem der Köpfe zu. Er lachte, nickte, ließ auf ein Wort, das man nur sah, aber nicht hörte, eine Sektflasche neben sich auftauchen. Jetzt war es Sanne, die lachte. Sie hielt ihre Uhr hoch und dann eine Hand.

Das Schiebefenster wurde geöffnet. »Okay«, sagte der Kopf mit einer berauschend tiefen Stimme, die trotzdem nicht den kleinsten Zweifel daran ließ, daß sie weiblich war. »Ich heb' dir was auf.«

»Aus meiner Klasse«, sagte Sanne, immer noch grinsend, als sie die ersten Treppenstufen hinaufstiegen. Sie wartete auf dem Absatz. »Ist was?«

Tilli, die noch am Fuß der Treppe stand, deutete hinter sich. »Sag mal, da unten – was *machen* die da?«

Sanne bedeutete ihr mit dem Kopf, die Treppe in Angriff zu nehmen. »Nun komm doch erst mal hoch!«

Die Stufen waren steil, und als sie Sanne erreicht hatte, schnaufte sie bereits wie ein Asthmatiker. Sanne achtete nicht darauf und nahm ihre Plastetüte wieder auf. »Da wir für ein knappes Jahr mit zum Klub gehören«, erläuterte sie beim Aufstieg, »und einen Dienstausweis haben, müssen wir uns auch so benehmen, als ob.« Sie drehte sich um und lächelte über ihre Schulter. »Wenigstens ein bißchen.«

Der zweite Absatz. Tilli hing schon wieder etliche Stufen zurück.

»Jeder muß mal mit einem Partner vierundzwanzig Stunden Wache schieben«, fuhr Sanne fort. »Aber wenn der

Oberst einen in Ruhe läßt, bringt man sich weiß Gott nicht um dabei, das hast du ja gesehen. Außerdem hat man den Tag darauf schulfrei. Los, eine Etage noch.«

Als sie endlich oben ankamen, ließ Tilli ihre Tasche fallen, setzte sich darauf und rang nach Luft.

Es war still hier. Die Treppe endete in einem Flur, der nach rechts etwa fünfzehn, nach links mindestens vierzig Meter lang und ziemlich eng war. Von ihm gingen allerhand Türen ab. Da die Abstände zwischen ihnen gering waren, konnten die dahinter liegenden Zimmer nicht allzu groß sein.

Tilli wartete, bis ihre Lungen wieder ausreichend mit Sauerstoff gefüllt waren. »Und was heißt *Wache schieben* praktisch?«

Sanne winkte ab. »Nicht der Rede wert. Betrunkene Soldaten rauswerfen und so was. Alle zwei Stunden mußt du eine Kontrollrunde durchs Haus drehen, Telefondienst, das war's. Die haben da ein Bett, man kann sich nachts also auch einfach aufs Ohr hauen. Wenn dann der Oberst zufällig vorbeikommt und beide Wachleute schlafen, hat man natürlich Pech. Wir sind nämlich seine besonderen Lieblinge.« Sie hob bedeutungsvoll eine Augenbraue.

»Ach«, machte Tilli.

Sanne nickte einem Mädchen zu, das ihnen entgegenkam, und sah dann zur Uhr. Sie schien es plötzlich eilig zu haben. »Na, dann«, sagte sie. »Versuch's mal im Zimmer 405. Hier das fünfte auf der linken Seite. Das war bis letzten Freitag noch völlig leer. Wir haben es immer als Raucherzimmer benutzt.«

Sie lächelte, tippte sich mit zwei Fingern gegen die Schläfe, und kaum eine halbe Minute später war Tilli allein.

Zu beiden Seiten gähnte der Flur. So gerade, wie es ihr mit der schweren Tasche nach den ganzen Treppen möglich war, steuerte sie auf die empfohlene Zimmernummer zu und klopfte vorsichtshalber, wie sie es gelernt hatte.

Zu ihrer Überraschung wurde das Klopfen mit einem

undeutlichen Geräusch beantwortet, das »ja« oder auch »nein« bedeuten konnte. Tilli entschied sich für »ja« und öffnete die Tür.

Der Raum war wirklich klein. Und er war auf eine Art eingerichtet, die sie an irgend etwas erinnerte. Offensichtlich stellte dies hier ein Kämmerlein für vier Personen dar, die durch die räumlichen Gegebenheiten angehalten waren, sich nicht mehr als nötig zu bewegen. An jeder Wand standen je zwei Spinde, an die sich ein Doppelstockbett aus Metall anschloß. Dadurch hatte das Zimmer etwas von einem Schlauch.

Und dann fiel es ihr ein: So waren die Kurheime möbliert gewesen, in denen sie einen guten Teil ihrer Kindheit zugebracht hatte.

Im Mittelpunkt des Schlauches, an einem Tisch unter dem Fenster, hockte ein dickes Mädchen über einem Teller mit Eierschalen.

Es kaute mechanisch weiter, als täte es den ganzen Tag nichts anderes (was wahrscheinlich sogar der Fall war), und sah Tilli erwartungslos an.

Tilli warf einen schnellen Blick auf die Betten. Die beiden unteren waren bezogen.

»Hallo«, sagte sie. »Ist hier noch etwas frei?«

Das dicke Mädchen hieß Silke. Tilli fand, daß der Name sie gut kleidete, denn er war wie sie: kurz, hart und ohne Anmut.

Silke war zwar von Anfang an im Kurs gewesen, hatte sich aber mit ihrer Mitbewohnerin gestritten und war deshalb in dieses Zimmer gezogen. Das alles reimte sich Tilli aus den sparsamen Grunzern zusammen, die Silke zwischen Eiern, Wurststullen und Keksen hindurch von sich gab.

Sie war in Seminargruppe 4. Tilli erfuhr, daß dort alle Bänke besetzt waren, was sie mit keiner besonderen Trauer erfüllte, und daß man zum Mittagessen das Haus verlassen und in einen anderen Block überwechseln mußte, der eine Mensa enthielt.

Schon nach wenigen Minuten war sich Tilli sicher, daß ihr nichts Besseres passieren konnte, als in eine von Silke weit entfernte Seminargruppe mit vielen freundlichen Leuten zu kommen, von denen wenigstens einer noch Platz für ein zusätzliches Bett im Zimmer hatte. Das wollte sie gern beziehen.

Nach ihrer nahezu zweimonatigen Eremitage in der WG war Silke einfach zu starker Tobak. Während sie seufzend (und nur provisorisch) eines der oberen Betten bezog, öffnete sich die Tür erneut, und ein großes Mädchen trat ein.

Tilli roch sie, ehe sie sie sah. Blumige Süße, die sich neben der Nasenwurzel eingrub und auf die Tränendrüse drückte. Dann drehte sie sich um und stand dem Mädchen vom Hinweg gegenüber, dem blonden Wunder mit dem bezaubernden Lächeln. Von ihrem güldenen Haarteppich war im Moment wenig zu sehen, weil sie ihn unter einem kompliziert geschlungenen Badetuch verborgen hielt, aber dieses Lächeln konnte es nur einmal geben.

Tilli lächelte erleichtert zurück. Der Grund für ihre spontane gegenseitige Sympathie saß am Tisch unter dem Fenster und verspeiste nach den Keksen jetzt ein Stück gesalzene Gurke.

»Ich bin Nina«, sagte das Mädchen mit leicht rauher Stimme. Sie gab ihr eine feingliedrige, seidenweiche Hand. »Bist du auch neu hier?« fragte sie. Ehe Tilli antworten konnte, verschwand sie hinter einer aufgeklappten Spindtür.

Während sie sprach, sah Tilli zu, wie Hose, Pullover, ein leichtes Hemdchen aus glänzendem Gewebe und ein dazu passender Slip über der Tür erschienen und dort hängenblieben, wie ausgediente Handpuppen. Silke sah es auch und rümpfte die Nase. Dann tauchte Ninas Kopf über den Kleidungsstücken auf.

»Wir könnten morgen zusammen ins Sekretariat gehen. Zum Anmelden.«

Die Sachen verschwanden und erschienen wie durch Zauberei eine Sekunde später als sorgsam geschichtetes Häufchen auf dem Arm einer umwerfenden jungen Frau in taubenblauem Flatterhemd und hüftlangen Haaren.

»Ich geh' schlafen«, sagte sie entschuldigend und mit müdem Augenaufschlag, dem noch ein Rest Koketterie anhaftete. »Letzte Nacht war ich bis vier auf einem Konzert, weißt du. Und danach – na ja ... Jedenfalls hatte ich nur zwei Stunden Schlaf, jetzt muß ich ins Bett, sonst krieg' ich Augenringe.«

Tilli nickte höflich, aber sie dachte gerade über etwas anderes nach.

Sie dachte auch noch daran, als Nina unter ihr leise und Silke gegenüber bullernd schnarchten und das Klappen der Toilettentür auf dem Gang nachließ.

Das hier würde kein Intermezzo werden, um eine birthelose Zeit zu überbrücken. Das hier war voller Ernst! Und dieser erste Abend hatte ihr gezeigt, daß ihr Abenteuer auch mißlingen konnte.

Im Schlaf saß sie mit Birthe auf dem Fensterbrett ihres WG-Zimmers und machte ihr bittere Vorwürfe.

»Wer hat damals den Artikel für die Wandzeitung geschrieben? Ich. Und wer wurde dafür bestraft? Du! Findest du das vielleicht gerecht?«

»Wärst du denn lieber beim Direktor angetanzt und um ein Haar von der Schule geflogen?« fragte Birthe erstaunt.

»Nein. – Doch, ja! Es war *mein* Artikel. Ich wäre die Heldin gewesen. Du hast deine Popularität genossen, so wie du vorher unter der Strafpredigt des Direktors gelitten hast. Und mit keinem Wort hast du mich erwähnt. Es gibt so etwas wie ein Urheberrecht! Und was war mit Frau Berger? *Ich* war in sie verliebt! *Ich* habe ihr das Gedicht geschickt, und mit wem trifft sie sich?«

»Ich habe ihr gesagt, daß sie sich irrt.«

»Ja.« sagte Tilli niedergeschlagen. »Aber sie ist nicht zu

mir gekommen, selbst als sie es wußte. Sie wollte dich. Immer wollten alle nur dich. Und ich habe dir die Reden geschrieben.«

»Dafür habe ich dich aber auch immer beschützt.«

Plötzlich mußte Tilli weinen. »Ich weiß. Ich weiß ja.«

Sie weinte und weinte, und mit jedem Tropfen Wasser, den sie verlor und der sich auf dem Bürgersteig unter ihrem Fenster mit den Tränen von Tausenden anderen Unbeachteten zu einem plätschernden Bächlein verband, veränderte sie sich. Sie wuchs, die Brille zersprang, aber zu ihrer Überraschung stellte Tilli fest, daß sie auch ohne sie sehen konnte; ihre Haare schnellten herab zu den Hüften und blichen aus, und als ihr der Grund für ihre Trauer entfiel und sie zu weinen aufhörte, sah sie Birthe lächeln.

»Willst du eine, Nina?« sagte sie und hielt ihr eine Schachtel *Cabinet* entgegen.

Und sie saßen vergnügt auf dem Fensterbrett und rauchten ...

Tilli wurde mit Musik geweckt.

Irgend jemand hatte das Radio angestellt, vielleicht Birthe. Nein, das konnte nicht sein, Birthe hörte nur Kassetten, und sie besaß keine Kassette von »Keimzeit«.

Vorsichtig öffnete sie ein Auge. Ihr Blick fiel auf ein rosa Frotteemonster, das sich Brötchen in eine gähnende Öffnung steckte.

Das Lied bestätigte ihre Vermutung. Scheinbar war sie in einem Irrenhaus gelandet. Vielleicht war sie durchgedreht, hysterisch geworden, litt unter Persönlichkeitsspaltung oder so und konnte sich jetzt nach dem Anfall nur nicht mehr daran erinnern. Von solchen Sachen hatte sie schon gehört. In dem Fall konnte sie also auch weiterschlafen, bis zur Medikamentenausgabe. Tilli schloß die Augen wieder. Doch im nächsten Moment wurde sie in die Höhe gerissen. Sie stieß sich den Kopf an der Betondecke. Danach war sie wach.

»Sag mal, spinnst du?« hörte sie von unten. »Soll ich einen Herzinfarkt kriegen, was war das überhaupt?«

Das Monster drehte sich um. »Meine Eieruhr.«

»Gott im Himmel!« stöhnte Nina.

Sie stand auf und ging auf nackten Sohlen zum Tisch. Entsetzt betrachtete sie eine große Plastetomate, nahm sie in beide Hände und drehte die beiden Hälften in entgegengesetzte Richtungen. Es rasselte leicht, wie wenn man eine Spieluhr aufzog. Etwa eine halbe Minute später schrillte dasselbe Klingeln, das Tilli geweckt hatte.

»Nicht zu fassen!«

»Laß das!« sagte Silke.

Nina sah neugierig in den Topf mit Tauchsieder, der neben der exotischen Eieruhr stand. »Machst du uns eins mit?«

Silke wurde ein bißchen rot, gerade so, daß sie sich nicht mehr von ihrem Bademantel abhob. »Ich hab' nur noch drei.«

»Ach so. Verstehe«, sagte Nina ernst, ging hinüber zu ihrem Spind und nahm einen bordeauxroten Morgenmantel heraus, dessen Stoff dem glich, aus dem ihre Unterwäsche gefertigt war.

Bevor sie den Raum verließ, fing sie Tillis bewundernden Blick ein. »Satin«, sagte sie. »Ein Geschenk von meinem Exfreund. Aus Hamburg.« Sie zwinkerte lächelnd und ging.

Zwanzig Minuten später sah Silke mit starrem Blick zu, wie Nina ein großes Stück Torte in zwei Teile schnitt.

»Meine Mutter hat es extra für mich gebacken – als Andenken sozusagen. Das Obere ist eine dünne Schicht Himbeergelee, dann kommt eine dicke Schicht Sahnequark, unterbrochen von einem Streifen Erdbeergrütze, und unten schließlich der luftig leichte Biskuitboden, für den sie berühmt ist.«

Sie sprach wie ein Konditor in einem französischen Feinschmeckerladen, ließ beim Reden ihre Zunge über die Lippen gleiten und machte kleine kunstvolle Pausen vor den Worten »Himbeergelee«, »Sahnequark« und »Biskuitboden«. Dabei beobachtete sie aus den Augenwinkeln Silkes Reaktion.

Sie wurde nicht enttäuscht. Der Teint des dicken Mädchens wechselte von Rosa zu Purpur und dann ins leicht Gräuliche, während ihre Augen glasig wurden. Ohne daß sie es merkte, fuhr auch ihr an den entsprechenden Stellen die Zungenspitze aus dem Mund. Als Nina ihren Vortrag beendet hatte, schluckte sie und sah auf.

Nina schob die Hälfte der Torte zu Tilli hinüber, ein riesiges Stück. Tilli hatte keine Ahnung, wie sie es jemals schaffen sollte. An Silke wandte sie sich mit ihrem strahlenden Lächeln, das Tilli nun schon so oft gesehen hatte; langsam schwante ihr, daß es zu Ninas Standardrepertoire gehörte. »Es tut mir leid. Ich habe nur zwei.«

Silkes Gesicht war am Ende der Farbskala angekommen. Mit einem nervösen Augenzucken stand sie auf, nahm ihre Schultasche und verließ das Zimmer, nicht ohne die Tür dröhnend ins Schloß zu werfen.

Als sie weg war, schüttelte Nina den Kopf. »Das endet böse. Üble Laune aufgrund zu hohen Blutdrucks. Ich kenne das, ich bin Krankenschwester.«

»Noch eine!« Tilli dachte an Sanne, die ihre Patienten auch der höheren Reife wegen im Stich gelassen hatte. »Es steht übel um das Gemeinwohl, denn alle Krankenschwestern fühlen sich plötzlich zu Höherem berufen«, nuschelte sie durch Sahnequark und Erdbeergrütze.

Nina zuckte die Achseln und grinste. »Hier gibt's bestimmt jede Menge Schwestern. Ich könnte mir vorstellen, daß die meisten davon verhinderte Ärzte sind und jetzt das Abitur machen, um das systembedingt Versäumte nachzuholen. Ich für meinen Teil hatte einfach keine Lust mehr auf Schichtdienst und Tröpfe. Ich will in die Tourismusbranche. Und du?«

Jetzt war es Tilli, die die Schultern hob. »Weiß nicht. Bis vorgestern wußte ich noch nicht mal, daß ich Abi machen würde.« Sie atmete tief durch und legte den Löffel nieder. »Tut mir leid. Ich schaff's nicht. Es ist total lecker, aber –«

Nina begann zu lachen. Sie schob ihr kaum berührtes Stück weg und zog sich Tillis heran. »Ich wäre echt enttäuscht gewesen, wenn du uns für heute nachmittag nichts mehr übriggelassen hättest!«

Sie ließen sich Zeit mit dem Frühstück. Es klingelte zur ersten Stunde, aber Nina hatte darauf hingewiesen, daß sie jederzeit zum Direktor gehen und sich anmelden konnten, solange es nur heute war.

Vor der Anmeldung würde sie niemand vermissen. Danach schon.

Nina hatte recht. Sie kochten Kaffee mit Silkes Tauchsieder, und dann steckte Nina sich eine dünne Zigarette an. Sie saß mit übergeschlagenen Beinen auf ihrem Stuhl, der dadurch zu so etwas wie einem Thron wurde, und rauchte ohne Hast. Jeden Zug nahm sie mit Bedacht und ließ den Rauch dann in zwei feinen weißen Linien durch die Nasenlöcher ausströmen.

Tilli sah fasziniert zu. Noch nie hatte sie jemanden *so* rauchen sehen.

Man bekam fast Lust, das Rauchen als Kultur anzusehen und jeden zum Banausen zu stempeln, der es nicht wenigstens mal probierte.

Überhaupt war Nina eine Edelstute, von den goldenen Haaren angefangen, über die Grazie ihrer Bewegungen bis zu ihrer schleppenden Art zu reden. Tilli konnte sich lebhaft vorstellen, wie die Männer reihenweise umfielen, sobald Nina den ersten Satz gesagt hatte.

Für das Krankenhaus mußte ihr Abschied ein echter Verlust gewesen sein. Nina war besser als jedes Kreislaufmittel. Jedenfalls für Männer. Was Frauen anging, war Tilli sich nicht ganz schlüssig. Sie glaubte eigentlich nicht, daß Nina viele Freundinnen hatte. Irgendwann mußte sie zwangsläufig für jedes Mädchen zur Konkurrentin werden. Selbst Tilli begegnete ihr mit gemischten Gefühlen.

An Ninas Seite würde sie endgültig in der Bedeutungslosigkeit versinken, soviel stand fest. Aber das war es nicht nur. Es ging etwas von ihr aus, das bei Tilli die Alarmleuchten blinken ließ. Frauen wie Nina hatten ein deutliches Gespür dafür, was sie brauchten und wie sie es bekommen konnten. Graue Mäuse wie Tilli waren dafür gute Werkzeuge.

Tilli bewunderte Nina. Aber sie hatte kein Interesse an einem neuen Job als Schoßhund.

Silke kam in der Pause nicht nach oben. Nina quittierte es mit einem zufriedenen: »Wird irgendwo eingekehrt sein« und kämmte sich die Haare.

Langsam wurde Tilli doch unruhig. So angenehm ein ausgedehntes Frühstück war, wußte sie, daß sie sich erst würde entspannen können, wenn sie ein Plätzchen in einer der Seminargruppen sicher hatte.

Sie verhandelte darüber mit Nina, die lieber in Ruhe duschen gehen wollte.

»Wenn alles klar ist und wir unsere Dienstausweise haben, können wir immer noch eine ruhige Kugel schieben. Wir müssen ja nicht sofort zum Unterricht gehen. Wir müssen heute überhaupt nicht gehen, aber ich würde es beruhigend finden, wenn ich wüßte, daß wir *bleiben* können.«

»Selbstverständlich können wir bleiben«, sagte Nina erstaunt.

»Ja. Gut, für dich ist es selbstverständlich. Aber für mich nicht, und ich muß es jetzt wissen.«

Damit ließ Tilli sie stehen, und ging hinaus. Auf der Treppe hielt sie inne. Es konnte ja sein, daß Nina es sich anders überlegen und nachkommen würde. Aber das einzige, was Tilli nach einer Weile hörte, war ein zweimaliges Türklappen. Nina war duschen gegangen.

Sie spürte einen leichten Druck in der Dickdarmgegend, als sie im Erdgeschoß vor dem Sekretariat stand. Eine Sekunde lang gewährte sie der Idee Asyl, überhaupt nicht zum Direktor zu gehen, sondern einfach alles so zu lassen, wie es jetzt war. Also friedlich mit Nina und Silke in ihrem Kämmerchen zu hausen, jeden Morgen so zu tun, als ginge sie brav zum Unterricht – statt dessen konnte sie Spaziergänge durch die Umgebung machen – und sich ansonsten totstellen.

Daß irgendeine der Autoritäten Wind davon bekommen würde, glaubte Tilli eigentlich nicht. Es gab so viele Schüler hier, da kam es auf einen mehr oder weniger wohl nicht an. Aber nach kurzer Überlegung kam sie zu dem Schluß, daß die Idee, bei all ihrem praktischen Nutzen, keinen Pfifferling wert war. Nina und Silke würden irgendwann merken, daß sie keine Freunde in ihrer Klasse hatte. Sie dagegen würden – also wenigstens bei Nina war Tilli sich sicher – ihre vermeintlichen Klassenkameraden kennenlernen, und spätestens dann wäre die Katze aus dem Sack.

Sie war nicht hergekommen, um untätig rumzusitzen – das hätte sie genausogut in der WG üben können.

Tilli sah, wie eine Frau über den Gang in ihre Richtung kam.

Bevor sie sie erreicht hatte, klopfte sie und trat ein.

Als erstes fiel ihr auf, daß Direktoren hier, zumindest platzmäßig, nicht besser gestellt waren als Schüler. Sie schaffte es gerade, die Tür zu schließen, ohne dabei in den Distanzbereich des älteren Herrn zu geraten, der ihr gegenübersaß.

Der ältere Herr hob den Kopf. Er mochte vielleicht sechzig sein, plus, minus drei Jahre, und hatte etwas von einem gutmütigen Onkel. Tilli faßte Mut.

»Ich habe am Wochenende zum erstenmal von diesem Kurs hier gehört und wollte –«

»Guten Tag«, sagte der Onkel, ohne eine Miene zu verziehen.

Tilli fühlte, wie ihr die Farbe in den Kopf schoß. »Entschuldigung«, stammelte sie. « Guten Tag. Ich –«

Der Mann nahm den Füller wieder auf, den er bei ihrem Eintreten niedergelegt hatte. »Wie alt sind Sie?«

»Neunzehn.«

»Haben Sie Ihr Zeugnis der zehnten Klasse dabei?«

Sie zog es mit fliegenden Fingern aus der Tasche. Er nahm es behutsam entgegen und schlug es auf der letzten Seite auf.

Tilli überflog die Einrichtung, um sich von dem abzulenken, was jetzt gleich kommen mußte. Viel gab es da nicht. Den Sprelacartschreibtisch, einen Schrank aus der gleichen Kollektion, grün gemusterte Vorhänge an den Fenstern, einen kleinen Rolltisch mit einer Kaffeemaschine und einem Kunstblumenstrauß. Der Spind fehlte.

»Nach Ihrer Ausbildung habe ich schon gefragt?«

Der Direktor hatte seine Studien beendet. Er lächelte.

»Ja. Ich meine, Sie haben nicht gefragt, aber ich habe eine. Ich bin Buchhändler.«

»Buchhändler*in*, meinen Sie wohl«, sagte er freundlich.

»Natürlich.« Der Mann irritierte Tilli. Unter dem Mantel seiner ironischen Güte konnte alles mögliche lauern. Es hätte sie kaum verwundert, wenn er sie, so er genug mit ihr gespielt hatte, wie eine Katze in den Nacken beißen würde. In ihrem Fall hieß das: ›Ab nach Hause, entschuldigen Sie vielmals, auf Wiedersehen, es war sehr amüsant.‹ Aber noch war er nicht mit ihr fertig.

Er sah Tilli an wie ein Pfarrer seinen Lieblingskonfirmanden, und seine kleinen grauen Augen begannen schwach zu schimmern. »Soweit ich mich erinnere, befindet sich doch die einzige Schule für Buchhändler in Leipzig, nicht wahr?«

Tilli bejahte und versuchte verzweifelt zu ergründen, worauf er hinauswollte.

»Und Sie müßten ja Ihrem Zeugnis nach – warten Sie – in diesem Sommer den Abschluß gemacht haben.«

»Im Juli.«

Er nickte und betrachtete sie selbstverloren. »Eine aufregende Zeit hatten Sie da in Leipzig.« Plötzlich richtete er sich aus seinem Stuhl auf, und sein Lächeln wurde noch breiter. »Sind Sie eigentlich mit dem Ergebnis zufrieden?«

Tilli starrte ihn an. Durch ihren Kopf schwirrten Trillionen Gedankenfetzen. Welches Ergebnis? – Der meint nicht den Lehrabschluß, das ist eine Falle – keine Falle – sag nichts, er ist Offizier – er ist ein enttäuschter alter Mann – die sind am schlimmsten, wenn er glaubt, daß du politisch aktiv gewesen bist, schickt er dich weg – nein, er will es wirklich wissen, er orientiert sich neu – du bist jung, sag nichts, ist immer die beste Strategie, stell dich blöd – das glaubt er nicht, er hat das Zeugnis gesehen, nichts sagen wertet er als Frechheit, nein Feigheit, nein Vorsicht, paß bloß auf ...

»Ohne das alles wäre ich jetzt nicht hier«, sagte sie so ins Blaue.

Es war eine ausweichende Antwort, die alles und nichts bedeuten konnte, aber er akzeptierte sie.

Plötzlich verkümmerte sein Lächeln, und er sah um zehn Jahre älter aus. Er musterte sie ein letztes Mal – ein bißchen mitleidig, wie ihr schien. Dann blätterte er in einem Buch, das Tilli von früher her als allgemeingebräuchliches Klassenbuch erkannte, und tippte mit der Spitze seines Füllers auf eine bestimmte Seite. »Eigentlich hätte ich Sie in die 1 gesteckt, aber die sind heute morgen voll geworden. Ich hab' zwar einen Zweier da untergebracht, aber ich will ihn nicht noch einmal umsetzen. Sie gehen in die Seminargruppe 3 von Frau Michel. Die sind auch nicht schlecht. So. Viel Erfolg – das wünsche ich uns allen.«

Jetzt erst bemerkte Tilli die bläulichen Schatten unter seinen Augen.

Er schrieb ihren Namen auf die Seite, die Seminargruppe 3 vorbehalten war. Dann gab er ihr das Zeugnis zurück.

»Ach so.« Von einem Papierstapel angelte er einen Bogen, den er ihr dazu reichte.

»Das ist ein Fragebogen für die Schülerkartei. Und für Ihren Dienstausweis«, sagte er, nun in geschäftsmäßigem Ton. »Der Internatsplatz kostet monatlich hundertzehn Mark, zu zahlen jeweils bis spätestens zum Dritten des Monats, das Essensgeld in Höhe von vierundvierzig Mark ebenfalls, falls Sie essen wollen, das steht Ihnen frei.« Er wandte sich zur Seite, um einen Blick auf einen großen, an die Wand gepinnten Plan zu werfen. Sekunden später hatte er gefunden, wonach er gesucht hatte, und drehte sich wieder zurück.

»Ihre Seminargruppe hat gerade Mathematik im Raum 214.« Er lächelte sein Onkellächeln und sagte: »Der Herr Kegler ist ein ganz umgänglicher Mensch, da können Sie ruhig stören.«

Er stand auf, um die Kaffeemaschine auf dem Tischchen mit einer neuen Filtertüte auszustatten.

Sie war entlassen.

Zum Glück war Nina vom Duschen noch nicht wieder zurück, und Tilli ersparte sich ihr: »Siehst du, hättest du wie ich ...«, das so sicher gekommen wäre wie das Amen in der Kirche.

Sie griff nach einem Block und ihrer Federtasche, stopfte beides in die Reisetasche, die sie damit zur Schultasche kürte, und machte sich leise fluchend auf den Weg zum Raum 214.

Der Mann war natürlich nicht erst seit gestern Direktor. Das hatte sie von ihrer Ehrlichkeit! Und ausgerechnet Mathe – ihr Erzfeind unter den Fächern. Es würde ein blendender Einstieg werden. Der Weg war kürzer, als sie gehofft hatte. Im Handumdrehen stand sie abermals vor einer Tür. Ihre Finger, die sich um den Griff der Tasche klammerten, waren kalt. Vorsichtshalber legte Tilli ein Ohr an die Tür. Es war nichts zu hören, nicht einmal ein Räuspern. Plötzlich durchzuckte sie Hoffnung. Was, wenn die Gruppe in einen anderen Raum umgezogen war? Dann konnte sie mit gutem Gewissen schwänzen und nach der Pause wieder beim Direktor antanzen!

Vorsichtig öffnete sie die Tür und kam sich augenblicklich vor wie ein Bauer. Sie stand vor einem Feld von über Blätter gebeugten Köpfen. Nach einer Weile, die sie im Türrahmen zubrachte, wandte sich ein Junge mit Pferdeschwanz in der letzten Reihe nach ihr um. Damit war ihr der Rückzug abgeschnitten. Tilli schloß die Tür leise und stand nun unschlüssig im Raum. Die meisten Köpfe blieben weiterhin gesenkt, nur der eine oder andere drehte sich in ihre Richtung und taxierte sie flüchtig, um danach sofort wieder in seine alte Position zurückzufallen. An der Stirnseite des Raumes war der Lehrer, ein rundes Männchen in weißem Kittel, eifrig damit beschäftigt, Aufgaben an eine riesige Tafel zu schreiben.

Da stand sie, und niemanden schien es zu kümmern. Wie ein vergessenes Gepäckstück auf dem Bahnhof. Tilli merkte, wie ihr Hals langsam zuschwoll. Binnen einer Minute, das wußte sie, würde sie in Tränen ausbrechen. Sie riß sich zusammen, holte Luft und sagte laut und deutlich in die Nacken der Schreibenden: »Hallo. Ich bin neu.«

Eine Bewegung ging durch den Raum, und auf einen Schlag hefteten sich zwanzig Augenpaare auf sie. Das Männchen im Kittel fuhr herum. In der erhobenen Hand hielt es ein Stück Kreide, mit der anderen strich es hastig eine lange Haarsträhne an den ihr angewiesenen Platz auf der glänzenden Kuppel seines Kopfes. Das war also Herr Kegler.

»Das sehe ich«, stellte er fest. Es klang nicht unfreundlich, eher erschrocken. »Vielleicht möchten Sie sich einen Platz suchen, Frau –«

»Albrecht.«

»Und ein Blatt herausnehmen. Keine Angst, es sind nur Wiederholungsaufgaben aus der Oberstufe. Zum Aufwärmen. Eine leicht verdiente Eins.«

Er wies auf ein paar leere Stühle in den hinteren Reihen und wandte sich erneut der Tafel zu. Wie auf Befehl senkten seine Schützlinge wieder die Köpfe. Nur der Langhaarige grinste: »Viel Spaß!«

»Sind Sie schon fertig, Herr Schmidt?« fragte Herr Kegler, ohne sich umzudrehen.

Tilli wählte den nächstbesten Platz in der letzten Reihe an der Tür, durch die sie eben gekommen war – und am liebsten auch gleich wieder verschwunden wäre. Sie breitete sorgfältig ihre Utensilien aus. Dann besah sie sich den Schaden.

Sie stellte fest, daß ihr die Aufgaben irgendwie bekannt vorkamen, wie entfernte Verwandte, deren Gesichter man sich zwar gemerkt hatte, während einem die dazugehörigen Namen entfallen waren. Vornehmlich handelte es sich um Bruchaufgaben. Tilli untersuchte sie von allen Seiten – ohne Erfolg – und beschloß dann, es mit Logik zu probieren.

Sie befand sich gerade im Kampf mit Nummer drei (es sah gut für sie aus), als Herr Kegler das Zeichen zum Einsammeln gab. Einigermaßen erleichtert erhob sie sich. Doch bevor sie die Hand an ihre Tasche legte, um sie zu öffnen, sah Tilli sich um und erstarrte.

Niemand außer ihr machte Anstalten, seine Sachen zusammenzupacken oder aufzustehen. Im Gegenteil. Als die Unruhe, die das Zusammentragen und Vorreichen der Arbeiten mit sich brachten, abgeebbt war, richteten sich alle Blicke einmütig wieder auf den schwitzenden Mathelehrer.

Es war also eine Doppelstunde. Warum auch nicht. Tilli ließ sich wieder fallen. Der Langhaarige grinste entweder schon wieder oder immer noch.

Ein paar Minuten lang bemühte sich Tilli halbherzig, den Ausführungen über Dezimalsysteme und ähnlichen »Kinderkram«, wie Herr Kegler es nannte, zu folgen, aber sie konnte nichts dagegen tun, daß ihre Aufmerksamkeit immer häufiger von der Algebra weg und zu den Leuten hin wanderte, mit denen sie der Direktor in einen Koffer gestopft hatte.

Es war nicht gerade ein berückender Anblick. Nach den Berichten von Sanne hatte sie eigentlich ein bißchen mehr Abwechslung erwartet, aber die meisten ihrer Mitschüler sahen so artig aus, daß man befürchten mußte, daß schon ein unerwartetes Geräusch Panik unter ihnen auslösen würde.

Keine Spur von ehemals Geächteten! Sie hatte auf Fleischerhemden gehofft, gebatikte T-Shirts, lange Haare oder Igel oder wenigstens selbstgenähte amorphe Stoffbeutel für die Schulsachen, statt dessen befanden sich neunzig Prozent der Jungen und dreißig Prozent der Mädchen im Raum in der Gewalt des seit Mitte der achtziger Jahre modernen, aber langsam auslaufenden Fassonschnittes, neben ihren Bänken standen ordentlich wahlweise Aktenkoffer oder Stadtrucksäcke, und das vorherrschende Kleidungsstück waren die Karottenjeans.

Nach längerem Umherblicken hatte sie endlich drei Leute ausgespäht, deren Erscheinung sie leidlich aufmunterte.

Der erste war der Langhaarige aus der letzten Reihe, der sie angesprochen hatte. Sein Gesicht sah aus wie das eines handgeschnitzten Holzkaspers mit ausgeprägten Wangenknochen und vorstehendem Kinn. Dazwischen hatte sich sein Grinsen wie ein Flußbett eingegraben.

An seinen Sachen war nichts Besonderes, er trug ein Holzfällerhemd zur Jeans, wie einige der anderen Jungen auch, aber diese Haarlänge war unter sogenannten »Stinos« (eines der Lieblingswörter ihrer ehemaligen Wohngenossen) unüblich. Wie ein Hausbesetzer wiederum sah er auch nicht aus. Vielleicht stand er auf Blues oder war ein »Öko«.

Dann gab es da noch zwei Mädchen. Eins saß direkt vor ihr. Da sie ihr die Rückseite präsentierte, blieb ihr Gesicht Tillis Phantasie überlassen. Sie hatte einen ausgewachsenen Essensgeldhaarschnitt, der von einer Art Feinstrumpfhose zusammengehalten wurde, die sie sich um den Kopf gebunden hatte. Dazu trug sie eine unförmige altrosa Strickjacke, die ihr vermutlich bis in die Kniekehlen reichte.

Zu diesen beiden gesellte sich der einzige Farbtupfer der Klasse: ein Mädchen, das aussah wie ein Pfirsich, mit rosenfarbener Haut und glatten schwarzen Haaren, die auf der Tilli zugekehrten Seite kurz geschnitten waren, sich aber zur anderen Seite hin verlängerten und mit einiger Sicherheit in Kinnhöhe endeten. Von der glänzenden Glätte abgesehen, glich dieser Haarschnitt dem ihren. Sogar bunte Wollzöpfchen hatte sie sich hineingeflochten. Das Mädchen trug verschiedenfarbige Socken. Tilli erklärte sie zu ihrer Favoritin.

Während sie noch in ihre Betrachtungen vertieft war, wurde ihr plötzlich bewußt, daß sie im Mittelpunkt des allgemeinen Interesses stand. Die Mienen um sie herum spiegelten alles mögliche wider, aber man brauchte kein Abiturient zu sein, um zu merken, daß alle auf die Beantwortung einer Frage warteten, die Tilli verschlafen hatte. Schlagartig begann sie zu schwitzen.

Herr Kegler vorn an der Tafel spielte mit seinem Zeigestock. In seinem Gesicht stand gespannte Erwartung, sonst nichts. »Haben Sie eine Idee, Frau Albrecht?« fragte er endlich. Es klang fast schüchtern.

Tilli dachte, daß sie wohl kaum jemandem ähnlich sah, der eine Idee hatte, und allmählich merkten das auch die anderen. Langsam wurde das Schweigen peinlich.

Ihre Favoritin hatte ein schmales Lächeln aufgesetzt, der Langhaarige grinste breiter denn je, und das Mädchen mit dem Strumpfhosenhaarband hatte sich umgedreht. Sie hatte ein großes milchkaffeebraunes Gesicht und erschrockene dunkle Augen.

»Nein«, sagte sie endlich.

Herr Kegler wiegte leicht den Kopf. »Ich kann verstehen, daß manche meiner Ausführungen Sie langweilen müssen«, sagte er milde. »Mir geht es nicht anders. Sie kennen das alles aus dem Effeff.« Er nickte nachdenklich. Doch mit einemmal straffte er sich. Seine kleinen Augen blitzten. »Aber von nun an lohnt es sich wieder. Wir kommen in neue Gefilde. Und auch wenn die Mathematik Ihnen zufliegt, versuchen Sie den einen oder anderen meiner Sätze zu erhaschen, damit Sie Ihren Mitschülern am Anfang der nächsten Stunde eine schöne Zusammenfassung geben können.« Ein Klingeln, ähnlich dem von Silkes Eieruhr, zerriß die Luft. »Na, zu spät – Schluß für heute!« Er nahm ein riesiges Taschentuch aus einer seiner Kitteltaschen und wischte sich die Stirn ab.

Beim Einpacken registrierte Tilli ein paar schadenfrohe Blicke von den Mädchen aus der Mittelreihe.

Sie sah ihren Händen beim Schließen der Tasche zu und tat sehr beschäftigt, bis ein Großteil der Leute den Raum verlassen hatte.

Dann fiel ihr ein, daß sie in Kürze mit Herrn Kegler allein sein würde, wenn sie sich nicht beeilte.

Sie schulterte die Tasche und wollte gerade im Pausengedränge untertauchen, als ihr etwas in den Sinn kam. Tilli blickte sich um.

Schräg vor ihr strebte ihre schmetterlingsgleiche Favoritin an der Seite ihrer mottengrauen Banknachbarin der Treppe entgegen.

Mühsam schob sich Tilli durch die aus allen möglichen Räumen kommenden Knäuel von Menschen, bis sie die beiden endlich auf dem mittleren Absatz erreichte.

»Wartet mal!«

Die beiden Mädchen blieben stehen und sahen sie an. Ihre Gesichter waren ausdruckslos. Einen Moment lang kam sich Tilli vor wie eine der Dolden auf der mit Schafgarbe bedruckten Tapete, mit der der Gang ausgekleidet war.

»Entschuldigt. Könnt ihr mir sagen, was wir als nächstes haben?« fragte sie und probierte trotz allem ein Lächeln. »Und wo?«

Die Begleiterin der Favoritin, eine knabenhafte Blonde

(Fassonschnitt), hob die Brauen. »Physik«, sagte sie kurz und wandte sich wieder zum Gehen.

Die Favoritin selbst blieb noch einen Augenblick stehen. Ihr Mandelblick glitt wie ein Detektor über jeden Zentimeter von Tillis Körper und verweilte bei der zerfransten Tasche, aus der ein Stück des Schreibblockes herausragte, den sie in der Eile nicht mehr vollständig hatte hineinstopfen können. Dann sagte sie mit klarer Stimme, die jede Vertrautheit ausschloß: »Raum 312, Haus 2. Schreib dir am besten den Stundenplan ab.«

Physik war noch entmutigender als Mathe, nicht nur, weil das Fach ihr genausowenig lag, sondern auch, weil Herr Brüter, der Lehrer, von anderem Kaliber war als der freundliche Herr Kegler. Er schien Mädchen für naturgegeben minderbemittelt zu halten und behandelte sie entsprechend. Auch er wiederholte noch Oberschulstoff, aber Herr Brüter gefiel sich darin, jede Formel noch einmal explizit für die »holde Weiblichkeit« zu erklären, und zwar an Beispielen zweifelhaften Humors aus dem Küchenbereich. Tilli bemerkte, daß er sich mit Fragen nur an Mädchen wandte, die sich nicht gemeldet hatten. Deren zögernde oder falsche Antworten quittierte er mit derben Witzen ohne Pointen.

Noch bewahrte sie der Bonus des Neulings vor seinem beißenden Zynismus, was hieß, daß er sie nicht beachtete, aber Tilli war klar, daß dieser Bonus in der nächsten Physikstunde aufgebraucht sein würde, und dann war sie eins von elf dummen Weibern und würde gezeigt bekommen, wo der Hammer hing.

Und als wären die Aussichten noch nicht trüb genug, landete mitten in der Stunde ein gefalteter Zettel auf ihrem Tisch.

Gespannt öffnete Tilli ihn. In ordentlicher rechtsgerichteter Handschrift stand da: »Du sitzt auf meinem Platz. Ich würde dich bitten, dir in der nächsten Stunde einen anderen zu suchen. Fabian.«

Sie hatte sich zu Unterrichtsbeginn in die einzige leerstehende Bank geschoben, die sich in der ersten Reihe befand. Nicht, daß sie sich darum riß, direkt an den Lehrertisch zu stoßen!

Tilli ließ den Zettel sinken und sah sich um. Ihr Blick begegnete dem eines großnasigen Jungen zwei Reihen hinter ihr. Als sie fragend auf das Blatt wies, nickte er und griff nach einem neuen Zettel.

»Immer erst fragen«, las sie kurz darauf.

Diesmal sah sie sich nicht um. Aber sie wünschte sich weit weg in die Buchhandlung, in der Birthe gerade Bildbände verkaufte.

In der anschließenden Pause nahm sie all ihren Mut zusammen und bat den Langhaarigen um den Stundenplan. Er gab ihr ein Blatt mit kaum leserlichen Kürzeln und Raumnummern. Dabei grinste er von einem Ohr zum anderen.

»Gleich ins eiskalte Wasser, wie?«

Bevor Tilli seine Bemerkung in einen Gesprächsanfang umwandeln konnte, wurde sie eines großen schwarzhaarigen Burschen ansichtig, der mit gelangweilter Miene in der Tür auf den Langhaarigen wartete. Es war der, mit dem er sich die Bank teilte.

Mit leichtem Bedauern faltete sie den Stundenplan zusammen und verschob die Plauderei auf später.

Zurück im Zimmer, setzte sie sich aufs Bett, ließ die Beine baumeln und begann den Plan zu dechiffrieren. Wenn sie ihn richtig verstand, würde es ein schweres Jahr werden.

Dieses Abitur war nicht für angehende Kulturschaffende oder Schneiderinnen bestimmt, sondern für Offiziere. Daran hatte sich seit Juli nicht viel geändert.

Tilli war aufgefallen, daß Herr Brüter die Klasse mehrmals versehentlich mit »Zug« statt mit »Seminargruppe« angesprochen hatte. So standen die Dinge also. Es war ein naturwissenschaftliches Abitur und ihr Physiklehrer ein Mann von gestern. Mathe, Physik und Chemie wechselten einander mit schöner Regelmäßigkeit ab und machten mehr als die Hälfte des Stundenplanes aus. Den Rest teilten sich die anderen Fächer. Biologie, Musik und Geographie suchte Tilli vergebens. Dafür gab es ein Fach namens Gesellschaftskunde, das ihr unbekannt war, vielleicht eine Art Neuauflage des Staatsbürgerkundeunterrichtes.

Das Fach wurde zur selben Zeit wie Geschichte gegeben, nämlich montags und donnerstags kurz vor Feierabend. Hinter beiden fand Tilli ein großes »W« und dazu einen Kringel um »Gesellschaftskunde«. Der Langhaarige war ihr sympathisch.

Sie spielte mit dem Gedanken, sich seiner Gegenwart in Gesellschaftskunde zu versichern, obwohl Geschichte sie mehr interessierte. Was sollte sie tun?

Am Ende siegte der Lauf der Geschichte. Sie schrieb die Raumnummer ab und faltete das Blatt zusammen.

Kurz vor dem Stundenklingeln gab sie es seinem Eigentümer zurück.

Aber sie hoffte umsonst auf das vorhin ausgebliebene Schwätzchen. Der Langhaarige nahm den Plan, nickte und ging zu seiner Bank.

Deutsch. Es war die erste Doppelstunde an diesem Montag, bei der Tilli aufatmen konnte.

Das Fach wurde von ihrer Klassenlehrerin gegeben, Frau Michel (Betonung auf dem »e«), einer feschen Blondine um die Dreißig. Aber auch wenn sie zur Abwechslung mal gelassen auf den Augenblick wartete, da sie aufgerufen würde, um sich über Effi Briests Launenhaftigkeit zu äußern, änderte das nichts daran, daß Tilli in ihre alte Melancholie zurückfiel.

Kein einziger ihrer zukünftigen Gefährten hatte sie seit der Mathestunde angesprochen, kaum einer einen Blick für sie übrig gehabt.

In der großen Pause gingen die meisten hinüber in die Kantine zum Essen. Tilli verbrachte sie allein in ihrem Kabuff. Dann ging sie hinunter in den Geschichtsraum, setzte sich, lange bevor die anderen kamen, in die letzte Reihe und begann einen gläsernen Kokon um sich zu spinnen. Aus ihm heraus beobachtete sie ihre Mitschüler, als sie nach und nach eintrudelten, ernannte die Geschichtslehrerin zur Göttin der Einsamkeit und spielte ein stummes Klage-Antwort-Spiel mit ihrer Fönfrisur.

Ihre Lehrerin merkte es nicht. Sie hatte nicht einmal gemerkt, daß sie neu war. Und ihre Höhlenmenschen konnten ihr gestohlen bleiben, wie überhaupt sämtliche Vertreter der Gattung Homo Sapiens, einschließlich Birthe, der Verräterin.

Am Nachmittag schlenderte Tilli mit Nina ins Dorf. Der September neigte sich dem Ende zu und kleidete Lehnitz, das ansonsten eine unscheinbare Siedlung entlang der Hauptstraße war, in ein rotgoldenes Ballkleid.

Die Luft war warm wie im Sommer, rechts und links türmten sich Kastanienblätter, die ihren Stammwohnsitz zugunsten eines abenteuerlicheren Aufenthaltes am Straßenrand aufgegeben hatten, und im Gehen merkte Tilli, wie auch von ihr mit jedem Schritt ein Blättchen der schwarzen Farbe, mit der sie sich die Zukunft ausgemalt hatte, abfiel.

Den Anstoß dazu hatte sicherlich der brandneue Dienstausweis gegeben, den sie seit einer Stunde stolz im Sichtfenster ihres Portemonnaies trug. Von nun an war sie offiziell vollgültiges Mitglied der NVA. Außerdem tat es gut, mit jemandem zu reden, auch wenn dieser Jemand Nina war, deren Leben ausschließlich aus Erfolgen zu bestehen schien. Der letzte war wohl ihr fulminanter Auftritt in ihrer neuen Seminargruppe gewesen: »Die sind alle so süß.«

Zu Tillis Erstaunen war Nina aber auch durchaus in der Lage zuzuhören. Sie schwieg, bis sie ihre Leidensgeschichte beendet hatte. Dann schüttelte sie ihren goldenen Kopf, strahlte sie aus meerblauen Augen an und sagte: »Such dir

Leute aus anderen Klassen für den Nachmittag. Oder laß dich in unsere Seminargruppe versetzen!«

Für Nina war das Leben ein einfaches Spiel, bei dem sie immer nur gewinnen konnte. Probleme kannte sie wahrscheinlich nur aus Erzählungen anderer, aber Tilli war ihr trotzdem dankbar. Einfach dafür, daß sie da war.

Sie drehten eine Runde um den See, der zum Ort gehörte, und beschlossen, auf dem Heimweg einen Abstecher in den einzigen Konsum zu machen. Außer einem Rest Torte hatten sie nichts mehr zum Essen.

Unterwegs hatte Nina ihr den Tipp gegeben, eine Ausbildungshilfe zu beantragen, die sich Bafög nannte. Das war eine Art Lehrgeld für Schüler. Tilli hatte noch nie davon gehört, aber zumindest konnte sie sich nun die Frage beantworten, die sie sich heimlich schon eine ganze Weile stellte, nämlich wovon sie ihr Essen, die S-Bahn und nun auch noch den Internatsplatz bezahlen sollte. Das Guthaben auf ihrem Konto belief sich auf knapp 150,– DM, die vom Lehrgeld übriggeblieben waren. Und nun kam Nina, sprach ein Wort, und alles löste sich in Wohlgefallen auf. Und vielleicht hatte die schöne Nina auch in anderer Hinsicht recht, und es gab irgendwo im Internat einen Menschen, der auf sie wartete und den sie nur finden mußte. Warum sollte er ausgerechnet in ihrer eigenen Seminargruppe sitzen? Warum aber eigentlich auch nicht? Was war schon ein erster Schultag!

Der Konsum, in den sie kamen, war noch eines dieser Relikte aus Omas Zeiten. Man konnte vom Kohlenanzünder bis zum Mückenspray alles erwerben, was man brauchte, wobei die Ladeninhaberin vorgab, was man zu brauchen hatte und was nicht.

Ihrer Meinung nach waren Apfelsaft und schwarzer Tee Dinge, auf die ein ordentlicher Haushalt durchaus verzichten konnte, wohingegen Blutwurst mindestens einmal pro Woche auf den Tisch gehörte.

Nina und Tilli schleppten ihre Taschen ins »Objekt«,

hievten sie die Treppen hoch und ließen sie im Zimmer auf den Boden plumpsen.

Dann stand sie neben Nina und sah sich um. Irgend etwas stimmte nicht.

Bei Nina fiel der Groschen zuerst. »Ich hätte nicht gedacht, daß die gute Silke so schnell die Flinte ins Korn werfen würde«, sagte sie eine Weile später.

Tilli hatte inzwischen Silkes Bett mit ihrer Wäsche bezogen und probierte, ob es nicht möglich war, es vom Oberbett zu trennen. Sie hatte bemerkt, daß es nur aufgesteckt war. Nach einigem Ruckeln begann es sich zu lösen. »Ich glaube, die haben hier einen Keller«, sagte Nina. »Wir könnten die oberen Betten ganz aus dem Raum werfen. Dann sieht es nicht mehr so vollgestopft aus. Einer der Spinde kann auch raus. Sonst benutzt uns vielleicht noch ein Streitopfer als Exil. Und wenn wir den Holzschrank umdrehen« – sie zeichnete eine flüchtige Skizze auf ihr Englischheft –, »dann können wir damit die Schlaf- von der Wohnecke trennen.« Sie sah Tilli erwartungsvoll an.

Sie fand die Idee gut. Wenigstens hier oben würden sie es gemütlich haben. Sie konnte ein paar der Bastmatten aus der WG hierher überführen und ordentliche Vorhänge und eine Palme …

»Ich möchte mein Oberbett nicht rausschmeißen«, sagte sie endlich.

»Lieber schiebe ich es an mein Bett und mache eine Liegewiese daraus.«

»Wie du willst«, sagte Nina und begann sich auszuziehen.

Als sie dessen gewahr wurde, stutzte Tilli. »Willst du schon ins Bett? Es ist erst zehn nach sechs!«

»Sag bloß!« Nina suchte in ihrem Spind und hielt sich schließlich ein enges graues T-Shirt gegen den Busen. »Ist das okay für den ersten Abend?«

Tilli setzte sich behutsam auf ihr neues Bett. »Der erste Abend mit wem?«

Nina lächelte, und Tilli argwöhnte, daß es einmal mehr ein Übungslächeln war.

»Mit Marcus. – Nun guck doch nicht so«, sagte sie, als sie Tillis Gesicht sah. »Er sitzt neben mir, und, keine Angst, er wird nicht der Vater meiner Kinder. Er hat mich nur gefragt, ob ich Lust hätte, mit ihm ins Kino zu gehen. Nach Oranienburg. Hier ist doch eh nichts los.«

Tilli nickte schwach. Natürlich nicht.

»Ein Adonis ist er ja nicht gerade«, fuhr Nina fort, ohne darauf zu achten, was sie mit ihrem Geschwätz anrichtete. »Aber ich habe zufällig mitbekommen, daß Kai und Martin, die vor uns sitzen, auch dahin wollen. Und Martin ist schon ein frisches Shirt wert.«

Sprach's und verließ mit ihrem Kosmetikköfferchen das Zimmer Richtung Waschraum.

Tilli blieb wie angenagelt auf der Bettkante sitzen. Wie hatte sie nur so dumm sein können anzunehmen, daß Nina ihr an den ersten Abenden im Internat Gesellschaft leisten würde?

Nina war kein Mauerblümchen wie sie, wahrscheinlich würde sie sich nicht mal mit einem Schonplatz im breiten Mittelfeld zufriedengeben.

Dank ihrer verspäteten Anmeldung war sie in ein munteres Grüppchen mit lauter *süßen Leuten*, die zwar keine zukünftigen Nobelpreise, dafür aber jede Menge Gaudi versprachen, gerutscht. Und sie, übervorsichtig, wie sie war, in diesen lahmen Haufen von Platzhütern. Es war wohl ein Naturgesetz, daß manche Menschen in Serie Asse aus dem Ärmel zogen, während die anderen Zeit ihres Lebens auf den Luschen sitzenblieben. Da hockte sie nun mit ihrer Piksieben.

Als es anfing zu dämmern, stand Tilli auf, ging zum Tisch hinüber und begann einen endlosen, von Vorwürfen und Selbstmitleid strotzenden Brief an Birthe zu schreiben. Sie schrieb, bis ihr Beulen an den Fingern wuchsen und das Papier vor ihren Augen zu gilben anfing. Dann ging sie aufs Klo.

Als sie wiederkam, nahm sie den Brief, um ihn auf Rechtschreibfehler zu untersuchen, aber ihr wurde schlecht dabei. Sie knüllte ihn zusammen und warf ihn in den Papierkorb. Ohne sich auszuziehen, legte sie sich ins Bett und starrte auf den Lattenrost. Als Nina kam, tat Tilli, als schliefe sie. Sie hatte keine Lust, sich fremdes Glück anzugucken.

Sie war drei oder vier Jahre alt und schlief noch in einem Gitterbett, an dessen Front die Stäbe entfernt worden waren, damit sie ungehindert ein- und aussteigen konnte.

Ihre Mutter brachte sie jeden Abend nach dem Sandmännchen, das sie in ihrem halbzimmergroßen Fernseher gucken durfte, ins Schlafzimmer, legte ihr die Hände zusammen und betete laut vor: »Müde bin ich, geh' zur Ruh ...« Tilli war gar nicht so müde, wie ihre Mutter annahm, aber zur Ruh ging sie zwangsläufig.

Wenn die Mutter weg war, um in der Küche abzuwaschen oder sich mit Tillis Vater zu streiten, was beide *laut reden* nannten, lag sie in den Kissen und befriedigte sich selbst.

Tilli hatte schnell herausbekommen, daß sie, wenn sie die Stelle, die der Volksmund als Schamhügel bezeichnete, der sie selbst aber noch keinen geeigneten Namen gegeben hatte, mit Zeige- und Mittelfinger rhythmisch massierte, eine kleine aufregende Reise unternehmen konnte, an deren Ende sie von einem Berg (der Rodelberg hinterm Haus) direkt in die Sonne sehen konnte oder plötzlich Kaugummis von einem russischen Offizier geschenkt bekam oder andere beglückende Dinge.

Sie hatte auch herausgefunden, auf welche Art man atmen mußte, um sein Ziel zu erreichen, nämlich stoßweise, durch die Zähne gepreßt, damit nur ein Minimum an Kohlendioxyd aus- und ebensowenig Sauerstoff einströmen konnte.

Danach lag sie schwer und einigermaßen müde in den Decken und blickte zur Zimmerlampe empor, die sich als blasser Kegel aus dem Halbdunkel des Schlafzimmers heraushob. Eines Abends fiel Tilli auf, daß sich unzählbare winzige Partikel um die Lampe bewegten. Sie waren so klein, daß sie weniger die Pünktchen als vielmehr deren Bewegungen sah, aber es *gab* sie, nicht nur um die Lampe herum, sondern überall im Raum.

Heute würde sie sagen, daß es Staub war, aber als Kind von drei Jahren war ihr nichts Besseres eingefallen, als zu glauben, daß diese überdimensionierten Atome winzige Nachtzwerge waren, die nichts sehnlicher wünschten, als daß sie endlich einschliefe, damit sie sich auf sie stürzen und wer weiß was mit ihr anstellen konnten. Das Ende vom Lied war, daß Tilli wie ein Tier gegen den drohenden Schlaf ankämpfte. Man muß verstehen – Tillis Mutter verstand es nicht –, daß sie ums nackte Überleben kämpfte. Manchmal rief Tilli nach ihr. Dann kam sie, ihre Beschützerin, von Mal zu Mal gereizter, und die Zwerge zogen sich zurück. Kaum war sie fort, ging das Ganze von vorne los. Irgendwann schlief Tilli erschöpft ein, und irgendwann begriff sie auch, daß die Flimmerpartikelchen ihr nicht nach dem Leben trachteten, da sie ja jeden Morgen äußerst lebendig aufwachte.

Das war die Zeit, als die Grauschattengespenster an ihre Stelle traten.

Die Grauschatten lauerten im Korridor hinter der Garderobe darauf, daß Tilli nachts auf die Toilette mußte. Zum Glück kam das nur selten vor, jedenfalls bis sie zu ihrer ersten Kur geschickt wurde, weil sie zu mager war und der Kinderarzt befand, daß sie als Bündel von Haut, Knochen und Haaren nur schwerlich das Erwachsenenalter erreichen würde.

Nach der Kur hatte Tilli noch ein Kilo abgenommen und litt außerdem unter Blasenschwäche. Danach lieferte sie sich jede Nacht Verfolgungsjagden mit den Grauschatten. Vielleicht war das der Grund dafür, daß sie später eine so gute Sprinterin geworden war.

Während Nina im Bett gegenüber ihr zartes Schnarchsolo gab und Tilli auf den Schlaf wartete, sah sie im trüben Licht der Straßenlaterne Heerscharen winziger Teilchen um den Spind auf der anderen Seite kreisen.

Sie waren gelblich, manche von unbestimmter Farbe, und sie vertiefte sich in ihre Bahnen, bis ihr schwindlig wurde und die Wände des Zimmers zu einem engen Schacht zusammenrückten, den sie hinabfiel. Die Luft wurde knapp. In ihren Ohren begann es zu sausen.

Sie hatte Angst, aber weit und breit gab es keine Mutter, die sie rufen konnte, und selbst der kleine Höhepunkt, den sie sich zur Ablenkung kraft ihrer trainierten Finger hätte verschaffen können, blieb ihr verwehrt, weil das Quietschen des Eisenbettes unter Umständen Nina geweckt hätte. Das erinnerte sie an eine andere Kindheitsepisode. Mit acht Jahren war sie mal wieder zur Kur gefahren, ihrer nunmehr vierten. Diesmal hatte es sich, soweit sie sich entsinnen konnte, um labile Bronchien gehandelt. Es war eine reine Mädchenkur an der Ostsee gewesen: dreißig Mädchen, alle zwischen sechs und zwölf Jahre alt, die in Achtbettschlafräumen untergebracht waren. Die Betten waren aus Eisen und standen an zwei gegenüberliegenden Wänden aufgereiht, zwischen ihnen lümmelten sich weiße Nachttische, ebenfalls aus Eisen. Sie waren zurück in der Eisenzeit. Links neben Tilli schlief ein fettes Mädchen, Bärbel, das von allen gemieden wurde, sich aber aus irgendeinem Grund ausgerechnet an sie gehängt hatte, obwohl Tilli sie, schon um ihre Ruhe zu haben, demütigte, wo es nur ging.

Eines Morgens wachte sie auf. Es war noch früh, und Tilli erkannte am gleichmäßigen Atmen um sich herum, daß die anderen noch schliefen.

Das war eine Gelegenheit, die sie nicht ungenutzt verstreichen lassen durfte!

Wie erwartet vibrierte das Eisenbett. Es vibrierte nicht nur, es war durch die ungewohnte Nutzung dermaßen aus dem Gleis geworfen, daß es bei jeder Bewegung quiekte wie ein Baby. Tilli war es egal – es hörte ja niemand.

Das dachte sie! Denn während sie sich dem Offizier

näherte, um zu gucken, was er da in der Hand hielt – drang ein verblüffend ähnliches Geräusch aus dem linken Nachbarbett an ihr Ohr.

Abrupt hielt sie inne.

Jeder weiß, wie ärgerlich es ist, eine einmal begonnene Tätigkeit kurz vor dem Ende unterbrechen zu müssen. Das Quietschen des Nachbarbettes hielt noch eine Weile an, dann verstummte es ebenfalls. Tilli drehte sich nach links und sah direkt in Bärbels glänzende Augen. Ihre Bettnachbarin atmete heftig.

»Was machst du da eigentlich?« fragte sie streng.

»Was machst du denn?« kam es leise zurück.

»Ich habe mir einen Mückenstich am Bein gekratzt.« Zum Beweis hob Tilli die Decke ein Stück und zeigte einen roten Riesenflatschen, den sie sich am vorangegangenen Tag tatsächlich eingefangen hatte.

Die dicke Bärbel wurde rot. »Ich auch«, sagte sie. Aber sie zeigte nichts.

Als Tilli die Episode wieder einfiel, mußte sie lachen. Vorbei war es mit den Staubwichten auf dem Spind. Die Wände rutschten widerwillig an ihre angestammten Plätze zurück, und plötzlich wußte sie, was ihr Problem und gleichzeitig dessen Lösung war: Sie war neunzehn, und offensichtlich brauchte sie einen Freund, um zum nächsten Kapitel übergehen zu können.

War der Montag schon ein achtstündiger Kreuzweg gewesen, schaffte es der Dienstag spielend, ihn noch zu übertreffen. Das Schweigegelübde, das die anderen scheinbar gegen sie abgelegt hatten, blieb erhalten, dafür nahm Tilli aber ihre erste Fünf in Mathe entgegen und blamierte sich anschließend bei der angekündigten Zusammenfassung der »Kindereien« vom letzten Mal. Wie nichts zuvor in ihrem Leben sehnte sie das Ende der Stunde herbei.

In Englisch lief es kaum besser. Und so ging es weiter. Es war wie zu Hause. Gründe, sich zu blamieren, gab es genug, aber niemanden, der einen mit einem freundschaftlichen Lächeln hinterher wieder in die Spur half.

Bat Tilli jemanden um Auskunft, erhielt sie sie. Wie am Fahrkartenschalter. Überhaupt kam sie sich wie ein Reisender im Ausland vor, der von den Einheimischen nur geduldet wurde, solange er sich ruhig verhielt.

Wenn es überhaupt etwas Schlimmeres gab als die zähen Unterrichtsstunden, unterbrochen von bangen zehnminütigen Pausen, dann war es die Stille, die Tilli am Nachmittag in ihrem Kasernenstübchen empfing.

Sie hatte Nina gerade noch vor der Tür erwischt, wo sie von einem Jungen mit beängstigend weißen Zähnen abgeholt wurde. Tilli vermutete, daß es der schmucke Martin war, den Nina mit der ihr eigenen Zielstrebigkeit kurzerhand gegen den netten Marcus eingetauscht hatte.

Sie vergrub sich im Bett und las zum zweitenmal Hesses »Steppenwolf«. Das Buch gefiel ihr nicht. Sie fand sich darin zu sehr wieder und hatte es nur als Andenken an Birthe mitgenommen, weil sie es von ihr zum Geburtstag geschenkt bekommen hatte. An diesem Nachmittag mochte Tilli es noch weniger als sonst, denn sie stellte fest, daß es einen mit hinabriß. Es verurteilte den gläubigen Leser zur Kapitulation. Hesse, der Verlierer, der Jammerlappen, hatte es sich offenbar vorgenommen, so viele Jünger wie möglich mit ins Elend zu ziehen – und so etwas hatte auf ihrem Buchhändlerlehrplan gestanden. Da hätten sie gleich jedem ein Röhrchen Veronal auf die Schulbank legen können, dachte sie wütend.

Sie für ihren Teil hatte zwei Monate Kapitulation hinter und eine Schlacht vor sich, die zäh zu werden versprach und vor der sie ein ermutigendes Wort dankbarer aufgenommen hätte. Nicht diese Anleitung zum Selbstmord.

Bei jedem Satz, den sie las, wurde das Blut in ihren Venen dicker, bis sie endlich das Buch zuschlug und auf den Tisch warf. Warum schenkte Birthe ihr so eine verzweifelte Geschichte?

Tilli verschränkte die Arme unter dem Kopf. Eines war klar: So wie es im Moment lief, konnte es nicht weitergehen. Sie war nicht diejenige, die gut mit Ächtung umgehen konnte. Besonders, wenn sie sich keiner anderen Schuld bewußt war als der, zu spät gekommen zu sein. Dementsprechend gab es zwei Möglichkeiten: Entweder sie tat das, was sie in solchen Fällen bisher immer getan hatte, und suchte das Weite. Das bedeutete, daß sie, zumindest erst mal, wieder in die WG zurückmußte, bis sie etwas Besseres gefunden hatte. Aber was das sein sollte, war ihr unklar. Und was war sie schon in der WG? Jetzt, nach Birthes und Sannes Auszug, hatte sie unter den anderen auch nicht viel mehr zu suchen als hier. Außerdem wurden Buchhändler in Potsdam nicht gesucht. Sie mußte sich also um eine andere Ausbildung kümmern. Und Tilli fiel kein Beruf ein, der sie interessierte. Hier dagegen hatte sie wenigstens einen Abschluß in Aussicht, mit dem sie mehrere Sachen anfangen konnte. Dafür lief sie Gefahr, in ihrem Eckchen in der letzten Reihe oder hier in dieser Soldatenstube zu versauern.

Tilli brütete vor sich hin und kam endlich auf eine Idee, die eines Staatspräsidenten würdig gewesen wäre: Sie stellte der Klasse ein Ultimatum. Wenn sich bis zum Wochenende nichts Entscheidendes verändert hatte, würde der Hammer fallen. Dann konnte sie ihr Glück auch auf dem Arbeitsamt suchen. Bis dahin nahm sie sich vor, sich die Zeit so zu vertreiben, wie sie es seit zwei Monaten gewohnt war: mit Beobachtungen vom Bühnenrand.

Am Mittwoch verschaffte Tilli jedem Lehrer das Gefühl, etwas besonders Essentielles von sich zu geben, denn sie schrieb unaufhörlich mit. In wohldosierten Abständen blickte sie auf, je nach Fach fragend oder nachdenklich oder zustimmend, dann versank sie wieder in ihren Niederschriften. Wäre allerdings jemand zu ihr nach hinten gekommen, um nachzusehen, was ihr Interesse so dauerhaft gefangennahm, hätte er folgendes zu lesen bekommen:

»Fabian – zweite Reihe links, Fensterseite:
- fühlt sich bei jedem Thema persönlich angesprochen und geizt nicht mit Anekdoten, Reiseberichten etc., die seine Meinung illustrieren sollen, aber kaum Unterhaltungswert besitzen
- hat keine Ahnung, kennt aber immer jemanden, der eine hat, außerdem ist er neugierig (positiv – wahrscheinlich der einzige hier)
- ziemlich alt, bestimmt 24
- hat eine frappierende Ähnlichkeit mit Louis de Funes (Gesicht, Haltung und Bewegung)«

Inzwischen hatte Tilli elf ihrer Mitschüler und drei Lehrer einer peinlichen Visitation unterzogen. Sie hatte festgestellt, daß es Spaß machte, Urteile über Unwissende zu fällen, denn es verlieh ihr eine, wenn auch geheime Macht. Aber sie fand, daß sie ein gerechter Richter war. Unter jeder Beurteilung ließ sie zwei Zeilen frei, damit sie später eventuelle Irrtümer korrigieren und Ergänzungen anfügen konnte.

Ihre »Zielpersonen« besaßen also die Möglichkeit, sich zu »verteidigen«, außerdem hatte Tilli den Richterspruch auf frühestens Freitag gelegt. Ihre Mitschüler mußten das nicht unbedingt wissen.

In der letzten Stunde, Kunst, wo Mitschreiben sogar erwünscht war, langte sie auf der hintersten Bank der Mittelreihe an. Dort saßen der Langhaarige, den alle seiner Haare wegen Fräulein Schmidt nannten, und ein Junge mit dunklem Topfschnitt namens Christian.

Da Tilli vorhatte, Fräulein Schmidt ein bißchen mehr Zeit als den anderen zu widmen, nahm sie sich seinen Nachbarn zuerst vor.

Sie sah ihm zu, wie er einen Bleistift anspitzte, die Holzspäne sorgsam zusammenschob, schrieb seinen Namen, versah ihn mit einem Doppelpunkt und hielt inne.

Es war eigenartig.

Das heißt, es war eigenartig, daß er ihr bisher kaum aufgefallen war. Er war derjenige gewesen, der unlängst in der

Tür auf seinen Kumpel gewartet und damit ihre angestrebte kleine Plauderei über den Stundenplan blockiert hatte.

Von seinem pubertären Haarschnitt einmal abgesehen, sah er eigentlich nicht schlecht aus. Von ihrem seitlichen Beobachtungsposten aus konnte Tilli erkennen, daß er ein gut geschnittenes Profil mit gerader Nase hatte und Lippen, die eines griechischen Gottes würdig gewesen wären.

Seine Augen konnte sie nicht sehen, aber einen Strauß langer schwarzer Wimpern unter vollen, geraden Augenbrauen, die in reizvollem Kontrast zu einer hellen, fast milchfarbenen Haut standen. Alles zusammengenommen ergab eine interessante Mischung von ausgeprägter Männlichkeit (denn daß er groß und muskulös war, ließ sich, auch wenn er saß, nicht übersehen) und einer femininen Note. Eine vielversprechende Mischung, die Frauen anzog, wie sie nicht zuletzt aus der WG wußte.

Neben Fräulein Schmidt wirkte er ruhig, obwohl Tilli ihn während der Kunststunde zweimal lachen hörte. Es war ein hohes kindliches Lachen, das nicht zu ihm paßte. Tilli beschloß, den Rest der Seite, die sie ihm gewidmet hatte, frei zu lassen.

Fräulein Schmidt schenkte sie die Notiz: »– grinst immer, sagt aber selten was.« – Dann hatte sie keine Lust mehr auf Observationen.

Statt dessen lag sie auf der Bank und versuchte zu ergründen, welcher Gattung Mensch sie Christian zuordnen sollte. Daß er auf eine Weise hübsch war, die einem – wenn sie einem erst einmal aufgefallen war – auf fast schmerzhafte Weise in den Augen brannte, war eine Sache. Noch dazu eine, die sie nicht besonders glücklich machte. Denn Männer wie Christian spielten nicht in ihrer Liga. Für gewöhnlich bemerkten sie Tilli, wenn überhaupt, dann erst, wenn sie aus Versehen auf sie traten.

Trotzdem beschäftigte er sie. Sie hatte den Eindruck, daß er, seinem Aussehen zum Trotz, kein reiner Beau war, sondern eine Legierung, und sie fand, daß sie als Richterin, wenn schon nicht als Mädchen, befugt war, die Unreinheiten in seinem Material aufzudecken und festzuhalten.

Es fiel ihr zum Beispiel auf, daß er zwar (schwarze) Jeans trug, wie die Mehrzahl der Jungs, dazu aber ein T-Shirt. Die meisten anderen hatten sich, der Jahreszeit entsprechend, für Pullover oder Hemden entschieden, aber mehr als die Tatsache, daß er abgehärtet war, beschäftigte Tilli die *Farbe* des T-Shirts, nämlich ein für einen Mann ungewöhnliches Rosaviolett. Er hatte es schon in den letzten Tagen getragen, vielleicht besaß er auch gar kein anderes. Dann dieses Lachen! Es stand in völligem Gegensatz zu seiner sonoren Sprechstimme, ganz zu schweigen von seiner Erscheinung.

Kunst schien im übrigen nicht sein Fach zu sein. Statt den Blick auf seinen Block oder das äußerst betrachtenswerte Antlitz ihrer Kunstlehrerin Frau Kerze zu heften, spielte er irgend etwas mit Fräulein Schmidt, das verdächtig nach »Schiffe versenken« aussah. Zwischendurch brach er immer wieder in sein klingendes Kindergelächter aus.

Tilli beobachtete, wie Frau Kerze dann jedesmal in ihrem Vortrag stockte und einen unsicheren Blick in die letzte Reihe warf. Tilli nahm sich ein Blatt vor und fing an, sie zu zeichnen. Frau Kerze trug ihren Namen wie eine Fahne. Tilli war sich nicht im klaren, ob die Farben, die sich um den Körper ihrer Lehrerin stritten, ihrem Geschmack entsprachen, oder ob sie eine Ein-Frau-Ausstellung war. Sie war so bunt gekleidet, daß man mehr den Eindruck hatte, vor einer Blumenrabatte zu sitzen als vor einer Frau. Die unteren Ausläufer ihres mohrrübenroten Lockenteppichs markierten zwei handtellergroße rote Plastikblumen mit gelben Körbchen, die den Blick des Betrachters unwillig, aber wirkungsvoll auf die beiden daneben knospenden rosa Wangen lenkten, deren Perlmuttglanz wiederum exakt von den Lippen aufgenommen wurde, um endlich mit einer weiß gepunkteten maigrünen Bluse um die Vorherrschaft zu ringen. Der Ausgang der Schlacht war ungewiß. Das einzig Normale an ihr war die Uhr. Tilli malte sie besonders groß und versah sie mit einem Fragezeichen. Frau Kerze und ihr kühnes Bekenntnis zur Farbe waren ihr sympathisch.

Ob sie von Kunst einen blassen Schimmer hatte, wagte sie angesichts der Tatsache, daß sie jedes Wort vom Blatt ablas, zu bezweifeln, aber daß sie auch kunstlos schimmern konnte, war deutlich zu sehen. Außerdem versprachen ihre Stunden neunzig Minuten Erholung, und wenn Tilli sich umsah, fand sie keinen hier im Raum, der das nicht dankbar annahm. Viele schliefen, einige krakelten vor sich hin, Christian hatte dem Jubeln nach gerade eines von Fräulein Schmidts Schiffen versenkt.

Dieses eine Mal erschien Tilli das Pausenklingeln, das gleichzeitig den Nachmittag einläutete, verfrüht. Sie beobachtete, wie Christian und Fräulein Schmidt ihre Utensilien zusammenräumten, und legte langsam den Stift aus der Hand. An der Vorstellung, ihren angestammten Platz im Bett wieder einzunehmen, reizte sie nur wenig.

So trödelte sie absichtlich ein wenig herum und lächelte in einem Anfall von Tollkühnheit Fräulein Schmidt an, als er an Christians Seite den Raum verließ. Fräulein Schmidt lächelte zurück. Es waren nur zwei Zentimeter, die sich seine Lippen zusätzlich in die Breite zogen, ehe sie von den Ohren gestoppt wurden, aber es war nicht zu übersehen!

Sofort strich Tilli die Segel. Sie drehte sich um und nestelte am Reißverschluß ihrer guten alten Alibitasche. Irgendwie mußte sie dem Lächeln etwas folgen lassen, aber was?

Genau in diesem Moment erklang laut und zu deutlich, um es mißverstehen zu können, in ihrem Rücken Christians Lachen. Sie konnte ihn nicht sehen, aber das war auch nicht nötig. Tilli wußte: Es galt ihr, und es schwang keine Sympathie darin mit. Christian machte sich über sie lustig.

Damit war klar, wo sie den Rest des Tages verbringen würde.

Tilli erwachte mit Magenkrämpfen. Es war Donnerstag. Sie hatte diese Krämpfe seit ein paar Jahren nicht mehr gehabt, aber sie wußte, was sie bedeuteten. Für die erste Stunde stand Englisch auf dem Plan, gleich gefolgt von Mathe. Ein Grund mehr, im Bett zu bleiben und sich krank zu melden.

Allerdings war es blödsinnig, nur in den ersten beiden Stunden zu fehlen, und wenn sie sich richtig krank schreiben ließ, konnte sie auch gleich die Flinte ins Korn werfen. Schließlich lief das Ultimatum in zwei Tagen ab.

Im Grunde glaubte Tilli keine Sekunde daran, daß in diesen zwei Tagen noch ein Wunder passieren würde. Daß sie sich überhaupt daran hielt, hatte auch nichts mehr mit Hoffnung zu tun. Sie hielt einfach als eine Art Willenstest daran fest. Sonst wäre sie schon gestern nach der letzten Stunde abgereist. Noch immer hatte sie das höhnische Lachen im Ohr, mit dem Christian, diese Legierung, ihren Versuch, Kontakt zu seinem Freund zu knüpfen, gemeuchelt hatte.

Sie stand auf und knickte sofort vornüber. Das letztemal hatte sie diese Art von Bauchschmerzen kurz vor der mündlichen Chemieprüfung in der 10. Klasse gehabt.

Es war Streß – sie mußte sich einfach sagen, daß es auch wieder vorbeiging – vielleicht nach Mathe.

Leise stöhnend kroch sie zum Tisch, um sich einen Tee zu machen.

Nina war über Nacht weggeblieben, ihr Bett war unberührt. Als Tilli sich angezogen hatte, kam sie hereingeweht, frisch und rosig wie immer.

»Morgen.« Sie flog zum Schrank und griff sich ein frisches Hemd und ihr Badehandtuch. Bevor sie wieder von dannen schwebte, blieb sie kurz stehen. »Alles in Ordnung?«

Tilli lehnte sich gegen die Tischkante und kämpfte gegen den Drang an, sich zusammenzurollen, was immer eine gewisse Erleichterung versprach. »Ja. – Nur Bauchschmerzen.«

»Oh.« Nina griff nach der Türklinke. »Wenn sie nicht weggehen, nimm dir ein Aspirin. In der roten Tasche auf dem Fensterbrett.«

Tilli sah ihr nach.

Ihr kam der Gedanke, vor dem Unterricht kurz bei Sanne vorbeizugehen. Sie hatte ein Einzelzimmer. Wie ich, dachte Tilli bitter. Sie wußte, daß sie kein Aspirin brauchte, sondern jemanden, der nicht lachte oder wegsah, wenn sie mit ihm sprach.

Das erste, worüber sie in Sannes Zimmer stolperte, waren Weinflaschen. Aus der Bettecke zu ihrer Linken ertönte eine aufgeschreckte Stimme.

»Hallo?«

Die Vorhänge waren noch zugezogen, und es war dämmrig im Raum. Aber Tilli erkannte auch im Halbdunkel, daß Sanne nicht allein im Bett lag. Ohne etwas zu sagen, zog sie die Tür leise wieder ins Schloß.

Während der Mathestunde verbot sie sich jeden Blick zur letzten Bank der Mittelreihe.

Aber sie konnte nicht umhin, mit anzusehen, wie Christian auf Geheiß Herrn Keglers nach vorn zur Tafel schlenderte, um der Klasse eine Nullstellenberechnung zu demonstrieren.

Immerhin hatte Tilli inzwischen gemerkt, daß Herr Kegler nicht ihr Feind war. Nach dem Desaster der zweiten Stunde hatte er sie weitgehend in Ruhe gelassen, aber wenn sie sich meldete, was bis jetzt auch nur einmal vorgekommen war, nahm er sie sofort dran. Entweder tat sie ihm leid, oder er war sich dessen bewußt, daß es irrationale Menschen wie sie gab, die trotzdem zurechnungsfähig waren, oder er fand, was auch möglich war, daß es nicht zu den Haupttugenden einer Frau gehörte, Nullstellen erörtern zu können.

Christian dagegen rief er ausgesprochen gern nach vorn.

Diesmal fielen Tilli die Blicke der anderen auf, die ihm

folgten, als er seinen Platz verließ, nachlässig, fast verächtlich ein paar Zeilen an die Tafel kritzelte, die Lösung unterstrich und sich wieder auf den Heimweg begab. In allen lag ein Ausdruck größter Hochachtung, die bei einigen der Mädchen an haltlose Verehrung grenzte.

Und jetzt war ihr auch klar, daß es schon immer so gewesen war.

Christian spielte in dieser merkwürdigen Ansammlung von Leuten eine besondere Rolle, vielleicht merkte er es nicht einmal, aber es war nicht zu übersehen!

Tilli verfolgte, wie elektrisiert von ihrer Entdeckung, jede seiner Bewegungen, und je weiter der Tag fortschritt und je länger sie dem Wechselspiel zwischen der Klasse und ihm zusah, desto mehr fand sie ihre Vermutung bestätigt. Außerdem bemerkte sie, daß nicht nur die Schüler, sondern auch ein Teil der Lehrer, diejenigen nämlich, die die Naturwissenschaften hüteten und mit ihr schon deshalb auf Kriegsfuß standen, ihn mit großer Wertschätzung behandelten, fast wie ihresgleichen.

Christian meldete sich nie, aber wurde sein Name einmal genannt, was zumeist dann geschah, wenn sich alle anderen an einer Aufgabe vergeblich die Zähne ausgebissen hatten, folgte umgehend die richtige Antwort, egal, ob er gerade aufgepaßt oder vor sich hin geträumt hatte, und ein Reigen ehrfürchtiger Blicke war die Reaktion.

Tilli wurde schlagartig klar, daß es gar nicht darum ging, die Klasse für sich einzunehmen! Ob sie sie gedeihen oder verhungern ließ, hing ausschließlich von Christians Verhalten ihr gegenüber ab, denn er war ihr Kopf. So war das also. Er hatte sich über sie lustig gemacht – damit hatte er dann wohl ihr Schicksal besiegelt. Doch ausgerechnet in diesem Moment, der eigentlich dazu angetan war, ihr den letzten Rest Mut zu rauben, den sie noch besaß, passierte etwas Eigenartiges: Tilli sah sich den Fehdehandschuh aufnehmen.

Es war verrückt! Im Vergleich zu diesem Goliath war sie nicht mehr als Davids Schoßlamm – aber er hatte etwas in ihr geweckt, das noch stärker war als ihre Unsicherheit: ihren Trotz! Und sie erkannte, daß sie es nunmehr nicht länger mit einer diffusen Menge aufnehmen mußte, die sich Klasse nannte, sondern mit einem einzelnen. Das war schwieriger, denn sie konnte nur gewinnen oder verlieren, einen Mittelweg gab es nicht. Aber es war auch leichter, denn sie brauchte sich nur noch auf diesen einen Jungen zu konzentrieren.

Sie mußte eben versuchen, strategisch vorzugehen.

Von diesem Moment an verlegte Tilli sich ausschließlich aufs Beobachten und begann alles zu speichern, was sie im Zusammenhang mit Christian für wichtig erachtete, so wie ein Pilz das Wasser speichert, um es bei passender Gelegenheit für sich nutzen zu können.

Das Spiel begann.

In der ersten Pause ging Tilli ausnahmsweise nicht hinauf in ihr Kabuff, sondern stellte sich zu den anderen vor den Geschichtsraum. Es scherte sie nicht, daß niemand mit ihr sprach. Sie hatte nur Augen für Fräulein Schmidt und Christian, die an der Wand lehnten und sich mit dem Mädchen unterhielten, das Tilli sich seit der ersten Mathestunde wegen ihres Stirnbandes als das »Nylonmädchen« gemerkt hatte. Eigentlich hieß es Edith.

Den Gesprächsfetzen, die bei ihr ankamen, entnahm sie, daß die drei nach der sechsten Stunde regelmäßig in die Kantine gingen, denn das Mädchen befand das Essen für zu fett und Fräulein Schmidt für zu mager. Sie lachten, und Tilli registrierte, daß Edith sich zwar mit dem langhaarigen Schmidt angefreundet hatte, Christian aber schüchterne Blicke zuwarf. Im Unterricht war davon nichts zu merken, deshalb war es ihr bisher entgangen.

Dafür fand sie in der folgenden Stunde heraus, daß Christian auch keine Ader für Geschichte hatte. Im Unterschied zu den naturwissenschaftlichen Fächern wurde er hier nicht um seine Meinung gebeten, er schien auch keine zu haben, denn er starrte gedankenverloren vor sich hin und malte Muster auf seinen Hefter. Die anregende Gesellschaft von Fräulein Schmidt blieb ihm diesmal versagt, denn, wie Tilli richtig gedeutet hatte, der verbrachte die Stunde mit etwa der Hälfte der Klasse in einem anderen Raum mit »Gesellschaftskunde«. Tilli fragte sich, ob Christian dort nicht besser aufgehoben gewesen wäre, aber letztendlich war sie froh darüber, in seiner Nähe sein und ihn beobachten zu können.

Was sie aus der Stunde mitnahm, war eine weitere Bestätigung ihrer Theorie. Funes, der Großnasige, hatte sich wieder einmal in den Tausendsteln einer seiner durch »Erfahrung« fundierten Hypothesen verrannt, während die Lehrerin unruhig ein ums andere Mal auf die Uhr gesehen hatte. Christian hatte unterdes seine Ornamente zu Zierbändern verbunden, sah kurz auf, als Funes anhob, in die inneren Gefilde eines Schachtelsatzes einzudringen, und nutzte eine seiner seltenen Atempausen für die ruhige Bemerkung: »Gefährlich wird's, wenn Dumme fleißig werden.«

Adressat der Bemerkung war sein Hefter gewesen, aber sie war laut genug, um den armen Funes augenblicklich zum Schweigen zu bringen. Das hatte noch niemand geschafft.

Tilli konnte Funes nach dieser Episode auf ihrer Seite begrüßen, was nichts weiter bedeutete, als daß sie ihn fortan freiwillig meiden würde, denn schließlich konnte sie Christians Gunst nicht erringen, indem sie mit seinen Gegnern paktierte.

In der letzten Stunde, Englisch – ein weiteres Fach, in dem er brillieren konnte (er sprach in beneidenswert langen Sätzen mit einem Akzent, der irgendwo hinter Kanada, keinesfalls aber in Deutschland zu Hause war) –, hatte sie bereits das Gefühl, einen großen Schritt weitergekommen zu sein. Und da passierte das Wunder.

Tilli war gerade dabei, seine Schrift von der Tafel zu kopieren, nachdem er einen fehlerlosen Wetterbericht daran geschrieben hatte, als ihr die Situation plötzlich merkwürdig bekannt vorkam.

»Frau Albrecht?«

Sie griff hastig nach dem Englischbuch und warf dabei die Federtasche vom Tisch.

»Next time«, sagte Mr. Tanner bedauernd und wandte sich an den nächsten.

Tilli beugte sich mit rotem Kopf unter den Tisch, um ihre Stifte einzusammeln. Unten traf sie zu ihrer Überraschung auf das Nylonmädchen.

»Die sind bei mir gelandet«, flüsterte sie und hielt ihr den Füller und einen Bleistift entgegen. Für ein paar Sekunden trafen sich ihre Blicke, dann tauchte sie auf, bevor Tilli sich bedanken konnte.

Die Minuten verstrichen. Das Mädchen folgte dem Unterricht, als wäre nichts passiert. Von ihrer Warte aus hatte sie vermutlich sogar recht. Sie war ein gut erzogenes Mädchen, das einer Mitschülerin Hilfe geleistet hatte. Das konnte man nicht gerade »etwas passieren« nennen.

Nach der Englischstunde verstaute Tilli ihre Sachen und erklomm die zwei Treppen zu ihrer Höhle, da sah sie sie oben am Geländer stehen. Sie schien auf jemanden zu warten. Im Vorbeigehen murmelte Tilli ein »danke für die Stifte« und machte sich daran, an ihr vorbeizuschlüpfen, als das Mädchen plötzlich fragte: »Sag mal, bist du in der Kirche?«

Tilli blieb wie vom Donner gerührt stehen. Als sie sich umwandte, sah sie, wie das Mädchen lächelte. Weder höflich noch belustigt. Es war ein offenes, gutmütiges Lächeln, das ihr großes Gesicht strahlen ließ. Sie drehte an den Knöpfen ihrer Strickjacke und erkundigte sich: »Findest du die Frage blöd?«

Tilli wußte nicht, was sie sagen sollte. Statt dessen glotzte sie das Mädchen an wie eine Kuh.

»Leute, die so rumlaufen, sind meistens in der Kirche«, fuhr Edith fort.

Tillis Überraschung drohte in Argwohn überzugehen.

Wollte sie sich doch über sie lustig machen? Aber das Mädchen behielt sein freundliches Lächeln bei. Langsam öffnete Tilli den Mund und sagte: »Wenn's danach geht, haben sich gerade *zwei* Kirchenmäuse getroffen.«

Das Mädchen errötete und sah an sich herab. Als es den Kopf hob, hatte sich sein Lächeln zu einem breiten Grinsen ausgeweitet.

»Stimmt. Ist mir noch gar nicht aufgefallen. – Aber du bist noch einen Zacken schärfer als ich«, fügte sie liebenswürdig hinzu.

Jetzt war es Tilli, die beschämt zur Selbstvisitation schritt.

Sie trug ihre übliche Kluft: braune Latzhosen, einen ebenfalls braunen Rollkragenpullover, ihre Londoner Teesiebschuhe aus einem Westberliner Secondhand-Laden, dazu die unvermeidlichen Lederschnüre an jedem freien Zentimeter ihres Körpers. Dann war da natürlich noch die Brille. Was sollte sie sagen – wahrscheinlich hatte das Nylonmädchen, das Edith hieß, recht. Auf Kirchenkonzerten sprangen lederbebänderte Latzhosen zuhauf herum, hier gehörten sie zu den Exoten.

»Und bist du nun in der Kirche?« wollte Edith wissen.

Ein wenig widerwillig gab Tilli es zu.

»Ich nicht!« rief das Mädchen fröhlich. »Aber ich fand dich vom ersten Tag an interessant.«

»Gut kaschiert«, brachte Tilli trocken heraus.

Sie fühlte sich etwas überfordert von dieser unerwarteten Wende.

Vielleicht sah Edith es ihr an, denn plötzlich versiegte ihr Lächeln.

»Ich fühle mich nicht besonders wohl hier«, gab sie zu. »Es ist alles so –«, sie suchte nach Worten, »so steif und unpersönlich. In der Klasse meiner Mitbewohnerin ist das ganz anders.« Sie seufzte. »Wie geht es dir denn?«

»Aber du hast doch schon Freunde hier«, warf Tilli ein. Sie dachte an die Pause.

»Ja?« fragte Edith erstaunt. »Das ist mir neu. Ich unterhalte mich vielleicht mal mit dem einen oder anderen. Aber mehr nicht. Nach dem Unterricht verschwinden alle in ihren Zimmern, um zu lernen oder zu schlafen oder was weiß ich. Und Anke, meine Mitbewohnerin, ist auf ihre Art ganz nett, aber ...«, sie hob die Schultern, »... sie ist Punk, mit allem, was dazugehört. Wir hatten schon mächtig Ärger, weil sie eine DDR-Fahne aus dem Fenster gehängt hatte. Jetzt hängt sie vor ihrem Bett. Na ja, was ich sagen will, ist – ich habe eigentlich noch niemanden, mit dem ich direkt befreundet bin.«

Sie seufzte, aber gleich darauf erhellten sich ihre Züge wieder.

»Übrigens: In den nächsten beiden Wochen ist unsere Klasse mit der Wache dran. Ich hatte eigentlich vor, es gleich am Montag hinter mich zu bringen. Hast *du* vielleicht Lust, mit mir Wache zu schieben?«

Das Grinsen begleitete Tilli bis aufs Zimmer und ließ sich auch dort nicht mit Wasser abspülen. Auf dem Tisch lag noch, mit zerknicktem Deckblatt, der »Steppenwolf«. »Na, Hesse, alter Junge, – Ausdauer lohnt sich«, sagte sie und nahm ihn auf, um ihn zu glätten und in den Schrank zu legen.

»Immer wenn du denkst, es geht nicht mehr, kommt von irgendwo ein Lichtlein her! Gepriesen sei die Federtasche.«

Auf einmal hatte sie Lust umzuräumen. Sollte Nina doch bleiben, wo der Pfeffer wächst. Sie würde sich ein behagliches Nest bauen, in dem sie, warum auch nicht – sogar Gäste empfangen konnte.

Vergebens harrten die Notizen in ihrer Tasche der Auswertung.

Tilli hatte Besseres zu tun. Zunächst fegte sie den Raum und bemühte sich die drei Treppen hinunter, um den Papierkorb auszuleeren – und damit hörte es eigentlich auch schon wieder auf, denn für alles andere benötigte sie Hilfe.

Zur letzten Stunde vor dem Wochenende erschienen Tillis Mitschüler in Begleitung ihres Reisegepäcks. Auf ihren fragenden Blick hin erklärte Edith, daß zehn Minuten nach Unterrichtsschluß eine S-Bahn fuhr, die Anschluß an den Sputnik hatte. Tillis Tasche stand, noch mit Heftern und Blöcken gefüllt, neben dem Tisch. Die S-Bahn konnte sie vergessen.

Seit Edith sie auf der Treppe aufgelesen hatte, hatte sich einiges geändert. Fast war es, als sei sie gerade in eine neue Klasse gekommen, und das nur, weil sie nicht mehr allein war und weil es Edith war, die Tilli in die Gesellschaft einführte.

Edith hatte einen Draht zu Christian. Sie verbrachten die Pausen zusammen, und Tilli wechselte bei der Gelegenheit zum erstenmal ein paar belanglose Worte mit Fräulein Schmidt, während Edith mit seinem Freund über die einfachste Art, an ein Schülerbafög zu kommen, diskutierte.

Tilli sah, wie glücklich sie über seine Aufmerksamkeit war.

Ganz ohne die Hilfe ihrer Notizen verkehrte sie plötzlich im Dunstkreis des Klassenoberhauptes. Es spielte keine Rolle, ob er sie beachtete oder nicht. Edith war ihre Lizenz zum Bleiben.

Im selben Moment, als sie ihren neuen Platz nahe der Klassenspitze einnahm, änderte sich auch das Verhalten ihrer Mitschüler. Sie erntete neugierige, neidische, abschätzende Blicke – auf jeden Fall begannen die meisten, sich auf die eine oder andere Weise darauf einzustellen, daß sie von nun an irgendwie im Spiel war.

Als Tilli zu Deutsch kam, staunte sie nicht schlecht, als sie sah, daß Funes den bisher frei gebliebenen Platz in ihrer Bank eingenommen hatte. Er hatte also seine Lage erkannt. Eigentlich war er ein netter Kerl, aber sie behandelte ihn trotzdem nicht mehr als höflich (obwohl sie bezweifelte, daß er es merkte).

Der Grund dafür lag nicht mehr in ihrem Kampf um Anerkennung, bei dem Funes' Sympathie ihr eher geschadet als genutzt hätte. Er langweilte sie einfach mit seinem Übereifer. Und sie war schlichtweg geschockt, als er mit verschleiertem Blick über seine Zeit in einem Wachregiment der Staatssicherheit erzählte.

Wenn im Bekanntenkreis ihrer Mutter hinter vorgehaltener Hand ein Stasiverdacht geäußert worden war, bedeutete das für den Betreffenden ein gesellschaftliches Todesurteil. – Und Funes kam daher und plauderte darüber, als wäre es ein höheres Amt am englischen Königshof. Das machte ihn verdächtig.

Tilli überlegte sogar, ob er alles nur erfunden habe, um sich wichtig zu tun, aber dann mußte er unter einer Art Luzifersyndrom leiden, ergo krank sein. Das beste schien ihr vorläufig, auf Sicherheitsabstand zu gehen und ihn im Auge zu behalten.

Edith ließ ihr während der Stunde ein Zettelchen zukommen.

»Soll *ich* mich in der nächsten Stunde neben dich setzen?« stand drauf.

Bei der nächsten Gelegenheit schickte Tilli ein unauffälliges Nicken zurück. Edith zwinkerte ihr zu.

Die letzte Stunde war eine dieser entmutigenden Mathestunden, und Tilli war heilfroh, als Herr Kegler sie mit den Worten »Ich will ja auch nach Hause« ein paar Minuten früher ins Wochenende entließ.

Im darauffolgenden Tumult verlor Tilli Edith. Sie rannte, zwei Stufen auf einmal nehmend, nach oben. Mit der geschenkten Zeit schaffte sie es vielleicht doch noch, rechtzeitig zur Bahn zu kommen.

Im Strom, der ihr auf der Treppe entgegenkam, entdeckte sie Sanne.

»Wir sehen uns«, rief sie, bevor sie von einer Woge aus Taschen und Köpfen davongespült wurde.

Kurz darauf erreichte Tilli schwer atmend die Mädchenetage.

»Du!«

Es war eine tiefe Stimme mit viel Volumen. Tilli beugte sich über das Etagengeländer – dasselbe, das Zeuge des schüchternen Geplänkels zwischen Edith und ihr geworden war – und zuckte augenblicklich zurück. Ein paar Stufen unter ihr stand Christian, wie ein Fels in einer Brandung aus Leibern, und blickte hinauf. Erst als sie sicher war, daß es in ihrer unmittelbaren Umgebung niemand anderen gab, dem sein Interesse gelten konnte, beugte sie sich wieder vor.

»Ja?«

In seinem Gesicht rührte sich nichts, als er feststellte: »Du bist doch auch aus Potsdam.«

Er kam also aus Potsdam. »Du auch?« fragte sie mit dümmlichem Grinsen.

Christian verzog die Lippen ein wenig, ohne daß ersichtlich war, was er damit ausdrücken wollte. »Ja. Aber ich habe kein Auto.«

»Aha. Ich fahre sowieso lieber S-Bahn«, antwortete sie, bar jeden Verständnisses. Damit ließ sie ihn stehen und stürzte in ihr Zimmer.

Während sie ihre Sachen in die Tasche warf, versuchte sie, dem vorangegangenen Dialog irgendeinen Sinn abzugewinnen.

Hatte er Angst, daß sie sich in seinem Auto einquartieren könnte, wenn er zugab, daß er eines besaß? In diesem Fall hätte er sie doch gar nicht erst anzusprechen brauchen. Oder wurde umgekehrt ein Schuh daraus? Diese Möglichkeit schien ihr nach der einzig ergiebigen zu riechen. Aber egal, ob Sinn oder Unsinn – er hatte mit ihr geredet!

Wahrscheinlich hatte Edith ihm erzählt, woher sie kam.

Tilli packte die Tasse wieder aus, die sie aus Versehen in ihre Tasche gesteckt hatte, zog die Jacke über und hastete die Treppen hinunter und verließ erst das Internat, schließlich das Objekt in Richtung Bahnhof. Im selben Moment, als sie das Ende des Stacheldrahtzaunes erreichte, sah sie in der Ferne einen rot-gelben Wurm davongleiten.

Das hieß, daß sie statt zwei vier Stunden nach Hause

brauchen würde. Aber eigentlich war auch das nicht weiter schlimm. Es war nirgendwo besser als hier.

Der Bahnsteig war menschenleer, als sie dort ankam. Von oben sah Lehnitz noch unappetitlicher aus als von unten, aber über die tristesten Stellen hatte der goldschimmernde Wald seinen fürsorglichen Arm gelegt. Tilli sog die Luft ein, sie roch nach feuchter Erde. Dann suchte sie sich ein Plätzchen auf einer der Bänke, streckte die Beine aus und sah zwei Spatzen dabei zu, wie sie um ein Brötchen stritten, das sie aus einem der Papierkörbe gezerrt hatten.

Sie versuchte zu ergründen, wie sie sich fühlte. Merkwürdigerweise stellte sich das als recht schwieriges Unterfangen heraus. Sie dachte an die mit Furcht gepaarte Spannung, mit der sie vor nicht einmal einer Woche zum erstenmal einen Fuß auf diesen Bahnsteig gesetzt hatte. Und an den Schlick aus dumpfer Verzweiflung noch vor zwei Tagen. Aber sie erinnerte sich daran wie an ein Buch, das sie vor langer Zeit gelesen hatte.

Tilli saß auf der Bank, und ihr war, als tauchte sie aus einem tiefen Wasser auf. Die Farben um sie herum waren deutlicher geworden, sie sah die Dinge schärfer umrissen, und die Laute, die vom Bahnhofskiosk heraufdrangen, klangen heller als früher. Und – auch das hatte sich geändert – es machte ihr nichts aus, auf dieser fremden Bank zu sitzen.

Im nächsten Moment hörte sie das leise Rasseln eines sich nähernden Fahrrads. Tilli blickte zur Seite und gewahrte in geringer Entfernung den einzigen Menschen, dem ihr neu erworbener Seelenfrieden nicht gewachsen war. Christian, die eine Hand fest im Genick des Fahrrades, stutzte, als er sie erkannte. Langsam schob er sein Rad weiter. Vor ihrer Bank blieb er stehen und nahm die Kopfhörer seines Walkman ab.

»Bahn verpaßt?« Er schenkte ihr einen kühlen, hellen Blick, wobei sich seine Mundwinkel kaum sichtbar krümmten. »Die Liebe scheint einseitig zu sein.«

»Ja.« Tilli durchwühlte ihr Hirn fieberhaft nach einer schlagfertigeren Antwort. Aber mehr gab es nicht her.

Es entstand ein peinliches Schweigen, während dessen sie krampfhaft Silben abwog und wieder fallenließ. Endlich setzte das sanfte Rasseln wieder ein.

»Tschüs«, sagte Christian. »Ich muß vorn aussteigen.«

Er setzte den Walkman auf, der die ganze Zeit leise vor sich hin gequäkt hatte, und lief gemächlich vor zum Kopf des Bahnsteiges.

Tilli sah ihm nach. Es dauerte eine Weile, bis sie wieder ein Gefühl für Raum und Zeit hatte.

Er trug einen groben Schafwollpullover, der hinten ein kleines Stück zu kurz war. Über einer seiner Schultern hing eine grünliche Tasche, wie sie sie früher im ZV-Unterricht zum Verstauen der Gasmasken benutzt hatten.

Auf die Idee, selbst nach vorn zu gehen, kam sie gar nicht erst.

Das Wochenende verging eindeutig zu langsam. Von Birthe hatte niemand etwas gehört, und Sanne war zu ihren Eltern gefahren, um sich verwöhnen zu lassen. Tilli wusch ihre Wäsche mit der Hand und nutzte die übrige Zeit für ausgedehnte Spaziergänge im Park.

Auch hier war sie vom Duft des ausgehenden Sommers benommen.

Sie suchte die einsamen Pfade, auf Touristen hatte sie keine Lust.

Etwas war geschehen, das definitiv nichts mit ihrer Genugtuung, nun endlich einen Fuß in die Tür zur Zukunft gesetzt zu haben, zu tun hatte.

Sie fand sich selbst melancholisch, prägte sich die Züge der Statuen ein, an denen sie vorbeikam, zählte sie und die Sekunden und schreckte auf, wenn sie zufällig einem Mann mit dunklen Haaren begegnete.

Am Sonntag brach sie früh auf und war noch vor Sonnenuntergang im Objekt. Zu ihrer Überraschung war Nina schon da.

»Ich wollte mit Martin noch ein bißchen in Oranienburg

herumschlendern. Da soll's ein gutes Eiscafé geben. Aber der Hund hat mich versetzt.«

Nina war hochgradig beleidigt. Im Normalfall war sie es, die die Männer sitzenließ. Martin mußte sich ganz schön was einfallen lassen, wenn er wollte, daß ihre Nadel noch einmal in seine Richtung ausschlug.

Weil sie nun schon mal beide da waren, beschlossen sie, die geplante Umräumaktion in Angriff zu nehmen. Am meisten machten ihnen die Betten zu schaffen. Sie standen zwar einfach nur aufeinander – aber es waren Eisenbetten, und als sie sie endlich unten hatten, lief Tilli der Schweiß in Bächen den Rücken herunter. Dagegen stellte das Entfernen des überflüssigen Spindes fast ein Kinderspiel dar. Als sich das Haus am Abend zu füllen begann, sah es vor der Tür zu ihrem Zimmer aus wie auf einem Sperrmüll.

»Endlich Platz«, seufzte Nina, als sie nachher bei einer Flasche Wein zusammensaßen, die sie zur Feier des Ereignisses hatte springen lassen. Der untreue Martin, für den sie ursprünglich Tillis Anteil vorgesehen hatte, war vergessen. »Und guck mal, was ich mitgebracht habe!« Sie ging zu ihrer Reisetasche, einem schicken Ding aus schwarzem Lack, und zog eine Kaffeemaschine hervor. »Ein Geschenk von meiner Mama.«

Der Kaffeemaschine wurde umgehend ein Ehrenplatz auf dem Fensterbrett freigeräumt. Als Gegenleistung schenkte Tilli Nina eine ihrer Bastmatten, die sie mühsam über eine Distanz von zwei Stunden Weg geschleppt hatte.

Jetzt besaß jede von ihnen ihren eigenen »Schreibtisch« am Fenster, ansonsten herrschte jede über das Minireich, in dem ihr Bett beheimatet war. Von ihrem aus konnte Nina auf den Sportplatz sehen, dafür hatte Tilli eine große Liegewiese hinter der Tür, die aus den zwei Betten bestand, die sie sich gewünscht hatte. Sie war genauso groß wie die in der WG.

Als Tilli abends duschen ging, staunte sie nicht schlecht: Ihrem Beispiel folgend, stapelten sich nun überall an den

Wänden entlang Betten, Spinde und Tische. Der Flur sah aus wie ein Flüchtlingslager.

»Tja – wir sind Trendsetter!« stellte Nina fest, als sie sich die Bescherung besah. Tilli wußte mit dem Begriff »Trendsetter« nichts anzufangen, aber zweifellos hatte Nina recht.

Am nächsten Morgen hatte sie zum erstenmal eine Banknachbarin. »Ich hab' was Leckeres für heute abend mitgebracht!« sagte Edith und strahlte sie an.

Tillis Begeisterung hielt sich in Grenzen. Sie hatte gerade etwas entdeckt. Fräulein Schmidt saß allein in seiner Bank in der letzten Reihe.

Frau Michel hatte sich bereits bis zum Hals im Briest-Leutnant-Konflikt vergraben, als endlich die Tür aufging und Christian hereinkam. Er murmelte eine verwischte Entschuldigung und ging zu seinem Platz, als wäre es das Selbstverständlichste der Welt. Frau Michel warf ihm einen Blick nach, der für Tillis Geschmack ein wenig zu jungmädchenhaft war, ehe sie fortfuhr.

Es war eine dröge Stunde. Tilli hatte Effi Briest bereits auf der Buchhändlerschule bis zum Erbrechen durchgekaut und sich damals schon gefragt, was ausgerechnet diese Liebesgeschichte, die man heute in zahlreichen Groschenheftvarianten hinterhergeworfen bekam, zum deutschen Kulturgut gemacht hatte. Zu allem Übel bürdete Frau Michel ihnen mit dem Pausenklingeln einen Aufsatz zum Thema von mindestens drei A 4-Seiten auf.

Tilli seufzte mit Edith im Duett. Aber dann fiel ihr ein, daß sie damals eine ganz ähnliche Arbeit geschrieben hatten, die ihr, wenn sie sich richtig erinnerte, sogar eine Eins eingebracht hatte. Sie mußte noch irgendwo in der WG herumliegen. Danach besserte sich ihre Laune beträchtlich.

Nachmittags statteten Edith und sie der Krämerin einen Besuch ab.

Sie deckten sich mit Süßigkeiten für den langen Wachdienst ein, nur als Tilli nach Wein fragte, wehrte Edith ab.

»Für mich nicht.«

»Willst du lieber Bier? Oder Sekt?« Sie sah sich nach den entsprechenden Regalen um.

»Nein, nein, überhaupt keinen Alkohol.«

Die Art, wie Edith es sagte, klang nach Dogma. Das reizte Tilli.

»Schmeckt dir Alkohol nicht, oder darfst du keinen trinken, oder solidarisierst du dich mit einer an Alkohol zugrunde gegangenen Minderheit, sagen wir, den Indianern, oder was?«

Edith sah sie groß an. »Ich will mich nur nicht zudröhnen, das ist alles.«

Tilli beließ es dabei. Vermutlich, dachte sie mit einem Seitenblick auf ihre Strickjacke, war Edith auch Vegetarierin. Nun, dafür hatte sie andere Qualitäten. Zum Beispiel war sie auf eine sensible Art ehrlich. Und sie fand immer etwas, worüber es sich nachzugrübeln lohnte.

Abends – als sie den Posten in der Wache bezogen hatten und die versprochene Leckerei, eine Schale selbstgebackener Vollkornplätzchen, zwischen ihnen thronte, fragte Edith plötzlich: »Sag mal, Tilli, findest du es unnormal, wenn jemand überhaupt keinen Schimmer davon hat, wohin es mit ihm einmal gehen soll, und, abgesehen davon, auch keine Lust, sich darüber Gedanken zu machen? Ich meine, die meisten haben doch Träume oder Wünsche oder so was.«

Tilli war gerade dabei, eines der Plätzchen zu probieren. Es zerfiel sofort zu Pulver, als sie es in den Mund nahm. Aus dem Recorder, den Edith mitgebracht hatte, dudelte Gerhard Schöne. »Meinst du dich damit?« nuschelte sie.

Es war eine rhetorische Frage, die ihr Zeit verschaffen sollte, das Keksmehl in die richtige Röhre zu befördern. Das war nicht so einfach. Die Vollkörner kletteten sich an ihre Zunge und verwandelten sie in eine schwerbewegliche Teigrolle. Es bedurfte etlicher Schlucke Tee, bis sie sich abschieben ließen. Sie dachte lieber nicht darüber nach, was dieser Biozement in ihrem Magen noch alles anstellen mochte.

Edith wartete. Es war ihr ernst.

»Hast du denn überhaupt keine Vorstellung davon, was du einmal machen willst?« fragte Tilli, als sie soweit war.

Edith schüttelte bekümmert den Kopf. »Bis vor kurzem war das ja auch kein Thema«, sagte sie. »Ich habe brav meinen Bibliothekar gelernt, was immerhin besser war als Verkäuferin oder so was. Na, und vor der Wende wäre die Suppe damit gegessen gewesen. Ich wäre zufrieden als Bibliothekarin in Rente gegangen. Aber jetzt – das Abi war eine Kurzschlußentscheidung. Nun gibt es auf einen Schlag tausend Möglichkeiten. Und ich habe *keine einzige* Idee.«

»Na rate mal, wer noch«, sagte Tilli und schenkte Edith ein schwesterliches Lächeln, den einzigen Trost, den sie parat hatte.

Danach saßen sie vor ihrem Kräutertee und schwiegen.

»Meine Eltern wollen, daß ich Ärztin werde«, sagte Edith nach einer Weile. »Sie sind selbst beide Ärzte.«

»Und du hast darauf keine Lust?«

Sie hob die Schultern. »Weiß ich nicht. Ich glaube, ich bin zu überhaupt nichts zu gebrauchen.«

Da hockt sie nun, dachte Tilli, ein Häuflein Elend – und dabei hatte Edith keine Ahnung davon, daß sie soeben wörtlich formuliert hatte, was sie sich selbst seit Juli jeden Tag vorsagte. Und wenn Edith ein Häuflein Elend war, was war dann sie?

»Es ist ja nicht nur das«, fuhr Edith endlich fort. »Ich bin achtzehn und habe noch nie einen Freund gehabt. Nicht mal so eine kleine Urlaubsliebe – nichts.«

Sie sagte es so trostlos, daß Tilli gegen ihren Willen grinsen mußte.

Edith sah sie vorwurfsvoll an. »Findest du das albern?«

»Ach was«, winkte Tilli, immer noch grinsend, ab. »Ich finde es nur komisch, daß ausgerechnet *du* so was sagst. Du bist doch eine der wenigen, die von jedem in der Klasse geachtet werden.«

»Geachtet!« schnaubte Edith. »Geachtet werden auch Vorsteherinnen von katholischen Mädchenpensionaten, deswegen haben sie noch lange keinen Mann!«

»Reg dich nicht auf.« Vielleicht, um ihr ein besseres Gefühl zu geben, nahm Tilli noch einen von ihren Staubkeksen. »Mir geht es ja nicht anders.« – Sie bereute es, sobald sie hineingebissen hatte. »Wir könnten einen Klub der einsamen Herzen aufmachen«, schlug sie vor.

Ein paar geheimnisvoll tuschelnde Mädchen gingen am Fenster vorbei. Tilli kannte keins davon.

»Bei deinem Temperament verstehe ich gar nicht, daß du keinen Jungen abkriegst«, sagte Edith, als die Tür ins Schloß gefallen war.

»Dagegen bin ich eine absolute Schlaftablette.«

»Die gleiche Frage zurück«, knurrte Tilli. »Was habe ich davon? Im besten Falle gebe ich den Springball zur Belustigung der anderen ab. ›Die drollige Tilli, süß, wie sie immer diese kleinen Unfälle fabriziert.‹«

Mit einemmal schlug die Vergangenheit wieder zu. Ein Abend im Park – unvergessen. Und hier saß sie mit Edith und plänkelte über Liebschaften herum. Edith wußte nicht von ihr, was Birthe wußte. Wer sagte denn, daß die Zukunft anders aussah, nur weil sie Edith getroffen hatte. Sie hatte nichts von Birthe, nicht ihre schützenden Flügel und nicht ihre Ausstrahlung. Sie und Edith fischten beide in denselben trüben Gewässern. Leute wie sie zogen sich wahrscheinlich an, wie traurige Magnete. Sie riß den Blick von Edith los und sah durch die Wachluke hinaus in das jetzt wieder stille Foyer.

»In uns kann man sich nicht verlieben«, sagte sie abschließend.

»Männer wollen Frauen, auf die sie stolz sein können. Sie müssen das Gefühl haben, einen selten guten Fang gemacht zu haben.« Nina, umrahmt von ihrer Gloriole aus goldenem Haar, kam ihr in den Sinn. Es war zwecklos, an sie zu denken. Lieber sah sie Edith wieder ins Gesicht.

»Du und ich, wir sind unzufrieden mit uns selbst. Das merkt ein Mann. Ich bin schon deshalb nicht imstande, mit jemandem zu flirten.« Sie zuckte die Achseln. »Traurig, was?«

Edith nickte. »*Ich* bin dazu noch häßlich«, sagte sie. »Ich habe einmal mitbekommen, wie mich jemand hinter meinem Rücken ›Gorilla‹ genannt hat.« Sie wurde rot.

Tilli verkniff sich ein Lächeln und betrachtete sie genauer. Der Vergleich mit einem Gorilla stimmte insofern, als Edith ziemlich tief liegende Augen und einen Haaransatz hatte, der schon auf der Stirn begann. Alles an ihrem Gesicht, mit Ausnahme der Augen, war groß und eigentümlich gestülpt. Trotzdem erinnerte sie viel eher an ein freundliches Schaf als an einen Gorilla. Sie ließ, wie viele große Menschen, die Schultern hängen, und ihre Mimik war nicht sehr ausgeprägt. Aber sie konnte genausogut schön sein, wenn sie sich straffte und lachte. Denn im Gegensatz zu Tilli hatte sie strahlend weiße Zähne, volles braunes Haar und einen beneidenswerten Teint. Nur das Stirnband und die Strickjacke, in die sie sich gern wie in ein Schneckenhaus zurückzog, störten das Bild. Sie sah darin aus wie jemand, der um keinen Preis Bewunderer anziehen will. Aber das war eben Edith. Ohne die Strickjacke wäre sie jemand anderer gewesen, eines der vielen durchschnittlichen Mädchen, vor denen das Internat strotzte.

»Ich finde dich nicht häßlich.« Sie meinte es ehrlich. »Aber man merkt dir an, daß *du* dich häßlich findest.«

»Na ja, was soll ich denn machen? Es ist ja nun mal so. Ich würde was geben, wie du auszusehen.«

Jetzt war es an Tilli, die Farbe zu wechseln. »Danke, keine Höflichkeiten. Wenn ich schön wäre, hätte ich es sicher bemerkt.«

»Du bist auf eine eigenwillige Art schön«, beharrte Edith.

Tilli winkte ab. »Ja, ja. – Die schonende Art, jemandem begreiflich zu machen, daß er scheiße aussieht.«

Ediths Nasenflügel begannen zu beben. Schon dadurch wirkte sie gleich viel aufregender. »Das stimmt nicht!« Auf einmal kicherte sie, wie am Donnerstag, als Tilli sie auf ihre konfessionelle Garderobe aufmerksam gemacht hatte. »Na gut, einigen wir uns darauf, daß wir nicht laufstegtauglich sind – und ein bißchen wunderlich. Und wir denken zuviel.«

Darauf hätte Tilli gern angestoßen, aber es gab nur Tee. »Hast du was dagegen, wenn ich mal die Musik wechsle?« fragte sie statt dessen.

»Magst du Gerhard Schöne nicht?«

»Schon, aber ich habe Lust auf was Lautes.«

»Das geht nicht«, sagte Edith. »Wenn Oberst Thiel kommt und uns bei Diskolautstärke erwischt, kriegen wir eins auf den Deckel.«

»So laut wird's nicht.«

Edith fuhr zusammen, als die ersten schrägen Gitarrenriffe durch die Wachstube gellten.

»Was ist denn das?«

»Scherben.«

»Was?«

Tilli konnte es nicht glauben. Edith kannte die »Scherben« nicht!

»*Ton Steine Scherben*! Die WG-Anstandsmusik. Paß auf, ich spule mal zu meinem Lieblingslied vor.«

Wenn Sanne in der WG war, hatten sie es manchmal zur Gitarre gesungen, es war die Hymne, die die verschiedenen Persönlichkeiten der beiden Häuser zusammengehalten hatte: »Mein Name ist Mensch.« Tilli stellte fest, daß es sich hier irgendwie anders anhörte als in einem baufälligen Haus. Fremd.

»Ganz schön aggressiv«, fand Edith. »Aber der Text ist gut. Ich glaube, für zwei, drei Lieder halte ich es aus.«

Sie zog eine Schublade des Schreibtisches auf, an dem sie saßen, und nahm ein grünes Buch heraus. »Hier, wir müssen noch arbeiten.« Sie legte das Buch vor Tilli hin. »Willst du?«

Tilli nahm es und las das mit schwarzem Filzstift auf den Pappeinband geschriebene Wort:

DIENSTBUCH.

Als sie es aufschlug, stieß sie auf ein paar spärlich beschriebene Seiten, die in Spalten eingeteilt waren.

»Wir müssen eintragen, wann wir angefangen und aufgehört haben«, erklärte Edith, »was wann wo passiert ist, wer angerufen hat, usw. Ich hab's mir von meiner Zimmernachbarin sagen lassen. Es ist affig, aber Tradition. Der Oberst kontrolliert es.«

Auf der Seite, die zuletzt beschrieben worden war, las Tilli unter »Besondere Vorkommnisse«:

»20.45 Uhr – Steigender Alkoholspiegel

21.00 Uhr – Stimmung nähert sich dem Schnittpunkt mit der Y- Achse

22.22 Uhr – Zwei arme Schweine (Soldaten, besoffen) aus dem Haus geschmissen«

Unter der Unterschrift stand: »Mit sozialistischem Pfürzchen!«

»Und *das* hat der Oberst gelesen?« fragte Tilli ungläubig.

Edith schenkte Tee nach. »Was meinst du, was es hier schon für Aufstände gegeben hat.« Sie zuckte die Schultern. »Der Oberst steht regelmäßig kurz vor dem Schlaganfall, wenn er seine Kontrollbesuche macht. Die Sache ist nur, daß er nicht viel tun kann. Wie soll er uns bestrafen? Spießrutenlaufen? Wir sind Zivilisten. Er kann uns beim Direktor anschwärzen, und das tut er regelmäßig. Irgendwann fliegt noch mal einer wegen diesem Mist hier. Die Schule kann sich Ärger nicht leisten, wenn sie Fördergelder abfassen will.« Sie seufzte. »Ich hoffe nur, daß *wir* vor betrunkenen Soldaten bewahrt bleiben. Wenn die hier rumrandalieren, weiß ich echt nicht, was ich tun soll. Und ich hab' ziemlich böse Sachen über die gehört.«

»Die können einem eigentlich leid tun«, sagte Tilli, während sie eine neue Spalte zog. »Da sitzen sechzig schnuckelige Mädchen vor ihrer Nase – ich meine nicht uns –, und sie dürfen nicht ran.«

»Ja«, sagte Edith. »Aber sie sind selbst schuld.«

»Stimmt.« Tilli sah auf.

»Was machen wir nun eigentlich mit unserem eigenen Trauerhaufen?« fragte sie, um von einem unerfreulichen Thema zum nächsten überzuschwenken.

»Vielleicht sind ja ein paar dabei, die gar nicht so übel sind und die nur einen Schubs brauchen, um aufzutauen.«

Sie dachte an Fräulein Schmidt, an ihre Exfavoritin, die den lyrischen Namen Barbara trug, und ein, zwei andere, die ihr seit Freitag aufgefallen waren. Aber über sie alle legte sich, wie eine Polyluxfolie, das Gesicht eines großen Jungen mit langen Wimpern und Topfschnitt.

Edith, die das Dienstbuch inzwischen zu sich hinübergezogen und ihren Dienstantritt notiert hatte, legte den Stift hin. »Fällt dir was ein?« Sie setzte einen erwartungsvollen Blick auf, und auf einmal fürchtete Tilli, daß sie dasselbe Bild vor Augen haben könnte wie sie selbst. Aber nein, das war Unsinn!

»Das einfachste ist immer, eine Party anzusetzen. Wir könnten eine allgemeine Einladung zum Abendessen herausgeben.« Kaum hatte sie es ausgesprochen, begann sie an ihrer Idee Gefallen zu finden. »Meinetwegen in unserem Zimmer. Nina hat garantiert nichts dagegen.« Wenn sie überhaupt da ist, dachte sie.

»Und wenn alle was zum Trinken mitbringen, ist es so gut wie sicher, daß die Stimmung steigt – das ist der Vorteil am ›Zudröhnen‹.«

Edith sagte nichts. Ihr Blick verlor sich irgendwo zwischen dem Lichtschalter und der einzigen Topfpflanze, die den Raum zierte, einer Aralie. Tilli war sich nicht sicher, ob sie die kleine Spitze überhaupt verstanden hatte.

Von draußen klopfte es energisch ans Fenster.

Edith sah auf und schob sich hastig ein paar Fransen unter das Stirnband.

»Oh – guten Abend, Herr Thiel.«

»Guten Abend – wem?«

Jetzt verlor Edith völlig die Fassung. »Ihnen …«, stammelte sie, zog die Ponyfransen wieder unter dem Stirnband hervor, glättete sie und schob sie wieder darunter. Der Oberst sah ihr dabei zu und verzog keine Miene. Tilli beachtete er nicht, da sich Edith eilfertig als perfektes Opfer angeboten hatte. Während Oberst Thiel die den Tränen entgegenschreitende Edith anstarrte, betrachtete Tilli wiederum *ihn* und stellte erstaunt fest, daß sie sich den Mann hinter dem Schiebefenster in keinem anderen Beruf vorstellen konnte als in dem des Offiziers.

Nach seiner Zeugung mußte sein Vater mit den Worten »Ein Oberst fürs Vaterland« von seiner Frau gerollt sein. – Oberst Thiel war drahtig, gerade mal mittelgroß, hatte schütteres Haar unter seiner Soldatenmütze und fahlgelbe Haut, die wirkte, als würde sie sich jeder Umgebung anpassen. Eine Tarnhaut. Die Krönung der ganzen Erscheinung waren seine Augen, die Edith in diesem wäßrigen Offiziersblau anstierten, mit dem sich so besonders gut stieren ließ. Seine Stimme war scharf und steif wie ein gut gefaltetes Laken und nicht besonders laut. Sie konnte aber laut werden, daran bestand kein Zweifel.

Edith war endlich der rettende Einfall gekommen. »Guten Abend, Herr Oberst.«

Oberst Thiel nickte kaum merklich, trat in die Wachstube und ließ sich das Dienstbuch zeigen. Tilli fiel der Eintrag vom Vortag ein, und sie begann zu schwitzen. Edith, die ihren Pony inzwischen wieder unter dem Stirnband hervorgezerrt hatte, warf ihr einen flehenden Blick zu und schob Oberst Thiel das Buch hin.

Der Oberst beugte sich darüber. Eine säuerliche Wolke kalten Schweißes umgab ihn.«Wo sind Ihre Eintragungen?« erkundigte sich der Oberst, als wolle er sich dafür entschuldigen, daß er zu zerstreut war, um sie zu finden.

Aber diesmal war Edith auf der Hut. »Wir hatten gerade die Längslinien für die Spalten gezogen und wollten beginnen, als Sie kamen, Herr Oberst.« Das »O« betonte sie, als sage sie »O-Bus«.

Der Oberst schenkte dem keine Beachtung. Seine Nase klebte inzwischen auf der Seite mit dem »sozialistischen Pfürzchen«.

Nach einer Minute allgemeiner Starre griff er sich in die Uniform und zog einen Hermeskalender heraus. Ohne sich groß mit Höflichkeiten aufzuhalten, nahm er einfach Tillis Füller und schrieb die Namen der Autoren hinein. Dann erhob er sich, wobei er den Säuregehalt der Luft eine weiteres Mal verdoppelte, und ging. Erst als er wiederum vor dem Schiebefenster stand, fiel ihm seine Stimme ein. Er streckte einen seiner drahtigen Zeigefinger in Richtung Recorder und krächzte: »Die Maschine bleibt aus!«

Nach ein paar Minuten hatte sich Edith von seinem Besuch erholt. »Der kommt nur einmal pro Abend«, sagte sie und steckte endgültig ihre Haare unter das Stirnband.

Kurz darauf ertönte Gerhard Schöne wieder. Aber der saure Geruch hing die ganze Nacht hindurch im Raum.

Sie setzten die Party für Donnerstagabend an. Die Nachricht stieß auf mäßige Begeisterung. Einige der Mädchen taten, als hätten sie nichts gehört, aber in der großen Pause eilte ein rotbackiger Funes hinter ihnen her, als sie auf dem Weg zur Kantine waren. Nachdem Tilli herausbekommen hatte, daß im September keine neuen Esser mehr aufgenommen werden konnten, hatte Edith angeboten, ihre Portionen mit ihr zu teilen.

(»Ist sowieso immer zuviel.«)

»Ich wollte fragen, ob ich Einladungen schreiben soll«, keuchte Funes, als er sie erreicht hatte. Seine Augen leuchteten. Offenbar standen sie einem passionierten Organisator gegenüber. »Es ist doch klar, wer kommt«, sagte Edith steif. »Und Donnerstag kann sich wohl auch jeder merken.«

Funes sah enttäuscht aus, aber er wäre nicht er selbst gewesen, wenn ihm nicht sofort etwas Neues eingefallen wäre. »Wie wär's mit Liederzetteln? Früher, wenn wir im Regiment gefeiert haben, habe ich auch immer welche gemacht.

Verlaßt euch drauf: Wenn die Leute erst zwei Bierchen getrunken haben, wollen sie singen. Das liegt in der Natur der Sache. Und da soll's doch nicht am Text scheitern.«

Edith sah ihn voll Widerwillen an. »Und dann stellen sich alle Besoffenen wie ein Kirchenchor zusammen und wärmen die Luft mit ihrem Gesang, ja?«

»Sanne hat eine Gitarre«, sagte Tilli. Ihr gefiel Funes' Vorschlag. Sie befand sich im Besitz einer recht passablen Stimme, die ihr bei früheren Gelegenheiten manchmal Lob und sogar den einen oder anderen Blick eines Jungen eingebracht hatte. Natürlich war es bei den Blicken geblieben. Aber es war eine Chance. »Mach doch deine Blätter«, sagte sie zu Funes. »Du kannst meinen Liederhefter dafür haben, wenn du willst.«

Edith verzog den Mund, aber Funes strahlte noch, als sie ihn vor der Kantine abhängten.

Zu ihrer Überraschung war der nächste, der sie ansprach, Fräulein Schmidt. Als sie an der Essensausgabe anstanden, gesellte er sich mit Christian zu ihnen. Tilli zwang sich, nach vorn zu sehen und regelmäßig zu atmen, obwohl sie einen Stein im Bauch hatte, der ihr Lungenvolumen um die Hälfte reduzierte. In ihren Ohren rauschte es, und mit Ach und Krach verstand sie, daß Fräulein Schmidt ihnen seine Hilfe anbot. »Ich kann Spaghetti«, sagte er. »Was Besseres könnt ihr für so viele Leute sowieso nicht machen. Christian ist auch dabei – oder, Christian?«

Tilli starrte auf die behaarten Arme der Küchenfrau und schwitzte.

Gerade als Christian antwortete, hielt die Frau einen Teller hoch und raunzte: »Klops oder Milchreis?«

Ediths Wangen waren rot gefleckt, als sie die Asphaltstraße zum Internat zurückgingen. »Jetzt haben wir mit Funes schon drei Helfer«, sagte sie. »Es wird doch langsam.«

Am Donnerstag nach dem Unterricht teilte Nina Tilli mit, daß sie den Abend in Berlin zu verbringen gedachte. »Im

Colosseum läuft ›Taxi Driver‹. Ein total schriller Film. Ich habe Thomas gesagt, daß er ihn unbedingt sehen muß. Hinterher gehen wir vielleicht was trinken. Du glaubst gar nicht, wie interessant Thomas ist. Er will Fotograf werden, und er hat mich gefragt, ob ich ihm Modell stehe. Toll, was?«

Der schicke Martin war also auch über die Kante gefallen. Tilli war es recht.

Den Nachmittag brachte sie damit zu, ihre Bude zu putzen und WG-Fotos an die Wände zu heften. Nina und ihr Fotograf hatten sie darauf gebracht. Die Fotos hatten einen einfachen Zweck zu erfüllen. Sie sollten Christians Blick fangen und auf die Bewohnerin des Zimmers lenken, das sie schmückten. Es waren nicht irgendwelche Bilder. Eine Freundin von Birthe hatte sie gemacht, und eines davon hatte sogar einen Preis gewonnen. Tilli beschloß, nicht sauer zu sein, wenn Christian sie aus Versehen ihr zuschrieb.

Sie hatte mal gelesen, daß naturwissenschaftlich Begabte in kreativen Bereichen oft völlig versagten, was irgendwas mit den Hirnhälften zu tun haben sollte. Wenn es tatsächlich so war, hatte Tilli sich ausgerechnet, würde er die schier unbegreifliche Kreativität anderer (zum Beispiel ihre) wohl um so mehr zu schätzen wissen.

Als sie fertig war, wusch sie sich die Haare, zog ihr weißestes Hemd an und war gerade fertig, als Edith hereinkam. In den Armen trug sie Spaghettipackungen und ein paar Dosen Tomatenmark. Sie legte die Mitbringsel ab und sagte: »Ich husch' noch mal rüber und hole den Kocher.« Tilli und Nina besaßen noch immer nur einen Tauchsieder und die Kaffeemaschine.

Punkt sieben klopfte es an die Tür. Fräulein Schmidt, wie immer grinsend, hielt ihnen einen großen blauen Emailletopf entgegen, noch bevor er eintrat. »Ich bestehe darauf, die Soße kreieren zu dürfen.« Er fand den Campingkocher und drehte sich um. »Ist das alles? So kann ich nicht arbeiten!«

»Dann eben nicht«, sagte Edith gelassen. »Du machst sie sowieso zu fett.«

Christian stand noch immer in der Nähe der Tür und betrachtete die Fotos. Tilli nahm all ihren Mut zusammen und stellte sich daneben.

»Hast du die gemacht?« fragte er. Es klang zweifelnd. Sofort schoß ihr das Blut in die Wangen. Es war *die* Gelegenheit. »Ich ...«, stotterte sie. Ach, was sollte es – ein paar fremde Federn würden sie nicht gleich zur Hochstaplerin machen. »Die Fotos habe ich ...«

»Na ja«, er drehte den preisgekrönten Prachtstücken den Rücken zu und wandte sich an Edith. »Widmen wir uns den Nudeln? Und paß auf, daß du deine Haare nicht in die Soße hängst!« sagte er zu Fräulein Schmidt.

Tilli stand in der Mitte ihres eigenen Zimmers wie ein Staubfänger herum. Wenn sie jetzt ging, würde es wahrscheinlich nicht einmal jemandem auffallen. Edith und Christian zogen sich derweil an Ninas Schreibtisch zurück und begannen die Spaghetti aus den Tüten zu nehmen und in Zehnerhäufchen aufzustapeln. Für Tillis Geschmack lachte Edith zu laut dabei und an Stellen, die ihr unpassend erschienen. Weil sie nicht wußte, was sie sonst tun sollte, gesellte sie sich zu Fräulein Schmidt und bot sich zum Zwiebelschneiden an. Auf diese Weise konnte sie wenigstens heulen, ohne daß es jemand mitbekam. Im Gegensatz zu ihr schien Edith überhaupt keine Berührungsängste zu haben. Tilli beobachtete, wie sie die Spaghetti in das brodelnde Wasser warf, auf die ihr eigene Art kicherte und mit dem Topflappen nach Christian schlug. Von wegen Mauerblümchen! – Und dann leuchtete es ihr ein: Christian war natürlich *ihretwegen* hier.

Es war wie immer, warum wunderte sie sich eigentlich noch darüber.

Sie lieferte die Anstöße, und ihr Partner zog den Nutzen daraus. Ist ja auch logisch, dachte sie, während sie mit roher Gewalt auf die Zwiebeln einhieb, sie kann sich normal unterhalten, sie braucht keine fremden Fotos, um auf sich aufmerksam zu machen, und wenn sie etwas gefragt wird, antwortet sie in Sätzen und nicht in Urlauten.

»Du brauchst die Zwiebeln nicht reiben, schnippeln reicht.« Fräulein Schmidt griente sie freundlich an. Tilli atmete tief, schnäuzte sich und schob ihm das Brett hin, worauf er die Zwiebeln in die köchelnde rote Brühe rieseln ließ. »Und jetzt die Würstchen.«

Mit ihm zu plaudern gelang Tilli. Da er ohnehin nie ein ernstes Wort sprach, brauchte sie sich keine Gedanken darüber machen, ob er sie für dumm hielt. Das war wenigstens etwas. Aber leider war es zu wenig.

Als die Soße fertig war, ging Fräulein Schmidt herum und zwang jeden, davon zu probieren. Sie schmeckte säuerlich, aber Tilli fand sie in Ordnung. Christian verzog den Mund. »Ekelhaft.« Edith kicherte.

Tilli stand im Begriff, wieder in ihrer Trauerecke zu verschwinden, aber Fräulein Schmidt ließ es nicht zu. »Komm mal!« Freundlich, aber energisch zog er sie zum Topf zurück und öffnete die Hand. Ihr Blick fiel auf eine kleine glänzende Kastanie. Fräulein Schmidt ließ sie in die Suppe plumpsen und flüsterte: »Die ist unser Geheimnis. Mal sehn, wer sie zwischen die Zähne bekommt.« Er hatte es geschafft, sie zum Lächeln zu bringen.

»Weißt du was?« sagte sie zu ihm, »werd Psychologe!«

Eine Stunde später war das Zimmer nicht mehr wiederzuerkennen.

Weil nicht genügend Stühle da waren, hatten es sich die meisten auf den Betten bequem gemacht, andere hockten auf dem Boden. Es sah aus wie auf einem Blueskonzert.

Überall standen rot bekleckerte Pappteller herum, und der Kadarka machte die Runde. Barbara ließ die Beine von Ninas Schreibtisch baumeln und schwatzte mit Kathleen, Ediths ehemaliger Banknachbarin, während sie eine Erdnußschale nach der anderen fallen ließ. Alle paar Minuten betete Tilli zu Gott, daß Nina sich mit ihrem Fotografen in Berlin verlaufen hatte und nicht plötzlich hereingeplatzt kam. In Sachen »Ordnung auf dem Schreibtisch« war sie ein bißchen eigen.

Sie selbst klemmte zwischen Funes, der dabei war, Philo in die Historie der Stadt Magdeburg einzuführen (Philo, ein eher unauffälliger Junge aus ihrer Klasse, sah aus, als wollte er bald gehen), und einem mageren Rotblonden aus der SG 6, der hoch geladen hatte und unablässig darum bat, die Nationalhymne der BRD singen zu dürfen. »Bald sind wir ein einig Volk!« rief er selig und reckte die rechte Hand auf schwer zu mißdeutende Weise in die Luft. Tilli sah, wie Barbara herüberstarrte.

»Laßt ihn doch, wenn er sich so freut«, sagte Philo über Funes' Schulter hinweg. »Solange er ruhig ist.«

Tilli ließ ihn, aber sie stand auf und begann sich unauffällig nach Christian umzusehen. Wie nicht anders zu erwarten, fand sie ihn und Edith in einer stillen Ecke zwischen Schrank und Kochplatte. Es war deutlich, daß sie die Grenzen höflicher Konversation bereits überschritten hatten.

Er sprach leise auf sie ein, während ihre Augen an seinen Lippen hingen.

Tilli griff nach der nächstbesten Weinflasche und schlängelte sich zu den beiden durch. Mittlerweile hatte sie genug getrunken, um Christian ansprechen zu können, ohne daß sie Angst haben mußte, mitten im Satz den Faden zu verlieren.

»Na, ihr zwei«, sagte sie und hoffte, daß es unbefangen klang. »Darf ich euch noch was nachschenken?« Zur Illustration ihrer Worte hielt sie ihnen die Flasche hin.

Edith schob die Brauen zusammen. »Aber du weißt doch, daß ...«

Tilli wandte sich an Christian. »Du?«

Er blickte kurz auf, sah sie und dann die Weinflasche wie aus weiter Ferne an und sagte: »Du hast doch Gäste, um die du dich kümmern kannst. Ich bediene mich selbst, danke.« Darauf kehrte er ihr den Rücken zu.

Ediths Blick traf den ihren. »Geht's dir gut?« fragte er.

Tilli stellte die Flasche auf den Boden und verließ den Raum.

Sie floh auf die Toilette. Dort schloß sie sich in einer der Zellen ein, setzte sich auf den Klodeckel und beschloß, Edith umzubringen. Und ihn. Nein, nur Edith. Die hatte ihn ihr weggenommen, und sie dumme Kuh hatte ihr noch Schützenhilfe dabei geleistet.

Tilli wußte, daß die Verwünschungen, die sie gegen Edith ausstieß, ihr nicht gerecht wurden. Sie war niemand, der seine Zuneigung gegen Zinsen verlieh oder sein Haus auf den seelischen Trümmern eines anderen baute. Außerdem war Tilli sich sicher, daß Edith ihr, wenn sie geahnt hätte, wie es um sie stand, sofort zur Seite gesprungen wäre. Aber was nützte ihr das? Die Tragödie bestand ja gerade darin, daß sie um dieselbe Beute stritten und Edith im Moment diejenige war, die die Flinte anlegte. Das mußte sie zwangsläufig zu ihrer Feindin machen. Tilli haßte sie dafür und verabscheute sich, und am liebsten hätte sie sich die Toilette hinuntergespült.

Die Tür knarrte.

»Tilli? Bist du hier?«

Sie hielt die Luft an und zog die Beine bis ans Kinn.

Edith wartete. Als sich nichts regte, kam sie in den Raum und rüttelte an ihrer Tür.

»Hallo?«

Tilli hörte, wie sie sich auf den Boden niederließ, um durch den Spalt unter der Tür zu sehen. Sie kam sich jämmerlich vor.

Als Edith endlich gegangen war, fielen ihr Funes' Liedzettel ein. Sie lagen auf ihrem Tisch, aber Sanne, auf deren Gitarre sie gehofft hatte, war nicht gekommen, und noch waren die Leute nicht soweit, Sachen wie »Blowin' in the wind« a cappella zu singen.

Nach allem, was vorgefallen war, fand Tilli, daß sie auch einmal das Recht auf ein bißchen Spaß hatte. Und dafür konnte ihre neue Feindin, die gleichzeitig ihre einzige Freundin war, ruhig etwas opfern. Und war es nur die Ruhe, die sie zum Reden brauchte.

Schon auf dem Flur sah Tilli Rauch aus Sannes Schlüsselloch quellen. Und die Luft in ihrem Zimmer war so blau, daß sie nur mit Mühe etwas erkennen konnte. Als sie die vor sich hin dämmernde Sanne aufscheuchte, merkte sie, daß die schon reichlich getrunken hatte. Sie nahm die Hand vom Kinn, worauf ihr Kopf gleich ein paar Zentimeter tiefer sackte, und schob etwas von sich, das wie ein Brief aussah.

»Tilli, hallo«, sagte sie träge. »Komm rein.«

Tilli war schon drinnen und drang tiefer in die Rauchschwaden ein. Irgendwie hatte sie das Gefühl, in einer heiklen Minute hereingeplatzt zu sein.

»Bei uns läuft gerade die Party«, begann sie.

Sanne faltete den Brief zusammen, als befürchte sie, daß Tilli ihn aus zwei Metern Entfernung lesen könne, und legte ihn unter den Kerzenständer.

»Na, und?«

Lieber Gott, mach, daß sie Lust hat! flehte Tilli stumm.

Und um einiges drängender sagte sie: »Ich habe es dir doch erzählt! Und ich wollte fragen, ob du noch vorbeikommst. Es sind jede Menge Leute da.«

Sanne zog die Mundwinkel abwärts und gähnte.

»Komm doch wenigstens mal gucken. Wir könnten ein bißchen singen, wie früher. Die sind ganz verrückt darauf.«

Sanne sah sie keinen Deut wacher an.

Tilli hockte sich vor den Tisch und verlegte sich aufs Betteln: »Tu es für mich – nur ein, zwei Lieder. Das muntert dich bestimmt wieder auf!«

Sanne grinste schwach und trank noch einen Schluck. Sie benutzte kein Glas und goß sich den Wein direkt aus der Flasche in den Hals. Das hatte Tilli bei ihr noch nie gesehen.

Sie begann sich langsam ernsthaft Sorgen zu machen. Aber bevor sie etwas fragen konnte, stand Sanne auf.

»Okay. Eine halbe Stunde.« Unter lautem Beifall wurde der Neuankömmling mit der Gitarre empfangen. So falsch, stellte Tilli stolz fest, hatte sie also nicht gelegen.

Dank etlicher, nun geleerter Flaschen und der vorgerückten Zeit hatten sich die meisten Wangen gerötet.

»Es ist zu voll hier«, stellte Sanne fest.

»Dann laß uns in den Flur gehen!« schlug Tilli vor. Ihr bangte davor, daß Sanne gleich wieder den Rückzug antreten könnte.

»Meinetwegen.«

Ein Pulk Sangesbegeisterter folgte ihr. Sie schlug die ersten Akkorde an, und wie auf ein geheimes Zeichen kamen plötzlich aus allen Löchern und von der Treppe zu den Untergeschossen Leute herbei und gesellten sich zu ihnen. Tilli war baff. Nur wenige kannten die »Scherben«, zu ihrer großen Enttäuschung. Dennoch ließ sie es sich nicht nehmen, manche der Lieder zu zweit mit Sanne zu singen, und als sie bei »Schlaf bei mir« angekommen waren, begegnete sie Christians Blick. Er ließ nicht erkennen, was er dachte, wie meistens, aber im stillen zählte Tilli die Sekunden, und sie war bei sechs, als er sich zu Edith neigte, um ihr etwas ins Ohr zu flüstern. Edith sah herüber, und ihr Blick war ebenso unergründlich wie seiner.

Die Liedblätter waren längst mehrmals abgesungen.

»He!« rief Sanne plötzlich, von Müdigkeit keine Spur. »Kennt ihr Hava nagila?«

Außer Tilli und erstaunlicherweise Barbara meldete sich niemand.

»Sing es vor!« sagte einer.

Sanne schüttelte den Kopf. »Das wird nicht nur gesungen. Das wird getanzt.«

Tilli fand es erstaunlich, wie fügsam die Leute waren. Willig ließen sie sich von Sanne und ihr zu zwei Kreisen formieren, einem inneren und einem äußeren. Als es dann losging und dreißig Schüler den israelischen Tanz stolpernd, aber voll Feuer aufs PVC legten, schabten sich manche der äußeren Tänzer die Hintern an der Wand wund. Aber es störte keinen.

Mitten im Tumult sah sie Christian wieder. Er hielt Edith

um die Taille gefaßt, die sich ausschütten wollte vor Lachen, aber als Tilli ihren Kopf enttäuscht nach einem erfreulicheren Motiv wandte, bemerkte sie aus den Augenwinkeln, wie Christians sachlicher Blick kurz in ihre Richtung schwenkte, bevor er über seine Füße fiel.

Es hätte ein bahnbrechender Abend mit einem krönenden Abschluß werden können. Etliche Male ließ sich Tilli erklären, wie gut man sich amüsiert und wen man schon alles kennengelernt habe. Funes schmiedete Pläne für eine Fortsetzung der Party in der darauffolgenden Woche in seinem Zimmer, und Edith zwinkerte ihr zu. Und dann, mitten im Rausch, wurden sie jäh in die Realität zurückgeworfen.

Niemand hatte ihn kommen sehen, alle waren viel zu sehr mit sich beschäftigt, aber plötzlich stand der Oberst neben Barbara. »Kann mir einer sagen, was das hier werden soll?« fragte er leise.

Tilli kannte den Ton. Sie kannte ihn gut von ihren früheren Kurerzieherinnen. Er war das Signal, die Beine in die Hand zu nehmen und ein Versteck zu suchen. Die meisten der Tänzer dachten instinktiv dasselbe. Sie merkte es an den unsicheren Blicken, die zwischen ihnen hin und her gingen. Nur der Rotblonde aus der SG 6, der inzwischen vollkommen hinüber war, nahm Haltung an und salutierte: »Genosse Oberst, wir feiern.«

Das Gesicht des Obersts wurde dunkel, und Tilli ahnte, was Soldaten widerfuhr, wenn sie in einer Situation wie dieser erwischt wurden.

Es war nach zwei Uhr, außer Edith hatten alle einen sitzen, und den Lärm mußte man bis draußen zum Übungsfeld hören. Aber sie *waren* keine Soldaten.

Der Oberst ging langsam durch die schweigende Menge und sah besonders den Jungen länger in die Augen, als nötig war. Ein paar hielten seinem Blick nicht stand und schauten zu Boden. Christian war einer von ihnen. Dann ließ der Oberst plötzlich von ihnen ab und fragte ruhig:

»Wer von Ihnen hat heute abend Wachdienst?«

Die Spannung war fast greifbar. Eine lange Minute verstrich, ehe sich zwei Hände hoben. Tilli biß sich auf die Lippen. Die Hände gehörten zu zwei Jungen, die sie »Sportler« getauft hatte, weil sie sich die Nachmittage für gewöhnlich in der Turnhalle vertrieben. Im Unterricht fielen sie nicht weiter auf, wahrscheinlich freuten sie sich den ganzen Vormittag über still auf Hanteln und Reck.

Beim Essen vorhin hatte Tilli sie noch nicht gesehen. Sie nahm also an, daß sie erst vom Gesang angelockt worden waren.

»Namen!«

Der Oberst schrieb sie in sein Notizheft. Tilli sah, wie die Sportler in sich zusammensanken. In diesem Moment trat Funes vor. Er wankte ein wenig, und auf seiner Stirn glänzten Schweißperlen.

»Die beiden sind nur auf ihrem vorschriftsmäßigen Kontrollgang hier entlanggekommen und wollten uns gerade zur Ordnung rufen.«

Seinen Namen notierte der Oberst sich auch. »Sie hören von mir«, sagte er, als er das Buch einsteckte. Sein Finger machte die Runde. »Sie hören alle von mir!«

Tilli und Edith mußten Funes ins Bett bringen. Es war, als hätte ihn seine eigene Courage völlig erschöpft. Auf dem Weg die Treppen hinunter knickten ihm dauernd die Beine ein, und er babbelte wie ein seniler Alter unablässig: »Ich habe doch gar nichts gemacht, ich habe doch gar nichts gemacht ... Ich will nicht vor den Kadi.«

Edith zog ihm die Schuhe aus und deckte ihn zu. »Es ist unsere Schuld«, sagte sie, nachdem sie die Tür geschlossen hatte. Sie sah aus, als würde sie jeden Moment in Tränen ausbrechen.

Als sie auf die Mädchenetage zurückkamen, fanden sie dort nur noch eine Handvoll Leute vor. Sanne stopfte sich einen Rest kalter Spaghetti in den Mund und spülte mit Wein nach, zwei fremde Jungen tuschelten leise mit einem ausnehmend dünnen Mädchen, die anderen hatten sich in ihre Zimmer zurückgezogen. Christian lehnte so an der Wand, wie sie ihn verlassen hatten. Sein Gesicht war grau.

Und da tat Edith, was Tilli nie gewagt hätte. Sie legte ihm die Hand auf den Arm und sagte leise: »Geh schlafen.« Christian rührte sich nicht.

Tilli wunderte, daß er das etwas brachiale Ende ihrer Party *so* schwer nahm. Schließlich war ihm doch nichts passiert. »Der kann nichts machen«, sagte sie optimistischer, als ihr zumute war »Wenn wir zusammenhalten, kann der gar nichts machen!«

Christian stemmte sich langsam von der Wand ab. Vielleicht hatte er auch nur zuviel getrunken. »Was weißt du denn schon davon.«

Als er ein paar Meter weit gekommen war, drehte er sich noch einmal um. »Im großen und ganzen war die Party gelungen.« Dann ging er.

Tilli fühlte sich auf einmal unendlich müde. So müde, daß sie sich am liebsten auf dem Gang zusammengerollt hätte. Edith verabschiedete sich mit einer Umarmung, und sie stolperte in ihr verwüstetes Zimmer und warf sich aufs Bett.

Seine Augen waren grüngrau.

Am nächsten Morgen wurden die Sportler und Funes aus der Physikstunde weg zum Direktor gerufen. Zurück kehrte nur Funes. Er hatte verquollene Augen. Bis zur Pause sprach er kein Wort, dafür saß er wie eine Eins auf seinem Platz und verfolgte den Unterricht mit einer Hingabe, die deutlich werden ließ, daß er etwas gutzumachen wünschte.

Tilli ließ ihren Blick zu Christian wandern. Seine Gesichtsfarbe sah heute etwas gesünder aus als in der vergangenen Nacht, aber er hing auf seinem Stuhl wie nach einem Sturm.

In der Pause scharte sich ein großer Teil der Klasse um den armen Funes. »Wie war es denn, wo sind die beiden?« wollte Barbara wissen. Seit letzter Woche fungierte sie als Klassensprecherin, und Tilli hatte inzwischen mitbekommen, daß sie nichts gegen sie hatte, sie war für alle schwer zu greifen, es lag in ihrem Naturell.

Funes' lange Nasenspitze bebte. Er mußte eine Demütigung erlebt haben. Indem er darüber berichtete, erlebte er sie ein zweites Mal. »Ich habe einen Verweis bekommen«, sagte er. Natürlich war es erniedrigend für einen erwachsenen Mann wie ihn, einen Verweis zu bekommen, wie ein Drittkläßler. Mehr wollte er nicht sagen. Das hatte schon etwas zu bedeuten. Schließlich sagte man ihm nach, daß er sogar seine eigene Beerdigungsrede halten würde, nur um niemand anderem das Wort zu überlassen.

»Und die Sportler?« fragte Tilli.

Funes machte mit der Hand die Geste des Halsabschneidens. »Weg. Sie konnten gleich ihre Sachen packen.«

Barbaras Faust sauste auf den Tisch. Nicht nur Funes zuckte zusammen. »Was, wegen *so* was werden die gefeuert?!«

»Ich finde das, ehrlich gesagt, auch etwas übertrieben«, sagte Yvonne, die Klassenbeste. Sie war nicht zur Party gekommen, vermutlich hatte sie an ihrem Effi-Briest-Aufsatz geschrieben, aber natürlich war ihr nicht verborgen geblieben, was sich auf dem Gang abgespielt hatte. »Das ist ja wie bei der Armee! Man kann doch keinen Schulverweis kriegen, bloß weil man mal eine halbe Stunde in der Wache gefehlt hat! Ein Tadel hätte doch auch gereicht.«

»Wir *sind* bei der Armee.« Christian war aufgestanden und zur Tür gegangen. »Dem Schröder ist völlig egal, ob wir Wache schieben oder nicht. Aber er muß sich den hier gültigen Normen beugen. Und ein beleidigter Oberst ist schlimmer als ein tollwütiger Fuchs – der Thiel wird ihm keine andere Wahl gelassen haben.« Er sagte es kalt, fast grob, und hinterließ bei Tilli ein unbestimmtes Gefühl von Mitleid. Woher, fragte sie sich, wußte er so gut über beleidigte Offiziere Bescheid?

Flüchtig dachte sie an die kraftlose Gestalt des vergangenen Abends, an seinen gesenkten Blick, als der Oberst jeden einzelnen von ihnen ins Visier genommen hatte, an sein »Was weißt du schon«. Es gab also etwas, das ihm, dem überlegenen Denker, dem Einstein der Klasse, an der Seele fraß.

Wie alt war er eigentlich genau? Bis auf Funes schätzte sie die Jungen ihrer Klasse auf 19 bis maximal 22 Jahre. Tilli wußte nicht und hatte sich bisher auch nicht gefragt, wie viele von ihnen noch in der DDR ihren Wehrdienst abgeleistet hatten. Sie war selbstverständlich davon ausgegangen, daß sie, wie sie selbst, direkt nach der Lehre hier gelandet waren. Sie sahen so zahm und unbeleckt aus.

Wann hatte man denn nun zur Armee gemußt? Etwa *vor* der Lehre, mit zarten 16, 17 Jahren, oder direkt danach, mit 18, 19? Dann hatte es die meisten noch erwischt. Tilli nahm sich vor, Edith zu fragen, sie hatte einen älteren Bruder.

Erst jetzt wurde ihr auch bewußt, daß die Jungen sich in der Angelegenheit ziemlich zurückhielten. Einige von ihnen hatten sich zwar zu ihnen und Funes gestellt, aber sie zeigten lange nicht dieselbe Empörung wie der überwiegende Teil der Mädchen.

»Irgend etwas müssen wir jedenfalls tun«, sagte Barbara gerade.

»Sonst machen die mit uns, was sie wollen. Ich meine, in erster Linie sind wir doch wohl hier, um Abitur zu machen, und nicht, um unseren Grundwehrdienst abzuleisten. Und diese Wachgeschichte ist, meiner Ansicht nach, nur dazu bestimmt, den Schein zu wahren. Sonst müßte die Führung dieses Stützpunktes zugeben, daß sie sich selbst ein Kuckucksei ins Nest gelegt hat. Aber Sinn ergab es eigentlich nicht. Es kann doch nicht sein, daß *wir* Soldaten, die einen Eid geschworen und sich, blöd, wie sie sind, zu unbedingtem Gehorsam verpflichtet haben, daran hindern sollen, sich heimlich an unseren Jungfrauen zu vergreifen. Ihre Chefs haben uns doch selbst hierhergeholt! Ergo liegt die Schuld, wenn es eine gibt, nicht bei uns, sondern bei denen. Was ist denn das für ein Oberst, der hier einen Affentanz aufführt, nur weil er seine eigenen Schäfchen nicht im Griff hat.«

»Ja, und was machen wir nun?« fragte Edith. »Schulstreik?«

Barbara wiegte den Kopf hin und her. »Das wäre eine Möglichkeit. Aber wenn wir Pech haben, beißen wir uns damit am Ende selbst in den Schwanz. Wenn es jetzt, drei Wochen nach Schulbeginn, schon Krawall gibt, kann Schröder die Fördermittel wirklich abschreiben.«

»Wir könnten Funes' Theorie aufgreifen«, schlug Tilli vor, »daß die Sportler gerade dabei waren, uns zur Räson zu rufen.«

»Dafür hat er ja wohl gehörig eins auf den Deckel gekriegt«, warf Monique, Yvonnes schattenhafte Banknachbarin, ein. »Und bei uns werden sie sich auch noch melden.« Auf ihren sonst eher gelblichen Wangen prangten rote Flekken. »Dabei war ich nicht mal auf dieser blöden Party! Müßt ihr unbedingt alles kaputtmachen? Es gibt eben Regeln, und wer sich nicht dran hält, wird bestraft. Das ist völlig richtig in einem so großen Apparat wie diesem hier.«

Barbara bedachte sie mit ihrem Henkerblick. »Richtig. Ich habe vergessen, daß es nichts Abscheulicheres gibt als Anarchie. Stell dir vor, man müßte seine eigene Moral entwickeln – ein entsetzlicher Gedanke. Das Ende der Ordnung!« In ihren Augen blitzte es.

Monique öffnete ihren Mund, sagte aber nichts.

Barbara wandte sich an Edith. »Wie wäre es, wenn ich als Klassensprecherin mit zwei, drei anderen und Fabian zum Schröder gehe und im Namen der Klasse tatsächlich seine Theorie bestätige. Er war ja schließlich nicht dabei. Bei den Sportlern könnte ich mir sogar vorstellen, daß sie stimmt. Die waren doch die letzten, die Ärger wollten. Und schließlich sind *wir* diejenigen, auf die der Oberst sauer ist. Die Wache ist nur sein Ventil, weil er uns nicht alle mit unseren Zahnbürsten zum Flurschrubben schicken kann. Was er am liebsten getan hätte, wenn ihr mich fragt.«

Edith nickte, und auch von den Mienen der anderen konnte man verschiedene Grade von Zustimmung ablesen, besonders von denen der Jungs.

Nur Funes schien über die Entwicklung der Dinge nicht besonders glücklich. »*Muß* ich mit? Der Schröder hält mich doch für einen Aufrührer. Ich bin froh, daß ich gerade so noch mal davongekommen bin.«

Barbara schenkte ihm ein beruhigendes Lächeln. »Eben. Du bist Teil des Exempels. Weißt du, hier geht es um deine Glaubwürdigkeit. Deine Ehre gewissermaßen. Du mußt ja nicht reden, wenn du nicht willst.« Bei diesen Worten zog sich ihr Mund auseinander. »Ich bin die Klassensprecherin, also laß mich nur machen.«

Tilli sah Edith tief Luft holen und in einem hohen Satz über ihren Schatten springen. »Ich geh' mit«, sagte Edith und blickte sie an.

»Okay«, sagte Tilli.

»Also am Montag nach dem Unterricht.« Barbara blickte auf die Uhr.

»Ach du Scheiße. Vor fünf Minuten hat Physik angefangen.«

Noch im Anflug auf ihr nächstes Ziel, den Physikraum, war Tilli baß erstaunt über die treffsichere Wahl ihrer Favoritin.

Der entscheidende Montag kam mit einem Rucksack voll Sonne daher und drehte die Temperaturen, die in den letzten Tagen schon Anstalten gemacht hatten, den Herbst einzuläuten, noch einmal ein paar Grad nach oben.

Es war wohl das letzte Mal, daß die vor Morgentau glitzernden Eichenblätter träge, beinahe lasziv in schwülwarmer Luft zu Boden segelten und die Sonne ihnen in die Nacken kniff, als sie hinüber zum Essensraum gingen.

Wie das Wetter so war auch die Stimmung merkwürdig entrückt.

An diesem Montag stellten sie eine schweigende Masse dar, die sich durch nichts aus der Reserve locken ließ – der Alptraum eines jeden Lehrers. Nicht, daß sie sich verschworen hatten. Es war nur so, daß achtzig Prozent von

Tillis Mitschülern den Mund ohnehin nur selten öffneten, und der Rest war zu aufgeregt, um sich auf den Unterricht zu konzentrieren.

Je näher das letzte Läuten rückte, das den Nachmittag ankündigte, desto kälter wurden Tillis Hände. Sie fühlte sich wie früher, wenn sie im Flur des zweiten Stockwerkes der Ambulanz darauf gewartet hatte, daß die Zahnarzthelferin durch den Lautsprecher ihren Namen rief.

Als es dann endlich soweit war, schlotterten ihr tatsächlich die Knie.

Funes war blaß, genauso wie Edith, nur Barbara hatte nichts von ihrer Resolutheit verloren oder ließ es sich wenigstens nicht anmerken. Im letzten Moment war Fräulein Schmidt zu ihnen gestoßen. Aus irgendeinem Grund hatte Tilli das Gefühl, daß das von Bedeutung war, obwohl sie sich beim besten Willen nicht erklären konnte, warum. Beim Direktor würde er ihnen nicht viel nützen, es sei denn durch seine bloße Gegenwart. Es war beschlossene Sache, daß Barbara das Wort führen sollte. Sie konnte das am besten.

Und dann kam alles ganz anders.

Als sie die Tür öffneten und in den Raum stolperten, fiel ihr ungläubiger Blick nicht auf die rundliche Gestalt Herrn Schröders, sondern auf die geradezu kreisrunde seiner Gattin, die in anderen Seminargruppen Mathematik unterrichtete. Sie sah sie freundlich an, bedeutete ihnen mit einer Geste zu warten und fuhr fort, mit einer Person zu telefonieren, die sie »Mäuschen« nannte. Als sie endlich den Hörer aufgelegt hatte, setzte sie einen fragenden Blick auf.

Barbara räusperte sich. »Wir haben ein Anliegen und würden gern Ihren Mann sprechen. Es geht um die Feier von letzter Woche«, sagte sie fest und laut, und sie schaffte es sogar, Frau Schröder in die Augen zu sehen.

Diese schenkte jedem von ihnen eine Sekunde ihrer beanspruchten Aufmerksamkeit, und Tilli hatte den Eindruck, daß sie zögerte, bevor sie sagte: »Mein Mann ist die Woche über in Berlin. Vor nächstem Montag werden Sie mit ihm nicht sprechen können.«

Tilli sah, wie Funes' Gesichtsfarbe sich langsam normalisierte. Auch sie mußte zugeben, daß sie erleichtert war. Wenn sie etwas fürchtete, waren es Gespräche mit Autoritäten, bei denen sie in der Rolle des Bittstellers auftreten mußte. Daß diese Gespräche meistens in einem Fiasko endeten, hatte sie die POS gelehrt. Tilli lächelte die Frau des Direktors an, wobei sie merkte, daß sie rot wurde, und sagte: »Schade. Na, da kann man wohl nichts machen.« Mit einem Achselzucken bedeutete sie Edith, daß ihre Mission beendet war.

Zu ihrer Überraschung war Frau Schröder offensichtlich anderer Meinung. Sie wandte sich an Barbara. »Ich vertrete meinen Mann in der Woche. Vielleicht laßt ihr mich euer Problem mal hören?« Ohne große Vorrede war sie zum vertraulichen Du übergegangen. Barbara verstand sofort. In weniger als zwei Minuten hatte sie den Vorfall der vergangenen Woche skizziert. Frau Schröder nickte hin und wieder. »Und ich, ich meine, wir halten einen Schulverweis für keine angemessene Strafe«, schloß Barbara.

»Ich meine, was haben die denn schon gemacht!« fügte Tilli hinzu, die angesichts der Gutmütigkeit der Direktorengattin langsam ihren Mut wiederfand. »Sie hatten Wachdienst, na ja. Aber wenn *Sie* unten in der Wache sitzen und von oben die ganze Zeit Musik und Partylärm hören würden, ganz abgesehen mal vom Essensduft« – aus den Augenwinkeln sah sie, wie sich Fräulein Schmidts Grinsen gefährlich ausdehnte – »würden Sie dann nicht auch nach oben gehen, um nachzusehen, was da los ist?«

Die dicke Frau warf ihr einen milden Blick zu, der gleichzeitig belustigt, aber auch ein wenig mitleidig wirkte. Und, komischerweise, ein wenig traurig. Ihr Gesicht ähnelte plötzlich dem, das ihr Mann am Tag ihrer Anmeldung gemacht hatte, als Tilli die zweifelhafte Bemerkung fallengelassen hatte, daß erst die Wende ihr das Abitur ermöglicht hatte.

»Erstens«, sagte die Direktorengattin, »ich würde *nicht* gehen, höchstens, um meine Runde abzulaufen. Und das haben eure beiden nicht getan, denn Oberst Thiel hat mehrmals versucht, sie telefonisch in der Wache zu erreichen.«

Das änderte natürlich alles. Die sorgsam zusammengebastelte Theorie, die Sportler wären zufällig gerade während ihres Kontrollrundganges erwischt worden, fiel wie ein Kartenhaus in sich zusammen. Tilli sah, wie Barbara sich auf die Lippe biß.

»Zweitens«, fuhr Frau Schröder fort, »und jetzt hört gut zu!« Sie stützte ihren Busen auf die Tischplatte, als sie sich vorbeugte. Ein süßer Duft von Parfüm oder Seife wehte ihnen entgegen. »Die Maßnahme war drastisch, zugegeben. Sie hatte aber einen Sinn.« Sie sprach so akzentuiert, daß man das Gefühl hatte, sie hielte die Zöglinge dieser speziellen Schule für geistig nicht ganz auf der Höhe. »Ich würde euch raten, euch bis zum nächsten Mittwoch oder Donnerstag in Geduld zu üben. Versteht ihr?«

»Nee«, sagte Fräulein Schmidt.

Frau Schröder federte zurück. »Na, ist auch nicht so schlimm. Dann vertraut mir einfach. Auch wenn es theatralisch klingt. Wartet bis Mitte nächster Woche, dann werden wir weitersehen. Und jetzt – entschuldigt. Es ist ein Haufen zu tun bis dahin.«

»Hat einer von euch verstanden, was sie meint?« fragte Fräulein Schmidt, als sie die Treppe zu Funes' Zimmer hinaufstiegen. Funes hatte sie zu einem Erleichterungsschluck eingeladen, und bis auf Edith fanden alle, daß sie einen gebrauchen konnten.

»So fängt es an, mit der Sucht«, sagte Edith und formte ihren üppigen Mund zu einem Strich. »Man denkt, man belohnt sich mit einem Gläschen, und dann belohnt man sich immer häufiger …« Aber sie kam trotzdem mit.

»Ich weiß nicht genau, aber ich glaube, ich habe so eine Ahnung«, antwortete Barbara.

»Was denn?«

»Welches Datum ist nächsten Donnerstag?« fragte Barbara statt einer Antwort .

»Der vierte Oktober«, kam es, wie aus der Pistole geschossen, von Funes, der sich seinen Kalender irgendwo in die Schädelplatte eingraviert hatte, denn was Daten anging, war er einfach unfehlbar.

»Genau«, sagte Barbara zufrieden.

»Ja, und?« fragte Fräulein Schmidt und hielt ihr die Tür zu Funes' Zimmer auf.

Während sie hindurchging, lächelte sie ihn an. »Überleg mal!« Dann schnappte sie nach Luft. »Funes! Was ist *das*?!« Ihre Augen hatten sich zur Größe von Untertassen geweitet. Zum Glück bewahrte Fräulein Schmidt im Türrahmen sie davor, einfach umzufallen.

Tillis erster Gedanke war, daß Funes' Zimmer für jemanden, der nur den Anblick einer *leicht* veränderten Soldatenstube gewöhnt war, einen mittelschweren Schock darstellen mußte. Sie war schon sehr zufrieden mit ihrem und Ninas Werk, aber im Vergleich zu dem, was Funes fertiggebracht hatte, war es kaum mehr als ein unbeholfener Einrichtungsversuch.

Außer einem Doppelstockbett gleich links hinter der Tür, das durch einen Schrank – und damit war ein richtiger Kleiderschrank mit Aufsatz und Zierleisten gemeint, nicht eines von den Sperrholzmodellen, die sie benutzten – von der übrigen Einrichtung getrennt war, erinnerte nichts mehr an die einstige Bestimmung des Raumes. Nachdem sie diese Art Diele hinter sich gebracht hatten, standen sie in einem gutbürgerlichen Wohnzimmer der fünfziger Jahre. In der Mitte, auf einem dezent gemusterten Knüpfteppich, prangte ein runder Holztisch mit ebenso rundem Häkeldeckchen, an der Wand daneben stand eine Anrichte mit Glasfenstern, durch die ein Sortiment Weingläser schimmerte, und vor den Fenstern, die von schweren rötlichen Vorhängen gerahmt wurden, hatten zwei Schreibtische Platz gefunden. Ein wuchtiges, dunkel gebeiztes Ungeheuer, das bestimmt eine halbe Tonne wog, und ein kleinerer Tisch aus Kiefernholz, wie sie gerade modern waren. Auf beiden stapelten sich Bücher und Zeitschriften. Es gab ordentliche Stiftebecher, eine Pinnwand zum Aufstellen, übersät mit Zettelchen, Schreibunterlagen aus Gummi mit neckischen Entchenmotiven und eine Menge anderen Kram, den man vielleicht irgendwann einmal brauchen, aber nie dringend benötigen würde.

Das erstaunlichste aber war die Wand zur Rechten. Tilli fragte sich, wie lange er daran gebastelt haben mußte. Die rechte Wand stellte nämlich eine Küche dar. Über ihre gesamte Länge bis hin zum »Vorraum« zog sich, etwa in Hüfthöhe, ein stabiles Brett, das von einem darunter angebrachten Regalsystem gehalten wurde. Darauf waren der Campingkocher, die Kaffeemaschine, ein kleiner Grill und ein rechteckiger Kasten angeordnet, dessen Funktion sich Tilli nicht erklären konnte; erst bei späterer Gelegenheit legte Funes ihr dar, wie eine Mikrowelle funktionierte. Die Wand über dem Brett hatte er etwa einen Meter in die Höhe rosa gefliest.

Überall rankten und rekelten sich Grünpflanzen in bunten Töpfen. Es war Geschmackssache, ob man die Fliesen schön fand oder nicht – der ganze Raum war Geschmackssache, aber er war phänomenal!

Sie ließen ihn eine Weile schweigend auf sich wirken, während Funes mit dem selbstgefälligen Ausdruck eines erfolgreichen Modeschöpfers neben ihnen stand.

Fräulein Schmidt bekam zuerst den Mund auf. »Wo hast du bloß dieses ganze Gerümpel her?!«

Funes grinste. Er überging den abschätzigen Unterton der Frage. Vielleicht hörte er aber auch nur schlecht kaschierte Ehrfurcht denn der Stolz auf sein Werk sprang ihm regelrecht aus dem hakennasigen Gesicht. »Ich habe es geschenkt bekommen.«

»Geschenkt? Die ganzen alten Möbel?« fragte Edith ungläubig. Ihr Blick hing an einer Kuckucksuhr, die auf der Anrichte lag.

»Die Uhr nicht«, sagte Funes. »Die ist von meiner Oma. Sie ist kaputt, aber Mandy wollte sie nicht wegwerfen. Vielleicht kriege ich sie wieder hin.«

Mandy war seine Freundin. Tilli hatte sie noch nie gesehen, aber ihr Name fiel in jedem dritten Satz, wenn er einen seiner Vorträge hielt, egal worüber. Rechts neben der Anrichte hing ein goldgerahmtes Foto von ihr. Jedenfalls sah das blondgelockte Mädchen in türkisfarbenem Strick und Brille, das leicht silbrig auf sie niederblickte, nicht wie eine nahe Verwandte von Funes aus.

»Moment mal«, schaltete Barbara sich ein. »Den Rest willst du geschenkt gekriegt haben – die Schränke und Tische und den Teppich und das alles? Glaub' ich nicht.«

Funes lächelte nachsichtig. »Ich habe in der Oranienburger Tageszeitung eine Annonce aufgegeben: ›Student sucht dringend ... – preiswert oder geschenkt. Statt Bezahlung auch Gegenleistung möglich.‹«

»Und da haben sich auf einmal ganz viele hübsche Mädchen gemeldet«, sagte Fräulein Schmidt.

»Alte Damen«, korrigierte Funes ihn ein bißchen wehmütig. »Einer habe ich beim Umzug geholfen. Dafür habe ich den großen Schreibtisch und den Eßtisch bekommen. Den Teppich hat mir eine Oma gegeben, die ins Altersheim gegangen ist. Sie wollte ihn sowieso wegwerfen. Und der Rest gehörte einer fast Neunzigjährigen. Stand bei ihr auf dem Dachboden. Ich habe ihr versprochen, daß ich mich um das Unkraut in ihrem Garten kümmere. Dafür darf ich ihn aber auch mitnutzen. Nicht schlecht, was?«

»Wohl wahr«, sagte Fräulein Schmidt beeindruckt. »Ideen muß man haben.«

Tilli war mehr als nur beeindruckt. Für Funes war offensichtlich keine Idee zu abwegig, keine Aktion zu umständlich, kein Weg zu weit, wenn er sich etwas in den Kopf gesetzt hatte. Er hatte bloß ein paar Zeilen zu irgendeiner Redaktion geschickt, und dank seines unbegreiflichen Optimismus und Muts zum Unkonventionellen hatte er nicht nur eine komplette kostenlose Einrichtung erhalten, sondern war quasi auch noch Mitbesitzer eines Gartens geworden.

Seit der Party begann Tilli ihn mit anderen Augen zu sehen, und bis jetzt war das Bild, das sie in den ersten beiden Wochen von ihm gewonnen hatte, jeden Tag um eine Facette reicher geworden.

Er war einer, der dafür sorgte, daß man ihn im Auge behielt.

Wenn Funes zu einem Schlückchen einlud, meinte er damit nicht die unvermeidliche Flasche Kadarka oder Liebfrauenmilch, die sonst zur Grundausstattung eines Abiturienten gehörte. Er reichte jedem von ihnen ein großes dickwandiges Glas und goß zwei Fingerbreit einer goldschimmernden Flüssigkeit hinein, aus einer ebenfalls dickwandigen viereckigen Flasche.

»O Gott, Whisky!« ächzte Fräulein Schmidt.

Die senkrechte Falte auf Ediths Stirn vertiefte sich. »Das ist doch hochprozentiges Zeug. Fusel! Muß das denn sein?«

Funes hielt im Ausschenken inne. Sein Kopf schwenkte zu Edith hinüber. »Goldbrand ist Fusel, Klarer ist Fusel und auch das nur im Sprachgebrauch. Echter Fusel besteht aus unreinem, gepanschtem Zeug, das dich auf Dauer blind macht und das es hier schon lange nicht mehr gibt. Das hier« – er hielt die viereckige Flasche sehr dicht unter Ediths Nase, die angesichts der massiven Bedrohung ein Stück zurückwich – »das ist astreiner Glenn Fiddich, dreißig Mark die Flasche. Den hab' ich für ganz besondere Anlässe gekauft, zum Beispiel für diesen. Ein Whisky wie der muß jahrelang in Holzfässern lagern, bevor er ...«

»Wenn wir den nicht bald trinken, wird er zu Fusel. Er beginnt schon so zu riechen«, sagte Fräulein Schmidt und schnupperte an seinem Glas.

Funes' Kopf schwenkte zurück. Auf der Spitze seiner Nase glänzte eine Schweißperle. »Der da wird *nie* im Leben zu Fusel«, quetschte er hervor. »Ich habe doch gerade gesagt ...«

»Du hast recht. Laß uns anstoßen!«

Funes verschluckte mühsam den Rest des Satzes und hob sein Glas. »Auf uns.«

»Und die Sportler«, ergänzte Barbara.

»Und den Oberst. Alle Zähne sollen ihm ausfallen, bis auf einen, damit er noch Zahnschmerzen haben kann«, beendete Tilli die Toastrunde. Und weil Edith irgendwie komisch guckte, erklärte sie: »Alter jüdischer Segensspruch.«

»Bist du Jüdin?« fragte Funes.

»Nee.« Tilli hob die Schultern. »Ich bin so protestantisch wie nur irgendwas.«

Funes sah leicht enttäuscht drein. Tilli war auch enttäuscht. Es gab nichts Langweiligeres, als deutsche Wurzeln zu haben. Fast jeder konnte wenigstens einen Ahnen aus dem Ausland vorweisen, und es galt als ausgesprochen schick, wenn man Jude oder Halbjude war. Tilli kannte jemanden, der jeden, den er traf, spätestens nach zehn Minuten über seine jüdische Abstammung aufklärte. Er erntete jedesmal tiefe Bewunderung. Dabei war er genaugenommen nur Halbjude, denn seine Mutter, und auf die kam es ja wohl an, stammte aus Deutschland und sah aus, als hätten ihre Vorfahren schon mit Barbarossa an einer Tafel gesessen. Die anderen behalfen sich mit Urgroßeltern aus Frankreich, Ungarn, Polen usw. In dieser Reihenfolge. Es machte natürlich mehr her, von einem alten Hugenottengeschlecht abzustammen als von schlesischen Bauern. Aber warum? Vielleicht war die Ahnenforschung ein typischer Zug der DDR-Bürger, die, wenn sie selbst schon die meisten Länder nur aus Büchern kannten, wenigstens via Verwandtschaft einen Fuß in die große weite Welt setzen konnten. Und deshalb galten Franzosen vielleicht mehr als Polen, denn nach Polen zu reisen war kein Problem gewesen, nach Frankreich schon.

Abgesehen davon war Tilli in ihren halbjüdischen Bekannten verliebt gewesen und hatte sich umfassend mit der Geschichte seiner Vorfahren befaßt, um ihm zu imponieren.

Allerdings hatte sie an seiner Weigerung, sich mit ihr zur Abwechslung mal über ihre Ahnen zu unterhalten, gemerkt, daß er ihre Verehrung nicht erwiderte. Die kurze und einseitige Liebe hatte immerhin bewirkt, daß ihr eine Leidenschaft für jüdische Witze und Sprüche geblieben war. Sie waren bissig und selbstironisch, und es machte ihr Spaß, sie zum besten zu geben. Allerdings hatte sie noch nie erlebt, daß jemand darüber gelacht hatte. Vielleicht waren sie zu lang.

Sie hoben die Gläser und führten sie zum Mund. Edith hatte Eistee bekommen, der fast genauso aussah wie Whisky. Funes dachte einfach an alles. Er war ein perfekter Gastgeber.

Tilli hatte vorher noch nie Whisky getrunken. Vorsichtig tunkte sie ihre zum Mundschenk gekürte Zungenspitze hinein. Es zwiebelte ein wenig, und sie fand den Geruch abstoßend. Aber Schmidt, Funes und sogar Barbara hatten einen erwachsenen Schluck genommen, und da wollte sie sich nicht zieren. Sie hatte das Gefühl, Feuer zu schlucken. Der Whisky brannte sich seinen Weg bis zu ihrem Magen. Tilli schnappte nach Luft, und Tränen schossen ihr in die Augen. Erst ein paar Sekunden später kroch ihr ein widerlicher Geschmack den Hals hinauf, und sie mußte mehrmals tief durchatmen, um dem Drang, sich zu übergeben, widerstehen zu können.

»Du mußt ihn hinunter*gleiten* lassen«, belehrte Funes sie. »Nicht stürzen.«

Tilli bezweifelte, daß das die Sache besser machte. Aber sie beherrschte sich, wie Barbara, die krampfhaft lächelte, und nickte.

Ediths aufmerksamer Blick lag auf ihnen.

Der zweite Schluck war nicht mehr ganz so schlimm und löste auf wunderbare Weise die Zunge, so daß sich ein zwangloses Gespräch über Ehen zur Zeit Effi Briests ergab. Der Abgabetermin für ihren Aufsatz rückte langsam näher. Barbara schien sich auf dem Gebiet gut auszukennen, aber als Tilli ihr ihre Bewunderung ausdrückte, winkte sie ab und sagte, ihre Eltern führten eine solche Ehe, das sei alles.

Plötzlich schlug sich Fräulein Schmidt an die Stirn. »Mist!« Er stand auf. »Habt ihr was dagegen, wenn ich Christian herüberhole? Ich wollte eigentlich mit ihm nach Berlin fahren, um ihm so 'nen Fahrradladen zu zeigen, aber ich fürchte, jetzt ist es ein bißchen spät dafür.«

»Meinetwegen kannst du die ganze Klasse holen«, sagte Funes großmütig. Er hatte gerade den zweiten Whisky in die Tiefen seines Verdauungstraktes befördert, und seine Augen begannen zu glänzen.

Edith, die aufgestanden war, um ihm ihre Verachtung zu zeigen, erstarrte, blieb einige Sekunden stehen, als ob sie eine Rede halten wolle, und setzte sich dann langsam wieder auf ihren Stuhl. Ihr Gesicht war so rot, als wäre sie in einen Brennesselbusch gefallen, und sie mied Tillis Blick. Ihre Finger begannen zerstreut mit den Fransen des Spitzendeckchens zu spielen.

All das registrierte Tilli wie Details eines Filmes, der über den Fernsehbildschirm flimmert, während man in Gedanken ganz woanders ist. Ihr war heiß. Als Fräulein Schmidt den Raum verließ, begann sie plötzlich zu frieren, und als sie Schritte auf dem Flur hörte, wurde ihr wieder heiß.

Christian brachte eine angebrochene Flasche Bier mit. Er begrüßte weder Funes, der ihm eilfertig ein Glas hinstellte, noch einen der anderen, sondern zog sich einen Stuhl heran und setzte ein offensichtlich schon früher begonnenes Gespräch mit Fräulein Schmidt über Fahrradgangschaltungen fort.

Tilli bemühte sich, ihn nicht anzustarren. Statt dessen sah sie zu Edith und bemerkte, daß sie sich dieselbe Prüfung auferlegt hatte. Sie schien sich unbedingt das Häkelmuster der Tischdecke einprägen zu wollen. Aber in Abständen huschte ihr Blick doch zu Christian hinüber, und dann frischte sich das gerade verblaßte Rot ihres Gesichts wieder auf.

Tilli merkte, wie ihr unter dem Pullover der Schweiß ausbrach. In ihrem Kopf herrschte gähnende Leere, sie kam sich vor wie eine Pappkulisse, die früher oder später umfallen mußte, sobald jemand dagegen tippte.

Nach einer Zeit, die ihr wie eine Ewigkeit vorkam, hatte sich das Thema Fahrrad endlich erschöpft, Fräulein Schmidt ließ sich von Funes Whisky nachschenken. Christian schob sein Glas zurück und griff nach der Bierflasche. »Wie war's bei Schröder?« fragte er. Es klang gleichgültig.

»Er war nicht da«, sagte Barbara wahrheitsgemäß.

Christian zuckte die Schultern. »Es hätte auch nichts gebracht, wenn er dagewesen wäre.«

Wieder fragte sich Tilli, woher, zum Teufel, er das so genau wissen wollte, aber gerade als sie ihre Vokabeln sortierte, um sie in eine geordnete Frage zu setzen, fand Edith ins Leben zurück. Ungewohnt laut sagte sie plötzlich: »Am nächsten Freitag fahre ich mit meiner Mitbewohnerin nach Schwedt ins Theater zu ›Linie Eins‹ von so 'ner Off-Theatergruppe. Soll aber gut sein. Wollt ihr nicht mitkommen? Das wäre doch ein lustiger Klassenausflug!«

Sie sah Tilli an, aber Tilli spürte, daß sie nicht gemeint war. Edith hatte den ganzen Tag über Gelegenheit gehabt, sie zu fragen, und es nicht getan. Überdies bezweifelte sie, daß Anke, Ediths Mitbewohnerin, von der sie schon einen flüchtigen Eindruck bekommen hatte, besonders begeistert sein würde, wenn sie mit einem Pulk fremder Leute ins Theater gehen mußte. Edith, die sonst an alles und jeden dachte, dachte darüber nicht nach, und schon das war verdächtig. Es mußte etwas geben, das stärker war als ihre angeborene Rücksicht. Daher wunderte sich Tilli auch nicht über die Gelassenheit, mit der sie Barbaras und Funes' Entschuldigung aufnahm, die übers Wochenende nach Hause fahren wollten.

Fräulein Schmidt überlegte eine Weile. »Ich finde den *Film* gut«, sagte er dann bedauernd. »Und ich wollte ›Linie Eins‹ schon immer mal im Theater sehen. Mist, aber ich habe meiner Schwester versprochen, mit ihr zum INXS-Konzert zu gehen.«

Christian nippte an seinem Bier. Seine Augen starrten auf die gegenüberliegende Wand. Funes' Fliesen schienen es ihm angetan zu haben. Dann traf er seine Entscheidung, und er traf sie für Tilli mit: »Warum nicht. Ich hab' ein paar ganz gute Sachen über das Stück gehört.«

Ediths Gesicht öffnete sich wie eine Blüte im Frühling. Sie versuchte nicht mehr, ihre Freude zu verbergen, als sie versprach, ihn an jenem magischen Freitag nach dem Unterricht abzuholen. »Wir könnten mit Anke zusammen Kaffee trinken, bevor wir fahren«, sagte sie heiter. »Das Stück beginnt ja erst um acht.«

Tillis Antwort stand noch aus, ohne daß es ihr aufzufallen schien. In ihrem Glück hatte Edith sie schlichtweg vergessen. Aber Tilli war nicht gewillt, sich abschütteln zu lassen.

Erst als sie sich auf dem Mädchenkorridor von ihr verabschiedete, fragte Edith sie direkt. Tillis trockenes Ja quittierte sie mit einem freundschaftlichen Schulterschlag. »Gut.« Sie hatte sich schon zum Gehen gewandt, drehte sich aber noch mal um. »Sag mal: – Wie findest du eigentlich Christian?«

Es war einfach eine Frage, die keinen Verdacht enthielt. Edith fragte sie, ihre Freundin, wie sie Christian fand, und die Art, wie sie die Frage stellte, war ein Geständnis.

Tilli hatte es gewußt, trotzdem blieb ihr die Luft weg. »Christian ...«

»Laß uns einen Tee trinken«, schlug Edith vor, als ihr bewußt wurde, daß die Antwort nicht zwischen Tür und Angel gehörte.

Doch Tilli wollte keinen Tee trinken und keine fremden Gefühle für einen Jungen offenbart bekommen, der ihr selbst die Nächte stahl. Was sollte sie sagen? Daß sie genauso verknallt war wie sie? Daß sie Konkurrentinnen waren? Daß es das beste für sie beide sein würde, wenn er sich für jemand ganz anderen entschied, denn dann konnten sie sich gemeinsam ausweinen? Daß sie bis dahin alle ihr zur Verfügung stehenden Mittel einsetzen würde, um ihn selbst zu erobern, und dabei keine Sekunde Rücksicht auf Edith nehmen würde?

Tilli konnte nichts dergleichen tun. Sie sah Edith an, wie sie dastand, bis über beide Ohren verliebt und strahlend, und merkte, wie gern sie sie hatte – gerade weil sie so anders war als sie selbst. Im gleichen Moment dachte sie, daß es für Christian sprechen würde, sollte er sich für Edith entscheiden.

Aber soweit war es noch nicht.

Sie gab vor, müde zu sein, und erklärte Edith knapp, daß sie Christian für einen sehr klugen, gutaussehenden Jungen hielt. Im Prinzip sagte sie nur, was Edith von jeder Großmutter hätte hören können, die von ihrer verliebten Enkeltochter um eine Einschätzung ihres Erwählten gebeten worden war. Nur am Ende konnte sie nicht widerstehen hinzuzufügen, daß Christian ihr ein bißchen arrogant vorkomme. Dann schlich sie wie ein Judas von dannen.

Ein paar Meter hinter sich hörte sie Edith sagen: »Du kennst ihn nicht so gut wie ich. Er wirkt vielleicht arrogant, aber er ist sehr sensibel, wirklich.«

Dieser letzte Satz bohrte sich ihr wie ein Pfeil mit Widerhaken ein. »Du kennst ihn nicht so gut wie ich.« Tilli wälzte sich im Bett herum, lauschte Ninas vertrautem Schnarchen und fand keine Ruhe. Sie sah die vielen Gelegenheiten vor sich, bei denen Edith mit Christian beisammengesessen – oder -gestanden hatte, lachend, ins Gespräch vertieft. Das einzige, was sie dagegen ins Feld führen konnte, war sein kurzer Blick während der Party. Es war lächerlich, zu glauben, daß er sich für sie interessieren könnte.

Aber sie war schon zu weit gegangen, der Kampf um Christian war bereits zu sehr zu ihrer Aufgabe geworden. Sie hatte das absurde Gefühl, daß seine Zuneigung über Sinn oder Unsinn ihres Daseins entschied. Sie konnte nicht zurück.

Den Dienstagvormittag verbrachte Tilli damit, zu überlegen, ob sie auf das Theaterspektakel am Wochenende nicht doch lieber verzichten sollte.

Sie war unausgeschlafen, aber nüchtern und rechnete sich aus, was passieren würde, wenn sie mit nach Schwedt führe, um unterwegs festzustellen, daß Christian Ediths Gefühle erwiderte. Dieser Gefahr mußte sie schließlich ins Auge sehen.

Edith saß im Unterricht neben ihr, beinahe noch glücklicher als gestern, dabei hatte sie gar nichts in der Tasche, außer seiner Zusage mitzukommen. Tilli mochte nicht daran denken, wie sie nach einem *Kuß* von ihm aussehen würde.

Nach einem Kuß von diesen Lippen. Seit jener peinlichen Begegnung auf dem S-Bahnhof zogen sie Tillis Augen an wie Magnete. Immer wenn sie Christian begegnete, mußte sie sich zwingen, nicht auf seinen Mund zu starren, denn er hatte die schönsten Lippen, die sie je gesehen hatte, und mehr als einmal hatte sie sich gewünscht, eine Dichterin zu sein, um ihnen mit Worten gerecht zu werden. Christians Lippen waren wie er selbst – groß und vielversprechend. Sie sahen aus wie Früchte, die zu lange im Wasser gelegen hatten und in Folge dessen aufgeplatzt waren. Aber sie wirkten nicht fleischig und waren deutlich konturiert. Bei manchen Renaissanceskulpturen hatte Tilli solche Lippen gesehen, oder bei Pharaonenbüsten. Das war's: Sie wirkten wie gemeißelt, nur ließ sich eben nicht übersehen, daß sie nicht aus Marmor bestanden, sondern aus etwas viel Aufregenderem. Sie ertappte sich bei Tagträumereien, in denen sie erforschte, ob sie sich genauso anfühlten, wie sie aussahen.

Diese durch und durch sinnlichen Vorstellungen irritierten Tilli.

Ihre Mutter hatte sie streng nach der Bibel und auf Armlänge von sich aufgezogen. Küssen gehörte nicht zum Familienalltag, und Tilli konnte sich noch gut an den leichten Ekel erinnern, der sie überkommen hatte, wenn es doch einmal geschah. Küssen war was für Hollywoodschauspieler, nicht für Leute wie sie oder ihre Mutter.

Bei keinem ihrer Angebeteten hatte sie sich je danach gesehnt.

Jetzt war es zum erstenmal anders, und irgendwie kam Tilli sich schmutzig vor, wenn sie sich zu tief in ihre Phantasien versenkte.

Auch die Eifersucht, die von ihr Besitz ergriff, sobald sie Ediths selig verschleiertem Blick begegnete, spielte eine gewisse Rolle. Schon die bloße Vorstellung der Zusammenführung zweier so prächtiger Lippenpaare wie der von Christian und Edith raubte ihr den Verstand. – Wenn es in Schwedt passierte, würde sie die Stadt nicht heil verlassen, soviel war klar.

Andererseits könnten Edith und Christian gut und gerne noch viel leichter zusammenfinden, wenn sie, die strenge Gouvernante, nicht um sie war.

Dieses Dilemma bedurfte einer Lösung, und gegen alle Vorsicht beschloß Tilli, die erfahrene Nina einzuweihen und um Rat zu fragen.

Als sie nachmittags ins Zimmer trat, verrieten Ninas nachlässig auf den Tisch geworfene Schulsachen allerdings, daß sie zu spät kam. Sicher tobte sie mit ihrem Fotografen, den Tilli längst und unbedingt hätte kennenlernen sollen, durch Berlin. Sie war also wieder einmal auf sich allein gestellt.

Zunächst einmal kochte sie Kaffee. Auch das hatte Tilli von ihrer Mutter. (»Immer erst mal Kaffe trinken, dann weitersehen.«) Edith war, soweit Tilli wußte, mit Anke, ihrer Mitbewohnerin, nach Berlin gefahren, um sich Schuhe zu kaufen. Sie hatte sie eingeladen, aber Tillis Kontostand näherte sich gefährlich dem Minusbereich, und falls sie nicht bald das Schülerbafög bekam, mußte sie sich etwas einfallen lassen.

Um so erstaunter war sie, als es plötzlich klopfte. Es war keiner von Ninas Verehrern, sondern Barbara. Sie trug

Sportzeug und hatte sich ein Tuch um die Haare geschlungen. In der Hand hielt sie eine Karte oder ein kleines Heft, das war auf die Entfernung nicht so genau auszumachen.

»Gott sei Dank«, sagte sie, als sie Tilli erblickte. Sie kam herein und schloß die Tür.

»Ich war schon bei Edith, aber sie ist nicht da.«

»Edith ist in Berlin.« Warum störte es sie, daß alle sich zuerst für Edith und dann erst für sie interessierten? Sie war es doch gewöhnt. Es war nicht anders als früher bei Birthe. »Was gibt's denn?« Es hatte reserviert klingen sollen, aber sie traf den Ton nicht richtig, und es klang zu munter. Gerade noch rechtzeitig fiel ihr ein, Barbara einen Kaffee anzubieten.

Doch Barbara lehnte ab. »Mein Blutdruck ist zu hoch.« Aber zu einem Gläschen Orangensaft sagte sie nicht nein. So unterschiedlich waren die Menschen. Dabei sah Barbara eigentlich nicht wie jemand aus, der unter zu hohem Blutdruck litt.

»Also«, begann sie, nachdem sie einen kräftigen Schluck genommen hatte.

»Ich bin ja nun Klassensprecherin. Das Komische ist, daß ich mein ganzes Leben lang solche Posten hatte: Jungpionierratsvorsitzende, Gruppenratsvorsitzende, zum Schluß sogar GOL-Vorsitzende und jetzt das.« Sie lächelte.

»Du wirkst eben so tüchtig«, sagte Tilli. »Und du bist es auch. So was kann zum Fluch werden.«

Barbara blies die Backen auf, bis sie aussah wie der Pfannkuchen aus dem russischen Märchen, der sich von niemandem fressen lassen wollte. »Na ja«, erwiderte sie, »ich habe gerade beschlossen, später nur den Mann zu heiraten, der zu mir sagt, daß er mich liebt, nicht weil ich schön, klug oder fraulich bin, sondern tüchtig.« Sie lachte. Aber nur kurz, dann fiel ihr wieder ein, weshalb sie da war. »Ich dachte mir, daß es eine nette Geste wäre, ein bißchen auf die Geburtstage zu achten und denjenigen, die dran sind, im Namen der Klasse zu gratulieren. Von den anderen könnte man fünfzig

Pfennige nehmen, damit man ein kleines Geschenk kaufen kann, und auf einer Karte könnten alle unterschreiben, du weißt schon. Wie früher eben. Was hältst du davon?«

Tilli fand die Idee gut. Langsam – nicht zuletzt dank Barbara – kam Schwung in den Laden. Was sie nicht verstand, war, warum sie deshalb nachmittags von Zimmer zu Zimmer ging. Sie hätte Edith oder ihr auch morgen Bescheid sagen können. Daß es unbedingt noch heute sein mußte, konnte nur eines bedeuten.

»Wer ist es denn?« fragte Tilli.

»Christian.«

»*Christian* hat morgen Geburtstag?« Tilli fand ihre Stimme irgendwie hoch, es war eigentlich nicht ihre Stimme.

Barbara betrachtete sie besorgt. »Nicht morgen – heute. Geht's dir nicht gut?«

»Hm, doch. – Ich vertrage nur keinen Kaffee«, stotterte Tilli und wedelte sich mit einer Hand unter dem Kinn herum. »Aber ich trinke ihn so gern.«

»Laß mal überprüfen, ob du nicht auch zu hohen Blutdruck hast«, empfahl Barbara.

Auch wenn Tilli das Gefühl hatte, wie eine Fackel zu leuchten, war sie offensichtlich nicht rot geworden. Barbara hatte nur auf ihre Schnappatmung reagiert.

Heute.

Je ruhiger sie wurde, desto deutlicher standen Tilli die Perspektiven vor Augen, die die Tatsache eröffnete, daß außer Barbara, ihr und Christian selbst wahrscheinlich niemand von seinem Geburtstag wußte. Vielleicht noch Fräulein Schmidt, aber das spielte keine Rolle.

»Zum Unterschriften- oder Geldsammeln ist es jetzt zu spät«, sagte Barbara eben. »Aber vielleicht können wir was improvisieren.« Sie zeigte Tilli die Karte, die sie mitgebracht hatte. Es war eine Kunstpostkarte, die den sattsam bekannten Sonnenblumenstrauß von van Gogh zeigte. »Meinst du, die gefällt ihm?« Barbara hob die Schultern. »Ich habe nur die.«

Tilli ging zum Kleiderschrank und nahm eines der Fotos ab, die Christian am Donnerstag besichtigt hatte. Es waren auch Blumen darauf, aber Maiglöckchen aus dem WG-Garten. Die Fotografin hatte sie vor dem Ablichten in einen Joghurtbecher gestellt. Der Becher war kaputt, und man sah, daß Wasser auf die grobe Holztischplatte gelaufen war, auf der sie ihr kleines Stilleben arrangiert hatte. Natürlich hatte sie das beabsichtigt. Das Foto besaß annähernd Postkartengröße.

Barbara nahm es und betrachtete es eine Weile. »Schön«, sagte sie dann. »Hast du das gemacht?«

Da es keinen Grund gab, ihr imponieren zu müssen, begnügte Tilli sich mit der Wahrheit.

Barbara nickte. »Gut. Ich gehe zu mir«, sagte sie, »und schreibe den Text. Ich kann das nicht, wenn einer zusieht. – Hast du übrigens eine Ahnung, wo man hier Blumen bekommen kann?«

Tilli erinnerte sich, einen kleinen Blumenladen im Dorf gesehen zu haben, aber es würde mindestens eine halbe Stunde dauern, dorthin und wieder zurück zu gehen. Ihr fiel ein, daß sie noch immer nicht wußte, wie alt er geworden war.

»Neunundsechzig geboren«, sagte die klassenbuchstudierte Barbara. »Also einundzwanzig. Zwei Jahre jünger als ich«, seufzte sie. »Der Glückliche. Er hat das Leben noch vor sich.«

Das wiederum fand Tilli nicht. Ihr kam jeder über zwanzig wie ein Greis vor, auch wenn sie es Barbara natürlich nicht sagte. Sie sagte ihr nur das Übliche, daß man sie gut für achtzehn halten könne usw. Dabei hatte sie nicht mal ein schlechtes Gewissen, denn es stimmte.

Und dann kam sie drauf.

»Ich weiß, wo es Blumen gibt. Auf der Rabatte vor dem Internat wachsen Rosen. Es fällt vielleicht nicht auf, wenn da ein paar fehlen.«

Sie einigten sich darauf, daß Tilli sich darum kümmern

sollte, während Barbara den Text schrieb. Danach wollten sie sich wieder bei Barbara treffen.

Zehn Minuten später marschierte Tilli mit einer Handvoll weißer Rosen an den erstaunten Gesichtern ihrer wachhabenden Klassenbesten vorbei, die Treppe hinauf zu Barbara.

»Hoffentlich hat dich keiner gesehen«, sagte Barbara beeindruckt.

»Die Wache hat mich gesehen«, sagte Tilli. »Aber die werden wohl keinen Mitschüler verraten.«

»Wer weiß«, bemerkte Barbara zweifelnd.

Sie fummelten ein paar welke Blütenblätter ab, banden eine blaue Schleife um den Strauß, Tilli unterschrieb zitternd die Karte, die einen allgemein gehaltenen Glückwunsch enthielt, dann schlug die Stunde der Wahrheit.

Auf dem Weg zum Jungenflur hatte sie alle Hände voll zu tun, Barbara die Idee auszureden, im Duett mit ihr »Happy Birthday« zu singen. Es würde ihr schwer genug fallen, aufrecht stehenzubleiben.

Selbstverständlich hätte ihr eines klar sein müssen, als sie an die graue Papptür klopften, die sie von Fräulein Schmidt und Christian trennte: Es kommt immer anders.

In ihrem Fall bedeutete es, daß sie ein verwaistes Zimmer vorfanden. Tilli stand in seinem Zentrum, am Tisch, und sah sich um. Hier wohnte, schlief, atmete er also. Von den vier Betten wurden nur zwei benutzt; die anderen beiden hatten den Sportlern gehört. Das eine war hellila bezogen. Es paßte nicht zu einem Jungen. Ebensowenig wie ein rosaviolettes T-Shirt, dachte sie. Das untere wies gar keine einheitliche Bettwäsche auf. Das Laken war weiß, das Kissen beige geblümt, und der blau-grün gestreifte Bezug hatte sich an der Knopfleiste geöffnet, war ein Stück hinaufgerutscht und zeigte das rote Inlett. Trotz der Farbe des anderen tippte Tilli darauf, daß dieses Christians Bett war.

»Tja. Pech gehabt«, sagte Barbara. Sie war zum Fensterbrett hinübergegangen und untersuchte dort ein Einweckglas mit gräulich-grünem Inhalt, der noch entfernte Ähnlichkeit mit hausgemachter Leberwurst hatte. »Igitt, die lebt ja!« Tilli teilte ihr Bedauern nicht.

Christians Abwesenheit verschaffte ihr die einmalige Gelegenheit, unbeobachtet und in Ruhe durch sein privates Reich zu wandeln. Sie befand sich, wie Goethe sagen würde, in seinem Dunstkreis, und ihr fiel ein, daß sie die Liste mit Informationen, die sie in der vorletzten Woche über ihn angelegt hatte, nach ihrer Visite vielleicht ergänzen konnte.

Zum Beispiel genügte ein Blick auf das Chaos der Armeestube, um ihr klarzumachen, daß weder Fräulein Schmidt noch Christian ein Gefühl für Stil hatten. Entweder waren sie nicht besonders originell oder einfach nur faul , oder es war ihnen egal, wie sie lebten. Höchstwahrscheinlich waren sie nicht auf Besuch eingestellt, weil beide nicht besonders gesellig waren.

Neben einem Stapel Hefter von Fräulein Schmidt lag ein Büchlein, ein unauffälliges kleines Paperback. Es handelte sich um Walter Jankas »Schwierigkeiten mit der Wahrheit«. Tilli kannte es, weil sie es bis zum Sommer in ihrer Ausbildungsbuchhandlung verkauft hatte. Es hatte reißenden Absatz gefunden, allerdings nur bei den Leuten, von denen sie wußte, daß sie bei der benachbarten DEFA arbeiteten; die Anwohnerschaft hatte sich mehr für die Westremittenden, die den Laden nach der Wende überschwemmt hatten, interessiert. Sie fragte sich, ob das Buch Fräulein Schmidt gehörte oder Christian.

Ein bißchen störte es sie, daß sie keine Ahnung hatte, wo Christian steckte. Aber schließlich konnte sie auch nicht erwarten, daß er sich an seinem Geburtstag im Internat verschanzte, noch dazu in einem Zimmer wie diesem. Vielleicht war er mit Schmidt auf ein Bierchen unterwegs.

Sie schaffte mit Barbara etwas Platz auf dem Tisch und stellte einen mit Wasser gefüllten Kaffeepott darauf, in dem sie die Rosen verstauten. Sie fielen sofort nach einer Seite, weil der Strauß für den Kaffeepott zu dünn war. Nachdem Barbara die Karte an den Pott gelehnt hatte, sah man es nicht mehr so. Es erfüllte Tilli mit Zufriedenheit, wenn sie daran dachte, daß er das Foto erkennen würde. Und hintendrauf stand unverfänglicherweise Barbaras Text. Was sie betraf, hatte die Delegation ihren Zweck erfüllt.

Gegen sieben sah Edith bei ihr vorbei und präsentierte ihr ein Paar neuerworbener dunkelbrauner Tramper mit bunten Schnürsenkeln.

Tilli erzählte ihr nichts von Barbaras und ihrer nachmittäglichen Mission. Zu ihrer Schande mußte sie sich eingestehen, daß sie damit weniger bezweckte, Ediths Gefühle zu schonen. (Tilli nahm an, daß sie ihre Tramper wohl kaum je mit Freude tragen würde, wenn sie sie ständig an die verpatzte Chance erinnerten, dem Objekt ihrer Begierde zum Geburtstag zu gratulieren.) Vielmehr fürchtete sie, daß sie schnurstracks zu Christian hinuntergehen würde, um das Versäumte nachzuholen. Auch wenn Tilli nicht wußte, ob er inzwischen wieder da war, konnte sie es unmöglich darauf ankommen lassen.

Statt dessen lobte sie überschwenglich die Tramper. Diese Art Schuhe, knöchelhoch und aus Wildleder gefertigt, erfreuten sich gerade in kirchlichen Kreisen und überhaupt bei denen, die man als »Alternative« bezeichnete, schon seit den Siebzigern höchster Beliebtheit. Sie waren leicht, stabil und billig. Im Gegensatz zu Jeansklamotten, die ja auch ein Dauerbrenner waren, hatten sie sich nie verändert, um sich der Mode anzupassen.

Man mochte sie, oder man fand sie schrecklich, dazwischen gab es nichts. Für Edith jedenfalls waren es die einzigen Schuhe, die zu ihr und ihrer Strickjacke paßten. Edith blieb nicht lange. Tilli hatte ihr einen Tee gemacht, an dem sie ab und zu nippte, aber es wollte kein richtiges Gespräch zustande kommen. Sie wirkte zerstreut, und wenn Tilli ihr eine Frage stellte, mußte sie lange auf die Antwort warten. Manchmal blieb sie ganz aus. Tilli war sich ziemlich sicher, daß es durchaus ein Thema gab, für das sie Edith hätte erwärmen können, aber zufälligerweise war es genau das Thema, das sie selbst sorgfältig mied.

Nach etwa einer halben Stunde ging Edith. Als sie weg war, nahm Tilli ihre Aufzeichnungen über Christian zur Hand. Es war nicht ganz einfach, weil sie sie nicht auf ein Blatt geschrieben hatte, sondern überallhin, je nachdem, was gerade zur Hand gewesen war, wenn sie eine »Entdeckung« gemacht hatte. Nur ein karierter Bogen enthielt mehrere Notizen. Das war der, auf dem sie ihre Schülerstudien begonnen hatte.

Als Tilli alle Informationen zusammengeschrieben hatte, war sie erstaunt, wieviel Material ihr nach der relativ kurzen Zeit zur Verfügung stand. Daraus ließ sich schon eine kleine Strategie stricken. Wie ein Detektiv nahm sie sich jeden einzelnen Eintrag vor und quetschte ihn aus wie eine Zitrone, um hinter die Botschaft zu kommen, die er vielleicht enthielt. Jeder Mensch war irgendwo zu packen, dessen war sie sich sicher, man mußte nur wissen, wo. Das Internat bot den einmaligen Vorteil, seine Bewohner in Ruhe studieren zu können, daraus mußte sich doch ein Nutzen ziehen lassen! Wenn sie schon weder durch Schönheit noch durch das, was man gemeinhin als »starke Persönlichkeit« bezeichnete, etwas bei Christian erreichen könnte, mußte sie sich eben eine andere Nische suchen, aus der heraus sie ihn anspringen konnte.

Tilli hatte angefangen, sich mit seiner Schrift zu beschäftigen. Handschriften faszinierten sie, seit sie selbst schreiben konnte, und sie hatte im Laufe der Jahre festgestellt, daß die meisten etliches über ihren Urheber verrieten. So traf es fast immer zu, daß Jungen mit zierlicher, regelmäßiger Schrift, die zuerst an die eines Mädchens gemahnte, von der sensiblen, grüblerischen Sorte waren. Bei ihr liefen sie unter dem Arbeitstitel »Romantiker«. Wenn sie wollten, konnten sie stur sein. Viele von ihnen hatten einen Hang zum Musischen und zum Extremen, dichteten oder malten mit Hingabe, aber nie genial.

Dann gab es die »Steilen«, womit Buchstaben gemeint

waren. Ihren Formen fehlte das Runde, aber sie waren gut lesbar. Manchmal neigten sie sich zu einer Seite, aber immer waren sie mittelgroß und ihre Urheber ruhige, vernünftige, freundliche Gesellen, die selten Probleme mit Mathe hatten und es mieden, sich ins Rampenlicht zu rücken. Sie wurden allgemein gemocht, weil sie so bescheiden und höflich waren.

Dann waren da noch die »Ärzte«. Tilli nannte sie so, weil es schon einiges Talent beim Leser voraussetzte, ihre Hieroglyphen zu entziffern. Die »Ärzte« wiederum teilten sich in zwei Sorten. Die eine waren die »Landärzte«, deren Rechtschreibung meist eher traditionell war. (Sie ähnelte der Friedrichs des Großen.) Die andere Sorte schrieb nachlässig und irgendwie trotzdem zwanghaft, als müßte sie sich jeden Buchstaben mit Gewalt aus der Hand reißen. Dabei mangelte es ihren Vertretern nicht an Intelligenz – im Gegenteil: Fast alle diese »Oberärzte« waren kühle, scharfe Denker. Sie hatte nur den Eindruck, daß das Wort ihnen keine Freude machte. Es war notwendiges Mittel zur Verständigung, nicht mehr. Den »Romantikern« merkte man die Wonne an, mit der sie in Formulierungen schwelgten, nicht so den »Landärzten«, geschweige denn den »Oberärzten«. Daß sie so maulfaul waren, bedeutete aber nicht, daß sie die Kunst, sich optimal auszudrücken, verachteten. Es war vielleicht ein Kennzeichen ihrer hohen Intelligenz, sich nicht über die sogenannten »Bauchredner« zu stellen. Sie dachten natürlich logischer als die »Steilen« oder die »Romantiker« und schneller, und sahen sie sich mit einem Problem konfrontiert, wußten sie genau, von welcher Seite man sich ihm nähern mußte, um es beim Hals zu packen. Dafür gingen sie in die Knie, wenn sie gezwungen waren, ein Gefühl zu äußern oder ein Bild zu malen.

Christian schien Tilli ein Musterexemplar eines »Oberarztes« zu sein. Es war nicht nur seine Schrift – ein sperriges Gekrakel, bei dem einem die Augen schmerzten –, nein, sie fügte sich als ein, wenn auch wesentliches Detail in das Bild ein, das sie sich inzwischen von ihm gemacht hatte. Seine

Schrift paßte zu seiner Ordnung, seiner Frisur und seiner Kleidung. Tilli war sich inzwischen ziemlich sicher, daß er sein rosa T-Shirt nicht trug, weil er es schick fand, sondern weil er es zufällig besaß, genau wie den Strickpullover und die Jeans. Seine Haare sahen selten gekämmt aus, und sie nahm an, daß er sie sich vor dem Abi-Kurs von seiner Mutter hatte schneiden lassen, weil sie es so gewollt hatte und weil es bequem war. So weit, so gut.

Wenn sie ihre Erfahrungen mit »Ärzten« auf Christian übertrug, dann konnte sie wohl davon ausgehen, daß ihm alles, was mit Lebenslust, persönlicher Freiheit und Kunst zu tun hatte – denn das waren die Bereiche, die ihm fremd waren –, imponierte. Sie erinnerte sich an seinen Blick, als sie singend über den Mädchenflur gehopst waren. Und wie aufmerksam er die Fotos betrachtet hatte!

Er selbst dagegen wirkte meist irgendwie steif. Ihr waren seine Schultern aufgefallen, die schon jetzt leicht gekrümmt waren und in einigen Jahren in einen richtigen Rundrücken auslaufen würden. Sein Hals war relativ kurz und schien mit den Schultern verwachsen. Wenn er sich bewegte, sah es aus, als ob die ganze Kopf-Schulter-Hals-Partie aus einem Stück geschnitzt und nur in Maßen flexibel sei, dadurch hatte er etwas Verspanntes, das sie reizte.

Ihr fiel ein, daß Edith um die Schultern herum genauso aussah wie er.

Und sie war ebenfalls gut in Mathe, Chemie und Physik. Nicht so gut wie er, aber nahe dran. Dasselbe galt für ihre Schrift. Sie war lesbarer als seine, aber für ein Mädchen ganz schön wacklig. Edith bewunderte sie, Tilli, wegen ihres Temperamentes. Hm. Und sie redete stundenlang mit Christian. Das paßte nicht ins Bild. Aber sie fühlte sich noch durch etwas anderes mit ihm verbunden, von dem Tilli nichts ahnte.

Davon abgesehen, neigte Tilli auch eher dazu, Edith in die »steile« Ecke zu stellen, für einen reinen »Arzt« war sie zu leutselig. Vielleicht waren aber auch nur männliche »Ärzte«

stumm. Das konnte sie später untersuchen. Jetzt war es erstmal wichtiger herauszufinden, wie sie sich verhalten mußte, um seine Aufmerksamkeit zu gewinnen. Der Anfang war ja bereits durch die Fete und die Geburtstagskarte gemacht. Warum hatte er sie im ersten Teil ihrer Party ignoriert? Tilli wußte es nicht. Natürlich kannte er Edith eine Woche länger als sie, und sie hatte keine Scheu vor ihm. Das war es wohl. Nach ihrer Hypothese fesselten ihn freie, ungehemmte Leute. Und sie selbst war alles andere als das.

Es konnte natürlich auch sein, daß sie sich mit ihren pseudowissenschaftlichen Diagnosen komplett auf dem Holzweg befand. Leider waren sie das einzige, worauf sie bauen konnte. Systematisches Vorgehen gab Tilli eine gewisse Sicherheit, und die hatte sie bitter nötig.

Sie zog sich ein frisches Blatt aus dem Englischhefter und schrieb darauf: »DAS GEGENTEIL!« – Wenn er nicht fröhlich, leicht und musisch war, mußte sie es also um so mehr sein. Unter diesem Leitsatz vermerkte sie alles, was sie konnte und von dem sie annahm, daß er es bewundern würde.

1. Zeichnen
(Sie war kein Rembrandt, aber sie verfügte über einen »guten Strich«, jedenfalls hatten das ihre Zeichenlehrerinnen immer behauptet, und ein Gefühl für Farben.)
2. Singen
(Daß sie damit bei ihm ankam, wußte sie ja bereits.)
3. Phantasie
(Sie wurde ihr manchmal zur Last, aber hier konnte sie vielleicht gute Dienste leisten. Nach Tillis Erfahrung waren »Ärzte« im allgemeinen völlig phantasielos.)
4. Schreiben
(Das war ihre größte Stärke. Vielleicht ihre einzig wirkliche. In der WG waren Leute zu Tilli gekommen, um sich von ihr Liebesbriefe schreiben zu lassen. Und Tilli war einigermaßen stolz darauf, daß sie nie ihre Wirkung verfehlt hatten.

Das Schreiben hatte sie als eine Art Machtinstrument erkannt, sie konnte damit Emotionen schüren und Meinungen bilden, gleich welcher Art. Wenn man es beherrschte, beherrschte man auf gewisse Weise auch den Leser oder Zuhörer, zumindest für den Moment. Das war viel wert für jemanden, der im allgemeinen übersehen wurde.

Ja, das mit dem Schreiben mußte sie sich merken. Es konnte möglicherweise eine ihrer wichtigsten Waffen werden.)

Zwei Stunden später hockte Tilli im Funzelschein ihrer Leselampe und lutschte an ihrem Fallbleistift. Sie hatte gerade in der Rekordzeit von einer Stunde ein Märchen geschrieben. Ein bißchen rührselig vielleicht, aber es würde seinen Zweck erfüllen. Jetzt überlegte sie, wie sie es illustrieren sollte. Schließlich mußte ihr Zeichentalent noch ins Spiel gebracht werden, bevor sie es Christian zuspielte.

Die Idee dazu hatte sie, so verrückt es klang, geträumt. Sie hatte geträumt, daß sie am Wachschalter des Internates stand und wartete. Endlich kam der Postbote. Er hatte ihr einen Brief mit der Auflage gegeben, ihn an den Adressaten weiterzuleiten, weil er mit seinem Holzbein die Treppe nicht hochkam. Tilli sah nach unten, und tatsächlich: Statt eines Beines trug er ein in der Form eines tlingitischen Totempfahls geschnitztes Holzstück. Darauf betrachtete Tilli den reichverzierten Umschlag des Briefes und erkannte, daß er an Christian adressiert war, ein Absender war nicht vorhanden. Statt dessen prangten ein rotes Herz auf der Rückseite des Kuverts und die drei Buchstaben: I L D.

Vor Schreck war sie aufgewacht. Es war einer von diesen realistischen Träumen gewesen, die einem noch Minuten nach dem Erwachen das Gefühl geben, wahr zu sein. Daß er doch nur ein Auswuchs ihrer nächtlichen Phantasie war, hatte sie zuerst an den drei Buchstaben erkannt. Ihre »Landärzte« hatten sie damals mit Begeisterung in jede freie Ecke ihrer unleserlichen Briefe geklemmt: Ich liebe Dich. – So einen Schwachsinn schrieb doch in ihrem Alter keiner mehr auf einen Briefumschlag! Doch dann hatte es ihr gedämmert:

Schreiben, zeichnen, Phantasie. Alles auf einmal. Und sie hatte, ohne aufzusehen, das Märchen geschrieben. Von Müdigkeit keine Spur. Tilli war aufgekratzt wie ein Schulanfänger vor seiner ersten Unterrichtsstunde. Mit fliegendem Bleistift zeichnete sie einen Harlekin, denn um einen solchen ging es in dem Märchen, faltete ihr Werk zusammen und stand auf, um einen Umschlag zu suchen.

Sie würde einen anonymen Brief verschicken, wie sie es geträumt hatte, aber sie würde die Herzen weglassen.

Am nächsten Morgen hatte sie große Mühe, aus dem Bett zu kommen. Obendrein war die Sicht aus den Fenstern nicht gerade dazu angetan, die Lebensgeister zu wecken. Der Himmel war einheitlich grau und verbrüderte sich mit dem Sportplatz und dem Asphaltweg vor dem Haus, der in ein unsichtbares Nirwana zu führen schien. Die Rufe und sporadischen Schüsse der Soldaten vom Manöverfeld klangen gedämpft, fast freundlich herüber.

Nina war zum Zwecke ihrer täglichen Haarwäsche in den Waschraum geschwebt, und Tilli trank endlich den ersten Schluck schönen starken Kaffee, als es klopfte. Sie fand, daß es für Ninas Verehrer eigentlich noch ein bißchen früh war.

Als die Tür aufging und Tilli der Gestalt ansichtig wurde, die sich langsam aus dem Halbdunkel des Flurs löste, war sie stark versucht, ihre Kaffeetasse in die Obhut der Erdanziehungskraft zu geben.

Christian kam vorsichtig herein, als bewege er sich auf unsicherem Gelände. Dann stand er im Raum. Die Tür hatte er offengelassen. Er trug neue Jeans, blaue. Das fiel Tilli sofort auf, weil ihre Augen auf der hektischen Suche nach einem Fixpunkt daran hängengeblieben waren.

»Morgen«, sagte er. Seine Stimme kam ihr ein bißchen heiser vor, oder täuschte sie sich?

»Morgen«, antwortete sie und hielt die Tasse fest.

»Mohorgen!« flötete es von der Tür her. Sie flog mit Schwung zu, und Nina, im Morgenmantel, den Kopf unter einem turmhohen Turban verborgen, widmete Christian einen ihrer blauen, staunenden Blicke, bevor sie wie üblich hinter der aufgeklappten Schranktür verschwand. Sie zog eine Wolke Frühlingsduft hinter sich her, der sich nun, da die Tür geschlossen war, im Raum verteilte. Die Schranktür war nur Deko. Sie verbarg fast nichts, und Tilli wünschte Nina zur Hölle. Nebeneinander mußten sie aussehen wie Dornröschen und Aschenputtel.

Christian warf einen leicht irritierten Blick zu der Seite, wo Nina mit ihrer teuren Unterwäsche hantierte, und brummte: »Ich wollte mich nur für die Karte bedanken. – Sie ist doch von dir?«

»Ihr schickt euch Karten?« zirpte es hinter der Schranktür, und für einen Moment spähte Ninas rosiges Näschen um die Ecke. »Wie süß!«

Wenn nicht zur Hölle, dann wenigstens weit weg, dachte Tilli. »Keine Ursache.« Sicherheitshalber setzte sie die Tasse ab. »Es war nicht alles mein Werk.« Etwas spät vielleicht fügte sie hinzu: »Herzlichen Glückwunsch.«

Christian machte eine Geste, die Tilli in etwa mit dem »never mind« übersetzte, das sie gerade in Englisch gelernt hatten.

Er trat von einem Fuß auf den anderen. Tilli sah es, aber ihr fiel nichts mehr ein. Ihr Repertoire war erschöpft. Sie beobachteten beide, wie hinter der Schranktür abwechselnd Ninas Arme oder Beine sichtbar wurden, bis sie endlich selbst, strahlend wie die Morgenröte, wieder hervorkam. Sie lächelte Christian an und angelte sich eine Zigarette vom Fensterbrett. »Hast du Feuer?«

Tilli schielte ihn von unten herauf an. Nina spielte offensichtlich eine ihrer Trumpfkarten aus, und ihr waren die Hände gebunden. Nun kam es darauf an, ob er die Karte aufnahm. Er betrachtete Nina einen Augenblick, ohne daß sich der Ausdruck seines Gesichts änderte. Dann sagte er ruhig: »Tut mir leid«, bevor er sich umdrehte und vorsichtig, wie er gekommen war, ging.

In der Tür drehte er sich noch einmal um.

»Ich revanchiere mich natürlich.«

Ihr gestottertes »wofür ...« fiel mit dem Schließen der Tür zusammen.

»Der ist ja ein richtig Schicker!« sagte Nina. »Und so schüchtern!«

Irrte Tilli sich, oder lag in ihrer Stimme ein Hauch von Bedauern, daß er ihr nicht ins Netz gegangen war?

Tilli ging auf Wolken zum Unterricht. Vorher war sie noch, einer Elfe gleich, zum Briefkasten vor dem Objekt geschwebt und hatte die Geschichte eingeworfen. Unterwegs hatte es angefangen zu regnen, aber das machte nichts. Die Tropfen verzischten, wenn sie auf ihre Haut trafen.

In der ersten Stunde hatten sie Russisch bei ihrer Klassenlehrerin Frau Michel. Einige, nämlich Barbara, Funes und, wie es sich fügte, auch Christian, waren davon befreit und durften offiziell blaumachen, weil sie auf einer Russischschule gewesen waren und das Abitur in dem Fach bereits in der Tasche hatten. Tilli saß mit den anderen im dunklen Russischkabinett im Erdgeschoß und lauschte mehr oder weniger verzückt der exotischen und doch inzwischen so vertrauten Melodie der Sprache ihrer Freunde, von denen sie nicht wußten, wie lange sie es noch sein würden.

Derweil goß es draußen wie aus Kübeln. Aber das Rauschen des Regens liebkoste ihre Ohren zarter als ein Harfenkonzert. Es hatte geklappt, er war zu ihr gekommen! Und er würde wiederkommen, um sich zu revanchieren. Seit wann revanchierte man sich für eine Geburtstagskarte? So altmodisch konnte er doch nicht sein. Ihr zuckte kurz die Möglichkeit durch den Kopf, daß er umgekehrt *ihr* eine Geburtstagskarte zukommen lassen würde, wenn es soweit war. Aber das hatte er bestimmt nicht gemeint.

Die ganze Stunde über malte sie Phantombilder. Standbilder eines Films: Er in der Tür. Seine Jeans, als er »Morgen« sagte, seine Lippen, die den Dank formten. Eine undefinierbare Hitze begann beim Gedanken an seine Lippen in ihr zu schwelen. Sie verspürte plötzlich ein heftiges Verlangen nach kalter Milch, obwohl sie sonst kein Milchfan war. In diesem sehr seltsamen Moment kam der Film bei Nina an und stoppte. Tilli kühlte wieder ab. Sie versuchte, sich genau an den Ausdruck zu erinnern, den sie in Christians Augen gesehen hatte, als Nina ihn angelächelt hatte. – Nein, es blieb dabei. Er war ihr nicht auf den Leim gegangen, und diese Gewißheit beschwingte sie ungeheuer.

Aus Angst, Edith könnte sie nach dem Grund für ihre Nervosität fragen, entwischte Tilli ihr, sobald die Hausaufgaben ausgegeben waren. Sie fegte, ihre Bücher gegen die Brust gepreßt, die Treppe hinauf und den Flur entlang in Richtung Heimat. Zehn Minuten bis zum Wiedersehen. Zehn lichtjahrlange, nagende Minuten.

Als sie an Barbaras Stube vorbeikam, wäre sie um Haaresbreite gegen die offene Tür gerannt. Mehr der günstigen Gelegenheit wegen als aus Neugier warf sie einen Blick in den Raum, in dem sie erst gestern Rosen zusammengebunden und eine Karte unterschrieben hatte. Er war ähnlich aufgeteilt wie der, den sie mit Nina bewohnte, aber er wirkte fröhlicher wegen der vielen bunten Kinkerlitzchen, die Barbara und ihre Mitbewohnerinnen überall verteilt hatten. Es gab zum Beispiel einen rosa Aschenbecher in Form einer Badewanne oder metallicblaue Jalousien.

Aber das war es nicht, was ihr diesmal auffiel. Genau in Tillis Sichtachse saßen zwei Personen beim Frühstück am Tisch. Die eine war Barbara, von der anderen sah man nur die Hände, die gerade ein Brötchen mit Butter bestrichen. Aber die Aussicht reichte, um jeden Zweifel auszuschließen. Die zu den Händen gehörende Stimme sagte etwas, was Tilli nicht verstand, und Barbara bog den Kopf zurück und lachte. Tilli war, als würde ihr ein Schleier von den

Augen gezogen. Ihre Beine gaben plötzlich nach. Sie verließ ihren Aussichtspunkt, bevor jemand sie entdeckte, schleppte sich in ihr Zimmer und plumpste auf ihr hoffnungsfrohes Doppelbett.

Nina war da und kam heran, um Tilli die ersten phänomenalen Fotos zu zeigen, die ihr phänomenaler Freund von ihr gemacht hatte. Tilli blätterte sie mechanisch durch, wunderte sich am Rande, daß Nina auf manchen der Fotos eine Soldatenmütze trug, gab ein paar belanglose Floskeln von sich, die sie sofort wieder vergaß, stand auf und begann genauso mechanisch die Sachen für die nächste Stunde zusammenzusuchen.

Naive kleine Idiotin! schalt sie sich. Kaum daß er ihr ein paar Minuten seiner kostbaren Zeit widmete, schwebte sie im siebten Himmel! Dabei hatte er sie nur anstandshalber aufgesucht, wahrscheinlich sogar, nachdem er von Barbara gekommen war, um danach sofort wieder in die unkomplizierte Heiterkeit ihrer Gesellschaft zurückzukehren. Singen und zeichnen konnte Barbara wahrscheinlich auch.

Trotzdem hatte sich der Satz in ihr festgebissen, wie eine Laus im Katzenpelz:

»Ich revanchiere mich.« Obwohl er dasselbe wahrscheinlich auch Barbara versprochen hatte, klammerte Tilli sich daran, es war alles, was sie im Moment hatte. Und Edith. Tilli kam sich vor wie ein Hund, jetzt, wo so gut wie sicher war, daß keine von ihnen beiden auf Christians aktueller Hitliste stand.

Edith war so durch und durch gut. Sie war immer offen zu ihr gewesen, und Tilli hatte sie verraten. Eine tolle Freundin war sie!

In ihrem dringenden Bedürfnis, Buße zu tun, und auch, um die Last der Enttäuschung erträglicher zu machen, sah Tilli noch vor der zweiten Stunde bei Edith vorbei und lud sie für den kommenden Sonntag feierlich zum Abendbrot ein.

»Einfach so, ganz ohne Anlaß?« fragte Edith lächelnd.

»Warum denn nicht?« gab Tilli eine Spur zu patzig zurück, korrigierte sich aber sofort, indem sie Edith ansah und ihr Lächeln erwiderte, wenn auch ein wenig verkrampft. »Ich dachte, du freust dich. Gerade sonntags ist es doch schön, wenn man nicht aus dem Zug in ein leeres Kämmerchen fallen muß, oder?

Ich meine, wenn Anke will, kann sie ja auch –« Edith unterbrach ihren Redeschwall, indem sie Tilli die Hand auf den Arm legte und in dem beruhigenden Tonfall einer routinierten Krankenschwester sagte: »Ich freu mich ja auch! Gerade weil du in den letzten Tagen so komisch warst«, sagte sie. »Und in Russisch heute war es ja fast unerträglich. Wenn ich es nicht besser wüßte, würde ich sagen, du bist verliebt.«

Tilli schnappte nach Luft. Jetzt, dachte sie. Sag es ihr! Sie sah Edith fest an. »Na gut. Du hast's raus. Ist nicht zu übersehen, oder? Aber die Indianer orakeln: Ausgesprochene Pläne verlieren ihre Kraft, weißt du. Deshalb will ich noch nicht so viel drüber reden. Drück mir die Daumen!« setzte sie hinzu, um sich sofort wie ein Schuft vorzukommen.

Ohne Vorwarnung fand sie sich auf einmal in Ediths Armen wieder. »O Mann. Die drück ich uns beiden.«

»Danke«, murmelte Tilli mit brennenden Wangen und machte sich los. »Na dann, bis nachher.«

»Okay.«

Zurück im Kabuff, rammte sie mit der Stirn gegen den Spiegel, daß das Glas ächzte. Statt eines Geständnisses hatte sie Edith eine Lüge aufgetischt. Und, als ob das nicht schlimm genug war, würde diese eine unweigerlich eine Schleppe von weiteren Lügen nach sich ziehen.

Nun, da sie in Tilli eine Gleichgesinnte gefunden zu haben glaubte, fühlte Edith sich dazu eingeladen, ihr am Sonntag ihre Gefühle bloßzulegen.

Tilli, die mit ihren Überlegungen, wie sie sich am besten aus dieser peinlichen Situation retten konnte, nicht weiterkam, biß letztendlich in den sauren Apfel und beschloß spontan, Birthe zu ihrem fiktiven Geliebten zu machen. Schließlich *hatte* sie die Freundin geliebt. Außerdem konnte sie sie genau beschreiben, ohne sich dabei in Widersprüchen zu verstricken. Ein paar Details konnte man vielleicht weglassen. Aber Lüge blieb Lüge, und besonders glücklich machte sie das Ganze nicht.

Im Gegensatz zu Edith. Tilli hatte sich mittlerweile daran gewöhnt, daß sie keinen Alkohol trank. Deshalb war sie nicht wenig geschockt gewesen, als Edith ihr bei ihrer Ankunft eine Piccoloflasche Sekt mit den Worten überreicht hatte: »Heute stoßen wir an. Auf die Macht der Liebe.«

Aus Ediths Mund klang der Satz nicht mal abgedroschen. Tilli hatte ihr angesehen, wie ernst es ihr damit war. So ernst, daß sie darauf sogar Alkohol trank.

Als beide ihre Gläser geleert und sich gegenseitig alles gebeichtet hatten, griff Edith nach ihren Händen. Sie hatte weit weniger Probleme damit, Hautkontakt zu suchen als Tilli. In diesem Punkt erinnerte sie sie an die kuschelige Birthe, die sich nur auf dem Schoß einer Freundin richtig wohl fühlte und die Bedeutung ihrer Aussagen fast zwanghaft damit unterstrich, daß sie ihren Gesprächspartner am Arm oder sogar im Gesicht berührte, wie um sich zu vergewissern, daß er noch da war. Sie selbst war jemand, der am liebsten alles schriftlich abwickelte, das schloß Umarmungen ein und die elende Knutscherei sich verabschiedender Tanten und sogar die später wohl unvermeidlichen ehelichen Pflichten. Es sei denn – aber so weit zu denken brachte womöglich Unglück.

In Ediths weichen, braunen Pranken sahen ihre Hände wie schrumpliges Obst aus, sie waren trocken wie Papier, und Tilli schämte sich, als sie sah, wie kurz ihre Finger im Vergleich zu denen ihrer Freundin waren. Sie nahm sich vor, sie – falls sie je einmal um einen Mann werben sollte – hinter dem Rücken zu verstecken, bis das entscheidende Wort gesprochen war.

»Ich bin so froh, daß ich mit dir über alles reden kann«, sagte Edith.

Tilli merkte, wie ihre Ohren zu glühen begannen. »Ich auch.«

Edith ließ ihre Hände los, aber gerade als Tilli sie vom Tisch nehmen wollte, packte sie sie wieder. »Wir schwören uns jetzt was, ja?«

O Gott, dachte Tilli. Hoffentlich nichts, was mit Liebe zu tun hat. Sie wollte etwas in der Richtung sagen, aber Edith kam ihr zuvor. »Wir schwören uns, daß wir nie zu fetten, gelangweilten Leuten werden, deren Gespräche sich nur noch um die Arbeit und die Gesundheit drehen, die ihre gesamte Zeit der Ausgestaltung ihrer Wohnung widmen und deren größter Traum es ist, einmal eine Pauschalreise nach Mallorca zu machen, weil sie ihr Tagesprogramm da zum Frühstück serviert bekommen. Und –«

»Meinst du, daß wir nie erwachsen werden?« fragte Tilli vorsichtig. Ediths Euphorie verunsicherte sie ein wenig. Vielleicht hatte sie etwas mit dem Sekt zu tun.

Edith sah sie mit glänzenden Augen an. »Wenn du so willst, ja. Weißt du, als ich dir eben das mit Christian erzählt habe, mußte ich auf einmal an meine Eltern denken und an das, was von ihnen übriggeblieben ist. Nicht viel, das kannst du mir glauben. Sie sind irgendwann in diesen normalen Arbeits- und Ehealltag hineingerutscht, dann kamen meine Brüder und ich, Familienurlaube an der Ostsee, immer noch Arbeit. Eben das Übliche. Und jetzt fahren sie nicht mal mehr alleine weg, weil sie Angst haben, sich gegenseitig zu Tode zu langweilen. Die Arbeit frißt sie auf, sie unterhalten sich kaum über etwas anderes. Und alle, die anders sind als sie, halten sie für asozial.« Sie hielt kurz inne. »Und das Komischste ist«, fuhr sie dann kopfschüttelnd fort, »daß sie trotzdem zu so kindischen Gefühlen wie Eifersucht fähig sind. Du solltest sie mal dabei beobachten, wie sie sich benehmen, wenn einer von beiden mal jemand Neues kennengelernt hat, ich meine, vom anderen Geschlecht – wie im Kindergarten!«

»Na das ist doch ein gutes Zeichen, findest du nicht?« fragte Tilli und versuchte ihren ungestillten Sektdurst zu verdrängen. Eine Piccoloflasche war ja wohl kaum mehr als ein Appetitanreger. Für Edith schien die Menge allerdings ausreichend zu sein. Sie schüttelte so heftig den Kopf, daß Tilli Angst um ihr Genick bekam »Nein! Bei anderen ist es vielleicht ein gutes Zeichen. Aber bei meinen Eltern werde ich den Verdacht nicht los, daß sie nur fürchten, der andere könnte ein Häppchen zuviel vom Glück abbekommen und sich am Ende der Ödnis gewahr werden, in der er lebt und von der der Partner ja schließlich ein Teil ist.«

Tilli neigte sich vor. Der Sektdurst war vergessen, Edith hatte sie gerade auf etwas ganz anderes gebracht. »Darf ich dich mal was fragen?«

Edith fächelte sich mit der Hand Luft zu. »Klar.«

»Würdest du sagen, daß der Mensch von Natur aus monogam ist?«

Sie biß in ein Fischbrötchen und beobachtete über dessen Rand, wie Edith leicht aus der Fassung geriet.

Sie machte runde Augen, als verstünde sie die Frage nicht ganz. »Wenn es der *richtige* Partner ist«, begann sie zögernd, »im Grunde, ja. Man muß ihn nur finden. Aber dann – es ist doch schön, wenn sich zwei Menschen ein Leben teilen. Oder nicht?«

»Na ja!« Tilli grinste. »Dann hat jeder nur noch die Hälfte.«

»Und die Hälfte vom anderen dazu«, sagte Edith ungehalten. »Also was willst du eigentlich – es ist schon besser mit einem festen Lebenspartner, um Kinder und eine Familie zu haben und alles. Für die Kinder ist es auch besser. Und man kennt sich, man kann sich fallen lassen.«

Jetzt spricht sie wie Birthe, dachte Tilli. Sich fallen lassen war eine ihrer Lieblingsredewendungen gewesen. Sie mochte nicht an die Vergangenheit erinnert werden. »Ja, aber das heißt noch lange nicht, daß wir von *Natur* aus monogam sind«, warf sie gereizt ein. »Wir setzen das einfach voraus, wenn wir von *der* großen Liebe und von der Ehe reden.

Aber komischerweise schleift sich doch auch die beste Ehe mal ab. Das, was ich so unter dem Titel ›glücklich verheiratet‹ kenne, sind meistens Beziehungen, in denen die Leidenschaft so was wie einem freundschaftlichen Verhältnis gewichen ist. *Immerhin*, könnte man sagen. Aber sind die Leute in den ›glücklichen‹ Ehen wirklich glücklich?«

»Was willst du denn damit sagen?« fragte Edith verwirrt.

»Ich würde wetten, daß es auch den ausgeglichensten Verheirateten mal nach Seitensprüngen gelüstet. Es könnte höchstens sein, daß es Leute gibt, die so diszipliniert sind, daß sie sich jeden Gedanken daran verbieten. Aber glücklich sind die bestimmt auch nicht. Sie wissen bloß nicht, wie unglücklich sie sind.«

»Hä?« machte Edith.

»Also ich behaupte«, fuhr Tilli, die langsam in Fahrt kam, fort, »daß wir *nicht* monogam sind. Monogamie ist eine gesellschaftliche Erfindung. Oder eine religiöse. Und rein zufällig kam sie zu einer Zeit auf, als es für das Überleben des Menschen nicht mehr nötig war, den männlichen Samen weit zu streuen.«

Edith sah leicht geschockt aus, aber das interessierte Tilli nicht. Sie fand allmählich Gefallen an ihrer Theorie, vielleicht war sogar etwas dran.

»Was war nämlich das Ergebnis, nachdem irgendwelchen Priestern dieses Ding mit der lebenslangen Liebeshaft eingefallen war?

Das Ergebnis war, daß zwar weder Reizbarkeit und Paarungsfreude abnahmen, angesichts eines attraktiven Vertreters des Gegengeschlechts, aber man mußte, was offiziell verboten war, nun heimlich tun oder darauf verzichten. Und was haben wir davon? Abhängigkeiten, Eifersucht, sexuelle Schmalkost, eine *sinn*lose Kultur in der wahrsten Bedeutung des Wortes.«

»Du bist ja eine Rhetorikerin, wie sie im Buche steht«, sagte Edith. »Und ich dachte, du wärst evangelisch!«

»Und ich dachte immer, du hießest Edith«, konterte Tilli

triumphierend. »Ha! Merkst du was? Das eine wie das andere haben wir nämlich unseren Eltern zu verdanken. Namen und Konfession – und Moralvorstellungen. Wenn an Gott glauben bedeutet, daß man sich blöd stellen muß, dann stimmt am Christentum was nicht. Wer hat uns denn ein Gehirn gegeben?

Vielleicht beruht die ganze Bibel auch nur auf einem Haufen von Mißverständnissen und Übersetzungsfehlern. Der Evangelist Lukas zum Beispiel hatte eine undeutliche Handschrift – und schon wird aus einer verurteilten Ehestifterin in der Abschrift eine verurteilte Ehebrecherin. Kann ja sein, oder? Und Paulus erst, der hat doch –« Sie brach ab.

»Was?« fragte Edith gespannt. Sie hatte immer aufmerksamer zugehört.

»Ach, nichts.« Plötzlich war die Luft raus. Tilli merkte, daß sie soviel geredet hatte, daß sie nun anfing, sich in ihrer eigenen Argumentation zu verstricken.

Glaubte sie das, was sie da gerade doziert hatte, wirklich? Inzwischen war sie sich gar nicht mehr so sicher. Wäre sie glücklicher im bloßen Rausch von Emotionen und Hormonen? Wollte sie nicht auch nur ein warmes Nest? Sie hatte noch nicht einmal *einen* Geliebten, da ließ sich gut über viele reden. Und mit welchem Eifer sie über Sex redete! Es erschreckte sie fast selbst. Ausgerechnet sie …

»Na ja«, fügte sie müde hinzu. »Laß uns auf jeden Fall versuchen, es anders zu machen. Das Schicksal unserer Eltern gibt uns recht. Wir sind eine andere Generation, und wir sollten versuchen, anders glücklich zu werden. Vielleicht als ewige Kinder.«

»Ja. Genau«, sagte Edith. »Ich will, daß es so bleibt wie jetzt, daß alles aufregend ist, daß man verliebt ist bis zum Wahnsinn, daß man Lust hat, alles mögliche auszuprobieren und zu lernen, na ja, daß die Tage sich einfach voneinander unterscheiden.« Sie wurde rot und lächelte verschämt. »Natürlich bleibt es nicht genauso wie in diesem Moment. So dumm, das zu glauben, bin ich nun auch wieder nicht. Die

Umstände werden sich ändern. Aber du weißt, was ich meine.«

»Das heißt«, sagte Tilli, »daß wir uns vornehmen müssen, immer auf unsere Befindlichkeiten zu achten. Sonst stecken wir wahrscheinlich schneller in der Tretmühle, als wir ›nie‹ sagen können.« Sie sah Edith tief in die Augen und sang: »Höre auf deiheine innere Stihimme!«

»Mach dich ruhig lustig!« Edith lachte und entblößte dabei ihre riesigen Zähne. Dann wurde sie mit einem Schlag wieder ernst. »Okay. Dann schwören wir uns jetzt, daß wir aufeinander aufpassen.

Also, falls du in zwölf Jahren siehst, wie ich mit einer Fönfrisur aus meinem desinfizierten Einfamilienhaus trete, um dir lasch die Hand zu schütteln, dann halte sofort meinen Kopf unter kaltes Wasser und vermöbel mich ordentlich. Versprichst du mir das?«

Sie guckte so feierlich, daß es Tilli schwerfiel, ernst zu bleiben. »Klar doch. Wenn du's mit mir umgekehrt auch so machst.«

»Darauf kannst du Gift nehmen.« Endlich ließ sie ihre Hand los. »Hach, ist das schön – eine Freundin wie dich zu haben.«

»Ich glaube, es ist besser, eine Freundin wie dich zu haben«, murmelte Tilli.

»Eine Freundin wie ich würde mir gar nichts nützen.« Edith hob ihr Glas an die Lippen und schlürfte geräuschvoll die letzten Tropfen. »Und jetzt bin ich mutig genug, runter in die Wache zu gehen.«

Tilli runzelte die Stirn. »Wozu das?«

Edith wurde rot bis unter den tiefen Haaransatz. Langsam wurde das Farbewechseln bei ihr zu einer chronischen Angelegenheit.

»Weil dort seit siebzehn Uhr jemand sitzt, den ich sehr gern sehen möchte.«

Mit ein paar Pfund Blei in jedem Schuh folgte Tilli ihr die Treppe hinunter.

Ihr war alles andere als wohl bei der Vorstellung, die tatkräftige, lebenslustige Barbara an Christians Seite anzutreffen, aber zu ihrer Erleichterung saß er allein mit Fräulein Schmidt an demselben Tisch, an dem sie und Edith unlängst ihre physischen Unzulänglichkeiten beklagt hatten.

Sogar durch das geschlossene Schiebefenster konnte man den Kaffee riechen, der in einer Kantinenkanne zwischen den beiden dampfte. Daneben lagen eine angebrochene Schachtel Mon Chéri und ein paar Duplo-Riegel, dem Papier nach, das überall auf dem Tisch herumlag, waren es einmal wesentlich mehr gewesen.

Weder Christian noch Fräulein Schmidt machten einen besonders fröhlichen Eindruck. Vielleicht hatte der Oberst sie schon heimgesucht. Sie nutzten die Wache nicht zum Skatspielen oder Trinken, wie die meisten anderen vor ihnen, es sah eher so aus, als schlügen sie sich mit Dankesbriefen an ungeliebte Verwandte herum. Oder mit Hausaufgaben.

Edith pochte mit dem Mut des Betrunkenen an die Scheibe und winkte, als sie sah, daß Fräulein Schmidt den Kopf hob.

»Beschwerden erst nach zehn!« ließ sich seine Stimme, durch das Glas gedämpft, vernehmen.

Inzwischen hatte auch Christian den Kopf vom Blatt gehoben. Der Blick, den er ihnen zuwarf, war alles andere als einladend. Doch davon ließ sich Edith in ihrer gehobenen Stimmung nicht beeindrucken. Nachdem sie Fräulein Schmidt ein entsprechendes Zeichen gegeben hatte, das aus einem Halbkreis bestand, den sie mit der rechten Hand beschrieb und der so viel besagte wie: Habt ihr etwas dagegen, wenn wir von hier aus ein paar Schritte nach rechts gehen, wo sich die Tür zur Wachstube befindet, sie durchschreiten und uns an eurem Tisch niederlassen?, gab sie Tilli einen leichten Schubs in die angegebene Richtung, und ehe die es sich versah, bildete sie mit Edith, ihrem gemeinsamen Geliebten und seinem Freund eine Tischgemeinschaft.

»Ihr seid ja bestens versorgt«, stellte Edith mit Blick auf die Häufchen von Schokoladenpapier fest, die durch den Luftzug, den ihre Ankunft verursacht hatte, durcheinandergewirbelt worden waren.

Tilli hob eines vom Boden auf. Es war ein rosafarbenes Mon-Chéri-Papier. Sie hielt es an einem seiner zerknitterten Enden hoch und fragte in die Richtung, in der Fräulein Schmidt saß: »Schmeckt euch das?«

Die Patentante ihrer Mutter aus Hannover hatte ihnen die Pralinen damals jedes Jahr zu Weihnachten geschickt. Weder sie noch ihre Schwester und Mutter hatten sie hinunterbekommen, und wenn sie sie Gästen anboten, hatten ihre Schwester und sie begeistert zugesehen, wie der klebrige Kirschlikör ihnen vom Kinn tropfte, während sie mit der Zungenspitze nach der schrumpligen Piemontkirsche angelten. Ihrer Meinung nach konnte es nichts Ekligeres geben.

Wegwerfen wollten sie die Mon Chéri natürlich auch nicht einfach, schließlich waren sie aus dem Westen. Und sie sahen so schön aus in ihrem Glanzpapier, wie kleine Weihnachtspäckchen. Also hatte ihre Mutter sie in ihrer besten Silberschale unter dem Weihnachtsbaum arrangiert. Dort waren sie bis zum sechsten Januar geblieben, um von Wohlstand und Geschmack zu künden. Erst danach hatten sie sie Gästen vorgesetzt oder in den Mülleimer geschmissen.

Tilli versuchte ein freches Grinsen aufzusetzen, das ihr auch gelang, solange sie es Fräulein Schmidt entgegenhielt. Als es in Christians Richtung wanderte, verrutschte es ein bißchen.

»Der Hunger treibt's rein«, entgegnete er und griff demonstrativ in die Schachtel.

»Außerdem ist unser Freund jetzt volljährig«, ergänzte Fräulein Schmidt. »Er darf Erbschaften antreten, heiraten, obwohl das unklug wäre, weil er seine Frau nicht ernähren könnte, er kann zu einer lebenslänglichen Gefängnisstrafe verurteilt werden, falls er auf die Idee kommt, seine gerade

Angetraute umzubringen. Und, da er jetzt einundzwanzig ist, darf er auch Schnapspralinen essen.«

»Die Frage ist ja nicht, ob er darf, sondern ob es ihm schmeckt.«

Jetzt erst schaltete Edith. Sie hatte die ganze Zeit dagesessen und mit aufgerissenen Augen zugehört, wie Fräulein Schmidt und Tilli versuchten, Konversation zu machen, ohne selbst einen Einstieg zu finden. Jetzt hatte sie begriffen. »Du hattest Geburtstag?« fragte sie atemlos, wobei sie wie ein Chamäleon ihre naturgegebene Farbe gegen die des Konfektpapiers eintauschte.

Tilli schloß kurz die Augen. Es war, wie ihre Mutter immer zu sagen beliebte: Alles kommt einmal ans Licht. Sie hatte Christians Geburtstag so sorgfältig verschwiegen, aber natürlich hatte ihr klar sein müssen, daß ausgerechnet Edith es auf jeden Fall irgendwie herausfinden würde. Nun, wenigstens war sie dabei. Sie war dabei, als Edith Christian stotternd (bisher hatte Tilli gedacht, Stottern wäre ihre Domäne) alles Glück der Welt wünschte, außerdem, daß ihm die Träume nicht abhanden kämen – und Kraft. *Kraft?* Aus den Augenwinkeln versuchte sie mitzubekommen, wie Christian Ediths Wünschen begegnete. Er nahm sie wie jemand an, der Aufmerksamkeiten von anderen durchaus zu schätzen wußte, dem es aber gleichzeitig unangenehm war, im Mittelpunkt zu stehen. Er behielt seinen Teint bei und bedankte sich bei Edith mit einem Lächeln, das ein wenig künstlich aussah. Während sie über Träume sprach, flackerten seine Augen für den Bruchteil einer Sekunde zu Tilli hinüber, und ihr blieb die Luft weg. Dann kam der Abschnitt mit der Kraft, bei dem er Edith wieder sein leicht gezwungenes Lächeln zuwandte, und dann bot er ihr ein Mon Chéri an, das sie ablehnte.

Tilli hing in den Seilen, wie ein k. o. gegangener Boxer. Komischerweise wurde ihr wieder untenherum warm, während sie vom Nabel aufwärts fröstelte. Sie kam sich vor wie eine defekte Heizung. Das war's also für dieses Mal. Auch die Schaltzentrale in ihrem Kopf machte Feierabend. Einigermaßen erschrocken erlebte sie mit, wie Edith aufstand und mit der Bemerkung verschwand, daß sie etwas in ihrem Zimmer habe, das sie Christian unbedingt schenken wolle, weil sie glaube, daß es genau das Richtige für ihn sei. Dann war sie plötzlich allein mit den beiden.

Zum Glück war einer von ihnen Fräulein Schmidt. Sein Mund sprang auf, sobald die Tür geschlossen war.

»Kannst du mir vielleicht sagen, warum einem die Mädchen zum Geburtstag immer *Kraft* wünschen? Ich meine, das ist doch eigentlich eine Beleidigung. Es bedeutet, daß sie einen für schwach halten.«

Er sah sie mit gespielter Herausforderung an. Das pathologische Grinsen schlummerte nur, sie sah, wie es sich in seinen Mundwinkeln bereits wieder sammelte.

Tilli bewegte den Kiefer, um herauszufinden, ob er noch funktionierte. Es klappte. Sie durfte nur nicht zu Christian sehen. »Wenn eine Frau dir Kraft wünscht, ist es wohl ein Hinweis darauf, daß sie vorhat, dir das Leben schwerzumachen.« So etwas konnte sie natürlich nur sagen, weil Edith nicht anwesend war.

Von der Seite sah Tilli, wie Christian zu lächeln begann, diesmal entspannt, und sie schwor Gott, alles zu tun, wenn er ihr nur die Gabe verlieh, dieses Lächeln für immer auf seinen Lippen zu halten. Und als wäre das Lächeln nicht Geschenk genug, beugte er sich ein wenig über den Tisch und fragte: »Dann kannst du mir sicher auch sagen, welcher Traum mir nicht abhanden kommen soll?«

Sie hielt seinen Blick nicht aus.

An ihm vorbei zu dem hellen Fleck an der Wand, den ehemals das Porträt Erich Honeckers verdeckt hatte, sagte sie: »Ich träume deine Träume nicht. Vielleicht Edith. Frag sie.«

Christian lehnte sich zurück. Er nahm seinen Kugelschreiber vom Tisch auf und spielte damit herum.

In das Schweigen, das daraufhin eintrat, platzte Edith.

Sie stellte etwas vor Christian hin, mitten auf das grüne

Dienstbuch, bevor sie sich selbst setzte. »Herzlichen Glückwunsch! Noch einmal.«

Auf den ersten Blick war nicht zu erkennen, was das Ding, das sie ihm da geschenkt hatte, sein sollte. Es war aus Metall, hatte eine Art Trommel und eine Kurbel an der Seite und erinnerte an eine vorsintflutliche Waschmaschine im Kleinformat.

Christian nahm es in die Hand und betrachtete es von allen Seiten.

Tilli begegnete Ediths verschwörerischem Blick und wich ihm aus.

Dann drehte er vorsichtig an der Kurbel, als hätte er Angst, das Ding könne jeden Moment in die Luft gehen. Die Metalltrommel begann sich zu bewegen und verzerrte Töne von sich zu geben. Als er mit zunehmender Sicherheit schneller drehte, fügten sie sich zu einer Melodie zusammen, die Tilli kannte. Es war »Guantanamera«.

»Ein Leierkasten ohne Kasten«, stellte Christian fest.

»Eine Spieluhr!« berichtigte Edith strahlend.

Er ließ das Lied schneller und langsamer laufen. Endlich stellte er die Spieluhr auf den Tisch zurück und sagte: »Danke.«

Zu Tillis größtem Entsetzen griff Edith in die Pralinenschachtel. »Ich glaube, ich probiere doch mal eins hiervon.« Sie verzog das Gesicht, als sie die Schokoladenhülle zerbiß, und die Jungs lachten.

Das ging so nicht weiter. Bevor Edith dazukam, einen weiteren Schachzug zu tun, fragte Tilli beiläufig: »Was habt ihr eigentlich so emsig geschrieben, als wir gekommen sind? Das Dienstbuch?«

Das Lachen erstarb. Christian und Fräulein Schmidt sahen beklommen nieder auf ihre Schreibblöcke. Edith, den Mund voll Kirschlikör, blieb sitzen. Sie gab das vollendete Bild einer Märtyrerin ab. »Wodurch wurde die Krise im Hause Briest ausgelöst?« las Fräulein Schmidt vor. Er hob den Kopf. »Eine gute Frage. Und so explizit gestellt. Willst du die Antwort wissen?« Er schob Tilli zwei großzügig beschriebene Seiten zu. »Bitte. Die höchst wissenschaftliche Analyse der bürgerlichen Ehe im 19. Jahrhundert. Ich habe mir fast die Finger gebrochen dabei.« Tilli nahm die Seiten zur Hand und überflog sie.

Fräulein Schmidt verstand es, mit Worten zu jonglieren. Sie sagte es ihm. »Nur ein bißchen weitschweifig«, fügte sie hinzu. »Es liest sich fast wie ein Originalroman aus dem 19. Jahrhundert.«

»Na ja. Ich mußte schließlich zwei A 4-Seiten vollkriegen.« Er zuckte die Achseln. »Und das hab' ich.« Er nickte zu Christian hinüber und grinste sein breites Grinsen. »Im Gegensatz zu ihm.«

Christian griff nach seinem Block, riß unter ihren ungläubigen Blicken die oberste Seite ab, die, wie Tilli gesehen hatte, zu einem knappen Viertel beschrieben war, knüllte sie zusammen und warf sie in hohem Bogen in den Papierkorb neben der Tür.

Fräulein Schmidt erstarrte, mit Ausnahme des Mundes, komplett zu Stein. »Bist du wahnsinnig? Du hast über eine Stunde dafür gebraucht!«

»Es stand trotzdem nichts drauf«, sagte Christian. »Ich habe zu dem Thema nichts zu sagen.«

Tilli schluckte und fragte: »Zur Liebe?«

»Ach, Liebe!« Er spuckte das Wort mehr, als er es sprach. »Auch so eine schöne Umschreibung für alles und nichts.« Sie hatte ihn noch nie trotzig erlebt. Ihn, der sonst immer der Überlegene war, jetzt so zu sehen, berührte sie seltsam. Christian blickte niemanden von ihnen an und bemerkte darum auch nicht, wie die empfindsame Edith bei seinem Ausbruch zusammengezuckt war. »Um Liebe geht's da doch gar nicht«, fuhr er etwas ruhiger fort.

»Da geht's um Konventionen.«

»Und um Freiheit«, warf Tilli ein.

»Na schön. Noch so ein Wort – Freiheit. Freiheit, was immer genau das ist, die einen Widerspruch zu den Konventionen bildet. Warum soll ich darüber zwei Seiten schreiben? Um zu beweisen, daß ich des Deutschen mächtig bin?« Er langte in seine Jacke, die über der Stuhllehne hing, und zu Tillis und, wie sie sehen konnte, noch mehr zu Ediths Befremden zog er eine Schachtel F6 und ein Feuerzeug hervor.

»Du rauchst?« Der Vorwurf in Ediths Stimme war nicht zu überhören.

Christian verzog ein wenig die Mundwinkel. Er nahm eine Zigarette aus dem Päckchen und steckte sie in den Mund. Aber er zündete sie nicht an. Nach einer Weile nahm er sie wieder heraus und legte sie weg. Statt dessen griff er nach seinem Kaffee, der inzwischen kalt sein mußte. »Ich kann nicht über Dinge schreiben, die mich nicht interessieren. Es würde lächerlich klingen.«

Tilli schoß schon wieder das Blut in den Schoß. Das war der Unterschied zu Edith, der es immer in den Kopf schoß. Dieser Junge brachte sie um den Verstand! In seiner Gegenwart katapultierten sich ihre Gefühle unablässig in entgegengesetzte Richtungen. Das einzige, was immer gleichblieb, war ihr beheizter Unterleib.

Nun hatte er sie auch noch dazu gebracht, eine Art mütterliches Mitleid zu entwickeln, weil er nicht einmal einen einfachen sozialkritischen Text schreiben konnte. Weiß war für ihn Weiß und das Gegenteil davon Schwarz, die Schattierungen dazwischen machten in diesem Fall die zwei Seiten Fleißarbeit aus, die ihre Deutschlehrerin honorieren würde. Genau diese Grauzone war ihr Spezialgebiet.

Während Christian seine Zigarette wieder zurück in die Schachtel stopfte, die erste völlig unlogische Tat übrigens, seit sie ihn kannte, fragte er: »Habt ihr euch eigentlich schon mal vor Augen geführt, was die hier mit uns machen? Ja? Vor einem Jahr ist die Mauer gefallen, demnächst werden wir in die BRD eingemeindet, der Irak hält Kuwait besetzt, die Amis rüsten für den Krieg gegen ihn, in Rußland geht alles drunter und drüber – und wir schreiben über das, was uns wirklich bewegt! – Die Schwierigkeiten, die sich in einer Ehe ergeben, wenn der Mann ein Langweiler und die Frau zu wenig beschäftigt ist.«

Tilli konnte sich nicht erinnern, ihn schon einmal so viel reden gehört zu haben. Edith machte ein betroffenes Gesicht. Nur Fräulein Schmidt zeigte sich verhältnismäßig gelassen. Er streckte geruhsam die langen Beine von sich, verschränkte die Hände hinter dem Kopf und sagte: »Stimmt. Es ist bescheuert. Wen interessiert's? Aber, ehrlich gesagt, haut mich auch der Determinismus nicht gerade vom Hokker, die Buntpapiercollagen unserer ehrenwerten Frau Kerze bringen mich zum Weinen, und ich mache trotzdem mit.« Sein Oberkörper schnellte über den Tisch zu Christian. »Weil ich eines Tages ein Abitur nach Hause tragen möchte, mit dem ich dann studieren kann, was mich *wirklich* interessiert. Mach keine Philosophie draus, Mann! Schreib einfach einen netten zweiseitigen Brief über die Liebe an Frau Michel. Sie wird es dir danken.«

»Ich kann nicht«, wiederholte Christian.

Bei Tilli brannte irgendeine Sicherung durch. Vielleicht lag's an der Dopplung des Satzes »Ich kann nicht«.

Kinder redeten so. Daß er es sagte und dann auch noch gleich zweimal, war zuviel für sie. Sie schluckte, dann sagte sie: »Wenn du willst, schreibe ich den Text für dich.«

Noch während sie sprach, stellte sie sich Ediths fassungsloses Gesicht und Fräulein Schmidts überraschtes Grinsen vor, das schnell einem anzüglichen Grienen weichen würde. Das alles war ihr egal. Die einzige Reaktion, die sie interessierte, war die von Christian.

An der Wache gingen ein paar Jungen aus der SG 6 vorbei. Von draußen flatterte der halbverwehte Widerhall eines Befehls an Tillis Ohr, die Bahnhofsuhr in der Stube tickte leise. Die Sekunden verstrichen viel zu langsam.

»Das kann ich nicht annehmen«, sagte er endlich. Sein Blick ging vom Schiebefenster zurück zu ihr. Er war sachlich, es lag keine Spur von Überraschung darin, leider auch nichts anderes. War er ein so guter Pokerspieler, daß er kaum einmal eine Regung auf die Bühne seines Gesichts vordringen ließ, oder war ihm das ganze Gerede, einschließlich ihres aufopferungsvollen Angebots, im Grunde egal?

»Ich höre jetzt zum drittenmal, daß du etwas nicht kannst«, entgegnete sie deshalb gereizter, als ihr lieb war. »Und irgendwie beruhigt es mich. Ich dachte schon, du hättest keine Schwächen.« Wo nahm sie nur den Mut her, so mit ihm zu reden. Edith starrte sie über den Tisch hinweg an. »Meinetwegen brauchst du dich übrigens nicht in Rücksicht zu üben«, fuhr sie fort. Der Damm war gebrochen. »Ich bin vielleicht in Mathe oder Physik eine Niete. Aber zwei Seiten über Liebe und Verdruß werfe ich dir in einer halben Stunde aufs Papier und habe meinen Spaß dabei.«

Eine Weile blieb es still, und mit Grausen vernahm Tilli das Echo ihrer Worte im Kopf. Es war immer dasselbe. Sie wollte witzig sein und wurde sarkastisch.

Fräulein Schmidt räusperte sich und lehnte sich zu seinem Freund hinüber. »Wenn ich du wäre, würde ich zugreifen, ehe sie es sich anders überlegt.«

Ediths Blick ging wie ein Pingpong-Ball zwischen Tilli und den Jungs hin und her. Es sah aus, als versuchte sie krampfhaft einem Spiel zu folgen, dessen Regeln sie nicht verstand. Plötzlich tat sie Tilli leid.

Und dann kam die unvermeidliche Frage. »Warum bietest du mir das eigentlich an?«

»Weil ich dein Leiden nicht ertrage?« fragte sie etwas zu schnell zurück. – Wieder genau in die Kerbe. Aber es lenkte von ihr ab.

Wahrscheinlich für immer, dachte Tilli. Um die Bemerkung abzumildern, probierte sie ein Lächeln. Und dann erzählte sie einen Teil der Wahrheit. Sie vergaß auch die Eins nicht, die sie damals für den Aufsatz bekommen hatte. »Siehst du, ich schreibe jetzt eigentlich nur *einen* Text«, sagte sie kühl, oder sie hoffte wenigstens, daß es kühl klang. »Den kriegst du. *Ich* gebe meinen bewährten alten ab. Also, keine Angst, daß ich mich überarbeite!«

»Toll!« Auf einer Handfläche präsentierte Fräulein Schmidt eine der glänzenden Schnapspralinen. »Wie wär's, wenn du dich durch, sagen wir, einen dritten Text noch ein wenig profilierst?«

Tilli schob die Hand sachte zurück und deutete auf die beiden Seiten, die vor ihm lagen. »Warum? Die geben doch einen ganz guten Liebesbrief für Frau Michel ab.«

Fräulein Schmidt seufzte. Edith saß wie versteinert da und sagte keinen Ton. In Christians Gesicht bewegte sich etwas. Er gab sich einen Ruck und fragte: »Aber wird es nicht auffallen, daß beide Texte von derselben Autorin stammen?«

Es schmeichelte ihr, daß er sie »Autorin« nannte. »Ich glaube nicht«, antwortete sie, während sie ihn zum erstenmal direkt ansah, ohne Schluckauf zu kriegen. »Du mußt deinen natürlich noch mal abschreiben.«

»Klar.«

»Und du kannst mal eine Mathehausaufgabe für mich machen, ich muß meine Fünf von der Eingangsklausur ausbügeln.«

Christian lächelte sein Lächeln und nickte.

Fräulein Schmidt warf die Praline auf den Tisch. »A-ha!« rief er. »Da liegt also der Hund begraben! Der Weiber Tücke ist ein tiefer Schlund.«

»Übertreib nicht!« brummte Christian. Er lächelte immer noch. Edith saß da wie eine Statue. Auf ihrem Gesicht zeichnete sich deutlich der Kampf ab, den sie ausfocht, und als einzige im Raum ahnte Tilli, worum es dabei ging.

In einem Nest wie Lehnitz, das von drei Seiten von Wald umgeben war, spielte sich der Jahreszeitenwechsel viel dramatischer ab als in der Stadt. Ungewohnt intensiv roch es hier um diese Zeit nach Erde und Laub.

Tilli hatte nicht gewußt, daß Laub so riechen konnte, aber je mehr man sich auf den Wald zu bewegte, desto stärker roch es – also mußte es Laub sein. Direkt im Wald gesellte sich dann der Duft von Kiefernharz und Pilzen dazu.

Sie hatte die Sportstunde geschwänzt und war für Edith und sich einkaufen gegangen. Zwischen ihnen herrschte eine merkliche Spannung. Im Grunde taten beide, als wäre alles wie sonst. Im Unterricht hatten sie Witzchen über die Klassenbesten in der ersten Reihe gerissen und über die zunehmende Fülle der Hausaufgaben gestöhnt. Edith war Tilli gegenüber sehr aufmerksam gewesen und Tilli übertrieben zuvorkommend ihr gegenüber, aber es fehlte die Unbefangenheit, die bisher typisch für ihre Freundschaft gewesen war. Edith hatte kein Wort über den vergangenen Abend verloren. Eigentlich war Tilli ihr dankbar dafür, aber sie fühlte, wie sie sie manchmal so merkwürdig von der Seite ansah, als wolle sie eine Gefahr abschätzen.

Als Tilli von der Hauptstraße zum Objekt abbog, nahm sie sich fest vor, endlich eine Beichte abzulegen. Aber als sie vor dem Internat ankam, warf sie ihren Entschluß über den Haufen und verschob ihr Vorhaben auf nächsten Montag.

Sie wußte, daß es feige war. Doch sie konnte sich beim besten Willen nicht vorstellen, wie einer von ihnen beiden das Wochenende genießen sollte, wenn sie als offene Konkurrentinnen nach Schwedt fuhren. Vielleicht würde Edith von ihr erwarten, daß sie unter diesen Umständen auf die Tour verzichtete, oder, was auch möglich war, sie würde selbst aussteigen. Nein. Sie würden beide fahren, und Tilli würde sich zurückhalten. Wenn Christian eine der anderen vorzog, war es vermutlich schon jetzt so, und das Wochenende würde kaum mehr etwas daran ändern.

Außerdem war da noch Barbara. Sie bewegte sich hinter der Grenze des Einsehbaren. Tilli hatte keine Ahnung, *wie* persönlich die beiden am Vortag geworden waren. In den Stunden und auch einen Tag nach ihrer Entdeckung hatte Tilli sie mit Argusaugen überwacht. Aber sie hatte nichts Verdächtiges feststellen können, keinen Blick, keine zweideutige Bemerkung, nichts.

In der Kantine hatte sich Barbara zu ihrem Erstaunen neben einen großen Blonden aus Ninas Klasse gesetzt. Es sah aus, als ob sie ihn nicht erst seit gestern kannte, und ganz schwach meinte Tilli sich zu erinnern, ihn auf der Party gesehen zu haben.

Von Barbaras Seite war also kaum etwas zu befürchten. Andererseits konnte es natürlich sein, daß *er* sich während ihrer zwanglosen Plauderei in *sie* verguckt hatte, ohne daß sie etwas davon ahnte.

Es war zum Verrücktwerden! Und das schlimmste war, daß sie sich nicht mal bei Edith ausheulen konnte.

Tilli brachte ihre Einkäufe nach oben. Die von Edith stapelte sie auf dem Tisch in ihrem Zimmer zu einer dekorativen Stufenpyramide auf. Auf die oberste Plattform legte sie als Geschenk ein Tütchen Mozarella, den Edith so gern aß, obwohl Tilli fand, daß er nach nichts schmeckte.

Sie zögerte ein bißchen dabei. Irgendwie fand sie, daß der Mozarella nach schlechtem Gewissen aussah. Und sie zweifelte daran, daß Edith ihr das Vorkaufsrecht an Christian für einen Büffelkäse abtreten würde, auch wenn ihr Name und sie selbst durchaus Ähnlichkeiten mit dem alttestamentarischen Esau aufwiesen. In dem Fall war sie selbst wohl Jakob. Nicht schlecht.

In der Bibelgeschichte hatte Jakob gewonnen und sich hinterher sogar noch mit seinem Bruder vertragen. – Aber das war natürlich alles Quatsch. Edith war nicht Esau, und da sie nicht dauernd, so wie Tilli, um die Ecke dachte, würde sie den Mozarella als das nehmen, was er war: ein geschenkter Käseklumpen, der gut zu Salat paßte.

Es wurde langsam Zeit, etwas zu tun, fand Tilli. Sie konnte keinesfalls einfach nur dasitzen und auf den Freitag warten.

Nina hatte ihr einmal morgens beim Kaffee, sonst sahen sie sich ja kaum noch, eines ihrer Geheimnisse anvertraut, wie sie die Männer zur Strecke brachte: Ein Lächeln, ein Augenaufschlag, ein Wort und dann NICHTS TUN, bis der Teig gegangen war.

»Du bist der Arzt, der den Erreger streut und gleichzeitig

als einziger das Gegenmittel besitzt. Das Opfer *muß* einfach zu dir kommen.«

Tilli war sich da nicht so sicher. Außerdem hatte sie das Gefühl, daß es in ihrem Fall umgekehrt war. Christian hatte den Erreger gepflanzt, als er sie auf der Treppe angesprochen hatte. Seitdem siechte sie dahin. Und Edith auch. Tilli hätte gern gewußt, bei welcher Gelegenheit er *sie* erwischt hatte.

Es klingelte zum Unterrichtsende, als sie sich ans Fenster setzte, um zu überlegen, wie sie Christian mittels Madame Briest zu einem literarischen Debüt verhelfen konnte, das ihn in Deutsch genauso glänzen ließ wie in den naturwissenschaftlichen Fächern.

Vielleicht konnte sie in dem Aufsatz sogar eine unverfängliche Botschaft unterbringen. Zum Beispiel konnte sie ihn unterschwellig über das Wesen der Frau aufklären, ihre Sehnsüchte, ihre Denkmuster. Das würde Fragen aufwerfen, die er sich nur von ihr als der Urheberin seines Textes beantworten lassen konnte. Und Frau Michel würde ihn mit ganz neuen Augen sehen, sie würde denken, nie zuvor einen so sensiblen Frauenkenner getroffen zu haben wie diesen einundzwanzig Jahre alten Jungen, der aussah wie eine moderne Version von Michelangelos David. Und da sie erst um die Dreißig war, würde sie sich ihrerseits in ihn verlieben. – Ausgeschlossen!

Tilli warf einen Blick auf die Kiefern hinter dem Sportplatz und legte los. Sie wußte so ungefähr, was Frau Michel hören wollte, deshalb schrieb sie in Christians Namen genau das Gegenteil. Mit diebischer Vorfreude stellte sie sich vor, wie Frau Michel ihn aufrief, damit er der Klasse seine Ausführungen erläuterte. Danach würde Christian sie nie mehr vergessen. Sie mußte bei all dem Spaß nur aufpassen, daß sie ihre Behauptungen plausibel begründete, denn sie wollte eine Eins, wenigstens eine Zwei für ihn herausholen.

Tilli schrieb über die Ehe des 19. Jahrhunderts, als wäre sie das Höchste auf Erden. Sicher waren Liebesheiraten damals eher selten gewesen, aber sie stellte diese Tatsache als Vorteil für die Ehe an sich hin, indem sie auf die Säulen einging, die ein lebenslanges Beisammensein im 19. und im ausgehenden 20. Jahrhundert tragen sollten.

In der DDR hatte man jung und aus Liebe geheiratet und (manchmal auch oder) weil für verheiratete Paare die Aussicht bestand, eine eigene Wohnung zu bekommen. Da aber die Liebe eine geringe Halbwertszeit hat, blieb irgendwann nur noch die Wohnung. Manche Paare saßen dort ein Leben lang und ödeten sich an, die meisten ließen sich scheiden, um sich entweder einem neuen Partner zuzuwenden, der nächsten großen Liebe, oder wenigstens jemandem, mit dem man gut auskam. Meistens passierte das, wenn die Kinder aus dem gröbsten raus waren. Das war normal, oder nicht? Es gab keinen moralischen oder ökonomischen Grund mehr, eine Familie zusammenzuhalten, auch Alleinstehende oder Wiederverheiratete genossen gesellschaftliches Ansehen und wurden vom Staat unterstützt. So gab es heutzutage weder die Fessel noch die Geborgenheit einer festen Rolle. Der Individualismus war ein großer Fortschritt, ihrer Meinung nach – die sie nun kurzerhand zu Christians Meinung machte – war er auch ein Glückskiller. Auf jeden Fall ein Ehekiller.

Nachdem Tilli dieses, ihr gemeinsames Urteil begründet hatte, waren schon zweieinhalb Seiten voll. Zwei weitere brauchte sie, um die Vorzüge einer auf der Basis von Achtung und Vernunft geschlossenen Ehe zu besingen, die ja immerhin noch die Möglichkeit einer keimenden Liebe (vielleicht der ruhigeren Sorte Liebe) in sich trug.

Die Möglichkeiten der Entfaltung waren im 19. Jahrhundert für beide Geschlechter festgelegt, na und? Sie für ihren Teil hätte sich diesen festen Rahmen gewünscht, dann hätte sie nicht dieses Gefühl von Unzulänglichkeit gehabt.

Das schrieb sie natürlich nicht. Sie bemerkte nur abschließend, daß Effis Verliebtheit eine dumme Sache sei, die sie unglücklich gemacht habe, allerdings dürfe man nicht vergessen, daß solche Dinge heutzutage auch passierten, die die Beteiligten, wenn auch auf andere Art, genauso unglücklich machten.

Effi Briests Schicksal war ein Einzelschicksal, so wie das von Lady Chatterley, oder wie jene junge Dame mit Kapotthut hieß, über die es x Verfilmungen gab und die quasi das Gegenteil Effis war, indem *sie* die Männer heimlich vernaschte. So ging es also auch.

Alles zusammen ergab das fünfeinhalb Seiten. Wenn Frau Michel den Text wirklich Christian zuschrieb, mußte sie taub und blind sein. Oder verliebt, was aufs gleiche rauskam.

Als sie fertig war, war es halb sechs. Wahrscheinlich war er sowieso nicht da. Sie würde ihn ja morgen wiedersehen. Nur noch vierzehn Stunden. – VIERZEHN STUNDEN! Um sich abzulenken, stand sie auf und beschloß, Kaffee zu kochen, obwohl es dafür eigentlich ein bißchen spät war. Was war aber, dachte sie plötzlich, wenn er mit ihr über den Aufsatz reden wollte, bevor er ihn abschrieb. Immerhin mußte er ihn vertreten. Oder vielleicht weigerte er sich sogar, ihn überhaupt zu nehmen, weil er ihm nicht gefiel. Würde sie in diesem Fall einfach einen neuen schreiben? Und das Gegenteil beweisen, nämlich daß es schlichtweg eine Zumutung war, im 19. Jahrhundert verheiratet zu sein? Bestürzt mußte Tilli sich eingestehen, daß sie es tun und damit den letzten Rest Stolz verlieren würde.

Als sie die Maschine anmachte, stellte sie fest, daß die Kaffeekanne nicht an ihrem Platz stand. Komisch. Normalerweise goß sie mit der Kanne das Wasser oben in den Siedekessel. Womit hatte sie es denn eben getan? Sie knipste die Maschine wieder aus, bevor sich der heiße Kaffee über den Tisch ergießen konnte, und holte eine angebrochene Flasche Sangria aus dem Schrank.

Heute hatte sie die Bafögbescheinigung bekommen. Fast sechshundert Mark, eine ganz schöne Stange Geld. In Zukunft würde sie besseren Alkohol trinken können. Aber im

Moment war Tilli schon damit zufrieden, daß ihre Mutter nicht sah, wie sie sich eine Tasse vollschenkte. Aus irgendeinem Grund war kein Glas zur Hand. Manchmal verdächtigte sie Nina, eins nach dem anderen ins Fotolabor ihres Geliebten zu überführen. Komische Art von Aussteuer. Tillis Mutter hatte keine Ahnung, daß ihre Tochter überhaupt Alkohol außerhalb des Abendmahls trank. Für sie bedeutete ein Glas Wein so etwas wie der Willkommenstrunk zur Hölle. Tilli hätte gern gewußt, welcher Pfarrer ihr das eingeimpft hatte. Aber es stimmte, sie mußte langsam aufpassen, daß der abendliche Viertelliter nicht zur Gewohnheit wurde.

Sie faltete die Blätter zusammen. Dabei fiel ihr Blick auf eine halbleere Schachtel Gauloises auf Ninas Schreibtisch. Wenn sie jetzt auch noch zu rauchen begann, war alles vorbei.

Tilli dachte an Nina und die lieblichen Kringel, die sich aus ihrer Nase wanden, wenn sie rauchte, und auf einmal hatte sie große Lust, sich selbst einmal an solchen Kringeln zu probieren. Außerdem sollte Rauchen angeblich beruhigen. Wenn das stimmte und wenn die nächsten Tage so verliefen wie dieser, dann würde sich in Kürze zu dem abendlichen Weinchen das abendliche Dutzend Zigaretten gesellen. Und ER war schuld daran.

Sie nahm die Schachtel und klopfte mit dem Mittelfinger leicht darauf, wie sie es bei Nina gesehen hatte, um eines der weißen Stäbchen aus seinem Bau zu locken. Bei Nina schob sich dann immer eine Zigarette ein Stück vor, und die nahm sie. Bei Tilli rührte sich nichts. Als sie ein wenig stärker klopfte, fielen zwei Zigaretten auf den Boden, und als sie sich vorbeugte, um sie aufzuheben, kam der Rest hinterher.

Und dann fand sie es enttäuschend. Der Rauch füllte ihren Mund und stieg ihr in die Nase. Tillis Augen tränten, es schmeckte bitter, und sie hatte keine Idee, wohin sie mit dem ganzen aufgesogenen Qualm sollte. Nie im Leben wäre sie auf den Gedanken gekommen, ihn einzuatmen.

Mit Hängen und Würgen schaffte sie eine halbe Zigarette, dann gab sie es auf. Irgendwo im Schrank lagen noch Bonbons herum. Sie brauchte dringend etwas gegen den schalen Geschmack im Mund.

Das erste, worauf Tilli stieß, als sie die Schranktür öffnete, waren allerdings keine Bonbons, sondern die Kaffeekanne. Sie konnte sich nicht erinnern, sie dorthin gestellt zu haben, aber sie war die einzige, die in Frage kam.

So konnte es nicht weitergehen. Ehe der Abend um war, würde sie versehentlich das ganze Zimmer in die Luft jagen, wenn sie Christian nicht endlich sah. Tilli griff ihre Fontanerezension und stürzte auf den Flur. Sie rannte den ganzen Weg, weil sie fürchtete, daß sie augenblicklich den Mut verlieren und umkehren würde, wenn sie langsam ging. Als sie schwer atmend bei seinem Kabuff anlangte, fand sie darin nur Fräulein Schmidt vor, der lesend auf dem oberen Bett lag und den Kopf schüttelte, als sie nach seinem Freund fragte.

»Die Jacke ist hier«, sagte er mit einem Blick auf eine Stuhllehne am Tisch. »Dann schwirrt er irgendwo rum, mußt mal gucken!«

Tilli hörte förmlich ihr Herz donnern, und ihre Venen vibrierten, als sie wieder auf dem Flur stand. Wo konnte Christian schon sein, wenn er das Haus nicht verlassen hatte. Ihr fielen nur zwei Menschen ein: Edith oder Barbara.

Scheinbar waren die Dinge einer ständigen Wiederholung unterworfen: Sie tat etwas, von dem sie das Gefühl hatte, daß Christian sie dafür belohnen würde, infolgedessen wurde sie sicherer, und auf dem Höhepunkt ihres Triumphes glitt er ihr durch die Finger. Es war möglicherweise alles nur ein Produkt ihrer Phantasie; die kleinen Zeichen, die sie zu lesen glaubte und auswertete wie ein Weiser aus dem Morgenland, waren vielleicht gar keine Zeichen.

Sie war sich plötzlich völlig sicher, daß er bei Edith saß. Der Geschmack, den die Zigarette in Tillis Mund hinterlassen hatte, wurde noch fader. Langsam machte sie kehrt und stieg die Treppen wieder hoch.

Als sie auf dem Mädchenflur ankam, traf sie sie. »Hallo, Tilli!« Edith winkte ihr zu und beschleunigte den Schritt.

»Ich suche dich gerade, um dir erstens für den Mozarella zu danken und dich zweitens einzuladen, ihn mit mir und Anke zu verspeisen. Anke hat einen leckeren Tomatensalat dazu gemacht.«

»Ist sonst noch jemand da?« fragte Tilli heiser.

Edith zog die Brauen hoch. »Nein, wieso.« Dann schüttelte sie den Kopf und lachte. »Keine Angst, Anke hat niemanden eingeladen, also: Nur eine fremde Person für dich, und mit der fahren wir morgen ja ohnehin ins Theater. Da kannst du sie gleich mal kennenlernen.«

Tilli war so erleichtert, daß sie ihr beinahe um den Hals gefallen wäre. Blieb nur noch Barbara. Barbara hatte die Jalousien heruntergelassen, und es brannte kein Licht. Hier war er also auch nicht. Langsam begann Tilli wieder normal zu atmen.

Sie ging hinüber in ihr Zimmer, goß sich noch einen Sangria ein und dachte nach.

Daß er möglicherweise bei Funes im Wohnstübchen hockte und von seinen guten Sachen probierte, konnte sie sich nur schwerlich vorstellen. Dann gab es da natürlich noch weitere zwei Räume, die von den Jungs bewohnt wurden. Und dann fielen ihr die Gruppenräume ein. Deren gab es zwei: einen oberen bei den Mädchen und einen im Mittelgeschoß. Beide waren gleich eingerichtet. In jedem gab es eine Holzfalttür, die die Raucherzone vom Nichtraucherbereich trennte. Bei den Nichtrauchern stand der Fernseher, um den sich ein paar Tische gruppierten. Wie es bei den Rauchern aussah, wußte Tilli nicht. Das eine Mal, als sie während eines kleinen Erkundungsganges einen Blick in die Räume geworfen hatte, waren die Falttüren auf beiden Etagen zugezogen gewesen. Sie hatte sich nicht die Mühe gemacht, sie zu öffnen.

Tilli hatte wenig Hoffnung, Christian in einem der Gruppenräume zu treffen, aber diesen letzten Versuch wollte sie noch wagen, bevor sie aufgab.

Sie probierte es zuerst in der mittleren Etage. Der Raum dort lag näher an seinem Zimmer, und es sprangen keine quietschenden Mädchen darin herum. In der Fernsehhälfte war er nicht. Aber von der Falttür her zogen feine bläuliche Fäden durch die Luft, und es roch nach Rauch. Tilli schlich auf Zehenspitzen dorthin und spähte durch einen schmalen Spalt zwischen den Türhälften.

Ein paar Jahre zuvor hatte sie im Fernsehen den zweiten Teil des Hitchcock-Thrillers »Psycho« gesehen. Die schlimmste Szene, fand sie, war die, in der der Inspektor das Loch in der Wand entdeckt, durch das Norman Bates die Frauen beim Duschen beobachtet. Und als er hindurchsieht, starrt er, statt in Normans Zimmer, in dessen Auge, das sich im selben Moment auf der Gegenseite vor das Loch schiebt.

Danach hatte sie wochenlang von diesem Auge geträumt.

Als Tilli zur Tür schlich, wurde sie das beunruhigende Gefühl nicht los, aus der gegenüberliegenden Hälfte beobachtet zu werden. Aber als sie durch die Lücke spähte, stellte sie erleichtert fest, daß sie sich getäuscht hatte.

Es saß jemand im Raum und rauchte. Wer es war, konnte sie nicht erkennen, er saß zu weit rechts von ihr. Der Schlitz gestattete nur den Blick auf einen der üblichen grauen Kantinentische mit Eisengestell. Oben, auf der Tischplatte, lagen eine Schachtel F6 und ein Feuerzeug.

Und dieses Feuerzeug hatte sie erst gestern unten in der Wache gesehen.

Da stand sie nun. Ihr Herz schlug zu laut. Tilli fürchtete, daß Christian es hören konnte, wie in dieser Geschichte von Edgar Allan Poe. Aber sie brachte es nicht über sich, den Abstand zwischen sich und ihm zu vergrößern.

Langsam wurden die Blätter in ihrer Hand feucht und knittrig.

Ihr war völlig klar, daß sie zu ihm hineingehen mußte, deshalb war sie ja schließlich hergekommen. Aber sie konnte unmöglich einfach die Tür aufmachen und sagen:

»Hier ist der Text, ich hoffe, er erfüllt deine Erwartungen.« Er würde ihn nehmen und wissen, daß sie ihn gesucht hatte, obwohl sie ihm den Text genausogut morgen hätte geben können, wo sie Zeit hatten, darüber zu reden, im Bus oder so.

Warum hatte sie das nicht getan, es wäre viel klüger gewesen, als hier herumzustehen und durch einen Riß im Holz zu starren. Tilli wußte, warum, und wenn sie nicht umkehrte, würde er es auch bald wissen.

Es gab nur eine Möglichkeit: Sie mußte etwas tun, das ihn davon *ablenkte*, darüber nachzudenken, warum sie ihm durchs ganze Schulhaus gefolgt war.

Tilli klemmte die Zettel in ihren Hosenbund und kletterte aus dem Fenster. Es gab einen schmalen Sims außen, auf dem sie sich die schätzungsweise anderthalb Meter bis zum ersten Fenster des Raucherraumes entlangziehen konnte, wenn sie sich an den Fensterrahmen festkrallte. Sie riskierte einen Blick nach unten, den sie sofort bereute. Ihr Sims befand sich etwa zehn Meter über dem Boden, und wenn sie abrutschte und auf die Steinplatten fiel, mit denen der Hof ausgelegt war, würde sie sich mit Sicherheit mehr als nur eine Rippe brechen.

Während sie sich mit steifen Fingern Zentimeter um Zentimeter voranschob, dachte Tilli, daß das, was sie gerade tat, vielleicht der Anfang vom Wahnsinn war.

Christian saß mit dem Rücken zum Fenster. Mit dem Rücken zu mir, dachte sie in einem Anfall von Aberglauben. Sie dachte alles mögliche, als sie, ungesehen von ihm, sicheren Halt für ihre Füße suchte, vor allem, daß er sie für völlig bescheuert halten mußte. Zurückgehen konnte sie nicht. Ihre Finger schmerzten und versagten langsam den Dienst.

Behutsam stieß sie mit dem Knie gegen die Scheibe. Ihr lag nichts daran, ihn zu erschrecken, seine Reaktion hätte sonst womöglich sie erschreckt. Erst passierte nichts. Der Raum war dunstig vor Rauch. Mitten in den Schwaden hing Christian auf seinem Stuhl und bewegte sich nicht. Nur sein

Arm mit der Zigarette ging ab und zu vor und zurück, und dann stieg ein neues graublaues Wölkchen hinter seinem Kopf auf.

Tilli schielte noch einmal nach unten. Im Hof bemerkte sie zwei Mädchen, die Tischtennis spielten. Sie betete zu Gott, daß sie nicht auf die Idee kamen hochzusehen.

Nach dem zweiten Pochen bekam sie es mit der Angst. Er konnte sie doch nicht einfach so hier stehenlassen! Die Sekunden verstrichen. Und dann, auf bedrückend langsame Art, wandte er den Kopf.

»Laß mich rein!« sprach sie lautlos gegen die Scheibe.

Das Bild, das sie abgeben mußte, war ihr mittlerweile gleichgültig. Ihre Finger starben ab.

Christian stand auf, kam heran und schob den Riegel zurück. Tilli sprang auf den Boden.

»Hallo.«

»Hallo«, sagte er. Er sah sie an, als erwarte er, daß sie sich umgehend in Nichts auflöste, wie ein Geist. Nach einer Weile fragte er: »Hat die Tür geklemmt?«

»Ich weiß nicht«, antwortete Tilli benommen. Sie merkte, wie die alles verschlingende Leere Besitz von ihrem Hirn zu ergreifen begann, und sagte eilig: »Ich hab' dir den Text mitgebracht.« Sie folgte ihm zum Tisch.

Er nahm sich eine Zigarette, und diesmal zündete er sie auch vor ihren Augen an. »Welchen Text?«

Sie schüttelte den Kopf, als er ihr das Päckchen hinhielt. »Effi Briest und der Einmarsch der irakischen Truppen in Kuwait.«

Jetzt endlich lächelte er. »Du bist eine ganz Schnelle, was?«

Tilli wußte nicht, was sie dazu sagen sollte. »Was du heute kannst besorgen«, krächzte sie und merkte, daß es höchste Zeit war zu gehen. Sie hätte es tun können, Christian hätte sie wahrscheinlich nicht daran gehindert. Aber statt das Drama, das sie gerade inszeniert hatte, möglichst so abzukürzen, daß er morgen vielleicht schon nicht mehr wußte, ob er nur einem Tagtraum zum Opfer gefallen war, sagte sie:

»Du rauchst zuviel« und deutete auf den Aschenbecher, in dem sich eine knappe Handvoll Kippen tummelten.

»Manchmal«, sagte er. Er blickte zur Seite, und da sah sie es: Auf dem Stuhl neben ihm lag ihr Brief. Die erste Seite, vom Umschlag halb verdeckt, zierte die Zeichnung eines Harlekins.

Der Anblick traf sie so unerwartet, daß sie, dem Gefühl nach, nicht rot, sondern lila wurde. »Ah«, würgte sie heraus. Sie riß den Effi-Text aus dem Hosenbund, warf ihn auf den Tisch und wandte sich der rettenden Tür zu. »Wenn du damit nicht zufrieden bist, gib mir Bescheid, damit ich ihn ändern kann.«

Christian stieß eine kurze Rauchfahne aus. »Ich kann es selbst ändern, wenn ich erst mal eine Grundlage habe.«

Für einen kurzen Moment blitzten seine Zähne zwischen den prallen Lippen auf. »Es sei denn, der Text ist durch gar nichts mehr zu retten. Danke!« rief er ihr hinterher, als sie hinaushastete. Auf dem Weg zur Tür befanden sich drei Stühle, als Tilli die Tür erreicht hatte, stand nur noch einer davon.

Der 3. Oktober war ein Mittwoch und ein Tag, an dem sie aus dem Staunen nicht mehr herauskam. Es begann damit, daß sie, als sie morgens das Fenster schloß und dabei zufälligerweise den Hauptweg hinuntersah, feststellte, daß die Armisten rote Baskenmützen trugen. Tags zuvor waren es noch die grünen Käppis gewesen, die so keck ihren Scheitel (und nichts weiter) schützten. Auch die Uniformen hatten jetzt mehr einen Stich ins Bräunliche.

»Nina, guck mal!« rief sie.

»Bundeswehr«, war alles, was Nina dazu bemerkte, bevor sie wie immer nach Duschgel und Handtuch griff und das Zimmer verließ.

An diesem Morgen trank Tilli ihren Kaffee am Fenster, betrachtete die Szenerie draußen und dachte über Veränderungen nach. Ab heute gab es also keine DDR mehr. Sie war in einem Staat aufgewachsen, der nicht mehr existierte. Er hörte einfach auf zu sein, und die Armee, die ihn hatte verteidigen sollen, verteidigte jetzt seinen ehemaligen Gegner. Es war, als hätte jemand beschlossen, seine Möbel umzustellen, und dabei gleich den Namen am Klingelschild geändert.

Nach dem Unterricht ging sie einkaufen. Auch im Konsum herrschte inzwischen eine Art Ausnahmezustand. Es gab kaum noch etwas, und die Schlange an der Kasse hatte sich in der letzten Woche als feste Institution etabliert, weil jeder Kunde sich bemüßigt fühlte, der Kassiererin seine Empörung zu versichern. Keine hundert Meter vom Konsum entfernt nämlich hatte man begonnen, einen ALDI zu bauen. Es war nur ein riesiger Container aus Wellblech, der die Sicht auf den dahinter liegenden See verdeckte; aber, schön oder nicht, der ALDI sollte noch im Oktober fertig werden, damit die Einwohner von Lehnitz nicht verhungerten, ehe die Adventszeit heranrückte. Offensichtlich hatten sie sich bisher von den Wurzeln im Walde ernährt.

Tilli hatte schon überlegt, ob sie dem Gemurre im Dorf entgehen und im objekteigenen Kiosk einkaufen sollte, sich aber im letzten Moment dagegen entschieden. Im Kiosk waren immer Soldaten, die sie komisch anguckten oder lachten. Die hübschen Mädchen der Schule, Nina zum Beispiel, gingen gern dorthin, wenn sie eine Antifaltencreme für ihr Ego benötigten, aber zu denen gehörte sie nun mal nicht. So hatte sie also ihren Rucksack geschultert und sich auf den Weg zum Konsum gemacht.

Als sie an der Wache vorbeiging, beugte sich einer der beiden Wachhabenden, ein dicklicher Glatzkopf, dem das Barett wie ein kleines blutiges Filzpflaster auf dem Ohr saß, aus dem Fenster, spuckte ihr mit bewundernswerter Zielgenauigkeit vor die Füße und sagte zu seinem Kumpel, der neben ihm saß: »Guck dir das an! So was hätten wir früher vergast.«

Tilli ließ den Satz an sich abprallen. So schnell wie möglich, ohne daß es gleich nach Flucht aussah, ging sie weiter, aus dem Objekt hinaus und den Weg am Stacheldraht entlang.

Vor dem Konsum endlich setzte sie sich auf einen Papierkorb, fuhr den Schutzschild ein und gestattete sich wieder zu denken. Und erst jetzt fing sie auch an zu zittern.

Nicht, daß sie es nicht gewohnt war, von Jungs bespöttelt zu werden. Ihr ausladender Hintern, die nach allen Seiten abstehenden Haare, die sie schon gar nicht mehr kämmte, weil es ohnehin keinen Sinn hatte, die Brille, ihre Größe – nichts davon war eines Männerschwarms würdig. Aber die Bemerkung des Wachsoldaten hatte nicht nach gutmütiger Spöttelei, sondern nach Ausmerzung geklungen. Tilli war sich ziemlich sicher, daß er ihre roten Latzhosen, die Siebschuhe und die Wollzöpfe, die sie sich im Sommer von Birthe hatte einflechten lassen, gemeint hatte. Danach erst die Nickelbrille und den Rest. Seit ihrem ersten Tag in Lehnitz haßte Tilli den Gang durch die »Angstmeile«, wie sie den Weg an der Wache vorbei nannte.

Schräge Blicke und freches Grinsen standen dort auf der Tagesordnung. Aber eine Bemerkung wie diese hätte sich noch gestern kein Soldat erlaubt. Er hätte einen Haufen Ärger gekriegt, wenn sie ihn verpfiffen hätte.

Und jetzt sollten ein neues Mützchen und ein neuer Schwur das geändert haben? Sie nahm sich fest vor, Edith alles zu erzählen, sobald sie zurück war.

Aber selbst diese Geschichte an der Wache, so grotesk sie war, und auch die Beerdigung der DDR und daß es je einen Staat dieses Namens gegeben hatte – sie hatte all das vergessen, als sie vor der Haustür Christian traf, der augenscheinlich dabei war, sein Fahrrad zu reparieren.

»Tag«, stieß sie hervor und rannte an ihm vorbei.

Noch zwei Tage bis Schwedt! Wenn Tilli an den Freitag dachte, versank alles andere in der Bedeutungslosigkeit. Sogar die Rückkehr der Sportler am Donnerstag.

Sie konnten erst morgens gekommen sein, denn sie wohnten bei Christian und Fräulein Schmidt im Zimmer, und Tilli sah, daß den beiden die Augen genauso übergingen wie allen anderen. Da die Sportler so unauffällig und still waren, fiel es zuerst gar nicht auf, daß es sie wieder gab; es war nur merkwürdig, daß Frau Michel statt ihres Mathelehrers vorn am Lehrertisch stand. Bis Funes plötzlich einen Schrei ausstieß. Damit war die Stunde gelaufen.

Barbara strahlte wie ein Honigkuchenpferd. »Eine Entscheidung des Direktors …«, sagte Frau Michel, als sie sich endlich Gehör verschafft hatte, und alle wußten, wie das gemeint war. »Es werden sich noch ein paar Dinge ändern. Der Wachdienst aber bleibt bis auf weiteres bestehen.« Allgemeines Maulen. »Er liegt allerdings zukünftig in der Verantwortung des Direktors.«

»Was ist mit dem Oberst?« fragte Funes gehässig.

Frau Michel sah ihn mißbilligend an und räusperte sich. »Es wird selbstverständlich eine Umstrukturierung auf der Führungsebene der jetzigen Bundeswehr geben.« Sie sprach das Wort »Bundeswehr« mit Bedacht aus, als müsse sie es erst auf seinen Geschmack testen.

Eine neue alte Ära beginnt, dachte Tilli. Dann waren ihre Gedanken schon wieder ganz woanders.

Gegen sechs am Tag darauf klopfte Edith. Sie trug ein neues blaues Stirnband. »Kommst du?« fragte sie.

Auf dem Weg zur S-Bahn war alles noch einigermaßen im Lot. Sie liefen einfach zu viert nebeneinander, Christian flankiert von Anke, Edith und ihr. Sie nahmen die ganze Breite des Bürgersteigs ein.

Es war noch mild, aber an diesem Nachmittag kam die Sonne nicht mehr richtig durch, den Himmel bezogen immer mehr Wolken, die wie der Dampf aussahen, der aufsteigt, wenn Milch anbrennt: bräunlich und schwer.

Tilli war so aufgekratzt, als ob sie literweise Kaffee getrunken hätte, durch ihre Adern säuselte ein Hummelschwarm, und sie schwitzte.

Sie tippelte neben Christian her und versuchte Edith zuzuhören, die sich mit Anke über das Stück unterhielt, das sie sich ansehen wollten. An ihrer Art zu reden merkte Tilli, daß Edith genauso überdreht war wie sie und daß sie sich längst in der Arena befanden, wobei Kaiser Nero von Christian gespielt wurde. Nun kam es für jede darauf an, die andere zur Strecke zu bringen und abzuwarten, ob er den Daumen hob oder senkte.

Kritischer wurde es im Bus. Schon beim Einsteigen sahen sie, daß nur in der letzten Reihe noch drei Plätze frei waren. Christian, der als erster eingestiegen war, steuerte darauf zu und belegte einen Platz am Fenster. Direkt hinter ihm kam Edith, Tilli bildete nach Anke das Schlußlicht.

Nach Schwedt würden sie eine gute Stunde brauchen, und Tilli war zum Heulen bei dem Gedanken, daß Christian die ganze Zeit über neben Edith sitzen und ihre Knie sich berühren würden, während sie, von ihnen abgeschnitten, an einer Haltestange baumelte.

Sie hätte natürlich wissen müssen, daß Edith das nie zugelassen hätte. »Wir kommen da schon alle unter«, sagte sie über Ankes Schulter hinweg zu Tilli. Falls das ein Trost sein sollte, verfehlte er seine Wirkung allerdings um Meilen. Bei Ankes Umfang, dachte Tilli, würde Edith direkt auf Christians Schoß landen.

»Ich stehe lieber«, sagte sie zerknirscht. »Es dauert bestimmt nicht lange, bis was frei wird.«

Da schaltete sich plötzlich Anke ein. »Quatsch. Ich stehe. Sonst sind zwei Plätze auf einmal weg.« Und dann tat sie etwas, wofür Tilli ihr den Rest der Fahrt und lange darüber hinaus dankbar war: Sie bat Edith, ihr den Rucksack abzunehmen. Da sie in Schwedt zu Hause war, hatte sie Wäsche dabei, die sie waschen lassen wollte.

»Halte mal kurz!« befahl sie. »Ich muß meine Jacke ausziehen, sonst komm' ich um.«

Während Edith sich an dem Rucksack zu schaffen machte, nutzte Tilli kurz entschlossen die Gelegenheit, an ihr vorbeizuschlüpfen und sich neben Christian zu setzen.

Edith merkte es erst, als es schon zu spät war. Der Blick, den sie ihr daraufhin zuwarf, war von derselben Sorte wie die Blicke vom Vormittag: abschätzend, besorgt. Tilli war sich sicher, daß sie in diesem Moment begann, ernsthaft Verdacht zu schöpfen.

Sie merkte, daß die Stimmung zu kippen drohte. Um sie zu retten, begann sie laut und etwas hastig von einer Busfahrt zu erzählen, die sie einmal mit einem russischen Brieffreund gemacht hatte. Sie ahmte sein Gesicht nach, das immer länger und grüner geworden war, bis er sich schließlich in die Einkaufstasche einer älteren Frau, die neben ihm stand, übergeben hatte – Ikarus-Bus eben. Man mußte eigentlich dabeigewesen sein, beim Erzählen verlor die Geschichte ziemlich an Komik, aber Anke lachte dröhnend, und Christian grinste. Auf Ediths Lippen zeigte sich eine schmale Krümmung.

Sie teilte Kekse aus, von der Sorte, die Tilli bereits kannte, und erzählte ihrerseits ein paar Anekdoten. Aber sie lachte nicht mehr, und als eine Gesprächspause eintrat, starrte sie verloren vor sich hin.

Tilli hatte ein schlechtes Gewissen, aber das nützte nichts, denn durch den Stoff ihrer Hose drang die Wärme von Christians Bein.

Man sagt ja, daß in Todgeweihten in den letzten Augenblicken ihres Lebens die Kälte hinaufkriecht. In den Füßen fängt es an, und irgendwann hält eine eisige Hand das Herz an, und man ist tot.

Wenn es sich so verhielt, dann war sie lebendig wie nur irgendwas. Bewegen konnte sie sich trotzdem nicht. Von den Füßen aufwärts, stieg in Tilli etwas sehr Heißes und Lähmendes, es fühlte sich an wie Lava, und diesmal machte es nicht in der Lendengegend halt.

In dem Bein, das seins berührte, war es am schlimmsten. Es fing langsam an, an Christians Wade festzuschmoren. Es war fast unerträglich, aber um keinen Preis wollte Tilli es wegnehmen. Und wenn sich in den Kurven auch noch ihre

Arme berührten, hatte sie ein Gefühl, als ob ihre Organe neu sortiert würden.

Ob Christian etwas davon ahnte, wußte sie nicht. Er lachte über ein paar ziemlich dreckige Witze von Anke, bis Tilli sagte, sie solle aufhören, wenn sie nicht riskieren wollte, daß sie alle aus dem Bus flogen. Anke lachte noch einmal so laut, daß die Leute, neben denen sie stand, sich duckten, und legte eine Pause ein.

Christian sah nachdenklich zu ihr herüber. Tilli tat so, als merkte sie nichts davon. Aber ihre Wangen brannten. Dann nahm er ein Buch aus seiner Gasmaskentasche und begann zu lesen.

Edith hatte die Augen geschlossen. Sie tuckerten über die herbstlichen Dörfer, und wie Anke prophezeit hatte, leerte der Bus sich zusehends.

Sie hatte inzwischen einen Platz in der Reihe vor ihnen gefunden und schlief auch. Jedenfalls hörte man nichts mehr von ihr außer einem gelegentlichen Grunzen.

Tilli sah an Christian vorbei aus dem Fenster. Draußen herrschte eine eigenartige Stimmung. Weltuntergang.

Die Felder und dazwischen die einzelnen Gehöfte und Dörfchen leuchteten vor dem zunehmend dunkler werdenden Himmel. Sie sahen schön aus, aber irgendwie unnatürlich. Sie begann zu träumen, daß sie zu einer gut ausgeleuchteten Kulisse gehörten. Die Szene hieß »Ikarus« und war eine von vielen in einem Liebesfilm, in dem sie natürlich die Hauptrolle spielte. Der männliche Hauptdarsteller, das war das Besondere und machte den Film zu etwas Einzigartigem, wußte nichts davon, daß sie jederzeit von Kameras umgeben war. Für Christian waren es ganz normale Dörfer, an denen sie vorbeifuhren, aber das war natürlich Unsinn.

Tilli schrak zusammen. Ihre Arme hatten sich berührt, obwohl der Bus eine schnurgerade Landstraße entlangfuhr.

»Tut mir leid«, murmelte Christian.

Sie schüttelte hastig den Kopf. Wahrscheinlich dachte er

jetzt, daß sie eines von diesen schreckhaften Hühnchen war, die beim leisesten Geräusch die Fassung verloren.

»Ich wollte dir nur etwas zeigen und fragen, was du davon hältst.«

Mit einem verschämten Schuljungenlächeln hielt er ihr das Buch hin, in dem er gelesen hatte. Es war ein ziemlich zerfleddertes Reclam-Bändchen. Elias Canetti: Kafkas Briefe an Felice, las sie auf dem Einband.

Weder Autor noch Titel sagten ihr etwas, wie sie sich eingestehen mußte. Offensichtlich war Christian nicht nur ein Meister der Logik, sondern auch sehr belesen.

Ehrfürchtig nahm sie das Buch entgegen. Es war auf Seite 38 aufgeschlagen, und als Tilli einen Blick hineinwarf, entdeckte sie, daß einige Passagen unterstrichen waren.

Christian hielt keinen Stift in der Hand. Das bedeutete wohl, daß er es schon einmal gelesen hatte. Das Buch sah überhaupt aus, als sei es treuer Begleiter in allen möglichen Situationen seines Lebens gewesen. Es hatte Eselsohren, Fettflecken auf dem Umschlag, manche Seiten hielten sich nur noch mit Mühe in der Bindung. Es war ein Stück Christian, und er fragte *sie* nach ihrer Meinung. Das war mehr wert, als zur »Entschädigung« zum Essen eingeladen zu werden.

Entsprechend neugierig wandte sie sich dem Text zu. Da er ihr keine genauen Stellen genannt hatte, begann Tilli mit dem ersten unterstrichenen Satz, der ihr ins Auge fiel. Er stand in Anführungsstrichen: »Jeder liebt den anderen, so wie dieser andere ist. Aber so, wie er ist, glaubt er mit ihm nicht leben zu können.«

Tilli mußte sich zusammenreißen, um den Kopf unten zu behalten.

Andernfalls hätte sie ihn offenen Mundes angestarrt, wie manchmal Edith, wenn sie sich unbeobachtet glaubte. Alles, was um diesen Satz herumstand und wohl Canettis Kommentar zu Kafkas Werk sein sollte, faßte ihn ein wie ein Rahmen aus Belanglosigkeiten.

Sie gab vor weiterzulesen, aber in Wirklichkeit tat sie es nicht.

Was ging hier gerade vor sich? Christian sah nicht aus wie jemand, der Dinge aus Spaß tat. Es war eine Botschaft, aber Tilli scheute sich davor, sie zu entschlüsseln, aus Angst, sie könnte sich irren. Das Buch in ihrer Hand zitterte. Als sie es merkte, legte sie es in ihren Schoß. Es kam ihr vor, als verstärke sich das Beben noch.

Nach einer Zeit, die ihr angemessen schien, sah sie auf. Christian hatte sich abgewandt und blickte aus dem Fenster auf die Landschaft.

»Wer war Felice?« fragte Tilli.

Eigentlich wollte sie etwas anderes wissen, aber sie hatte das Gefühl, sich auf dünnem Eis zu bewegen. Möglich, daß er ihr das Buch zufällig auf dieser Seite aufgeschlagen gegeben hatte, und vielleicht wollte er wirklich nur ihre Meinung zu Canetti hören. Die Frage hätte auch lauten können: »Wer ist Canetti?«

Christian löste den Blick fast widerwillig vom Fenster. Er kam Tilli ein wenig fahl vor, und seine Augen wirkten dunkler als sonst, von seiner typischen nüchternen Gelassenheit war im Moment nicht viel zu merken.

»Felice war eine Berlinerin, die Kafka bei Freunden kennengelernt hatte«, sagte er. Er sprach leise, Tilli mußte ihren Kopf zu ihm neigen, um ihn verstehen zu können. Während er redete, streifte sein Atem ihre Wange und hinterließ eine Gänsehaut. »Kafka und sie hatten einen ziemlich langen, intensiven Briefwechsel. Sie wollten heiraten, obwohl sie sich kaum gesehen haben.«

»Und, haben sie?« fragte Tilli, während sie krampfhaft versuchte, ihren Aggregatzustand beizubehalten. Christians Bein wippte kaum merklich an ihrem auf und ab.

Er schüttelte den Kopf. »Nein. Er hatte Angst vor dem wirklichen Leben. Vor Ehealltag. Kafka war nicht lebenstauglich, wenn du so willst. Er war nur als Literat wirklich gut, davon abgesehen fühlte er sich selbst … hohl.« Um seinen Mund zuckte es leicht, und er sah auf seine Hände. »Vielleicht fürchtete er, daß es herauskam, wenn er jemanden zu nah an sich heranließ.«

Von wem sprichst du? dachte Tilli irritiert. Aber sie sagte nur trotzig: »Niemand ist hohl!«

Schemenhaft kam ihr der letzte Sommer in den Sinn. War sie das gewesen, die träge, und ohne ein Lebenszeichen von sich zu geben, auf einem Stuhl in einem unaufgeräumten Zimmer gesessen hatte, wartend auf Birthe und das große Nichts und verzweifelt wie ein Kind, das seine Mutter im Gedränge verloren hatte? Nein, sie war nicht direkt verzweifelt gewesen, Verzweiflung war etwas Lebendiges – sie war, wie Christian gesagte hatte, irgendwie hohl gewesen.

Aber das war nun vorbei. Und nicht zuletzt hatte er dazu beigetragen, daß es vorbei war. Es konnte doch nicht möglich sein, daß der Gott der Klasse, dieser hyperintelligente, gutaussehende Junge dasselbe empfand wie vor einiger Zeit noch sie. Aus welchem Grund?

»Kafka zumindest fühlte sich so«, entgegnete Christian hartnäckig. »Er hat sich in leeren Räumen am wohlsten gefühlt – wenn ein, zwei enge Freunde dabei waren, ging es auch noch. Aber in Gesellschaft war er verloren. So etwas gibt es doch.«

»Vielleicht war er einfach schüchtern«, schlug sie vor. »Ein Mensch, der Bücher schreibt, die zu Klassikern werden, kann nicht völlig leer sein, woraus soll er denn da schöpfen.«

»Phantasien, ein paar wohlformulierte Floskeln, in Bilder gekleidete Ängste, nichts, das mit dem Leben seiner Umgebung zu tun hatte«, sagte er wegwerfend. »Natürlich war sein Kopf nicht hohl. Sein ...« Er suchte nach Worten.

»Sein Herz war's«, ergänzte sie.

Er sah sie an und lächelte.

Wie immer in solchen Momenten wurde Tilli sich ihrer körpereigenen Heizung bewußt. Aber diesmal war dieser Eindruck von unerträglicher Wärme mit noch etwas anderem gemischt, es ließ sich nicht benennen, aber es ließ Erinnerungen an Bitterschokolade in ihr aufkommen.

Plopp! machte es vor ihnen, und eine Sekunde später schob sich Ankes Gesicht um die Ecke. »Schlückchen gefällig?«

Edith, die auf einmal sehr schnell munter wurde, setzte sich auf. »Spinnst du? Alkohol im Bus, das ist ja wohl das Letzte!«

»Ach was!« knurrte Anke. Sie stand auf und kam mit einer offenen Weinflasche zu ihnen nach hinten. »Das ist kein gepanschtes Billiggesöff, das ist guter Burgunder von meiner Mutti. Was ist dabei, wenn wir uns ein bißchen in Stimmung bringen. Nachher im Theater sind die Getränke teuer.«

»Ich muß mich nicht in Stimmung bringen«, sagte Edith sauer und starrte den Gang hinunter auf die Kabine des Busfahrers.

Tilli fragte sich, wieviel sie von dem vorangegangenen Gespräch wohl mitbekommen hatte.

Christian griff zur Flasche und genehmigte sich einen guten Schluck, bevor er sie an sie weiterreichte. Nichts gegen Wein, aber in einem öffentlichen Verkehrsmittel zu trinken war Tilli peinlich. Vielleicht war das ein Rudiment ihrer orthodoxen Erziehung. Sie gab Anke die Flasche zurück. »Macht das doch später!«

»Im Theater, meinst du? Nee, dann wollen die andern noch alle was abhaben!« Sie schnalzte mit der Zunge. »Und jetzt«, verkündete sie strahlend, »erzähle ich euch zwei Witze, die sich gewaschen haben. Sie sind mir gerade wieder eingefallen.«

Wie in vielen Industriestädten, denen man im letzten Moment noch schnell ein bißchen Kultur aufgepfropft hatte, war das Schwedter Theater ein gedrungener Bau aus den 60er oder 70er Jahren, der mehr Ähnlichkeiten mit einer sehr großen Kaufhalle als mit einem Hort der hohen Künste aufwies. Sogar das Foyer hätte noch eine Ausgabestelle der Schulspeisung sein können, wenn da nicht die festlich gekleideten Gäste gewesen wären, die in langen Schlangen an den Garderoben anstanden.

Hier im Foyer traf Anke auf ihren ersten Bekannten, einen bärtigen Typen in Cordhosen und Fleischerhemd. Sie verschwand mit ihm in einer Ecke, kam aber nach einigen Minuten zu ihnen zurück, um zu verkünden, daß sie für sich und Edith Freikarten ergattert hatte. »Martin arbeitet am Theater. Aber mehr als zwei Freikarten kriegt er nicht«, sagte sie entschuldigend.

Bevor sie Edith zu ihm mitnahm, die darüber nicht gerade glücklich wirkte, machten sie aus, sich nach der Vorstellung an genau derselben Stelle wiederzutreffen. Tilli und Christian blieben mitten im Strudel der Ankömmlinge zurück.

»Ich hole die Karten«, sagte er. »Dann kannst du noch mal aufs Klo gehen oder so was. Mädchen gehen vor Theaterbesuchen doch immer noch mal aufs Klo, hab' ich gehört.«

»Ach so.« Sie mußte sich Mühe geben, nicht zu dämlich zu grinsen. Christian hatte offensichtlich eine, was Frauen anging, unfehlbare Informationsquelle.

»Na ich geh erst mal raus in den Regen. Vielleicht hilft's, und ich kann hinterher aufs Klo.«

Christian runzelte die Brauen, und seine Haut bekam einen kleinen Rotstich, als hätte er ein paar Minuten zu lange in der Sonne gelegen.

Aber er sagte nichts, sondern drehte sich um und ging gemessenen Schrittes zur Kasse.

Tilli schlenderte hinaus, um sich vom Herbstniesel bestäuben zu lassen. Die Tröpfchen schwebten sacht vom Himmel. Da sie zu leicht waren, um durch die Kleidung zu dringen, legten sie sich einfach wie ein Schleier obendrauf. Sie hielt ihr Gesicht in den Himmel, und eine Minute lang gab es für sie nur Genuß.

Obwohl es nicht später als acht war, lebte Schwedt scheinbar nur noch um das Theater herum, dahinter war es dunkel und still. Tilli fühlte sich wie ein Kind, das an etwas teilnehmen durfte, das sonst nur Erwachsenen vorbehalten war.

Es war noch immer nicht kalt, obwohl ein verschämter Wind ums Haus strich, und die Laternen glühten milde. Überall lagen bunte Blätter, Zeichen eines wohlgesinnten Oktobers. Sie sprang die letzten Stufen der Theatertreppe hinab und kam sich sehr leicht dabei vor. Der Wind griff ihr schüchtern in die Haare, und als sie auf dem Vorplatz ankam, nahm sie die Brille ab. Sie war blind vom Regen.

Eine Weile vertrieb sie sich die Zeit damit, das Publikum in Augenschein zu nehmen. Meistens waren es jüngere Leute, aber ein paar ältere waren auch dabei, die sich piekfein gemacht hatten, als hielten sie »Linie 1« für eine Oper.

Gerade als sie den ausladenden Hut auf dem Kopf eines erstaunlich dicken Mannes bewunderte, kam Christian. Neben dem dicken Mann mit Hut sah er noch größer und schlanker aus als sonst. Er reichte ihr die Theaterkarte und sagte wie nebenbei: »Ich glaube, du machst mir etwas vor.«

Der Zauber des Abends zerstob urplötzlich. Die Umgebung erstarrte, die Gäste, die dem Theater zustrebten, froren in ihren Bewegungen ein, und selbst der Regen wurde steif und blieb auf halbem Wege zur Erde hängen. Nur ein einzelner Tropfen rann Tillis Nase hinunter, bis er mit lautlosem Knall vor ihren Füßen zerplatzte.

»Was?«

Christian schaute auf seine Schuhspitzen. »Du bist doch längst nicht so verhuscht und jungfräulich, wie du immer tust.«

Tilli starrte ihn an.

»Was meinst du überhaupt!« Er drehte sich um und begann vom Theater fortzuwandern, als sei nichts, und sie mußte ihm wohl oder übel folgen, wenn sie eine Antwort haben wollte. Es kostete sie einige Mühe, Christians Beine waren fast doppelt so lang wie ihre. Nach ein paar Metern wurde es ihr zu dumm, und sie blieb stehen. Da hielt er auch an und sagte: »Na, gestern zum Beispiel. Diese – Flucht. Und dann im Bus – du hättest mal dein Gesicht sehen sollen. Wie eine Mutter, die sich für ihre eigenen Kinder schämt, hast du ausgesehen.«

»Hab' ich auch«, schnappte sie zurück, obwohl sie noch immer nicht verstand, was das eine mit dem anderen zu tun hatte. »Ich hab' eben was gegen dreckige Witze. Und Wein im Bus, igitt! Was ist daran denn so verdächtig? Nimmst du mir das nicht ab?«

Er machte eine Handbewegung, mit der er um ein Haar ihre Nase getroffen hätte.

»Doch«, sagte er. »Es ist nur – du tust immer so, als wärst du die Unschuld vom Lande.«

Langsam wurde Tilli wütend. Schon wieder bahnte sich so ein hirnrissiger Dialog an wie damals der erste auf der Treppe, bei dem sich, wie sie sich erinnerte, der Erreger in ihr verbissen hatte. Nur war sie diesmal besser gewappnet.

»Ich habe nie behauptet, die Unschuld vom Lande zu sein«, sagte sie giftig. »Das ist absolut bescheuert. Was stört dich eigentlich wirklich an mir? Daß ich Kafka nicht für hohl halte, daß ich nicht cool genug bin, Wein im Bus zu trinken, oder daß ich keine Erfahrung im Umgang mit Jungs habe? Selbst wenn ich in der Stadt aufgewachsen bin.«

Es war ein gewisser Triumph, zu beobachten, wie Christian rot wurde. Aber noch war sie nicht ganz fertig. Sie holte tief Luft und befahl sich, ihm in die Augen zu sehen. »Was das angeht: Ich glaube nicht, daß das in meinem Alter schon behandlungsbedürftig ist.« Sie sah Christian an, daß sie ihn vollkommen überfahren hatte.

»Nein?« fragte er verdattert.

»Was, nein?«

»Keine Erfahrungen mit Männern?«

»Nein.«

Christian seufzte, und Tilli mußte lächeln. Was war das nur für ein Gespräch? Ihnen beiden schien es nicht vergönnt zu sein, eine normale Unterhaltung zu führen. Sie für ihren Teil wußte, woran es lag, sie wollte sich ihm gewachsen zeigen und hieb deshalb ständig daneben. Aber was war mit ihm?

»Weißt du«, sagte er versöhnlich, »ich dachte die ganze Zeit, auch gestern, dein merkwürdiges Verhalten hätte nur den Zweck, mir zu imponieren.«

Peng!

So war es. Wie eine Kugel aus dem Hinterhalt. Tilli hatte auf eine entspannte Wendung des Dialogs gesetzt, und er sagte ihr freundlich, daß er ihr Spiel durchschaut hatte. Auch wenn die Beispiele, die er angeführt hatte, völlig danebenlagen. Sie stand da und wartete auf das Urteil.

Christian indes ließ sich nicht anmerken, daß er dem, was er gerade gesagt hatte, irgendeine besondere Bedeutung beimaß. Er sah auf seine Quarzuhr. »Ich glaube, wir müssen.«

Als sie im Foyer auf den Einlaß warteten, sagte Tilli schwach: »Dir stehen dreckige Witze übrigens nicht besonders.«

»Ich weiß«, entgegnete er.

Das Stück war durchaus sein Geld wert. Tilli hatte den Film »Linie 1« kurz vor und nach der Wende ein knappes dutzendmal im Kino gesehen, aber es war etwas völlig anderes, mitten im Geschehen zu sein. Besonders »off« kamen ihr die Schauspieler nicht vor, und das sagte sie Christian. Es waren die einzigen Worte, die zwischen ihnen fielen, solange sie auf den Stahlrohrstühlen im Zuschauerraum hockten. Ansonsten benahmen sie sich wie Fremde, die der Zufall nebeneinandergesetzt hatte. Jeder sah konzentriert geradeaus, aber obwohl ein Abstand von etwa zwanzig Zentimetern zwischen ihnen war, machte Christians Nähe sie mürbe, bis sie sich vorkam wie einer von Ediths Keksen.

Tilli war froh, als es vorbei war und sie sich endlich zu viert im Foyer wiedertrafen. Oder zu fünft. Neben Edith stand der Bärtige, den sie in den letzten zwei Stunden ganz gut kennengelernt zu haben schien und der sich als

Bühnenbildassistent zu erkennen gab. Edith zwinkerte ihr zu und lächelte, dann ging ihr Blick zu Christian, und das Lächeln erstarb.

Es war erst kurz nach zehn, deshalb schlug Anke vor, noch auf ein Bier in den benachbarten Theaterklub zu gehen, der sich, architektonisch gesehen, als kleiner Bruder des Schwedter Theaters herausstellte. Er war schon voll, als sie dort eintrafen, und nach ihnen drängten weitere Leute durch die Tür. Aber sie hatten Anke, was in diesem Fall so viel wert war wie eine Platzkarte.

Das Mädchen an der Bar winkte ihr zu und zeigte auf einen langen Tisch im hinteren Teil des Raumes, an dem noch ein Eckchen frei war. Anke dankte, und sie nahmen den Kampf mit der Zeit auf, denn jeden Moment konnte ein anderer Neuankömmling den Platz an der Sonne entdecken.

Am Tisch saßen schon eine Handvoll stark geschminkter Mädchen und ein Junge um die Zwanzig, der schon gut im Stoff stand.

Er versuchte aufzustehen, als sie und Edith sich an ihm vorbeischoben. Leider stieß er dabei den Stuhl um, auf dem er gesessen hatte. Er hielt sich krampfhaft an der Tischkante fest, um nicht hinterherzufallen.

Edith hob den Stuhl auf. Statt sich zu bedanken, stierte er sie an und sagte: »Du bist auch nicht besser.«

»Wie?« stotterte Edith.

»Halt den Mund, Helge!« raunzte Anke ihn an und drückte ihn auf den Stuhl, damit sie vorbeikonnten.

Er fixierte sie unsicher, es sah aus, als versuche er sich an etwas zu erinnern, das irgendwo in den aufgeweichten Lappen seines Gehirns versunken war. Es schien zu klappen, denn er öffnete den Mund, aber dann überlegte er es sich anders und machte nur eine zotige Bemerkung zu den geschminkten Mädchen hin. Eigentlich war er ein hübscher Kerl, der sich im Normalzustand vor Verehrerinnen bestimmt kaum retten konnte, auch wenn er ein wenig zerzaust und speckig aussah, aber das hätte ihm in einer Szeneklause wie dieser wohl eher noch Sympathiepunkte beschert.

Tilli wettete hundert zu eins, daß er gerade im Begriff stand, einen faustdicken Kummer zu ersäufen.

Ein paar Minuten später kam der Bärtige mit einigen Schauspielerkollegen an ihren Tisch, der damit bis auf den letzten Platz belegt war.

Wieder ein paar Minuten, dann kam auch das Bier, und aus den Lehnitzern und Berlinern wurde zusehends das, was man eine gesellige Kneipenrunde nennt.

Wenn ihr Blick nicht gerade von Christian festgehalten wurde, der seinen Spaß hatte, auch wenn er rein gar nichts sagte, dann lenkte Tilli ihn zu dem armen Kerl, der Helge hieß und Kummer hatte.

Er hatte schon wieder ein neues Glas vor sich stehen. Wie wollte er in diesem Zustand bloß jemals nach Hause kommen?

Nach etwa einer Stunde erhob sich Edith und verkündete, daß sie gehen müßten, wenn sie den letzten Bus noch erreichen wollten.

Als sie am Tresen auf ihre Rechnungen warteten, tauchte plötzlich Helge zwischen Anke und Tilli auf. Er stützte sich schwer auf das Holz des Schanktisches.

»Mir geht's beschissen«, sagte er laut, und Bierdunst waberte ihnen entgegen.

Anke lehnte sich zu ihm hinüber. »Was ist? Warum gibst du dir hier eigentlich so die Kante?«

Zwei Fragen auf einmal waren deutlich zu viel für ihn. »Meine Kleine ...«, lallte er. »Total bescheuert. Weißt du, meine Kleine.«

»Ja, ja, deine Kleine«, sagte Anke ungeduldig. »Mona? Was ist denn mit der? Hat sie dich sitzenlassen?«

Helges Augen füllten sich mit Tränen. »Also, meine Kleine ...«

Anke schielte Tilli an und gab es auf. Er tat ihr einfach

leid. Tilli überwand sich und legte Helge, wie sie es von Edith gelernt hatte, die Hand auf den Arm, aber da zuckte er zusammen und wehrte heftig ab.

»So nicht! Meine Kleine ...«

Dann bemerkte er Christian. Er stieß sich vom Tresen ab und stolperte auf ihn zu.

»Warst du dabei, als die Glatzen uns überfallen haben?« Er stolperte über Ankes Rucksack und hielt sich an Christians Pullover fest.

»Nein«, sagte Christian.

»Die haben uns total zusammengeschlagen, die Schweine.« Er drehte sich um und brüllte über die Köpfe der Gäste hinweg: »Scheißnazis!!« Dann wandte er sich wieder an Christian. Seine Lippen waren bläulich angelaufen. »Findest du die gut?«

Etwas in seiner Stimme löste in Tilli Alarm aus. Sie sah zu Edith und empfing von ihr einen besorgten Blick.

Helge hatte Christians Antwort entweder nicht gehört, oder sie war ihm egal. Ohne Vorwarnung griff er nach seinem Pullover, zog sich an ihn heran, und bevor Tilli begriff, was vorging, hatte er ihm die Faust ins Gesicht geschlagen. Sofort begann Blut aus Christians Nase zu rinnen.

»Nazischwein, dir zeig' ich's!« keuchte Helge. Von seinem Kinn hing ein Speichelfaden herab, der gerade auspendelte und Halt auf seiner schmuddeligen Jeansjacke suchte.

»Hör auf.« Christian versuchte sich loszumachen. Aber Helge hatte sich in ihm verkrallt und war in seiner Wut stark wie zwei.

»Helge!« brüllte Anke.

»Schnauze, den mach' ich fertig!« Wieder landete die Faust in Christians Gesicht. Diesmal platzte ihm die Lippe auf. Aber er tat nichts, um sich zu wehren, dabei war er einen Kopf größer als dieser besoffene, außer Rand und Band geratene Junge. Es sah fast so aus, als nähme er die Schläge in Demut entgegen, als spielte er Jesus.

Tilli sah das Blut über den Schafwollpullover und die Hand

seines Angreifers laufen, aber sie brachte keinen vernünftigen Gedanken zustande. Erst als eine tiefe Stimme »na, na« sagte und zwei Pranken sie zur Seite schoben, um nach dem Jungen zu greifen, löste sie den Blick von Christian.

Die Pranken gehörten einem Punk, einem Berg von Mann, mit kunstvoll frisiertem Irokesenkamm auf dem massiven Schädel. An seiner Lederjacke gaben sich Uhrketten, Sicherheitsnadeln, Sticker und all das Zeug, das Tilli von den WG-Jungs her kannte, ein buntes Stelldichein.

Helge lief krebsrot an, als er die Klammer in seinem Nakken spürte, aber er ließ sein Opfer los. Christian wischte sich mit dem Pulloverärmel über das Gesicht. Er sah Helge an und sagte in einem Ton, als würde er jemandem einen Weg beschreiben: »Ich finde Skins genauso bescheuert wie du.«

»Die schlag' ich alle zusammen«, stammelte sein Widersacher, der eigentlich gar keiner war, bevor der Punk ihn von dannen trug. Von der Tür her hörte Tilli, wie er jemanden damit beauftragte, Helge nach Hause zu bringen.

»Zwei fünfzig«, sagte das Mädchen hinter der Bar. Sie lächelte zaghaft.

»Letzte Woche haben die Rechten seine Freundin zusammengeschlagen«, meinte sie entschuldigend. »Sie liegt noch im Koma. Normalerweise lassen wir hier sonst so was nicht durchgehen.«

»Mona?« fragte Anke entgeistert.

Das Mädchen nickte. »Sieht nicht gut aus.«

Tilli legte mechanisch das Geld auf den Tresen und sah sich um. Edith reichte Christian gerade ein Taschentuch. Aller Vernunft zum Trotz war sie enttäuscht. Christian hatte einfach stillgehalten. Von der Freundin des Jungen hatte er nichts wissen können. Warum, zum Teufel, hatte er sich nicht im mindesten gewehrt? Daß seine Reaktion theoretisch richtig war, änderte nichts an der Sache. Es paßte einfach nicht in ihr Bild. Sie verstand die Welt nicht mehr, Christian nicht und am allerwenigsten sich selbst.

Das, was an diesem einen Nachmittag passiert war, überstieg ihr Fassungsvermögen.

Sie merkte, wie eine träge Welle der Melancholie sie auf ihren Rücken nahm, und kämpfte vergeblich dagegen an.

»Bin gleich wieder da«, raunte sie Edith zu, die ihrem widerstrebenden Helden das Blut von der Lippe tupfte – ein Bild wie aus einem Sechziger-Jahre-Gladiatorenfilm, dann rannte sie aus dem Klub.

Erst als sich vor ihr ein paar Hagebuttensträucher zu einer Art kleinem Park hin öffneten, hielt sie an, um Luft zu schöpfen. Ohne nachzudenken, folgte sie einem Pfad durch die Hagebutten. Es war ihr egal, ob sie sie zerkratzten, eigentlich genoß sie es sogar, denn das Stechen auf der Haut erinnerte sie daran, daß ihre Rezeptoren noch arbeiteten. Das war wenigstens *etwas*.

Nach etwa fünfzig Metern kam sie an einen ausladenden Baum.

Tilli schmiegte sich an die rissige Rinde und versuchte ruhig zu atmen. Ordnung, sie mußte Ordnung in ihren Kopf bekommen.

Irgendwas lief falsch. Vielleicht konnte sie herausbekommen, was, wenn sie einen Moment allein war. In der Ferne knatterte ein Auto vorbei, sonst war es still. Ganz allmählich ließ die Anspannung nach. Und im selben Moment merkte sie auch, daß sie bis auf die Haut durchnäßt war, auf die Toilette mußte und wie ein Schneider fror. Ihre Jacke hatte sie im Klub gelassen, genauso wie die Tasche.

Es mußte spät sein. Sie fragte sich, was Edith jetzt wohl dachte, ob Christian sie vermißte, ob er ihre Abwesenheit überhaupt bemerkt hatte. Langsam begann sich Tilli für ihre Flucht zu schämen. So etwas nannte man hysterisch, oder? Sie mußte aufpassen, daß es nicht zur Norm wurde.

Sie kroch in einen Busch, um auszutreten, und überlegte, was sie den anderen erzählen sollte, die jetzt ihretwegen den letzten Bus verpaßten. Als sie gerade fertig war, hörte sie Rufe: »Tilli?«

Es war Edith. Ihre Stimme klang ziemlich weit entfernt. Sie stand sicher vor dem Klub und hielt nach ihr Ausschau. Plötzlich drang ganz aus der Nähe das Rascheln von Schritten an ihr Ohr. Mit Edith konnten sie nichts zu tun haben. Was hatte sie nur geritten, allein nachts in diesen wildfremden Park zu laufen? Zitternd duckte sie sich in den Busch. Ein Gesicht tauchte vor ihr auf, ein längliches Gesicht mit Brille, die halb von einer Bommelmütze verdeckt wurde. Sie kauerte sich noch enger zusammen. Die Schritte verstummten. Ein paar Sekunden blieb es still. Tilli hielt die Luft an.

Dann setzte das Rascheln wieder ein, und kurze Zeit später schälte sich Christians hellgrauer Wollpulli aus dem Dunkel. »Tilli, bist du hier?«

Beinahe hätte sie vor Erleichterung gestöhnt. Tilli sprang auf und trat hinter ihm aus ihrem Versteck. Am Luftzug merkte sie, wie er zu ihr herumfuhr.

»Was tust du denn hier draußen, ich suche dich schon ewig!« sagte er. In seiner Stimme lag ein leiser Vorwurf.

Tilli war heilfroh, daß er ihr Gesicht nicht sehen konnte. »Ich mußte aufs Klo.«

Christian schwieg einen Moment. »Im Klub gibt es eine Toilette«, sagte er schließlich.

»Die war besetzt.«

So. Jetzt hielt er sie wahrscheinlich für völlig beschränkt, oder er dachte, ihr Mondscheinspaziergang war ein besonders origineller Versuch, ihm zu imponieren.

Von weitem drang Ediths Rufen herüber. Tilli fiel ein, daß sie nun wohl alle beide verloren hatte, Christian und sie.

»Wir können mit ein paar Schauspielern im Auto mitfahren«, sagte er.

»Nach Lehnitz?« fragte sie, mehr verwirrt über die Tatsache, daß er noch mit ihr sprach, als über die Information selbst.

»Bis Berlin. Aber das ist auch schon was wert.«

Seite an Seite gingen sie zum Klub zurück. Tillis Zähne schlugen aufeinander, und es gelang ihr nicht, es völlig zu unterdrücken. Christian reagierte nicht darauf. Sie war sich sicher, daß er ihr ihre Geschichte nicht abnahm. Niemand rannte ein paar hundert Meter in die Dunkelheit hinaus, nur weil eine Toilette besetzt war. Trotzdem wiederholte sie sie hartnäckig, als sie Edith fanden, die sich nicht die Mühe machte, ihre Erleichterung zu verbergen. Sie preßte Tilli an sich, daß sie Angst um ihre Rippen bekam.

»Mann, hatte ich Schiß«, sagte Edith. »Mach das nie wieder! Und jetzt los, sonst fahren die ohne uns.«

Es war fast so, als ob sie warten mußten, bis die Stadt endgültig in ihrem Rücken lag, bevor sie mit dem Reden beginnen durften. Die ersten Sätze kamen zögerlich, von langen Pausen unterbrochen.

Es ging um das Theaterstück, um den Regen, um Kafka, der an sich selbst gescheitert war. Erst als sie bei ihm anlangten, verlor sich Tillis Gefühl, daß Christian sich jedes Wort mit Mühe abringen mußte.

Er wußte alles über Kafka, und je länger er erzählte, desto stärker wurde ihr Verdacht, daß er die Parallelen zwischen seinem und dem Leben des Dichters zu eng zog.

Was sie nicht verstand, war, warum. Und auf einmal, sie wußte selbst nicht, wie es dazu gekommen war, redeten sie über Liebe. Genaugenommen hatte Christian die ganze letzte Zeit schon über nichts anderes geredet, nur daß er das Wort vermieden und Liebe mit »Nähe« umschrieben hatte. Und natürlich war es dabei um Kafka und Felice gegangen. Er meinte Liebe, aber er behandelte das Thema rein theoretisch am Beispiel eines Schriftstellers, als wäre die Liebe eine komplizierte chemische Formel, der man sich nur kraft einer Hilfsgleichung nähern durfte, und irgendwann hielt Tilli es nicht mehr aus und erzählte ihm von ihrer letzten Begegnung dieser Art mit Frau Berger.

Frau Berger war eine ihrer Lehrerinnen in Leipzig gewesen, und schon nach zwei Wochen Unterricht bei ihr hatte Tilli sich unsterblich in sie verliebt.

Sie hatte Nächte auf dem Fußabtreter von Frau Bergers Hausflur verbracht, nur um in ihrer Nähe zu sein, Gedichte geschrieben, die sie morgens an ihre Hauswandzeitung gepinnt hatte – ihretwegen hatte sie sich zum erstenmal betrunken, mit Eierlikör, weil sie Wein oder Bier damals noch nicht hinunterbekommen hatte. Und ganz zuletzt hatte sie sogar etwas für ihre Mühe bekommen. Eine Klaviersonate.

Eines Nachts nämlich war Frau Berger spät nach Hause gekommen und hatte ihre Schülerin schlafend auf dem Abtreter vorgefunden.

Sie hatte Tilli mit in ihre Wohnung genommen, was vor ihr noch keine ihrer Mitschülerinnen geschafft hatte, Tee gekocht, sie hatte ihr Wollsocken für die kalten Füße gegeben, und bevor sie in die Küche ging, um Tassen zu holen, hatte sie eine Platte mit klassischer Musik aufgelegt. Es war eine regnerische, aber milde Nacht im Mai gewesen, dieser Oktobernacht ähnlich. Als die Lehrerin mit den Tassen zurückgekehrt war, standen sie schweigend am Fenster und schauten in die Nacht hinaus, begleitet von dieser bittersüßen Klaviermusik. Auch damals war es ihr vorgekommen, als träumte sie. Als die Sonate vorbei war, hatte Frau Berger gesagt: »Ein freundlicher Regen, nicht wahr?« Tilli war ganz komisch geworden, und sie hatte geantwortet: »Ja. Und eine wunderschöne Musik. Ich liebe Chopin.« Sie hatte nicht die leiseste Ahnung von klassischer Musik, aber neben dem Plattenspieler hatte sie eine Plattenhülle liegen sehen. Frau Berger hatte sie daraufhin mit ihrem Mona-Lisa-Lächeln angesehen, das Tilli im Unterricht immer so verrückt machte, eine ihrer langen braunen Haarsträhnen nach hinten gelegt und gesagt: »Ich auch.« Und dann: »Das ist übrigens Schubert.«

Jetzt, ein Jahr später, konnte Tilli über die Geschichte lachen, damals wäre sie am liebsten im Boden versunken. Aber Christian lachte nicht. Er sah an ihr vorbei, und in seinen Augen glitzerte es schwach. Vielleicht eine Reflexion des Regens draußen. Es dauerte lange, ehe er den Mund aufmachte.

»Was ist aus der Frau geworden?«

Tilli zuckte die Schultern. »Soweit ich weiß, ist sie noch an der Schule. Andere Mädchen werden sich in sie verliebt haben. Sie war damals mit einer ehemaligen Schülerin zusammen, aber das habe ich erst später erfahren. Scheinbar liegt es in der Natur der Sache, daß eine Frau, die Frauen liebt, auch Frauen anzieht.«

»– die Frauen lieben«, ergänzte er.

Jetzt verstand sie. Es war so bizarr, daß sie am liebsten laut gelacht hätte. Aber sie beherrschte sich und klärte ihn nicht auf. Noch nicht.

Der Wagen rumpelte über Kopfsteinpflaster. Tillis Hintern war eingeschlafen. Aber um die Position zu wechseln, mußte sie sich an Christian festhalten, und das wagte sie nicht. Also wartete sie geduldig darauf, daß er irgendwann von allein wieder aufwachte.

Wenn das Auto an einer Laterne vorbeikam, leuchteten Christians Augen auf wie die einer Katze. »Komisch«, sagte er leise. »Ich verliebe mich auch immer in Frauen, die Frauen lieben. Das liegt wohl in der Natur der Sache.«

Tillis Lippen waren plötzlich ausgetrocknet, und die Zunge klebte ihr am Gaumen. »Waren es denn so viele?« fragte sie. Sie hoffte, daß es sachlich klang.

»Zwei«, sagte er. Seine Stimme klang spröde. Also war es doch nicht der Regen gewesen, den sie in seinen Augen gesehen hatte. »Die zweite war eine Zeitlang meine Freundin. Ich habe sie letzten Monat wiedergetroffen.« Er stieß einen Laut aus, der wohl ein Lachen sein sollte. »Da war sie lesbisch. Lustig, was?«

Es ging so, fand sie. Sie sah Christian von der Seite an. War das derselbe Junge, den sie drei Wochen lang für ein Genie gehalten hatte?

»Eigentlich kann ich mit Jungen nicht umgehen«, sagte sie übergangslos. »Ich habe immer Angst, sie denken, daß ich mich in sie verknallt habe, wenn ich sie anspreche, und reißen dann aus. Dem gehe ich aus dem Weg, indem ich mich lieber mit Mädchen abgebe. Da kommt es dann manchmal zu solchen Ausrutschern.«

Christian hob den Kopf und sah sie fest an. »Bei mir brauchst du keine Angst zu haben.«

»Gut«, sagte sie resigniert.

Die Berliner wieherten. Tilli hörte Ediths helle Stimme heraus.

»Sie steht *doch* auf Witze«, meinte Christian.

Tilli nickte. »Solange kein Alkohol im Spiel ist.«

Er grinste schwach. Dann sah er auf seine Füße und sagte: »Ich habe ein merkwürdiges Gefühl.«

»Was für eins?« fragte sie atemlos.

»Weiß nicht. Merkwürdig eben.«

Zwei

Die Berliner setzten sie gegen zwei Uhr morgens im Objekt ab.

Scheinbar hatte der Bärtige an Edith Gefallen gefunden und war ihretwegen einen Umweg über Lehnitz gefahren.

Tilli war hundemüde. Mit größter Anstrengung schleppte sie sich die Treppen zum Mädchenflur hinauf und lechzte nach Schlaf. Es war nicht nur eine physische Müdigkeit. Sie fühlte sich aufgerieben von einem inneren Kriegszustand. Es war höchste Zeit, eine Waffenruhe auszurufen, wenn es nicht zur Katastrophe kommen sollte.

Nachdem sie sich mit letzter Kraft in den Waschraum geschleppt und sich mit kaltem Wasser abgespritzt hatte, schlüpfte sie in ein frisches Nachthemd. Es entstammte einem der letzten Westpakete, die sie vor der Wende bekommen hatten, und ähnelte einem zu dünn geratenen Abendkleid.

Sonst trug Tilli es nur, wenn sie irgendwo zu Besuch war. Vielleicht war das ein Omen, denn als sie zu ihrem Zimmer zurückging, sah sie schon von weitem Christian vor der Tür stehen. Er schlug die Augen nieder, als sie näher kam, und Tilli hielt hastig ihr Wäschebündel vor die Brust.

»Sag mal, hast du noch irgendwas zu essen?« fragte er zaghaft, als sie vor ihm stand.

Sie mußte sich verhört haben. »Wie, *jetzt*?«

Er studierte das Linoleum auf dem Gang. »Außer Leberwurst gibt es nichts mehr bei uns«, sagte er.

Es fiel ihr immer noch schwer, zu glauben, daß er es ernst meinte. Aber er stand ja da.

»Ich ... sehe mal nach.«

Zuerst stieß sie an eine Bettkante, dann gegen den Schrank, und als sie endlich nach ihren Vorräten tastete, fiel

Tilli ein, daß Nina gar nicht da war. Sie konnte Licht machen. Dann überreichte sie ihm, was ihr Essenfach hergab. Viel war es nicht: Butter, Brot, Nutella.

Er nahm es zögernd entgegen. »Danke. Also ich bringe die Sachen dann nachher zurück? Oder morgen früh?« Die Butter rutschte ihm aus der Hand und plumpste zu Boden.

Tilli hob sie auf. »Du kannst dir auch hier eine Stulle schmieren«, sagte sie. »Dann brauchst du dir keine Gedanken mehr zu machen, wann du die Sachen zurückbringst, und ich habe noch ein bißchen Gesellschaft.«

»Willst du denn nicht ins Bett?« fragte er mit einem schnellen Blick auf ihr Nachthemd.

»Ach, so müde bin ich nicht«, winkte sie ab und freute sich darüber, daß ihre Nase nicht spontan wachsen konnte. Sie zog einen Pullover über das Nachthemd, bevor sie sich zu ihm an den Tisch setzte. Flüchtig dachte sie, daß Nina das nicht getan hätte.

Christian schnitt zwei sehr gleichmäßige Stullen ab, die zeigten, daß er den Umgang mit dem Brotmesser noch gewohnt war. Die meisten von Tillis Bekannten verfügten inzwischen über eine Brotschneidemaschine. Man sah es ihren dicken, verwachsenen Stullen an, wenn sie doch einmal gezwungen waren, es auf traditionelle Art zu versuchen.

Er wirkte ein wenig verstört, fast, als ob ihm unten im Jungenflur etwas Unheimliches begegnet war und er sich zu ihr hinauf geflüchtet hatte.

Fahrig strich er die Butter auf das Brot und obendrauf eine daumendicke Schicht Nutella.

»Ganz schön dekadent!«

Christian fuhr zusammen. Sie zeigte auf die Stulle. »Bei soviel Nutella hättest du die Butter weglassen können.«

Er hob die Schultern und wurde ein bißchen rot. »Sie ist der Geschmacksträger.«

»Ach so.« Tilli biß sich auf die Lippen und schwieg.

Christian begann zu kauen, aber er malmte auf dem Brot herum, als sei es eine Handvoll Nägel. Als er den Bissen endlich geschluckt hatte, legte er die Stulle hin und sagte: »Ich kann nichts essen.«

»Warum bist du dann hier?« fragte sie.

Christian fuhr sich mit der Hand durch die Haare.

»Weil ich nicht mit mir allein sein möchte«, gestand er. Den Blick immer noch auf die verschwenderisch bestrichene Schnitte geheftet, sagte er: »Manchmal komme ich mit mir selbst nicht aus. Ich bin mir fremd, und es gibt Zeiten, da habe ich sogar Angst vor mir.« Er hob den Kopf und sah sie mit großen, erschrockenen Augen an. »Kennst du so was?«

Und ob!

Aber Tilli kam nicht dazu, es ihm zu sagen. Nachdem das Schweigen einmal gebrochen war, flossen die Sätze aus seinem Mund, er redete und redete, und die ganze Zeit fuhr er sich mit den Händen durchs Haar, bis sie wie ein Igelpelz in die Höhe standen.

Er war im Frühling von der Armee zurückgekommen und hatte festgestellt, daß sein Betrieb, eine Elektronikfirma, ihn inzwischen auf null Stunden gesetzt hatte. Das hieß, daß er zwar Lohn bekam und jederzeit auf Abruf stehen mußte, im Prinzip aber erst mal nichts zu tun hatte.

»Es war schlimm«, sagte er. »Wie tot. Die Armee war … war …« Er brach ab und sah sie mit einem so hilflosen Blick an, daß es ihr weh tat.

»Und dann saß ich bei meinen Eltern in dieser Neubauwohnung herum. Ich hab' Musik gehört, den ganzen Tag – den ganzen Sommer lang. Bis ich die Annonce in der Zeitung gefunden habe.«

»Warst du nie mit Freunden unterwegs?« fragte Tilli.

Er sah sie wieder an, aber diesmal war sein Blick stumpf. »Ich fühle mich in leeren Räumen am wohlsten«, sagte er.

Kafka. Also doch. Er hatte nicht nur Musik gehört, sondern auch das Buch gelesen, wieder und wieder, und weil ein paar Bedingungen stimmten, hatte er am Ende beschlossen, selbst Kafka zu sein.

»Und – hast du etwas geschrieben, im letzten Sommer?«

Er sah ein wenig erstaunt drein, dann begriff er und lachte freudlos. »Ja. Aber das zeige ich dir nicht.« Er führte das Brot zum Mund, aber als es seine Lippen berührte, verzog er das Gesicht, als ekle er sich davor, und legte es wieder auf den Tisch zurück. »Und dann habe ich mich auch noch verliebt«, sagte er. Er sah das unberührte Brot an, als wollte er sich bei ihm für seinen plötzlichen Mangel an Appetit entschuldigen. »Gerade, als ich anfing, mich mit mir abzufinden. – Aber es ist sinnlos. Ich kann ihr nichts von dem geben, was sie sich wünscht. Ich bin wie er: hohl.«

Die Ernüchterung kam so unvorhergesehen, daß Tilli übel wurde. Ihr Magen drehte sich um, und sie stürzte über den nächtlichen Flur zur Toilette, um sich nicht vor seinen Augen zu übergeben. Als es vorbei war, ließ sie sich minutenlang kaltes Wasser über das Gesicht und in den Mund laufen. Sie hob den Kopf und sah im Spiegel ihre verquollenen Augen und die roten Flecken auf dem Hals und dachte, daß sie noch nie schlimmer ausgesehen hatte. Vermutlich wurde sie krank. Es war so lächerlich! Sie hatte sich drei Wochen lang wie ein Idiot benommen, sie hatte Edith betrogen. O ja, es war nicht umsonst gewesen. Als Lohn für ihre Treue hatte der kluge, aber gespaltene Christian ihr das Amt der Beichtmutter verliehen. Er war verliebt und konnte seiner Angebeteten nichts geben. So liebten sie also einträchtig aneinander vorbei. Entweder er hatte er alle ihre kindischen Aktionen mißverstanden, oder er war grausam.

Nein, dachte sie plötzlich. Er hat mich so verstanden, wie ich es geplant habe. Er hielt sie für genau das lebenslustige, quecksilbrige Wesen, das zu sein sie ihm vorgegaukelt hatte. Am Anfang hatte er wohl richtig vermutet, daß sie sich in ihn verguckt hatte, aber nachdem sie ihm von Frau Berger erzählt hatte, beschloß er, sie lediglich zu seiner Vertrauten zu machen, statt Edith, die vielleicht immer noch hinter ihm herlief. War das schlüssig? Sie wußte es nicht, es war zu verwirrend. Fakt war, daß er ihr gerade für immer entschlüpft war und sie das irgendwie verdauen mußte.

Sie war überrascht, ihn immer noch am Tisch vorzufinden, als sie zurückkam. »Entschuldige. Das war das Bier, ich habe es wohl nicht so gut vertragen«, murmelte sie.

»*Ich* muß mich entschuldigen.« Etwas schwerfällig stand er auf.

Sein Gesicht, von Trauer und Müdigkeit gezeichnet, wirkte fast durchscheinend. Die langen Wimpern warfen tiefe Schatten darauf. Auf eine tragische Weise sah er so schön aus, daß Tilli unwillkürlich den Atem anhielt.

»Kannst du mir nicht helfen?« fragte er plötzlich. Er stand vor ihr, die grobe Wolle seines Pullovers berührte beinahe ihre Lippen, und ganz am Rande nahm Tilli wahr, daß sie Christian bis zur Brust reichte.

Sie bohrte den Blick in Ninas Schrank, um nicht loszuwinseln. Wie konnte man nur so blind sein! Mit aller Konzentration, die sie noch aufbrachte, sammelte sie sich und sagte: »Leider nein.«

Er nickte, als hätte er nichts anderes erwartet. »Na dann. Gute Nacht.«

Während er das Zimmer verließ, blickte sie aus dem Fenster, als ob es dort etwas um diese Zeit zu sehen gäbe. Erst als seine Schritte auf dem Flur verhallt waren, setzte sie sich auf den noch warmen Stuhl vor die zurückgewiesene Nutellastulle. Ihre Tränen perlten vom Belag.

Am Sonnabend, dem 6. Oktober, wachte Tilli gegen acht auf und war krank. Ihre Beine schmerzten, ihr Kopf fühlte sich an wie der Sandsack eines Boxers, und sie war so schwach, daß sie sicher war, nie wieder aufstehen zu können.

Nun ja, es war Wochenende. Sie konnte also mit ruhigem Gewissen liegenbleiben. Vielleicht kam Edith im Laufe des Tages vorbei. Dann konnte sie sie bitten, ihr einen ihrer Gesundheitstees zu kochen. Eigentlich konnte sie auch genausogut für immer liegenbleiben. Die Welt würde sich auch ohne sie weiter drehen, und sie konnte sich einfach einbilden, nicht dazusein, so lange, bis sie sich tatsächlich aufgelöst hatte.

Beruhigt schloß Tilli die Augen. Aber kaum war Ninas Spind ihrem Blick entschwunden, schob sich ein Gesicht vor ihr Auge, ein müdes Gesicht mit langen Wimpern. Tilli probierte, an etwas ganz anderes zu denken, an Birthe im Schwarzwald auf einer Wiese, umringt von schwarzgefleckten Kühen – aber es half nichts. Neben ihr stand Christian und sah sie traurig an.

Nach einer halben Stunde gab sie es auf. Sie ließ sich aus dem Bett auf das Linoleum rollen, rappelte sich hoch und klaubte sich eine von Ninas Aspirin-Tabletten vom Fensterbrett. Sie fand noch ein halbes Glas alten Sangria auf dem Tisch und spülte ihn hinunter.

Dann saß sie in ihrem Festtagsnachthemd da und überlegte, was sie tun sollte. Sie hatte keine Lust, sich zu bewegen, und ihr Körper streikte, aber sitzenbleiben konnte sie auch nicht den ganzen Tag, wenn sie am Abend nicht völlig meschugge sein wollte. Eilig ging sie die Kartei durch. Sie war kurz: Edith war in ihrem Zimmer und schlief sicher noch. Nina war zu Hause oder bei ihrem Fotografen. An diesem Morgen hätte Tilli sich sogar mit Funes zufriedengegeben, aber auch er verbrachte die Wochenenden nicht in Lehnitz.

Blieb Edith. Nein, nicht Edith! Sie brauchte etwas, das sie ablenkte, es durfte nichts mit Christian zu tun haben, und bei Edith hatte irgendwie alles mit ihm zu tun.

Nach kurzem inneren Kampf fuhr Tilli nach Berlin.

Schon in der S-Bahn war sie stolz darauf. Unauffällig sah Tilli sich um, ob es einer bemerkte und sie dafür bewunderte – daß sie ganz allein und ohne Furcht in die Hauptstadt fuhr. Es war wirklich eine Premiere, sonst waren stets ihre Mutter, die Schulklasse oder später Birthe dabeigewesen.

Schließlich war Berlin eine Metropole und nicht so eine friedliche Bauklotzsiedlung im Grünen wie Potsdam. Allein das unübersichtliche Netz von U- und S-Bahn-Linien verwirrten sie, es war einfach zuviel Freilauf für ein einzelnes kleines Ostmädchen, das so etwas nicht gewöhnt war.

Und trotzdem hatte sie es gewagt! Das war ein Sieg. Sie fuhr nach Mitte und ging ins Pergamonmuseum. So vollkommen war der Sieg nun doch wieder nicht, denn das Pergamonmuseum war der einzige Fleck in Berlin, der ihr fast so vertraut war wie ihre Heimatstadt. Sie mußte die Schildchen an den Exponaten kaum noch lesen, dieses hier war *ihr* Museum.

Früher war ihre Mutter mindestens zweimal im Jahr mit ihrer Schwester und ihr hierhergefahren. Vielleicht aus demselben Grund wie jetzt sie: Weil sie Ablenkung brauchte von der peinigenden Erinnerung an ihren Mann, Tillis Vater, der sie wegen einer Frau mit Haus sitzengelassen hatte. Oder sie hatte einfach nur Lust, mal was ganz Ausgeflipptes zu tun, wie zum Beispiel in die Hauptstadt zu fahren, was damals wirklich noch ein anderthalbstündiges Abenteuer gewesen war. Wieviel Mut brauchte man dazu, drei Gramm oder mehr? Immerhin, wenn es drei Gramm waren, hatte sie sie ihr vererbt.

Sie ließ den berühmten Altar, nach dem das Museum benannt war, hinter sich und eilte direkt nach links in Richtung Antikensammlung.

Dort stand ein kretischer Kuros. Der alte Bekannte hätte ihr zugeblinzelt, hätte sein Schöpfer nicht vergessen, ihm Augenlider zu geben. In Haltung und Gesichtsschnitt erinnerte er Tilli an ägyptische Plastiken, das war ihr schon während eines Ausfluges mit ihrer Mutter aufgefallen. Damals hatte sie beschlossen, Archäologin zu werden, um herauszubekommen, ob die Kreter vielleicht einmal Kontakte zu den Nordafrikanern unterhalten hatten.

Als sie die Reihe der starren altgriechischen Schönheiten abschritt, fiel ihr ein, daß das inzwischen kein ferner Traum mehr bleiben mußte. Warum nicht Archäologie? Schließlich suchte sie ständig irgend etwas, und sie fand auch immer etwas, wenn auch vielleicht nicht in jedem Fall das Gesuchte. Sie könnte ein zweiter Schliemann werden!

Tilli fühlte sich gleich ein bißchen beschwingter, so wie es immer war, wenn man endlich eine Entscheidung gefällt hatte. Sie würde also Archäologin werden. Wenn auch nur vorläufig. Es gab schließlich noch andere spannende Dinge. Geschichte zum Beispiel oder Kunst oder Schauspiel. Der Traum, Schauspielerin zu werden, war genauso alt wie der von der Archäologin, nämlich sieben Jahre. Damals, im Alter von zwölf, hatte sie ihren ersten Film mit Henri Hübchen gesehen.

Das mit der Buchhändlerlehre war ja nur passiert, weil ihre Mutter die Initiative ergriffen hatte, nachdem sie begriffen hatte, daß von ihrer Tochter nichts weiter zu erwarten war, als daß sie jedem Talentscout von der DEFA in den Weg sprang. Die Chancen, für einen Film angeworben zu werden, standen gar nicht so schlecht. Dauernd verschwanden ein paar Jungen und Mädchen aus Tillis Klasse tagelang, weil sie irgendeinen Drehtermin hatten. Nur sie wollte keiner.

In der siebten Klasse dann hatte sie eines Tages all ihren Mut zusammengenommen und einer Frau von der DEFA direkt ihre Dienste angeboten. Die Frau, in Tillis Augen eine Göttin, hatte sie von oben bis unten gemustert. »Wir suchen Mädchen für einen Kriegsfilm«, hatte sie dann gesagt. »Deine Haare sind zu kurz.«

»Und wenn ich sie wachsen lasse, nehmen Sie mich dann für den nächsten Kriegsfilm?« Sie hätte alles getan, sie hätte sich sogar die Augenbrauen rasiert oder einen Zahn ausgeschlagen, wenn sie dadurch zum Film gekommen wäre.

Das Herz der Frau war nicht aus Stein gewesen. Sie hatte ob ihrer Begeisterung gelächelt und Tillis Schulter getätschelt, dann hatte sie sich zu ihr heruntergebeugt und fast schon entschuldigend gesagt: »Das würde nichts nutzen. Sieh mal, für einen Kriegsfilm siehst du einfach zu gesund aus.«

Das hatte Tilli zu Boden gehauen! Seit Jahren ließ kein Arzt die Gelegenheit aus, ihre Mutter auf die außergewöhnliche Blässe ihrer Tochter hinzuweisen; Tilli war stolze Teilnehmerin von sechs Kinderkuren in allen Ecken der DDR gewesen, und ihre Schauspielkarriere sollte ausgerechnet daran scheitern, daß sie zu gesund aussah!

»Das kann nicht sein!« sagte sie daher mit Nachdruck.

Die Frau hatte sich inzwischen einem schmalen gelbhäutigen Bürschchen aus der Sechsten zugewandt.

»Guck in den Spiegel!« hatte sie Tilli daraufhin mit einem Anflug von Verdruß empfohlen. »Du hast einen gesunden französischen Teint und rote Backen. So was können wir nicht gebrauchen.«

In den beiden Wochen nach dem Gespräch, solange die Scouts noch in ihrer Schule umherschwirrten, hatte Tilli alle Tricks angewandt, um auszusehen, als stünde sie an der Schwelle des Todes. Sie hatte Seife gegessen, aber die hatte so widerlich geschmeckt, daß sie nur einen Bissen herunterbekommen und hinterher Blasen erbrochen hatte, an denen sie fast erstickt wäre. Besser schmeckte Zahnpasta, davon sollte man Fieber bekommen. Sie hatte sie morgens zu sich genommen und dann den ganzen Vormittag auf eine Reaktion gewartet, aber es war nichts passiert. Vielleicht war »Putzi« zu leicht, und es klappte nur bei »Elkadent«? Doch die verwendete ihre Mutter nicht. Sie bekam jedes Jahr mit den weihnachtlichen Päckchen ein paar Tuben »blend-a-med« geschickt. Aber wenn Tilli davon eine gegessen hätte, hätte es sie vermutlich wirklich das Leben gekostet, denn sie waren im Kleiderschrank eingeschlossen und abgezählt.

Als alles nichts half, hatte sie zum naheliegendsten Mittel gegriffen und sich mit Schulkreide bestäubt, sobald sie die DEFA-Frau auf dem Schulhof erspäht hatte. Die hatte ihr auch ein–, zweimal zugenickt, aber genommen hatte sie sie trotzdem nicht.

Tilli wechselte gerade zur Klassischen Abteilung hinüber, als ihr plötzlich einfiel, was sie am liebsten tun würde. Am liebsten würde sie eine Archäologin *spielen*. Und da es kaum Filme gab, in denen nur eine weibliche Hauptrolle vorkam, sah sie sich an der Seite eines jungen ehrgeizigen Schauspielarchäologen, den sie anfangs nicht würde leiden können, weil er so arrogant war. Aber dann würde eine Wanderdüne sein Zelt begraben und sie die einzige im Team sein, die noch an sein Überleben glaubte. Sie würde ihn finden, ausgraben – wozu war sie schließlich Archäologin? –, mit Wasser benetzen, und in dem Moment, da er aus der obligatorischen Ohnmacht erwachen würde, würden sie sich unsterblich ineinander verlieben. – Es war purer Zufall, daß der junge ehrgeizige Archäologe Christians Züge trug.

Tilli beendete ihre Tagträumerei, als ihr Unterbewußtsein sich bei ihrem Bewußtsein über Reizmangel zu beklagen begann. So bemerkte sie, daß sie noch immer vor diesem Apoll stand, vor dem sie irgendwann Stellung bezogen hatte. Sie kannte die Statue, und es kam auch nicht von ungefähr, daß ihr Fuß ausgerechnet bei ihr gestockt hatte. Jedesmal hatte der Apoll sie fasziniert, und sie hatte ihm stets eine extra Viertelstunde gewidmet. Diesmal, nachdem sich die Freude des Erkennens gelegt und sie einen ersten genaueren Blick auf den Apoll geworfen hatte, fuhr ihr allerdings ein kalter Schrecken in die Glieder. Tilli mußte sich auf eine der Besucherbänke setzten, so sehr schlotterten ihr die Knie.

Sie sagte sich vor, daß diese von den Römern Dutzende Male kopierte Statue weit über zweitausend Jahre alt war, das Abbild eines ihr völlig fremden griechischen Jünglings. Antinoos, sie erinnerte sich, der Liebling Kaiser Hadrians. Ein Lustknabe! Und trotzdem, die Ähnlichkeit war unverkennbar. Dasselbe Kinn, sogar das kleine Grübchen in der Mitte fehlte nicht, derselbe Mund. Auf einmal war alles wieder da: das Messer, das die Nutellaschnitte schmierte, seine traurigen grauen Augen, sein trostloses: »Kannst du mir nicht helfen?« Sie hatte ihre ganzen drei Gramm Mut geopfert, um die letzte Nacht zu vergessen, und alles nur, um genau da wieder anzukommen?

Tilli stürzte aus dem Museum und überließ es ihrem Instinkt, eine Richtung zu wählen; nicht dem Verstand, denn im Moment war er ihr schlimmster Feind.

Eine Weile stand sie auf der Brücke neben dem Bodemuseum und starrte in das trübe Wasser der Spree. Dann trugen sie ihre Füße wie von selbst durch den Monbijoupark hinüber zum Alexanderplatz. Dort stellte sie sich zu ein paar einzelnen jungen Leuten unter die Weltzeituhr.

Die Weltzeituhr war ein beliebter Treffpunkt und der einzige Ort auf dem Platz oder vielleicht sogar in Berlin, wo man, ohne aufzufallen, einen ganzen Tag lang herumstehen konnte. Für Tilli war er eine Art Asyl. Solange sie unter der Weltzeituhr stand, mußte sie sich nicht irgendwohin bewegen. Sie war unantastbar.

Nach etwa zehn Minuten sah sie einen langhaarigen Jungen um die Zwanzig vom Bahnhofsausgang herüberschlendern. In der einen Hand trug er eine Gitarre, in der anderen einen Schlafsack ohne Hülle, der durch einen Gürtel am Auseinanderfallen gehindert wurde. Als er an der Uhr ankam, ging sein Blick die Umherstehenden ab und blieb an ihr hängen. Ein breites Lächeln legte sich auf sein Gesicht. Er ging die letzten Meter, bis er dicht vor ihr stand.

»Hallo«, sagte er in schönstem Sächsisch und streckte ihr die Hand hin. »Ich bin der Christian.« Er schien sich darüber zu freuen, daß sie zusammenfuhr, und sein Lächeln wurde noch breiter.

»Angenehm, Tilli«, nuschelte sie.

Das Lächeln verschwand. »Tilli?« Mit einem Rumms! setzte er die Gitarre ab. »Bist du von der Gethsemanegemeinde?«

»Nein«, antwortete sie wahrheitsgemäß. »Ich warte auch auf einen Christian, aber der ist, soviel ich weiß, Atheist.«

»Ach«, meinte der falsche Christian bedauernd. »Und ich dachte schon – die Beschreibung hätte nämlich gepaßt.«

In diesem Moment trat aus der Buchhandlung hinter ihnen ein Mädchen, das im selben Stil gekleidet war wie Tilli und wie sie ein Gestrüpp von schwarzen Haaren auf dem

Kopf trug. Sie war nur ein wenig größer. Geradewegs steuerte sie auf den irritierten Musikanten zu, nahm ihn ohne Umschweife in die Arme und nannte erst dann ihren Namen. Silvia und der falsche Christian entfernten sich, und Tilli blieb allein mit einem immer lauter knurrenden Magen zurück. Sie verließ ihr Asyl, um sich an einem der Stände eine Bockwurst zu kaufen.

Am Nachmittag stand Tilli wieder in ihrem Trödellager von Zimmer.

Inmitten des Chaos fühlte sie sich fremd und verloren. Zwei Stockwerke unter sich wußte sie Christian, der seiner unglücklichen Liebe nachtrauerte. Ihr blieb eigentlich nichts weiter übrig, als es ihm gleichzutun oder die Gesellschaft eines Mitmenschen zu suchen. Ein Ortswechsel reichte nicht aus, um sie zu heilen, wenigstens das hatte sie erkannt.

Nach ein paar inhaltslosen Minuten beschloß sie, wieder einmal zu Edith zu gehen. Christians Geständnis hatte die Luft zwischen ihnen gereinigt. Sie waren es beide nicht. Vielleicht würden sie später über ihre gemeinsame Liebe sogar lachen. Wer weiß, vielleicht konnte Edith es jetzt schon, schließlich hatte sie ja den Bärtigen.

Als sie den Flur entlangging, sah Tilli eine große, leicht gebeugte Gestalt aus Ediths Tür treten. Edith?! Ihre Blicke kreuzten sich kurz, dann verschwand Christian auf der Treppe.

Edith saß am Tisch und trank Tee. Es roch aufdringlich nach Fenchel.

Auf dem Tisch vor ihr lagen eine Reclam-Ausgabe von »Effi Briest« und ein Block. Als Tilli auf sie zuging, hatte sie das Gefühl, einen mißbilligenden Blick aufzufangen, bevor Edith sich eine Strähne hinter das Ohr strich.

»Ach du«, sagte sie. »Setz dich! Willst du Tee?«

»Nein.« Aber Ediths Anweisung, sich zu setzen, befolgte sie und hockte sich brav auf den Stuhl, der ihr gegenüberstand.

»Wo warst du denn die ganze Zeit?«

»Im Museum.«

Edith zog die Brauen hoch, die fast an ihren Haaransatz stießen. »Im Museum? Und ich sitze hier herum? Du hättest mich ruhig mitnehmen können!«

»Du hast ja nicht allein hier rumgesessen«, entfuhr es Tilli.

Edith legte den Kopf schief und betrachtete sie eine Weile. Erst als Tilli ihrem Blick nicht standhielt und zur Seite sah, sagte sie: »Christian, falls du den meinst, ist erst vor etwa einer Stunde gekommen.« Dann fragte sie plötzlich: »Habt ihr draußen noch gesprochen? Du müßtest ihn eigentlich getroffen haben!«

Jetzt war es Tilli, die die Brauen hochzog. »Worüber?«

»Worüber!« echote Edith.

Einen Moment lang verkeilten sich ihre Blicke. Ein Verdacht flackerte kurz in Tilli auf und erlosch wieder. Nein, Edith hatte ihn nicht ...

Aber sie hatte wenigstens den Bärtigen. Edith konnte immerhin von sich sagen, daß es jemanden gab, der um sie warb. In dünnen, aber giftigen Fäden zog sich Neid durch Tillis Adern und gerann dort. So war es also: Vorgestern noch Leidensschwestern, gestern Konkurrentinnen, und heute schon trennten sich ihre Wege, weil Edith einen Verehrer hatte und sie nicht!

»In welchem Museum warst du denn?« erkundigte sich Edith, während sie den Blick lockerte und nach der Teetasse griff.

Das interessiert dich doch nicht wirklich. »Pergamon«, antwortete sie lakonisch.

»Ah, ja. Das mit dem Riesenaltar!« sagte Edith. »Ich war mal mit meiner Schulklasse dort. Echt beeindruckend.«

Tilli knurrte nur. So leicht ließ sie sich nicht fangen.

Edith merkte es und gab auf. »Wir müssen uns mal unterhalten«, sagte sie.

Etwas in ihrer Stimme ließ Tilli aufmerken. »Worüber?«

»Über Christian.«

Tilli sank ein Stück in sich zusammen. Jetzt war es also soweit. »Hat es mit der Stunde zu tun, die er bei dir verbracht hat?« fragte sie matt.

Ediths Blick trübte sich ein wenig. »Ja«, antwortete sie.

Sie schwieg einen Moment und sagte dann: »Ich muß meine Hoffnungen begraben. Er liebt eine andere.«

»Ja.« Tilli nahm einen herumliegenden Bleistiftstummel und krakelte abwesend auf der Tischplatte herum. »Das hat er mir gesagt.« Warum fühlte sie sich nur so ausgelaugt?

Edith straffte sich plötzlich. »*Was* hat er dir gesagt!«

Die Art, wie sie an das Thema heranging, behagte Tilli nicht. Sie würden beide auf Christian verzichten müssen und einander erhalten bleiben. Was sollte also das Verhör?

»Na eben das! Daß er in eine andere verliebt ist, der er nicht geben kann, was sie sich wüscht, oder so ähnlich.«

»Oder so ähnlich? Kannst du dich nicht genau erinnern?«

Was tat Edith denn da? Sie *wollte* sich nicht erinnern. Außerdem gingen ihr die ständigen Wiederholungen dessen, was sie gerade gesagt hatte, allmählich auf die Nerven.

»Ob er andere Worte benutzt hat, weiß ich nicht mehr«, sagte sie gereizt. »Ist doch auch egal, es kommt aufs selbe raus.«

»Nein.« Edith schüttelte den Kopf und sagte milde: »Hat er vielleicht nur erwähnt, daß er in *ein* Mädchen verliebt ist?«

»Wo ist denn da der Unterschied?«

»Der Unterschied ist, daß dieses Mädchen du sein könntest«, sagte Edith leise.

Sie wirkte plötzlich müde und traurig, wie Christian letzte Nacht.

Ach das war es, so hatte sie es verstanden. Christian hatte seinen Monolog hier wiederholt. Wie gemein! Und Edith dachte nun, *sie* …

»Keine Sorge«, sagte Tilli, während endlich wieder das warme, freundschaftliche Gefühl für Edith, das sie in den letzten Tagen vermißt hatte, zurückkehrte. »Er denkt, ich bin lesbisch. *Ich* bin nicht die Erwählte, bei mir wollte er sich nur ausheulen, wie bei dir.«

Mit einem Ruck stellte Edith ihre Tasse ab. »O Gott!« stöhnte sie. »Dann solltest du aber ganz schnell hinuntergehen und den Irrtum aufklären. Zufällig hat er sich nämlich vorhin sehr genau ausgedrückt. Ich *weiß*, daß du es bist.«

Edith verschwamm vor Tillis Augen. Die Nickbewegung ihres Kopfes hinterließ eine Leuchtspur, und nur aus der Ferne hörte sie ihre Stimme: »Ich hätte es gern anders, aber wenn er mich nicht will, bist du die einzige, der ich ihn gönne.«

In den Armen der Freundin wachte Tilli wieder auf. »Bleiben wir trotzdem zusammen?« raunte Edith. »Dich zu verlieren wäre nämlich schlimmer, als ihn nicht zu bekommen.« Womit hatte sie bloß jemanden wie Edith verdient?

Sie befreite sich vorsichtig. »Du wirst bestimmt mal heiliggesprochen«, stammelte sie.

Edith lächelte. Das Licht, das durch das Fenster in ihrem Rücken fiel, schloß sich zu einer herbstlichen Aureole um ihren Kopf. »Quatsch. Ich versuche nur, mein Schäfchen ins trockene zu bringen: dich. Und nun geh, und mach ihn glücklich!«

Als Tilli die Treppe zum Jungenflur hinunterstieg, fiel ihr ein, daß Edith sie überhaupt nicht gefragt hatte, ob sie Christians Gefühle erwiderte. – Also hatte sie es gewußt. Seit wann?

Diesmal war ihr klar, wo sie suchen mußte, wenn sie ihn in seinem Zimmer nicht antraf. Sie sparte sich auch den Umweg über das Fensterbrett und den Fernsehraum und griff gleich nach der richtigen Klinke. Aber ganz so einfach war es nicht, und als sie nur noch die Papptür von ihm trennte, wurde ihr leicht schwindlig.

Sie hatte auf einmal das Gefühl, daß alles ein bißchen zu schnell ging. Nach drei Wochen Kampf war sie plötzlich am Ziel. Und jetzt? Wie weiter? Tilli war aufgeregt, neugierig, stolz – aber je länger ihre Hand auf der Klinke lag, desto stärker spürte sie so etwas wie Unbehagen.

Sie hatte Christian erobern wollen, aber eigentlich hatte sie sich nie Gedanken über das Danach gemacht. Und außerdem mußte sie sich eingestehen, daß sich seit gestern etwas verändert hatte: Der Christian, der dort im Raum saß, war nicht derselbe, in den sie sich verliebt hatte. Sie liebte den schönen, klugen Jungen, dem alle hinterherrannten und der unerreichbar war.

Vielleicht war sie nur durcheinander. Trotzdem, da war noch etwas, das Tilli nicht verstand. Christian wollte sie, obwohl sie häßlich, klein und nur durchschnittlich intelligent war – da mußte es doch einen Haken geben. Wenn ein Mann wie *er* sich mit *ihr* zufriedengab, dann stimmte mit ihm doch irgendwas nicht. Verflixt, eben hatte sie noch die Himmelsgeigen säuseln gehört und jetzt Oboen in Moll.

Die Nerven, es waren einfach die Nerven.

Tilli zählte bis drei und drückte die Klinke.

Das Bild, das sich ihr bot, ähnelte frappierend dem von vorgestern.

Christian saß am selben Tisch, vor sich Aschenbecher, Zigaretten und Feuerzeug. Nur der Brief fehlte. Sein Gesicht war schattig und unbewegt, als er sie ansah. Und die unsichtbaren Kameraleute nahmen ihren Dienst wieder auf.

»Hallo«, sagte sie, nicht besonders originell.

»Hallo«, antwortete er.

Sie nahm sich einen Stuhl und setzte sich zu ihm. Christian rauchte. Er sah an ihr vorbei. Ein paar Sekunden vergingen, in denen Tilli immer unruhiger wurde. Warum sagte er nichts? *Er* wollte doch etwas von ihr! Dann fiel ihr ein, daß er ja noch immer mit einem Irrtum lebte.

Sie räusperte sich. »Kann ich bitte auch eine Zigarette haben?« fragte sie.

Christian sah erstaunt auf. »Klar.«

Tilli fingerte sich eine F6 heraus und zündete sie umständlich an. Sie schmeckte fast so scheußlich wie neulich die Gauloise von Nina.

Aber es tat gut, etwas in der Hand zu halten. Und es tat gut, etwas mit ihm gemeinsam zu haben.

»Edith hat mich eben auf ein Mißverständnis hingewiesen«, begann sie unsicher. »Vielleicht habe ich mich gestern nicht deutlich ausgedrückt.«

»Doch, das hast du«, sagte Christian und stippte seine Asche ab.

»Nein, ich dachte, daß du in *irgendein* Mädchen verliebt wärst.«

Seine Wangen wurden von einer flüchtigen Röte überzogen. »Dann habe *ich* mich nicht richtig ausgedrückt.«

Tilli merkte, wie sich die Röte auf sie übertrug. »Gut. Wir beide«, lächelte sie.

Christian sah sie an und schwieg. Seine Ruhe befremdete Tilli. Sie machte aus ihr einen Bittsteller, der eine Audienz wollte. Das stimmte doch nicht!

Als ein paar Minuten vergangen waren, ohne daß er irgendeine andere Art von Aktivität gezeigt hatte, als Zigaretten auszudrücken und neue anzuzünden, schlug ihre Beklemmung in Ärger um. Dann eben nicht! Sie stand auf. Christians Augen folgten ihrer Bewegung. Aber er sagte noch immer nichts. Nur eine seiner Hände begann nervös mit dem Feuerzeug zu spielen.

»Na dann«, sagte sie, »werde ich dich mal nicht länger belästigen. Du unterhältst dich scheinbar nur mit Lesben. Es tut mir leid, daß ich keine bin.« Sie drehte sich um und ging. Irgendwie hatte sie das Gefühl, daß der Zug vom Gleis abgekommen war.

»Dickköpfe!« schimpfte Edith, als Tilli sie am nächsten Morgen zum Unterricht abholte. »Bei euch muß man auch alles selber machen!«

Tilli erfuhr, daß Christian am Abend noch einmal bei ihr gewesen war. »Was hast du denn mit ihm angestellt? Er war völlig fertig. Und ich mußte meine ganze Überzeugungskraft aufbringen, um ihm zu versichern, daß du ihn liebst.«

»Vielleicht kannst du deine Überzeugungskraft auch mal an mir testen«, knurrte Tilli.

Sie waren spät dran. Gerade als sie um die Ecke vor dem Deutschraum bogen, sahen sie Frau Michel die Tür schließen.

»Wir reden nachher noch mal drüber«, sagte Edith, bevor sie in die beginnende Literaturstunde platzten.

Das erste, was Tilli ins Auge fiel, war der wieder einmal leere Platz neben Fräulein Schmidt. Als sie Fräulein Schmidt fragend ansah, legte er die Hände ans Ohr und machte das Zeichen für schlafen. Schon öfter hatte Christian die erste Stunde geschwänzt, aber an diesem Tag ärgerte sie sich darüber. Offensichtlich wich er ihr aus.

»Vielleicht konnte er deinetwegen nicht schlafen«, gab Edith zu bedenken.

»Du machst dir mehr Sorgen um unser Glück als wir, findest du nicht?« erwiderte Tilli spitz.

»Na irgend jemand muß ja ...«

»Na gut. Wenn er zur nächsten Stunde auch nicht kommt, gehe ich nach ihm sehen«, sagte Tilli und hoffte, daß endlich die verdammte Tür aufging.

Er erschien, nicht gerade pünktlich, aber immerhin zur Mathestunde, in der Herr Kegler die Klasse in die Mysterien der Vektorrechnung einführte.

Eigens dazu hatte er einen zweiten Zeigestock besorgt, den er im rechten Winkel in den Raum ragen ließ. Es hatte etwas Bedrohliches, wie er da mit den beiden Stöcken auf die Luft einstach. »Verkehrspolizist«, murmelte Edith, und Tilli mußte lachen und sah sich dabei nach Christian um.

Christian lächelte verhalten zurück. Daraufhin zog sie ihren Blick sofort von ihm ab und heftete ihn an die Tafel.

Die Vektorrechnung gefiel ihr. Endlich mal etwas Bildliches nach dem ganzen Logiktraining der letzten Wochen. Die Freude hielt allerdings nicht lange vor. Kaum hatte Tilli verdaut, daß es unter den Ortsvektoren einige gab, die einen Punkt beschrieben, während andere eine Linie, eine Ebene oder gar einen dreidimensionalen Raum darstellten, zog Herr Kegler seine Zeigestöcke ein und klatschte eine Aufgabe an die Tafel, wobei er etwas von »Vektorenprodukt« faselte.

Die Vektoren hatten sich also als falsche Freunde entpuppt. Sie unterhielten geheime Verbindungen zur Multiplikation. Edith ächzte ein bißchen, aber Tilli hatte den Verdacht, daß sie es nur ihr zuliebe tat, denn als Herr Kegler sie aufrief und die Fortsetzung einer Gleichung verlangte, erhielt er sie ohne Zögern.

»Wie machst du das eigentlich?« fragte Tilli sie ein paar Stunden später, als sie bei einer Dose Hühnersuppe mit Nudeln beisammensaßen. »Da stehen ein paar Buchstaben und Zahlen an der Tafel, und du kannst dir darunter was vorstellen?«

Edith spuckte ein Hühnerknöchelchen aus und verzog den Mund. »Igitt!« Sie trank hastig einen Schluck Tee und legte dann die Stirn in Falten. »Du gehst an die Mathematik von der falschen Seite ran. Dein Fehler ist, daß du dir alles vorstellen willst, aber Mathematik ist nicht immer praktisch. In ihren Ursprüngen war sie das, aber je weiter du eindringst, desto abstrakter wird sie.«

»Aber wenn sie nicht praktisch und damit vorstellbar ist, dann ist sie doch wie ein Quiz, das sich ein Geisteskranker ausgedacht hat! Wie kannst du das begreifen?«

»Sie ist logisch«, sagte Edith und lächelte. Dann wechselte sie das Thema: »Wie geht's jetzt mit Christian weiter?«

Dasselbe fragte sich Tilli schon den ganzen Tag. Einerseits konnte sie schlecht mit Situationen umgehen, die in der Schwebe hingen, was einfach bedeutete, daß sie nicht abwarten konnte – eine manchmal recht progressive Eigenschaft, die ihr aber auch schon oft genug zum Verhängnis geworden war. Andererseits war sie nicht damit dran, etwas zu tun. Und warum rannte Christian eigentlich immer zu

Edith, um sich auszuheulen, wenn ihr Zimmer nur ein paar Meter von ihrem entfernt lag?

»Es geht ihm gut, also warum sollte ich an der Sache rühren?«

Edith warf ihr einen scheelen Blick zu. »Na daß es ihm gutgeht, möchte ich bezweifeln. Ihr benehmt euch echt wie Kinder.«

Tilli zuckte die Achseln. »Denk an unseren Schwur! Ich darf mich gar nicht anders benehmen.«

»So war er nicht gemeint!« sagte Edith beleidigt.

»Na ja, mit kleinen Kompromissen fängt es an, und bald darauf muß ich deinen Kopf in kaltes Wasser tauchen und dich vermöbeln.«

Edith streckte ihr die Zunge raus. »Ach, laßt mich doch beide in Ruhe.«

»Gut.« Tilli stand auf. »Dann vereinsame eben. Falls Christian sich wieder in der Tür irren und bei dir landen sollte, dann schicke ihn doch bitte zu mir herüber.«

Edith zog die Lippen auseinander und zeigte ihre Zähne. »Mach' ich.«

Bei Edith im Kabuff war es ihr leichtgefallen, Gelassenheit zu mimen, aber bereits auf dem Flur begegnete Tilli der große Jammer.

Draußen regnete es bestimmt, es konnte gar nicht anders sein, so, wie ihr zumute war.

»Huhu!« In ein zeltartiges Handtuch gewickelt, kam Sanne aus dem Waschraum. »Brr, ist das kalt!« Sie wartete, bis Tilli auf ihrer Höhe war. »Na? Wie geht's?«

Sie war noch eine von denen, die ein Gespräch mit »Na?« einleiteten. Das war fast schon altmodisch, obwohl Tilli sich auch manchmal dabei ertappte. Wer einigermaßen *in* sein wollte, grüßte mit *Hallo* in einem merkwürdigen Singsang, wobei die letzte Silbe betont wurde. Ganz schrille Typen sagten *Hi*, was immer so arrogant klang, daß sie Herpes davon bekam. »Herpes« nannte man die traditionellen Grieben auf der Lippe übrigens auch erst neuerdings. Es veränderte sich so viel, aber erstaunlicherweise im kleinen und so, daß man nie genau sagen konnte, ob die Veränderungen vom Systemwechsel herrührten oder einfach dem Zeitgeist geschuldet waren.

Sanne begrüßte sie jedenfalls mit »Na?«, und das gefiel ihr. Sie hatte irgendwas mit ihren Haaren gemacht, das fiel Tilli sofort auf, obwohl sie naß waren. »Henna«, sagte Sanne auf ihren Blick hin. »Total cool, das wird karottenrot, wenn sie trocken sind. So was solltest du auch mal probieren.« Sie zog ihr grüngestreiftes Handtuch enger um sich und sah sie neugierig an. »Wie läuft's denn?«

»Bis auf die Naturwissenschaften ganz gut. Und bei dir?«

Sanne zuckte die Achseln. »Bis auf Deutsch und die Fremdsprachen ganz gut.«

Sie grinsten sich kurz an, dann fragte Sanne: »Und sonst, läuft bei dir schon was mit Jungs?« Sie legte den Kopf schief und lächelte anzüglich. Erst jetzt roch Tilli die leichte Fahne, die sie umwehte.

Einer von Sannes Ohrringen löste sich und klimperte zu Boden.

Ehe sie ihn aufgehoben hatte, war Tilli an ihr vorbei und in ihrem Zimmer. – Sanne hätte es sowieso nicht verstanden.

Im Zimmer traf sie Nina und ihren Fotografen – falls der Mensch ohne Haare nicht schon sein Nachfolger war – in einer Situation an, die ihr peinlich war. Nina teilte ihre Scham nicht. Sie unterbrach sich offensichtlich ungern. »Dein Liebster war hier«, sagte sie mit belegter Stimme und zog sich das T-Shirt, das ihr am Rücken hochgerutscht war, ein Stück nach unten. Ihr Lächeln war genauso anzüglich wie das von Sanne, dem Tilli gerade entwischt war. Sie saß auf dem Schoß ihres Freundes, der eher ein Mann als ein Junge war. Während Nina ihn anschmachtete, taxierte er Tilli eingehend, besonders die Stellen, deren bloße Existenz sie manchmal schon überforderte. Instinktiv wandte sie sich ab.

Christian war also hiergewesen? Sein Name löste noch

immer dieses Schüttelfieber in ihr aus. Aber ausgerechnet Nina sollte das nicht merken.

»Und, was wollte er?« Klang das gelassen?

»Dich abholen, glaub' ich«, nuschelte Nina, die gerade wieder angefangen hatte, ihr Gegenüber abzulecken. »Er hatte eine Tasche um.«

»So.« Tilli stand unschlüssig herum.

Die beiden machten sich nichts daraus. Vielleicht gefiel es ihnen sogar, jemandem wie ihr das Schauspiel namens »absolute Leidenschaft« vorzuführen.

Immer noch unschlüssig, griff Tilli nach ihrer Lederjacke. »Na, dann gehe ich mal.«

Nina war nicht mehr ansprechbar, aber ihr Freund zwinkerte ihr zu, als sie sich an ihnen vorbeidrückte.

Sie traf Christian, völlig bekleidet und mit Schuhen, auf dem Bett liegend und lesend. Fräulein Schmidt war auswärts, und die Sportler rackerten mit Sicherheit im Kraftraum der Turnhalle. Es waren nicht die »Briefe an Felice«, sondern irgendein gebundener Schinken.

Nachdem Tilli die Tür geschlossen hatte und auf ihn zugegangen war, ließ er das Buch sinken und stützte sich auf den Ellbogen.

»Hallo.«

»Du warst bei mir?« fragte sie fast grob, vor Sorge, daß ihre Begegnung in ähnlichen Bahnen verlaufen könnte wie die letzten.

Christian setzte sich auf und legte seine Lektüre zur Seite. »Ich wollte eigentlich oben auf dich warten«, sagte er. »Aber deine Zimmergenossin war mir ein bißchen zu emsig mit ihrem Freund.«

»Ja, mir auch.«

Sie guckten sich an und lächelten beide. Christian hatte enorme Augenbrauen. Würden sie nicht in einem leichten Schwung an den Schläfen auslaufen, dachte Tilli, würden sie wie eine schwarze Schranke aussehen, die sich schließt, wenn ein Gedanke durch seinen Kopf fährt.

Nach einer Weile senkte er den Blick. »Hast du Lust auf einen Spaziergang? Es hat aufgehört zu regnen, vielleicht finden wir ein paar Pilze ...«

»Okay.«

Christian hob den Kopf. »Ja?« fragte er überrascht.

»Ja. Wenn du mir versprichst, daß du mich nicht in den tiefen Wald führst, mir meinen Schmuck raubst und mich dort zurückläßt.«

Er lachte und schwang die Beine aus dem Bett. Es waren unglaublich lange Beine.

Sonst war Tilli immer im Spurt an der Wache vorbeigerast, heute stolzierte sie erhobenen Hauptes an Christians Seite aus dem Objekt, Es ging ihr fast ein bißchen zu schnell.

Christian hatte sich wieder die Gasmaskentasche umgehängt. Er war frisch rasiert und sah blendend aus. Tilli fand es schade, daß ihnen keines der aufgetakelten Mädchen über den Weg lief. Sie hatte schon häufig gesehen, wie sie Christian über den Flur hinweg angehimmelt hatten.

Da sie ihm leider nur bis zur Brust reichte, konnte sie sein Gesicht nur sehen, wenn sie ihren Kopf ins Genick fallen ließ. Sah sie einfach zur Seite, wie sie es gewohnt war, wenn sie mit jemandem redete, hatte sie Blickkontakt mit dem vertrauten Zopfmuster seines Pullovers. Es würde wohl einige Zeit dauern, bis sie sich daran gewöhnte. Und Christians Schultern würden sich in Zukunft noch stärker krümmen.

Vor dem Objekt verlief die Landstraße nach Summt. Auf der anderen Seite führte ein Weg in den Wald, den Tilli noch nie gegangen war, weil der Zugang durch ein Schild versperrt war, das Zivilisten zurück nach Hause schickte, wenn sie nicht von Minen zerfetzt werden wollten. Genau auf diesen Weg steuerte Christian zu.

»Willst du uns umbringen?« stotterte Tilli, als sie es bemerkte. »Das da ist Übungsgelände!«

Er machte eine wegwerfende Geste. »Na und. Heute wird hier nicht gesch...« Er unterbrach sich, schluckte und nahm einen neuen Anlauf: »... geschossen. Die sind alle im Objekt.«

»Woher willst du das denn wissen? Hast du sie gezählt?«

Aber Christian war schon vorgegangen, mit erhobenen Händen wie ein Delinquent. Nach ein paar Metern drehte er sich nach ihr um. Er lächelte nicht und war blaß. »Na, lebe ich noch?«

»Wer weiß, wie lange«, seufzte Tilli, aber wenn sie nicht als Feigling gelten wollte, mußte sie wohl oder übel hinterher.

Der Weg entpuppte sich als in den Kiefernwald geschlagene Schneise. Er war sandig, jetzt vom Regen aufgeweicht und führte auf eine offene Fläche, vielleicht eine Heide zu. Tilli fühlte sich seltsam berauscht. Eine späte Sonne tauchte die Baumstämme in ihr eidotterfarbenes Licht. Hier und da lugten Fliegenpilze aus dem Moos am Wegrand, und tief atmete sie den leichten Harzduft ein. Es war unwirklich und über die Maßen wirklich zugleich. Früher war sie oft, wenn auch unfreiwillig spazierengegangen. Es gehörte zum Sonntagsprogramm ihrer Mutter und nannte sich »frische Luft schnappen«. Damals hatte sie nie so bewußt Einzelheiten wahrgenommen wie an diesem Nachmittag im Herbst.

»Wir könnten uns vornehmen, uns später immer an diesen Weg zu erinnern«, schlug sie vor. Der Satz war die bloße Fortsetzung ihrer Gedanken, und sie erwartete nicht, daß Christian ihn verstand.

»Ich bestimmt«, antwortete er zu ihrer Überraschung. Er ging gleichmütig, als wäre es das Selbstverständlichste auf der Welt, und bei jedem Schritt schlug die Gasmaskentasche leicht an seinen Schenkel. Das hatte etwas Beruhigendes.

Der Weg mündete tatsächlich in eine Heide, und spätestens jetzt kam einem das Schild wieder in den Sinn. Der Boden hier war an vielen Stellen aufgebrochen, so daß sich der helle märkische Sand mit dem leuchtenden Violett blühender Erika mischte. Kreuz und quer furchten tiefe Fahrzeugspuren das Feld. Es sah aus, als ob jemand ein gerade gemaltes Bild mehrmals durchgestrichen hatte; ohne besonderen Grund, höchstens, weil es zu gut gelungen war.

»Warst du hier schon mal?« fragte sie Christian.

»Gestern«, antwortete er. Er ließ seinen Blick über die zerstörte Landschaft schweifen. »Ich mußte mich ein bißchen ordnen.« Daß er die Stimme am Ende des Satzes nicht senkte, ließ Tilli vermuten, daß er noch etwas sagen wollte, aber es kam nichts mehr. Manchmal, dachte sie, war er schon etwas eigenartig.

»Hat's geholfen?«

»Na, ja. Nein, eigentlich hat mir erst Edith geholfen«, gab er zu.

Er lächelte zu ihr herunter. »Du überforderst mich manchmal ganz schön.« Sie zuckte zusammen. »Aber das macht dich ja so reizvoll«, setzte er hinzu.

Um ihre Verlegenheit zu verbergen, deutete sie auf seine Tasche.

»Wozu hast du die eigentlich mit? Ist da dein Kosmetikkoffer drin?«

Er machte sie auf und zog eine Thermosflasche heraus. »Kaffee. Hast du Durst?«

Sie schüttelte den Kopf. Nein, sie hatte keinen Durst. Sie wollte nur laufen und diesen Jungen an ihrer Seite kennenlernen. Er war ihr – wie sie ihm – zu weit entfernt. Ihr Freund. – Wie das klang!

Sie war nicht in der Lage, sich und ihn als klassisches Paar zu sehen. Nichts an ihrer Geschichte war bisher so gewesen, wie sie es als Backfisch erwartet hatte. Würde sie die Zukunft dabei ertappen, wie sie auf Christians Schoß saß und ihm das Gesicht ableckte, wie Nina es ihr so schön vorgemacht hatte? Schon der Gedanke war zum Wegrennen. Dabei sahen seine Lippen so appetitlich aus wie eh und je.

Christian schraubte die Flasche auf, hielt sie an seinen göttlichen Mund und trank. Als er sie wieder absetzte, blieb sein Blick auf dem Boden kleben. »Guck mal, ein Schirmpilz!«

»Wo?«

Er zeigte nach vorn. »Da.«

Unter dem Schutz des überhängenden Wurzelballens einer umgestürzten Kiefer schimmerte ein hellbrauner Schirm. Man sah ihn nur, wenn man sich die Mühe machte, genau hinzuschauen. Der Schirm hatte einen ziemlichen Durchmesser und konnte weder ein Butter- noch ein Birkenpilz sein.

»Der ist doch giftig!«

Christian ging auf den Wurzelballen zu und hockte sich vor ihn hin. Erst jetzt bemerkte Tilli ein kleines rechteckiges Ledertäschchen an seinem Gürtel, das bisher vom Pullover verdeckt gewesen war. Daraus nahm er ein Klappmesser, mit dem er den Pilz sorgsam einen guten Zentimeter über der Erde abschnitt. Dann wandte er sich um und hielt ihn ihr entgegen. »Der Schirm ist lecker, wenn man ihn paniert.«

Tilli fand den Pilz abstoßend. Er hatte Schuppen auf der Kappe. »Wie ein Drache, ein giftiger Drache.« Sie drehte ihn um und fühlte sich bestätigt. »Und sieh mal, hier: *Lamellen*! Eßbare Pilze haben einen Schwamm. Sieht mir nach einem großen Knollenblätterpilz aus.«

»Armes Stadtkind!« Christian nahm ihr den Pilz wieder ab und verstaute ihn vorsichtig in der Tasche. »Wenn du recht hättest, wäre ich schon hundertmal gestorben.«

»Du machst dich über mich lustig!« grummelte sie. Von wegen »Stadtkind«! Kamen sie nun aus derselben Stadt oder nicht!

»Ich bin zu gutgläubig, und du nutzt das aus, du Mistkerl! Schmeiß den Pilz weg, und steck auf keinen Fall die Finger in den Mund!« befahl sie.

Christian hob die Hand und begann vor ihren schreckgeweiteten Augen am Zeigefinger seiner rechten Hand zu lutschen. Langsam, mit geschlossenen Augen, zog er ihn wieder heraus. Das Bild hatte etwas Obszönes, fand Tilli. Obwohl seine Lippen …

»Ich habe dich gewarnt!«

In gespielter Gekränktheit drehte sie sich um und begann den Weg zurückzugehen.

Nach ein paar Metern holte Christian sie ein. »He! Es stimmt – sag bloß, du hast noch nie einen Schirmpilz gesehen!«

Tilli hielt die Frage einer Antwort nicht für würdig.

»Paß auf, wenn wir zurück sind, panieren wir ihn, und dann brate ich uns ein duftendes Pilzschnitzel.«

»Hör auf!« sagte sie, aber sie merkte, daß sie anfing, die Sache lustig zu finden. »Mir kriecht's schon den Hals hoch. Außerdem habe ich die ganze Zeit Angst, daß irgend so ein durchgeknallter Armist hinter den Bäumen lauert und auf uns anlegt. Und nachher heißt es dann: »Auf der Flucht erschossen.« Sie grinste und beschleunigte das Tempo. Erst nach einer Weile, als sie merkte, daß Christian ihr nicht folgte, hielt sie an und drehte sich nach ihm um.

Der Anblick, der sich ihr bot, war einigermaßen befremdend: Christian stand noch immer mitten auf dem Weg. Er stierte blicklos vor sich hin, seine Arme pendelten lose am Körper, und im ersten Moment glaubte sie, daß das Gift wirkte.

»Ist dir nicht gut?« Sie rannte zurück. Er war totenblaß, und sein Atem ging stoßweise, wie bei Leuten, die unter Schock standen. »Kriegst du keine Luft? Ist dir schlecht, willst du dich hinsetzen?«

Tilli bekam es mit der Angst. Auf Hilfe konnte sie hier, mitten im Sperrgebiet, wohl kaum rechnen. Sie nahm seine Hand. Sie war groß und kalt. Und plötzlich ließ die Starre nach.

Christian sah sie an wie einer, der aus tiefem Schlaf aufwacht. Tilli gab einen erleichterten Seufzer von sich. »Was war los?«

»Nichts«, sagte er langsam. »Ein Déjà-vu.«

»Von *dem* Weg hier?« Sie sah sich um. »Der sieht aus wie tausend andere Wege!«

Er schüttelte den Kopf. »Ist schon vorbei.« Er lächelte etwas gezwungen, aber die Blässe begleitete ihn den ganzen Heimweg über. Er war länger als der Hinweg, weil Christian einen Seitenpfad einschlug, der scheinbar erst in Summt endete.

Sie versuchten ihr Geplänkel wiederaufzunehmen, vor allem wollte Tilli endlich wissen, wie er die letzten Tage empfunden und bei welcher Gelegenheit er sich in sie verliebt hatte. Aber irgendwas hatte Christian die Stimmung verdorben.

Er schnitt unbeholfen belanglose Themen an, von denen er eigentlich wissen mußte, daß sie sie nicht interessierten. Vor allem war überdeutlich, daß sie ihn auch nicht interessierten und er sie nur aus Verlegenheit gewählt hatte.

Ängstlich verfolgte Tilli, wie sie sich mit jedem Wort fremder wurden. Und die ganze Zeit hatte sie das Gefühl, daß sie diesen unglücklichen Umschwung ausgelöst hatte, auch wenn sie keine Ahnung hatte, wodurch.

Erst als es dämmerte, kam das Objekt wieder in Sicht. Sie näherten sich ihm tatsächlich aus der Summter Richtung.

Tilli taten die Füße weh, und Christians anhaltende Melancholie begann ihr auf die Nerven zu gehen. Die letzten hundert Meter waren sie nahezu schweigend nebeneinander gegangen.

Als die Straße zwischen den Bäumen auftauchte, drosselte er plötzlich das Tempo. Tilli tat es ihm gleich und blieb vorsichtshalber ein paar Meter hinter ihm zurück. Er hatte irgend etwas vor. – Und was es auch war, sie fürchtete, daß es ihr nicht angenehm sein würde. Als er endlich vollends stehenblieb und mit den Händen zu gestikulieren begann, als verhandle er mit einem unsichtbaren Gegenüber, bekam sie es mit der Angst.

»Ich würde dich gern etwas fragen«, sagte er plötzlich, ließ die Hände sinken und drehte sich um. Die Diskussion mit dem Unsichtbaren war also zu einem Ergebnis gelangt.

»Was?« Sie war einen Meter hinter ihm stehengeblieben.

In der hereinbrechenden Dunkelheit glommen seine Augen wie glühende Kohlenstückchen.

»Darf ich dich küssen?«

Sie konnte es sich selbst nicht erklären. Gerade ging ihr letzter Traum in Erfüllung. Vielleicht lag's daran. Danach kam nichts mehr, und wer lebt schon gern ohne Träume? Vielleicht auch nicht. Sie wußte eigentlich nicht genau, warum sich ihr Mund öffnete und laut und deutlich nein sagte. Das Glimmen erlosch.

Sie überquerten die Straße und betraten das Objekt. Es war rein gar nichts mehr wie noch vor zwei Stunden. Die Kasernen um sie herum ragten wie bizarre Felsformationen aus dem Halbdunkel. Keiner von ihnen sprach ein Wort. Erst als sie auf den Asphaltweg kamen, schob Tilli, einem plötzlichen Impuls folgend, ihre Hand in Christians.

Er drückte sie einmal fest. Dann ließ er sie fallen. »Ich brauche keine Almosen.«

»Und ich brauche Zeit«, sagte sie kleinlaut. »Das geht mir alles zu schnell. Ich weiß gar nicht, wo mir der Kopf steht. – Vielleicht sollten wir erst ein bißchen mehr miteinander zu tun haben, bevor wir uns entscheiden.«

Er schien darüber nachzudenken. »Na gut«, sagte er schließlich. »Dann gebe ich dir eben Zeit. Bis Juli haben wir ja alle Zeit der Welt.« Es klang bitter.

»Und es war kein Almosen«, fügte Tilli hinzu. »Ich *habe* dich gern. Ich weiß nur nicht mehr, ob ich dich liebe. Es ist alles so kompliziert.«

Christians Schritte wurden noch ausgreifender. Tilli hatte Mühe hinterherzukommen.

Vor der Haustür blieb er endlich stehen.

Sie war bestürzt über den gequälten Ausdruck um seinen Mund, der im Licht der Türlampe sichtbar wurde, als er sagte: »Die Jagd ist immer schöner als der Fangschuß.«

Christian hatte seine Worte nicht in die hohle Hand gesprochen. Er ließ ihr Zeit. Oder: Er gab sich wenigstens Mühe, ihr Zeit zu lassen.

Am Tag nach dem verunglückten Spaziergang gingen sie

zusammen mit Edith ins Kino und sahen sich »Der mit dem Wolf tanzt« an, einen Film, der gerade ziemlich für Furore gesorgt hatte. Danach beschloß Edith, nie wieder Fleisch zu essen (»Habt ihr diese ganzen toten Büffel gesehen?«), und Tilli, in den Wald zu ziehen und in einem Zelt zu leben, abseits jeder Zivilisation, der sie sich sowieso nicht gewachsen fühlte. Christian machte keine Pläne. Er war während des Films eingeschlafen.

Kurz darauf verbrachten sie zu dritt einen lehrreichen Nachmittag im Ägyptischen Museum. Tilli wollte endlich Nofretete sehen, von der alle sagten, daß sie so schön sei, obwohl sie nur ein Auge hatte. Leider brach Christian sein Versprechen, als er sie in einem Gang zwischen den Ausstellungsräumen urplötzlich an sich riß und quetschte wie ein altes Sofakissen. Tilli japste nach Luft, und als sie es nicht mehr aushielt, trat sie ihm gegen das Schienbein. »Entschuldige!« stammelte er, nachdem er sie endlich losgelassen hatte. »Ich weiß auch nicht – es ist so über mich gekommen.« Sie starrte ihn an und rannte, so schnell sie konnte, vor zu Edith, die von alldem nichts mitgekriegt hatte.

Wieder eine Woche später, Tilli hatte sich nach ein paar friedlichen Nachmittagen gerade wieder gefangen, stellte er sie eines Abends, als sie auf dem Weg zu einem von Funes' berühmten Diners war, auf der Treppe und bat nicht, sondern *verlangte* einen Kuß.

Sie roch sofort das Bier. Das war schon ungewöhnlich, inzwischen kannte sie Christian gut genug, um zu wissen, daß er nur ausnahmsweise trank und auch nicht viel vertrug. Die Sache mit dem Wein im Bus nach Schwedt war eine dieser Ausnahmen gewesen, und wahrscheinlich hatte er sich deshalb so ertappt gefühlt.

»Das war also die Zeit, die du mir zubilligst, ja? Anderthalb Wochen«, keifte sie. »Weißt du überhaupt, wie weit du uns damit zurückwirfst?«

Christian machte keine Anstalten, sie durchzulassen. »In

letzter Zeit haben wir uns doch so gut verstanden«, sagte er mit schwerer Zunge. »Und da dachte ich ...«

»Mit Edith und Funes verstehe ich mich auch hervorragend. Aber ich finde nicht, daß das ein Grund wäre, sie gleich zu küssen!«

Sie funkelten sich eine Weile an, bevor er widerstrebend seinen Arm vom Geländer hob und den Weg freigab. Ohne ein weiteres Wort hetzte sie an ihm vorbei. Als sie schon fast bei Funes war, donnerte seine Stimme durch das Internat, daß die Fenster wackelten: »Ich liebe dich aber!!«

»Herzlichen Glückwunsch!« sagte Funes, als Tilli eintrat, und grinste süffisant. Sie wäre am liebsten im Boden versunken.

Einen Abend darauf erschien ein reumütiger nüchterner Christian in ihrem Zimmer, um sich zu entschuldigen. Es war ein Freitag, und Nina war nach Hause gefahren. Tilli dagegen war, wie inzwischen meistens, hiergeblieben. Was sollte sie in Potsdam? Das bißchen Wäsche konnte sie auch im Waschbecken waschen. Außerdem mangelte es ihr nicht an Gesellschaft, seit Edith nur noch einmal im Monat und ein paar andere aus der Klasse alle zwei Wochen nach Hause fuhren. Auch Christian fuhr fast nie heim.

»Ich weiß, daß ich mich danebenbenommen habe«, gab er zu. »Kannst du das vergessen? Ich war betrunken.«

Sie hatte gerade Sangria gemacht, den sie mit sinkenden Temperaturen gern warm trank, und stellte ihm einen Becher hin.

»Schlimm genug«, sagte sie und goß seinen Becher voll dampfenden Alkohols.

Es war wirklich nicht so, daß sie Christian nicht mochte. Schließlich hatte sie sich lange genug nach ihm verzehrt! Aber, wie er durchaus treffend formuliert hatte: Die Jagd hatte unendlich mehr Reize besessen als der finale Schuß.

Und da war noch etwas, das sie ihm sagen mußte, damit er verstand: »Weißt du, jede Frau wünscht sich wahrscheinlich, von einem starken Mann erobert zu werden, der ihren

Wert noch steigert. Blöd, was? Aber es ist so.« Es war mit Abweichungen dasselbe, was sie umgekehrt zu Edith gesagt hatte, damals in der Wache: »Das ist ein vorgegebenes Muster. Man sucht den Starken, um sein Fortbestehen über Generationen hinweg zu sichern.« Tilli holte eine Tüte Sandkekse aus dem Spind und legte sie neben die Sangria-Tassen. Christian rührte nichts davon an. »Darwin«, fuhr sie fort. »Und wenn einem ein potentieller Partner plötzlich merkwürdig, fast ein bißchen krank vorkommt, dann schreckt man zurück, das verstehst du doch?«

»Findest du mich krank?«

Tilli wußte, daß sie ihn gerade ziemlich beleidigt haben mußte, aber in seinem Ton ließ nichts auf Zorn oder ähnliches schließen, als er fragte, es war eher, als erwarte er eine Bestätigung einer Diagnose, die ihm schon bekannt war.

Sie begann zu drucksen. »Na ja, du bist klug und hübsch und alles – aber *etwas* stimmt mit dir nicht. Das mußt du doch selbst merken. Manchmal reagierst du über, wo es überhaupt keinen Sinn ergibt, oder du bist stundenlang in dich versunken, und dann rennst du mir dauernd hinterher, das ist beängstigend, vor allem, weil ich das Gefühl habe, daß es dir dabei nicht nur um mich geht, sondern noch um irgend etwas anderes. Es reicht nicht, daß du mich besetzt, weil du der Meinung bist, daß ich dir irgendwie guttue. Ich brauche *auch* Inspiration, sonst gehe ich mit dir zusammen ein.«

Christian hörte sich ihre Ausführungen mit großen Augen an. Dann ließ er den Kopf hängen. Er widersprach nicht. Das nun wieder war ein Anblick, den Tilli nicht ertragen konnte.

Vorsichtig ließ sie einen Finger um sein Handgelenk kreisen und hinauf bis zu seinem Ellbogen klettern. Er schloß die Augen, und sie sah, wie sich die feinen Härchen auf seinen Armen aufrichteten.

Auf einmal war das langvermißte Schmiedefeuer im Unterleib wieder da. Und ehe sie es sich versah, hingen ihre

Münder aneinander, und in Tillis Rachen tummelte sich eine Zunge, die zu groß war, um ihr zu gehören.

Von plötzlicher Erkenntnis getroffen, stieß sie Christian zurück.

Seine Augen waren glasig. Tilli schmeckte seinen Speichel auf ihren Lippen. »O Gott«, sagte sie in einem Anflug von Würgereiz. »Das war ein Unfall.«

Christian ließ die Schultern hängen. »Aus Mitleid?«

Sie ließ die Frage offen und trank ihr Glas aus. »Ich bin müde«, sagte sie. Es stimmte, sie war hundemüde. »Vielleicht sollten wir für heute Schluß machen.«

Christian sah sie mit einem Blick an, der einem Dackel zur Ehre gereicht hätte. »Ich bin ein Versager.« Er stand auf. »Was kann ich machen, damit du mich liebst?«

»Zunächst mal verschwinden«, sagte sie, mühsam beherrscht. Sie nahm ihr Handtuch von der Stuhllehne und ging zur Tür. »Ich geh' duschen. Bitte sei nicht mehr da, wenn ich zurückkomme. Wir sehen uns morgen.«

Wiederum ein paar Tage später bekamen sie die gefürchteten Briest-Arbeiten zurück. Christian strahlte, als er seine Blätter in der Hand hielt. Er zwinkerte zu ihr herüber und reckte einen Daumen in die Höhe.

In der Pause zeigte er stolz den langen Psalm, den Frau Michel unter »seine« Arbeit gesetzt hatte.

»Du gehst in die Literaturgeschichte ein«, bemerkte Tilli sauer. Unter ihrer Arbeit stand außer der Note nichts. Zwei! Für denselben Aufsatz, der ihr auf der Buchhändlerschule eine glatte Eins und ein Lob eingebracht hatte. »Da kannst du mal sehen, wie subjektiv solche Bewertungen sind«, stellte Edith zufrieden fest. Sie hatte an ihrer eigenen Zwei nicht das geringste auszusetzen.

Nachmittags lud Christian Tilli mit der Begründung in die Oranienburger Eisbar ein, daß er bei ihr »sowieso noch etwas offen« hatte. Sie stopfte Unmengen Bananasplit in sich hinein. Ansonsten verlief ihr Beisammensein eher träge. Edith fehlte. Wenn sie nicht da war, zog sich um sie beide automatisch ein unsichtbarer Boxring. Aber zu Christians Gunsten mußte Tilli feststellen, daß er sich große Mühe gab, normal zu gucken. Und sie riß sich auch zusammen. Erstens, weil sie sein Gast war, und zweitens, weil ihr die neidischen Blicke der beiden jungen Frauen am Nebentisch durchaus nicht entgingen.

Nun darf man aber nicht denken, daß Boxkämpfe das einzige waren, womit Tilli und Christian sich die Zeit vertrieben. Dazu war die Welt um sie herum viel zu aufregend.

Im Laufe des November zum Beispiel bugsierten sie sich selbst an den Rand eines Kulturschocks, was natürlich der relativen Nähe von Lehnitz zu Berlin geschuldet war. Edith entstammte einer Kleinstadt, und Christian und Tilli waren in ihrer frühen Jugend wenig rausgekommen, sie wegen ihrer überängstlichen Mutter und er, weil er, wie er sagte, damals keine Freunde gehabt hatte, was Tilli nicht übermäßig wunderte. Jetzt nahmen sie alles mit: Ausstellungen, Konzerte, Lesungen, Kneipen, Kinos und was es sonst noch gab. Ihr Horizont erweiterte sich so rapide, daß sie Mühe hatten hinterherzukommen.

Manchmal war Tilli baß erstaunt darüber, was Christian auch ohne kulturelles Vorleben alles wußte. Er spuckte Namen, Zahlen und Stile aus wie ein Computer und behauptete, alles irgendwann einmal gelesen zu haben. Es kam vor, daß sie davon so hingerissen war, daß sie ihm – vorrausgesetzt, Nina schlief bei ihrem Fotografen – erlaubte, in ihrem Zweitbett zu nächtigen. Und selbst dann war es denkbar, daß sie sich noch eine Weile wie zivilisierte Menschen benahmen. – Nämlich solange die Gespräche nicht direkt mit ihnen selbst zu tun hatten und Christian einen Abstand von mindestens zwanzig Zentimetern zwischen ihnen ließ. Edith war die einzige, die auch die andere Seite der Medaille zu sehen bekam. Nach einem ihrer, mit schöner Regelmäßigkeit stattfindenden Kurzgefechte, als Tilli in der Ruhe ihres Zimmers rekonvaleszierte, fragte sie sie, warum sie die Sache nicht abkürzen und Christian einen unmißverständlichen Korb geben würde, statt ihn sich länger warm zu halten. Tilli dachte darüber nach und kam zu der schlichten Erkenntnis, daß sie seine Zuneigung ebenso haßte wie brauchte. Es war noch nie vorgekommen, daß ein Junge sich so hartnäckig um sie bemüht hatte, schon gar nicht so jemand wie Christian, dessen Ansehen unter den Lehrern und in der Klasse ungebrochen war. Die Aufmerksamkeit, die er ihr entgegenbrachte, schmeichelte ihrem Ego, egal ob sie etwas mit ihr anfangen konnte oder nicht.

Außerdem würde ein Korb ihr bewährtes Kleeblatt gefährden. Und letztlich stellte sich doch die Frage, die sie auch an Edith weitergab: »Meinst du, es würde irgend etwas ändern, wenn ich mit Christian ein klärendes Gespräch führen würde? Ich nicht.«

Edith stützte das Kinn in die Hand, betrachtete einen Regentropfen, der sich an der Fensterscheibe zu Tode rannte, und sah sie traurig an. »Eigentlich glaube ich es auch nicht. Ich frage mich nur, wie das enden soll.«

Ein antagonistischer Widerspruch, hatte Tilli im Staatsbürgerkundeunterricht gelernt, war der zwischen Sozialismus und Kapitalismus. Die Staatsbürgerkundelehrerin hatte erklärt, es sei gleichzeitig der einzige. Tilli hatte nicht verstanden, warum man einen einzigen Widerspruch gleich mit einem griechischen Namen ehrte, und, während sie mit einem Ohr dem sakralen Singsang über die historische Mission der Arbeiterklasse lauschte, zwanghaft nach einem zweiten gesucht.

In Tod kontra Leben glaubte sie ihn endlich gefunden zu haben.

Sie freute sich aufrichtig für ihre Lehrerin und für sich, daß es wenigstens einen in der Klasse gab, der mitdachte und nicht bloß mit dem Schlaf kämpfte. Abgesehen davon brauchte sie am Schuljahresende dringend eine Eins in Stabü (der Kosename des Faches), um ihren Durchschnitt zu heben, der durch Mathe und Chemie ein wenig gelitten hatte.

Eine Eins in Stabü war peinlich, besonders wenn man in der Kirche war wie sie, aber in der Not frißt der Teufel bekanntlich Fliegen. Sie meldete sich und erklärte damit, ohne es zu wissen, ihrer Staatsbürgerkundelehrerin und sämtlichen marxistischen Grundsätzen den Krieg. Wahrscheinlich galt der erste Eintrag in Tillis Stasiakte der dreisten Behauptung, daß Tod und Leben antagonistische Widersprüche seien.

Sie gab sich alle Mühe, der gelähmten Klasse und ihrer Lehrerin zu erklären, daß »antagonistisch«, soviel sie verstanden hatte, doch wohl »absolut, durch nichts zu beheben« bedeute, was sowohl auf den Sozialismus als Gegenspieler zum Kapitalismus als auch auf Tod und Leben zuträfe.

Ihre Lehrerin bekam einen hölzernen Blick und sagte knapp, Antagonismus gäbe es nur im gesellschaftspolitischen Rahmen. Das sei ein Gesetz, und schon deshalb sei die oppositionelle Behauptung von keinerlei Bedeutung.

Das wiederum war Tilli zu hoch. Dann müsse man eben einen anderen Begriff wählen, erwiderte sie – immer noch auf eine philosophische Diskussion und die Eins in Stabü hoffend, denn der bisher angewandte sei nicht konkret genug.

Das war zuviel. Sie hatte sich angemaßt, Karl Marx zu verbessern. Ihre Lehrerin ließ die inneren Jalousien runterrasseln und wechselte abrupt das Thema.

Wohl weil die Diskussion nie zu Ende geführt worden war – sie schloß Staatsbürgerkunde trotzdem mit Eins ab; wahrscheinlich dachte ihre Lehrerin, sie würde sie damit ärgern, denn manchen Protestanten war es von Haus aus verboten, mit einer Eins in diesem Fach nach Hause zu kommen –, hatte sie das Thema über die Jahre hinweg verfolgt. – Hier in Lehnitz fand Tilli noch einen neuen antagonistischen Widerspruch. Und zwar den zwischen einer Bundeswehrkaserne und Weihnachtsstimmung.

Tilli war schon immer Weihnachtsfan gewesen. Pünktlich

Ende August begann sie sich auf die heimelige Stimmung, den Pfefferkuchenduft, die Lieder, überhaupt auf die Aura des Besonderen, die allem anhaftete, zu freuen. Und um der Freude irgendwie Ausdruck zu verleihen, bastelte sie von da an bis in den Dezember hinein Weihnachtsgeschenke. So etwas braucht ja Zeit.

Zu Hause holte ihre Mutter nach dem Ewigkeitssonntag die Adventskisten aus dem Keller und schmückte die Wohnung mit Krippentransparenten, Scherenschnittsternchen, kleinen mundgemalten Papierengelchen und den verflossenen Weihnachtskalendern aus dem Westen.

Ihre Neubauwohnung war klein, und weil es keinen Mann im Hause gab, rollte sich an mehreren Ecken im Flur und im Kinderzimmer die Blumendrucktapete von den Wänden. Aber nach dem ersten Advent kam sie Tilli immer so fürstlich vor wie keine zweite.

In Lehnitz haftete die Tapete noch ganz gut, das war alles. Ende November verabredete Tilli sich mit Edith zum Basteln. Edith kam zu ihr herüber, denn Anke wollte »reaktionären Goldpapierkitsch« nicht in ihrer Nähe dulden. Edith hatte Tannenzapfen mitgebracht, sie Buntpapier, und am Tag vorher hatten sie mit Hilfe von Christians Klappmesser eine schmächtige Kiefer entlaubt. An den Zapfen befestigten sie Bändchen aus Zwirn, und Tilli zeigte Edith, wie man aus langen Buntpapierstreifen einen Fröbelstern herstellte. Das hatte sie in der Christenlehre gelernt.

Edith brauchte ewig für ihren ersten Stern. Als er endlich fertig war, klagte sie, sie habe sich die Finger verstaucht und könne an diesem Tag nichts mehr basteln. Am Ende standen trotzdem zwei mittelprächtig geschmückte Kiefernsträuße auf dem Tisch und je ein Gesteck ohne Kerzen. Die hatten sie vergessen zu besorgen.

Am nächsten Tage kaufte Tilli Kerzen, sie legte sogar eine von Muttis Stickdecken auf den Schreibtisch, damit man das Sprelacart nicht mehr sah, und ließ den Kreuzchor Weihnachtslieder aus dem Kassettenrecorder schmettern. – Es half nichts. Das Zimmer blieb, was es war: eine Soldatenstube in einer Kaserne. Nur daß sie versucht hatte, sich als Weihnachtszimmer zu verkleiden.

Tilli war deprimiert. Edith fand es nicht so schlimm, für sie war Weihnachten ein Fest wie viele andere.

»Ich weiß gar nicht, warum darum immer so ein Spektakel gemacht wird«, wunderte sie sich. »›Fest der Liebe‹! – was soll das denn sein?«

Tilli war gekränkt. »Du kennst ja auch nur Staatsweihnachten«, maulte sie. »Die Gänsehaut, die einem über den Rücken läuft, wenn zum Ausgang des Weihnachtsgottesdienstes die ganze Gemeinde aufsteht, das Licht ausgeht, so daß man nur noch die Kerzen am riesigen Weihnachtsbaum sehen kann, und alle ›Stille Nacht‹ singen. Oder ›O du fröhliche‹ – je nach Gemeinde. Das ist *toll*. Das solltest du mal erleben! Und jeder, den man trifft, wüscht einem ein gesegnetes Fest, alle sind nett zueinander, und ich weiß nicht, ob's dir aufgefallen ist, aber jedes Jahr zu Weihnachten zeigen sie ›Sissi‹ und ›Winnetou‹ im Fernsehen. Bei uns zu Hause gab's sonst nur den Sandmann und vielleicht mal einen alten Hollywoodschinken am Wochenende. Aber die beiden Dreiteiler haben wir geschlossen geguckt, egal, wo wir waren.«

»Interessante Mischung, das Christkind und der Häuptling der Apachen«, bemerkte Edith schnippisch.

An dieser Stelle fühlte Tilli sich berufen, ihre bejammernswert unwissende Freundin mit Informationen zu versorgen: »Winnetou war der erste Apachenhäuptling, der zum Christentum übergetreten ist. Als er tot war, wurde sogar ein Geheimbund gegründet, dessen Mitglieder sich verpflichten mußten, als besondere Engel für einen Menschen dazusein, notfalls für ihn zu sterben, der eigentlich ihr Feind war. Soviel zu Jesus und Winnetou.«

Edith machte kugelrunde Augen.

»Was du alles weißt! Man könnte fast glauben, die beiden hätte es tatsächlich gegeben.«

Tilli schloß den Mund und schnappte ein.

Später erklärte Edith, daß sie manchmal neidisch auf die Gläubigen in ihrer Klasse gewesen sei, weil die wenigstens wußten, was sie da feierten. Drei Tage völlig grundlos zu »Tagen der Liebe« zu erklären, mußte einem wahrscheinlich auch komisch vorkommen.

Aber in den letzten beiden Jahren hatte auch Tilli gemerkt, daß sie nicht mehr so im reinen Glück schwelgte, wie sie es Edith geschildert hatte. Mittlerweile wußte sie, daß keinem Christen klar war, an welchem Tag der Erlöser geboren war, die Vermutungen der Bibelforscher schwankten da zwischen Oktober und April, und jeder versuchte, seine Behauptung zu belegen. Einig waren sie sich nur darin, daß es keinesfalls der 24. Dezember gewesen war.

Seitdem sie einen Radiobericht über die Debatte gehört hatte, versuchte sie sich einzureden, daß sie ja ohnehin keine aktuelle Geburt feierten, sondern ihrer nur gedachten und es ergo nach zweitausend Jahren auch egal war, ob sie sich in Wirklichkeit zu einer Zeit begeben hatte, die mehr in die Mandelbaumblüte als in die Hochzeit des Immergrün fiel. Aber ein wenig veräppelt kam sie sich trotzdem vor, wenn der Pfarrer anstimmte: »Euch ist ein Kindlein heut geborn …«

Es wurde langsam Winter. Nein, es wurde schnell Winter. Bis in den November hinein war es möglich gewesen, ausgedehnte Wanderungen in der waldreichen Umgebung zu machen, ohne kalte Füße zu kriegen.

Dann, in der Woche zwischen Ewigkeitssonntag und erstem Advent, wachte Tilli eines Morgens auf und sah durch das Fenster in einen im Wind flatternden Schleier aus Schnee. Die Flocken, dick wie Daunen, tanzten in Spiralen vor der Scheibe, schlugen wie tölpelhafte Maikäfer dagegen und rutschten dann hinunter zu ihren Geschwistern auf das Fensterbrett, wo sie sich auf der Butter und der Milch niederließen, die Tilli dort draußen aufbewahrte, weil sie wie die meisten anderen keinen Kühlschrank besaß.

Es war ein Anblick, der sie jedes Jahr zum Seufzen brachte: Der erste Schnee. Er war mindestens genauso beeindruckend wie die ersten Krokusse auf den harten, vom Winter aufgebrochenen Rabatten am Stern und erinnerte sie daran, daß sie wieder ein halbes Jahr älter geworden war. In sechs Monaten würde sie zwanzig werden, sie durfte gar nicht daran denken.

Am Nachmittag lieferte sie sich mit Edith und Christian die erste Schneeballschlacht hinter dem Internat. Der Schnee lag dort noch jungfräulich auf den Gehwegplatten und zwischen den Kiefern. Edith kreischte wie eine Drittkläßlerin, wenn sie getroffen wurde, aber sie schaffte es nie, selbst einen Ball geschickt zu plazieren, und so wurden die meisten ihrer Geschosse zu Waffen in den Händen ihrer Gegner.

Christians Bälle dagegen waren hart und trafen fast immer. Es machte ihm Spaß, sie im Nacken zu treffen, von wo der feine Schneegriesel die Wirbelsäule hinabrutschte, bis er an einer ausnehmend empfindlichen Stelle oberhalb der Lenden ankam und bei Edith und Tilli im Wechsel Schüttelkrämpfe auslöste.

»Los, wir gegen ihn«, schrie Edith endlich und stürmte, da sie mit Schneebällen ohnehin kein Glück hatte, auf Christian ein. Sie war fast so groß wie er. In dem Moment, als sie ihn rammte, traf eines von Tillis Geschossen, er trat einen Schritt rückwärts, rutschte aus und fiel in den Schnee. Sofort waren sie auf und über ihm, und eine Minute später sah Christian aus wie Amundsen, der in eine Schneewehe gefallen war.

Bei Edith oben wärmten sie sich auf. Sie hatte einen speziellen Tee aufgesetzt, der lecker roch und den sie »Weihnachtstee« nannte.

Von einem Pappteller lachten sie die ersten, marmeladegefüllten Pfefferkuchen an. Zwar wurden Pfefferkuchen bei Tilli zu Hause erst nach dem ersten Advent gegessen, aber wer wußte schon, ob der Dezember noch einmal so satten

Schnee bescheren würde wie der November, und selbst Tilli sah ein, daß man sich nicht immer nach Festtagen richten mußte, sondern daß es unter Umständen auch einmal umgekehrt sein konnte.

Der Tee allerdings war eine herbe Enttäuschung. Er war gar nichts Besonderes, sondern ganz normaler Früchtetee, sauer und streng und ohne ein Viertelpfund Zucker nicht zu genießen.

»Er war teuer«, sagte Edith traurig. »Und er roch so gut.«

»Alles Chemie. Müßtest du eigentlich wissen«, sagte Christian. »Fräulein Schmidt hat noch eine Packung Glühwein unten. Ich hol' sie und kaufe ihm eine neue.«

Edith verzog den Mund. »Och, schon wieder Alkohol!« Doch dann blinzelte sie Christian spitzbübisch an, was bei ihrem großen Gesicht ein bißchen beängstigend aussah. »Na gut. Aber bring den Eigentümer mit!«

Christian grinste und verschwand.

So kamen sie eine Woche vor dem ersten Advent zu einem richtigen Adventskaffee. Von Zeit zu Zeit warf Tilli Christian verständnisinnige Blicke zu, denn es war offensichtlich, daß Edith eine zarte Antenne in Fräulein Schmidts Richtung gelenkt hatte, und wie es aussah, sogar das richtige Programm damit empfing.

Diesmal freute Tilli sich wirklich. Na also, dachte sie. Das Schicksal bahnt sich schon den richtigen Weg. Sie fing einen tiefen Blick von Christian auf und korrigierte: Nur manchmal verläuft es sich ein wenig.

An diesem Nachmittag war nicht zu ahnen, außer für Funes vielleicht, der mit Sicherheit Petrus beschattete, daß der Dezember noch genug Möglichkeiten für gemütliche Kaffeekränzchen bei Glühwein und Plätzchen bieten würde. Es schneite hin und wieder, und die Temperaturen bewegten sich zielstrebig auf die Minus-fünf-Grad-Marke zu.

Ein Großteil ihrer Klassenkameraden gewöhnte es sich an, die Nachmittage zusammen in einer der Armeestuben zu verbringen, mit Vorliebe in der von Funes, bei dem es aussah wie in einem Laden für erzgebirgische Handwerkskunst. Niemand machte sich mehr die Mühe zu fragen, woher er die hölzernen Schwippbögen, Pyramiden und Engelchöre hatte.

Eines der wenigen Wochenenden, an denen Tilli nach Hause fuhr, um sich mit frischer Wäsche einzudecken, nutzte sie zum Kauf einer Winterjacke. Es wurde höchste Zeit. Ihre heißgeliebte Wildlederjacke hielt zwar den Wind ab, aber die Kälte kroch durch die Ärmelröhren und blieb dort sitzen, bis Tilli so steif war wie ein rostiger Ritter.

Sie hatte Glück. Auf dem Wochenmarkt gleich hinter der WG gab es jetzt einen neuen Stand. Eine Frau jenseits der Wechseljahre und dem Akzent nach kaum aus Potsdam gebürtig, hatte die geniale Idee gehabt, abgelegte Kleidung aus dem Westen zu günstigen Preisen an Ostler zu verkaufen. Damit hatte sie offensichtlich eine Marktlücke getroffen. Ihr Campingklapptisch war von Potsdamern umlagert. Tilli hatte sich kaum durch die Leute gezwängt, da sah sie IHN.

Es war ein violetter Parka, lässig, aber gefüttert, ein bißchen schäbig vielleicht, aber dafür kostete er auch nur zehn Mark.

Sie nahm ihn, ohne nachzudenken, bevor jemand anders ihn ihr wegschnappen konnte, und zog ihn sofort an. Die Lederjacke klemmte sie unter den Arm.

Am Sonntag präsentierte sie den Parka stolz Edith, die ihn gebührend lobte, bevor sie fragte: »Und für wen ist der?«

Tilli war ein bißchen erschüttert über eine so naive Frage. »Für mich natürlich.«

»Ach so«, sagte Edith schnell. »Klar. Ich dachte nur ... daß er vielleicht ein bißchen groß ist.«

Tilli sah an sich herab. »Meinst du?« Sie fand eigentlich nicht, daß es *irgend etwas* an ihrem Schmuckstück auszusetzen gab.

»Na ja«, sagte Edith noch vorsichtiger. »Er ist eine 40 oder 42, und du hast doch höchstens eine 36.«

Sie zuckte die Achseln. »Der paßt schon. Wenn es richtig kalt ist, kann ich sogar noch ein paar Pullover drunterziehen.«

»Das stimmt natürlich«, gab Edith zu.

Ihr gegenüber wagte Tilli nicht zuzugeben, daß sie bisher weder von einer 40 noch von einer 42 je etwas gehört hatte und daß sie es gewöhnt war, die Pullover ihrer Westcousins aufzutragen, die allesamt viel größer waren als sie selbst. Tilli hatte das ganze Leben lang Ärmel aufgekrempelt, sie machte es schon automatisch.

Christians Meinung einzuholen, unterließ sie lieber. Aber sie staunte nicht schlecht, als er spät am Abend, in eine uralte Motorradlederjacke gehüllt, auftauchte. Die Jacke veränderte ihn völlig, ließ ihn männlicher und älter, leider aber auch noch gebeugter erscheinen, als er ohnehin schon wirkte.

»Die hat schon mein Vater getragen«, erklärte er stolz.

Bei ihm zeigte Edith wesentlich mehr Begeisterung. »Echt? Hatte der ein Motorrad?«

»Eine Schwalbe.«

Edith, die aus einer Kleinstadt kam, wo es zum guten Ton gehörte, mit vierzehn das erste Moped und mit zwanzig ein Motorrad zu fahren, begann sofort, Christian in ein Gespräch über Sperber, Habichte, Bussarde und sonst noch was zu verwickeln. Jeder Außenstehende wäre überzeugt gewesen, einer Unterhaltung zwischen Ornithologen zu lauschen.

Nach einer Weile wurde Tilli das Hin und Her über Motoren zu langweilig. Sie schützte Müdigkeit vor und ging in ihr Zimmer, wo sie ein Schulheft hervorholte, in dem sie begonnen hatte, Erinnerungen und Dinge, die sie beschäftigten, aufzuschreiben, damit sie sie nicht vergaß. Sie fand es spannend, sich vorzustellen, wie sie vielleicht in zwanzig Jahren denken würde, obwohl sie es absolut nicht spannend fand, überhaupt so alt zu werden.

Während sie eine neue Patrone in den Füller steckte,

dachte sie kurz an Christian. Es war wieder so gewesen, vorhin: Wenn er in den Raum trat, besonders wenn sie sich eine Weile nicht gesehen hatten, fühlte sie, wie sie zu vibrieren begann. Aber er mußte ihr nur einen seiner ergebenen Blicke zuwerfen, und das Vibrato stockte. Vielleicht würde sie darüber auch mal schreiben, aber bestimmt nicht jetzt.

Sie schraubte den Füller zu und überlegte, was es wert wäre, für die Zukunft festgehalten zu werden. Daß sie mit Edith beschlossen hatte, niemals erwachsen zu werden? Sie schrieb es auf, aber es war nur ein Satz. Sie war nicht in Stimmung.

Vor einer Weile hatte sie ein paar Kindheitserinnerungen niedergeschrieben, damit sie sie nicht wieder vergaß und gewappnet war, wenn sie einmal selbst Kinder hatte. Komische Vorstellung.

Aber an diesem Abend war ihr nur noch nach leichtem Futter. Sie hatte keine Lust mehr zu denken, jedenfalls nicht an ihn, und wenn man's genau nahm, an gar nichts, was mit dem Internat zu tun hatte.

Tilli hatte sich ein paar Agatha-Christie-Krimis mitgebracht. Einen davon hatte sie in der S- Bahn schon zu lesen begonnen. Sie zog sich aus und nahm ihn mit ins Bett.

Agatha-Christie-Krimis sind wie Gesellschaftsspiele aufgebaut. Wenn man das Grundmuster durchschaut hat, kann man meistens am Anfang schon sagen, wer der Mörder ist. Der Rest des Buches dient nur noch der Bestätigung. Tilli mochte das.

Das Gute an diesen Büchern war, daß man die Handlungen so schnell wieder vergaß, weil sie sich ähnelten. Es gab immer eine Handvoll Verdächtiger mit ähnlichen Namen und Berufen und sich wiederholenden Motiven. Nach einem halben Jahr konnte man sich eines der Bücher aus dem Schrank holen und es lesen, als wäre es ein neues.

Diesmal ging es um einen Mann, natürlich reich und von habgierigen Verwandten umringt, der eines Morgens, nein, falsch: schon nachts tot aufgefunden wurde. Auch dieses

Buch hatte Tilli bereits früher einmal gelesen. Als sie an die Stelle mit dem Brief kam, der dem Toten entwendet worden war, fiel es ihr wieder ein: Der Doktor war's. Dr. Shepard! Zur Abwechslung einmal der Mann, der die Geschichte in der Ich- Form erzählt.

Schlaue Agatha! Wer kommt schon auf den Erzähler als Täter? Plötzlich blieb Tilli mitten im Text hängen. Nicht wegen des Täters. Es war der Tod des Alten, der sie hinderte weiterzulesen. Nein, auch nicht der Tod des Alten – eher der Tod schlechthin.

Sie war an der bewußten Stelle angelangt, und auf einmal stellte sich ein Polizist zwischen sie und das Buch. Er kam direkt aus ihrem Unterbewußtsein heranmarschiert, schwenkte einen Knüppel und befahl: »Keinen Buchstaben weiter!«

Unter der Mütze sah er auf erschreckende Weise wie sie aus, nur größer, und er fluoreszierte ein wenig. »Du liest ein Buch«, sagte er mit ihrer Stimme. »Ein Rätselspiel. Nun – was ist mit dem Tod? Denk nach! Hat die Christie ein Problem mit ihm gehabt? Warum hatte sie ständig den Tod zum Thema? Etwa wegen der Ewigkeit? Wegen des Verlustes?«

Tilli lag über dem Buch und war verloren. Es war, als ob ein Vorhang, ein sehr dünner, aber schützender Vorhang von ihrem Bewußtsein gezogen wurde. Ein Junge aus dem Westen, der in den Anfangstagen der WG mehr oder weniger zufällig dort vorbeigekommen war, hatte ihnen erzählt, daß es ihm unmöglich sei, sich damit abzufinden, daß er nur einen Bruchteil seiner Gehirnkapazität nutzen könne, und deshalb zu Drogen griff, die sein Bewußtsein erweiterten und ihm Zutritt zu einer geheimen Welt hinter der Welt, die sie kannten, gewährten. Sie hatte geschaudert und gedacht, daß es doch wohl einen guten Grund geben würde, wenn ihr Gehirn ihr nur zum Teil zur direkten Verfügung stand. Es gab ihr das, was sie in der Lage war zu verarbeiten. Alles andere wäre vielleicht genial – aber bestimmt nicht gesund.

Und nun, ganz ohne Drogen, spielte ihr Hirn die Karte aus, die sie »den Zerstörer« nannte. Tilli wurde plötzlich mit einer Lebendigkeit klar, die zuviel war, um sie zu fassen, daß sie NICHTS war. In absehbarer Zeit, nach Ablauf eines sich immer schneller aufblätternden Daumenkinos, das sich Leben nannte, würde sie vergehen, und außer einem bißchen Energie würde nichts von ihr übrigbleiben. Ihr würde es wie diesem Schriftsteller gehen, der gesagt hatte: »Tod, ja. – Aber ich werde mir doch sehr fehlen.« Wer war das doch gleich gewesen? Wie recht er hatte. Auch sie würde sich fehlen, denn sie wäre nicht mehr da. Alles, was selbstverständlich war – das Atmen, das Licht, die Dunkelheit, ihre Gedanken, das Gefühl von Präsenz, selbst wenn sie gerade nichts fühlte –, wäre weg.

SIE WÜRDE NICHT MEHR SEIN.

Tilli fand es selbstverständlich zu leben, weil sie nichts anderes kannte. Ihre Gedanken kreisten um die alltäglichen Probleme ihrer Altersgenossen. Aber eines Tages würde nichts mehr kreisen. Sie würde sich für immer verlieren. Es war unwichtig, womit sie ihre Tage füllte, denn alles, was sie tat, auch daß sie sich entwickelte, war Vorläufer vom großen Nichts.

Und angesichts dieses überwältigenden Nichts ergriff sie ein Schrecken, der sich mit keiner Angst vergleichen ließ, die sie bisher gekannt hatte.

Was lohnte sich überhaupt noch? Sie konnte aufstehen und ein Wort nach dem anderen schreiben.

Mit etwas Glück würden die Worte in dieser Welt der Vergänglichkeit länger Bestand haben als seine Autorin. Tilli nahm das Heft und schrieb: »Jetzt. Es ist der 16. Dezember 1990. Ich bin neunzehn Jahre alt. Ich bin da. Und ich bin jung. Die Welt dreht sich zu schnell.« In diesem Moment der Ohnmacht beschloß sie, Kinder zu haben und Enkel, die die Zeit um ein weniges aufhalten würden – und das Vergessen.

Sie hörte plötzlich den bekannten Schritt auf dem Flur und hastete zum Lichtschalter. Um keinen Preis wollte sie ihn sehen. Nicht jetzt. Tilli hätte so gern mit jemandem gesprochen, aber sie wußte, daß es unmöglich war, denn kein Trost und kein Mitleid würden sie vom zukünftigen höchstpersönlichen Verlust ihrerselbst retten, ebensowenig wie sie jemanden retten konnte. Davon abgesehen, würde Christian sie sowieso nicht verstehen. Er würde denken, daß sie irgendeiner postpubertären Krise zum Opfer gefallen war.

Als es klopfte, stellte sie sich darum so tot, wie sie nie sein wollte.

Nach einer Weile entfernten sich die Schritte wieder. Tilli atmete auf und machte das Licht an. Die Dunkelheit erschien ihr unerträglich. Damals wußte sie noch nicht, daß Christian sie, wenigstens in diesem Punkt, besser als jeder andere verstanden hätte.

Abgesehen von ihren inneren Krisen und den immer wieder aufblitzenden Schußwechseln mit Christian, plätscherte das Leben in Lehnitz friedlich dahin. Wie jung und biegsam sie noch waren, merkte Tilli zum Beispiel daran, daß sie sich längst an die neuen Uniformen ihrer Objektkollegen gewöhnt hatten. Sie schoben nach wie vor Wachdienst im Internat, aber mit jedem Tag ähnelte er mehr einer feuchtfröhlichen Wachparty. Im grünen Dienstbuch konnte man vereinzelte Liebesbriefe lesen oder die Lösungen der nächsten Matheklausur, hinterlassen von Seminargruppen, die die Klausur als erste geschrieben hatten. Das Buch wurde zur Litfaßsäule und zum Geheimtip, seit niemand es mehr kontrollierte. Hätte Herr Schröder nicht darauf geachtet, wäre der Wachdienst längst eines würdelosen Todes gestorben, obwohl er nach wie vor seinen Hauptzweck erfüllte: Selbst beschwipst war man noch in der Lage, einen Soldaten zu erkennen und zur Tür hinauszubefördern.

Auch der erste Lerneifer hatte ein wenig nachgelassen. Tilli hatte es sich zum Beispiel zur Regel gemacht, nur noch jede zweite Mathestunde und die entsprechenden Klausuren zu besuchen, die anderen Stunden, die in die Mittagszeit fielen, nutzte sie, um für sich, Edith und Christian Essen zu kochen. Bisher hatte Herr Kegler sich nicht anmerken lassen, daß ihm ihre sporadische Abwesenheit aufgefallen war. Christian seinerseits schwänzte manchmal den Sportunterricht, um ihnen etwas auf den Tisch zu zaubern. Essenmarken kauften sie schon lange nicht mehr. Es war viel gemütlicher in Ediths Kabuff.

Meistens gab es etwas aus der Dose. Wenn Christian dran war, Erbsen mit Bauchspeck oder Mexikanischen Feuertopf, Tilli kochte selbst, und zwar Spaghetti in Dutzenden Varianten. Aus der Dose kamen dann nur die Tomaten.

Edith nörgelte manchmal herum, daß sie eines Tages allesamt Skorbut kriegen würden, aber sie traute sich nicht zu schwänzen, in dieser Hinsicht war sie ganz die Tochter ihrer Eltern. Vor kurzem hatte sie zart anklingen lassen, daß sie in Zukunft vielleicht zu viert an der Tafel sitzen würden. Es ging also anscheinend voran mit ihrer Liaison. Sie war viel ausgelassener, seit sie begonnen hatte, mit Fräulein Schmidt ausgedehnte Spaziergänge in eisigster Kälte zu unternehmen, und noch aktiver als vorher. Seit neuestem versuchte sie sogar sich selbst Gitarrespielen beizubringen. Wenn sie zum Instrument griff und eines ihrer Lieblingslieder von Reinhard Mey anstimmte, kam Tilli die Zweisamkeit mit Christian plötzlich doch ganz erträglich vor.

Sie ging mit ihm zu sich hinüber, manchmal auch in die kleine Kneipe am Bahnhof, wo es preiswerte Doppelwiener gab, oder sie fuhren, wenn es noch nicht zu spät war, nach Berlin in die Bibliothek.

Mitte Dezember hatten sie sich entscheiden müssen, in welchem Fach und zu welchem Thema sie ihre Hausarbeit schreiben wollten. Sie würde zensiert werden und die Note unter den normalen Abschlußnoten ihres Zeugnisses erscheinen. Sie ging nicht in die Gesamtwertung ein, was Tilli merkwürdig fand, wo blieb denn da die Motivation? Aber ohne Hausarbeit kein Abitur. Sie sollten beweisen, daß sie nunmehr in der Lage waren, selbständig kleinere wissenschaftliche Arbeiten zu verfassen.

Eigenartigerweise hatte Christian ausgerechnet Deutsch gewählt. »Denk nicht, daß ich das für dich übernehme!« hatte sie gebrummt, und Christian hatte gegrinst. Er habe, sagte er, im Radio einen äußerst interessanten Beitrag über eine amerikanische Schriftstellerin namens Gertrude Stein gehört, die eine Methode des Schreibens entwickelt habe, bei der sie die Worte nach ihrer Wirkung auf den Leser wählte. Tilli zuckte die Achseln.

»Macht das nicht jeder Schriftsteller?«

»Schon, instinktiv. Aber da ja nicht jeder Schriftsteller ein Genie ist, der seinen Text mühelos so aufbaut, daß er damit die optimale Wirkung erzielt, lesen sich manche Bücher eben trocken oder langweilen, oder sie vermitteln den Inhalt nur halbherzig. Die Stein hat vorher Studien über die Wechselwirkung von Wort und Bild angestellt. Zum Beispiel hat sie herausgefunden, daß der Klang eines Wortes Assoziationen auslöst, eine Farbe vielleicht oder ein Muster.

Sie hat quasi tabellarisch festgehalten, welches Wort oder welcher Laut welche Assoziationen zuläßt.« Tilli staunte nicht wenig über die Begeisterung, mit der Christian über sein Thema sprach. Seine Augen leuchteten beinahe grün, und während er redete, zeigte er energisch auf verschiedene Wörter in ihrem Geschichtsbuch, das aufgeschlagen auf dem Tisch lag.

»Verrückt!« sagte er. »Bei bestimmten Vokalen dachten alle ihre Probanden an Gelb, bei anderen an Grün, usw. Wenn du also etwas schreiben willst, was beim Leser starke Emotionen auslöst, dann nimmst du lauter ›rote‹ Wörter, ganz einfach gesagt, und wenn du noch mehr Emotionen auslösen willst, dann doppelst du die Wörter. Es ist aber viel komplexer, ich muß unbedingt ihre Bücher lesen.«

»Du meinst«, fragte Tilli fassungslos, »die Frau manipuliert ihre Leser bewußt? Das ist ja gruselig! Wie bei ›Mario und der Zauberer‹.«

Christian sah sie verständnislos an. »Warum – das ist Kunst. Du willst doch etwas empfinden, wenn du ein Buch liest. Sie koppelt Psychologie und Literatur, ich finde das faszinierend.«

»Na ja«, gab sie zu. »Schon. Aber es ist eine deprimierende Vorstellung, Dinge zu empfinden, die jemand genau so vorausberechnet hat.«

Im stillen fand Tilli das Thema ziemlich spannend. Sie wollte es Christian nur nicht sagen, weil sie sich daran gewöhnt hatte, ihm zu widersprechen. Es war ein Spiel. Sie vertrat eine Sache, die sie eigentlich *nicht* vertrat, wie für einen Dritten. Erstaunlich, wie viele Argumente einem einfielen, wenn man als Sieger aus einem Rededuell hervorgehen wollte. Bei Christian gewann sie fast immer, obwohl sie manchmal das Gefühl hatte, daß er die Flagge streckte, weil er einfach nur keine Lust auf Diskussionen hatte. Vielleicht durchschaute er sie auch, und wenn es ihr so vorkam, reizte es sie noch viel mehr.

Als alter Indianerfan hatte Tilli sich übrigens für einen schriftlichen Vergleich der Hochkulturen der Inkas und des Römischen Reichs entschieden. Zu ihrem Leidwesen kam sie damit bei ihrer Geschichtslehrerin nicht durch und mußte Englisch als Hausarbeitsfach nehmen.

Der Gedanke daran ließ in ihr apokalyptische Visionen aufkommen.

Sie konnte eine Tasse Tee in englisch bestellen oder nach dem Weg fragen, wobei es schon wieder schwierig werden würde, die Antwort zu verstehen, aber Fachvokabular, in ordentliche Grammatik verpackt, zu präsentieren empfand sie als weit über ihrem Niveau.

Sie mußte wohl doch wieder auf Christians Sprachtalent zurückgreifen, und das hieß, daß sie es sich auf keinen Fall, egal, was kam, mit ihm verderben durfte.

Der Dezember verging viel schneller als die drei Monate davor. Lag's am Schnee oder am Schlittschuhlaufen auf dem Lehnitzsee? Vielleicht lag es auch einfach daran, daß sie sich an das Geplänkel mit Christian gewöhnt hatte und es in der

Hinsicht keine Höhepunkte mehr gab. Sie stellte sich vor, ihn zu lieben – vor allem, wenn er nicht da war. Eine Stunde später verabscheute sie ihn und bemitleidete sich, dann ging es eine Weile gut, bis rechtzeitig, bevor Langeweile aufkam, wieder irgend etwas passierte, was sie ihn entweder lieben oder zum Teufel wünschen ließ.

Ein bißchen neidisch war sie auf Edith, die so offensichtlich glücklich war. Kurz vor Weihnachten bekam sie von Fräulein Schmidt ihren ersten Kuß und lief zwei Tage lang wie ein Goldrauschengel durch die Schule.

Na ja, wenn sie ehrlich war, mußte Tilli zugeben, daß auch Eifersucht eine klitzekleine Rolle spielte, wenn sie ihre Freundin so einträchtig neben ihrem Liebsten gehen oder sitzen sah. Was, wenn Fräulein Schmidt nun immer mehr von Ediths Zeit beanspruchen würde?

Klar war, daß sie wohl ein vierblättriges Kleeblatt bleiben würden, aber was würde aus den Abenden werden, an denen sie zu ihr ging, um sich über Christian zu beschweren, oder an denen sie über Lehrer tratschten, Musik hörten oder Pasch spielten? Sie würde von nun an nie wissen, ob sie gerade störte und die beiden lieber allein sein wollten.

Edith bekam einen Lachkrampf, als Tilli ihr ihre Befürchtungen vortrug. »Wenn man dich hört, könnte man meinen, du wärst meine Mutter. Du hast doch Christian, und außerdem weißt du, daß du immer bei mir klopfen kannst. Immer.«

»Aha – jetzt muß ich also schon klopfen«, sagte Tilli verschnupft.

Edith verdrehte die Augen. »Alte höfliche Sitte«, entgegnete sie. »Manchmal ist Anke ja auch da.«

Manchmal. Aber immer seltener. Anke hatte über ihre Schwedter Freunde ein besetztes Haus im Prenzlauer Berg aufgetan. Es ging die Mär, daß sie dort einen Freund hatte. Einen Wessi. Anke! Es war kaum zu glauben. Aber es stimmte, daß sie immer mehr Abende in Berlin verbrachte, wo es nicht so nach Mottenkugeln roch wie in Lehnitz.

Am letzten Freitag vor den Weihnachtsferien fühlte sich Tilli seltsam melancholisch. Morgens, vor dem Unterricht, war Edith zum Frühstück zu ihr gekommen und hatte ihr ein Buch geschenkt. »Walden«, von Thoreau.

»Vielleicht gefällt es dir. Und *wenn* es dir gefällt, dann machen wir es mal wie er, okay?« Sie hatte es Edith blind versprochen, vor lauter Rührung.

»Ich hab' gar nichts für dich«, hatte sie dann beschämt festgestellt. Edith hatte sie in die Arme genommen, wie sie es schon einmal getan hatte.

»Du weißt ja überhaupt nicht, was für ein Geschenk du bist!«

»Ich?«

Edith hatte in ihrer kindlichen Art über ihre Verlegenheit gekichert und gesagt: »Ohne dich wäre ich eine von den stumpfsinnigen Trantüten aus der ersten Reihe.«

Christian schenkte ihr nichts, und sie schenkte ihm nichts. Sie fuhren nicht einmal zusammen nach Hause. In Berlin-Pankow stieg er plötzlich mit der Bemerkung aus, daß er seine Schwester besuchen wollte. Bevor er seinen Rucksack vom Boden aufnahm, beugte er sich zu ihr nieder. »Fröhliche Weihnachten, Tilli.«

Sie merkte, wie sein Gesicht näher kam und wandte schnell den Kopf zur Seite. Er zuckte die Schultern. »Bis Januar.« Dann schlossen sich die Türen, und die S-Bahn fuhr ab.

Von da an betrachtete Tilli den Schneematsch, der Berlin in mattes Grau tauchte, die bunten Lichter der in der Abenddämmerung aufleuchtenden Weihnachtsmärkte. Ihre Ohren folgten dem Klingeln der Bahn beim An- und Abfahren, und es kam ihr vor, als wäre sie der einsamste Mensch auf der Welt.

Es wäre ihr nie in den Sinn gekommen, daß Christian *nicht* zu seinen Eltern fahren könnte. Daß er nicht bis zum Ende bei ihr sein würde, wie sonst. Hin und wieder hatte sie sich sonntags einen Spaß daraus gemacht, absichtlich eine

Bahn später zu nehmen als er, um ihn zu ärgern, aber ausgerechnet an diesem Tag, wo sie sich trennen und einzeln in ihre Familien zurückkehren mußten, zahlte er es ihr heim.

Erst jetzt wurde ihr bewußt, wie vertraut sie sich inzwischen waren, Edith, Christian, Fräulein Schmidt vielleicht und sie. Und in gewisser Weise auch Funes, Barbara und ein paar andere. Es war in Ordnung, sie für die Dauer eines kurzen Wochenendes zu verlassen, aber wie sollte Tilli es *zwei Wochen* ohne sie aushalten?

Komischerweise hatte sie auf diesem Heimweg eine Steinsche Dauerassoziation. Sie dachte »Christian« und war schwer vor Sehnsucht. Sie war blau.

Es wurde nicht so, wie sie es Edith ausgemalt hatte. Am Heiligen Abend, auf dem Weg zur Kirche, ging's schon los. Die Landstraße, die das Neubaugebiet »Am Stern« mit dem Dorf Drewitz verband, wo sie der heimeligeren Stimmung wegen für gewöhnlich den Weihnachtsgottesdienst besuchten, war plötzlich nicht mehr ruhig und dunkel wie früher. Tilli hatte die Langeweile immer gemocht, die von ihr ausging, weil sie die Spannung so schön schürte. Jedes der grauen Kratzputzeinfamilienhäuschen stand sozusagen für ein Fensterchen in einem Schnelldurchlaufweihnachtskalender, der an der Drewitzer Dorfkirche endete.

»Die bauen hier noch ein neues Neubaugebiet«, erklärte ihre Mutter.

Die alten Häuser standen noch. Und wie eh und je hatten ihre Bewohner die Vorgärten mit Lichterketten geschmückt. Aber durch die Baulücken gähnte ein nachkriegsähnliches Chaos aus Eisen, Betonteilen und Sand. Der Boden, der noch vor einem Jahr ein Meer von gelbem Weizen ernährt hatte, lag aufgerissen und brach. Ein einzelner Neubaublock erhob sich hinter den hutzligen Häuschen, er sah haargenau so aus wie das Haus, in dem sie aufgewachsen war.

Sie lief neben ihrer Mutter und ihrer Schwester her und

hätte heulen können vor Wut. Die machten, ohne mit der Wimper zu zucken, ihre ganze Kindheit kaputt, von der Weihnachtsstimmung ganz zu schweigen!

Als sie endlich vor der Drewitzer Kirche standen, die sich zum Glück nicht verändert hatte, war der Abend eigentlich schon im Eimer. Dann war der Pfarrer auch noch einer von den progressiven Gemeindehirten, die ewig jung und flippig daherkamen, auch wenn sie schon über vierzig waren, und deren Ehrgeiz darin Bestand, die Bibel so auszulegen, daß sie im Prinzip alles rechtfertigte. Tilli hatte ihn hier noch nie gesehen. Ungefähr zwanzig Minuten brachte er mit der Aufzählung dessen zu, was das moderne Christkind wohl auf dem Gabentisch gehabt hätte. Als er bei einem Ding namens Gameboy ankam, nickte Tilli ein.

Sie wurde erst gegen Ende wieder wach, als das Licht plötzlich ausging und ihre Schwester sie am Ärmel in die Höhe zog. »Das Lied!« flüsterte sie.

Tilli öffnete den Mund. Endlich wurde es Weihnachten: »O du fröhliche!«

Spätestens unter dem Weihnachtsbaum jedoch war klar, daß jede Rettung zu spät kam. Ihre Mutter hatte eine stehbehinderte Kiefer gekauft, vielleicht aus Mitleid, eher wohl, weil sie fast nichts gekostet hatte; deren Nadeln konnte man an einer Hand abzählen, und damit sie wenigstens den Heiligen Abend aufrecht zubrachte, war sie mit Paketschnur an den umliegenden Bücherregalen festgebunden.

Die obligatorische Weihnachtsgeschichte langweilte Tilli zum erstenmal. Früher hatte sie sie nicht oft genug hören können. Cori, ihre Schwester, bekam einen Lachkrampf, als sie zu dritt »Stille Nacht« für die Kiefer intonierten; ihre Mutter hatte vergessen, Mon Chérie zum Wegwerfen zu kaufen, und als es an die Geschenke ging, wünschte Tilli sich so sehr nach Lehnitz in ihr Kabuff, daß ihr schlecht wurde.

Sie fühlte sich fremd neben den beiden Frauen, die ihre nächste Verwandtschaft darstellten. Ihre Mutter redete schon beim Auspacken über das Fernsehprogramm, und

Cori war beleidigt, weil sie statt der erhofften Quarzuhr im Armreif eine normale Ruhlaarmbanduhr gekriegt hatte, mit der sie in der Schule nicht angeben konnte. Nichts von Ediths mütterlicher Wärme oder Fräulein Schmidts ansteckendem Geblödel.

Und, obwohl sie es sich ungern eingestand: Ihr fehlte die Spannung, die im Raum lag, sobald Christian und sie zusammen waren.

Er war nicht weit von ihr, vielleicht eine Minute Luftlinie, wenn überhaupt, und packte vielleicht auch gerade Geschenke aus, die er nicht brauchte. Vielleicht fühlte er sich genauso verloren wie sie. Was war das bloß! Tilli wußte genau, wie angeödet sie gewesen wäre, wenn Christian neben ihr gesessen hätte. Aber er war nicht da, und deshalb fehlte er ihr.

Die nächsten beiden Tage verbrachte sie im Dämmerschlaf. Sissi und Winnetou verschmolzen zu Sissetou. Sie sah kaum hin, so sehr wünschte sie sich fort. Wurde man so erwachsen? Merkte man es daran, daß man sich bei denen, mit denen man den kindlichen Alltag geteilt hatte, nicht mehr heimisch fühlte, andere Dinge im Kopf bewegte als sie und nur noch durch die Routine der allgemeinverbindlichen Riten wie Essen, Anziehen, Fernsehen mit ihnen verbunden war?

Wenn man erwachsen war, verließ man sein Elternhaus. Der Prozeß war normal. Sie sagte es sich wie eine Litanei vor. Ja, aber sie *wollte* nicht erwachsen werden!

Am zweiten Feiertag nahm Tilli sich vor, dieses Dings, dieses Erwachsenwerden mit Edith neu zu definieren. Es stellte sich inzwischen schwieriger dar, als sie angenommen hatte. Vielleicht hatte sogar Christian was dazu zu sagen. Aber zu viel an Christian zu denken vermied sie, es tat ihr nicht gut.

Als Tilli endlich wieder den Weg am Stacheldraht entlang zum Objekt ging, war es schon 1991 und das Dorf eine schmutzige Ansammlung von Steinen. Es war, als hätte sich Lehnitz wie ein Weihnachtsbaum abgeschmückt und warte nur noch auf die Müllabfuhr, um die Augen der Festmüden nicht länger zu strapazieren. Es war kalt, aber schon zu Beginn der Ferien hatte es aufgehört zu schneien. Überall lagen die grauen Reste von Silvesterraketen herum, Flaschen säumten den Rand der Straße nach Summt, und Tilli war erleichtert, als sie endlich die Glastür zum Internat in ihrem Rücken geschlossen hatte – und zu Hause war.

Es bedurfte nur einer warmen Dusche und eines Kaffees, um die Kälte und die letzten beiden Wochen wegzuspülen. Dann war sie wieder ganz da, die Tilli des letzten halben Jahres, und zum erstenmal wurde ihr deutlich bewußt, daß das eine andere Tilli war als die, die eines Septemberabends schüchtern die Tür geöffnet hatte und auf ein dickes, Eier mümmelndes Mädchen gestoßen war. Es war ein aufregendes Gefühl, sich wahrzunehmen. In Potsdam war es ihr für eine Weile abhanden gekommen.

Nach einer guten Stunde kam Edith, um ihr um den Hals zu fallen und »Ein fröhliches neues Jahr!« zu wünschen. Sie trug einen neuen Pullover, blau meliert, der ihr hervorragend stand. Leider blieb sie nicht lange. Sie wollte noch ein verspätetes Geschenk für Fräulein Schmidt einpacken.

Christian ließ auf sich warten. Er klopfte erst, als Tilli einen ersten zögerlichen Gedanken daran verschwendete, ob er über Weihnachten vielleicht ein anderes Mädchen kennengelernt ... Ein Blick in sein Gesicht, und sie wußte: Er hatte nicht. Er sah gut aus. Seine Haare waren in den paar Tagen länger geworden, oder sie lockten sich nur, jedenfalls mußte sie schlucken, als sie sich gegenüberstanden.

»Na?« sagte er, und Tilli antwortete dümmlich: »Na?«

Christian überreichte ihr ein in eine Weihnachtsserviette eingewickeltes Geschenk. »Es ist nur was Kleines«, entschuldigte er sich. »Fröhliche Weihnachten, nachträglich!«

Tilli war überrascht, daß er ihr nach der kühlen Verabschiedung in der S-Bahn überhaupt etwas schenkte, und freute sich mehr, als sie sich anmerken ließ. Sorgsam tastete sie das Geschenk ab und versuchte den Inhalt zu erraten. Unter der Verpackung fühlte es sich an wie: »Ein Deo?«

Christian schüttelte den Kopf und lächelte. Sie packte es aus.

Es war ein CS-Gas. Nach einem Jahr Hausbesetzererfahrung brauchte Tilli nur einen raschen Blick darauf zu werfen, um es zweifelsfrei zu identifizieren.

»Was *soll* das?« fragte sie entgeistert.

Christians Lächeln wurde ein wenig schief. »Das ist, für den Fall, daß ich zu aufdringlich werde und du nicht weißt, wie du mich loswerden sollst.«

Am liebsten hätte sie es sofort eingesetzt. Wahrscheinlich fand er es wahnsinnig witzig. Tilli stellte sich vor, wie Edith ihr nachher verträumt erzählte, daß Fräulein Schmidt ihr ein Paar Ohrringe geschenkt hatte. »Silber, mit Lapislazuli. Und du, hast du auch etwas von Christian bekommen?«

»Ja. Ein K.-o.-Spray«, würde sie ebenso verträumt sagen. Und nach so einem Typen hatte sie sich fast ein bißchen gesehnt! Zum Geburtstag würde er ihr vermutlich ein MG schenken und zur Hochzeit – sie durfte gar nicht daran denken.

»Vielen Dank«, sagte sie. »Ich werde es immer bei mir tragen.«

Christians Augen sah sie an, wie er sich in sich zurückzog. Wie beruhigend. Es war alles beim alten geblieben. – Moment: Das betraf nur Christian.

Er war kaum zu Edith aufgebrochen und Tilli dachte, daß die ihn vielleicht gerade gar nicht gebrauchen konnte, weil sie mit Fräulein Schmidt – da traf Nina ein. Schön wie immer, vielleicht sogar noch schöner in ihrem neuen hellgrauen Wollmantel, den sie unmöglich selbst bezahlt haben konnte.

»Hallo, mein Schatz«, sagte sie und gab Tilli einen Kuß. Seit einer Weile hatte sie sich angewöhnt, alle und jeden mit »mein Schatz« oder »Süße« anzureden, sie brauchte sich darauf weiß Gott nichts einzubilden.

Was Aussehen und Benehmen betraf, gehörte Nina längst zur *upper class* – den Begriff hatte Tilli auch von ihr. Eigentlich brauchte sie kein Abitur mehr. Sie würde auch ohne diesen Ballast überall hinkommen, soviel war klar.

»Was ist denn das, hast du Angst vor mir?« Nina zeigte fragend auf das CS-Gas.

Tilli schürzte bedeutungsvoll die Lippen. »Nein, vor deinem Freund.«

Nina zog die gezupften Brauen in die Höhe. »Vor Thomas? Der mag dich doch. Er findet dich ulkig, das hat er mir selbst gesagt.«

»Danke«, knurrte Tilli.

Nina griff in ihre Umhängetasche und stellte einen Schokoladenweihnachtsmann auf den Tisch. »Für dich.« Dann steckte sie sich eine ihrer dünnen Zigaretten an. Den Mantel trug sie immer noch. »Übrigens, ich schlafe nicht hier.«

»Aha.« Sie hatte seit Wochen nicht mehr im gemeinsamen Stübchen geschlafen. Tilli empfand es schon als etwas Besonderes, sie manchmal nachmittags, sozusagen zu Besuch, dazuhaben.

»Ich ziehe zu Thomas«, fuhr Nina fort. »Sein Mitbewohner hat aufgegeben. Jetzt können wir uns zu zweit dort einrichten.« Sie lächelte Tilli an. »Hast du was dagegen?«

»Würde das was nutzen?« fragte Tilli.

Nina warf den Kopf zurück, daß die Haare flogen, und lachte. Auch ihr Lachen klang neuerdings anders. Perlend, nicht mehr so knarzig wie früher. Gegen ihren Willen mußte Tilli sich eingestehen, daß Nina ihr fehlen würde. Sie waren so verschieden wie Tag und Nacht, und oft genug hatte sie das affektierte Herumgeturtel der schönen Zimmergenossin regelrecht zur Weißglut getrieben, aber wenn sie allein gewesen waren, hatte Nina sie oft zum Lachen gebracht. Ihre Zigaretten würden ihr fehlen, dachte sie, ihr betörender Anblick, das Leichte, das ihr anhaftete.

Sie bemühte sich, es sachlich zu sehen. Immerhin: Ninas Auszug hatte auch Vorteile. »Kommst du ab und zu mal zum Wein hoch?«

»Natürlich, Schätzchen.«

Nina war schon im Gehen begriffen, aber als sie an Tillis Liegewiese vorbeikam, blieb sie stehen und drehte sich noch einmal um. »Soll ich dir zum Abschied einen kleinen Tip schenken?« fragte sie.

Sie kam zurück an den Tisch. Ihre blauen Riesenaugen funkelten.

»Wie weit bist du eigentlich mit deinem Freund?« erkundigte sie sich. »Immer noch beim Reden?«

Tilli hob die Schultern. Wie kam sie darauf? »Na ja, wir ...«, begann sie, aber Nina unterbrach sie.

»Falls ihr mal irgendwann darüber hinauskommt«, sagte sie. »Steh auf!«

Tilli erhob sich gehorsam.

»Und jetzt zieh deinen Pullover hoch!«

»Was?«

»Mach schon!« sagte sie ungeduldig. »Hier ist geheizt.«

Langsam hob Tilli ihren Pullover und das Unterhemd ein Stück an.

»Okay«, sagte Nina zufrieden. »Wie ist das?« Mit einem ihrer langen, manikürten Finger strich sie ihr zart oberhalb des Beckenknochens über die Haut. Es war nur ein Hauch, aber Tilli zuckte zusammen und hielt die Luft an. Mit einem Schlag lief eine Gänsehaut über ihren ganzen Körper.

Nina lächelte breit. »Das ist eine sehr dankbare Stelle. Wenn du die berührst, kannst du praktisch mit jedem Mann machen, was du willst.«

Tilli ließ den Pullover fallen. Ihr war immer noch ganz anders. »Und umgekehrt?«

Nina verzog den Mund ein wenig. »Männer kennen sich auf der Körperkarte meistens nicht so gut aus. Das ist *unsere* Waffe.«

»Und was ist mit einem Mann, mit dem ich auch ohne *das* machen kann, was ich will?«

Nina schüttelte sich in gespieltem Entsetzen. »Laß ihn fallen, wenn du ein bißchen Spaß haben willst.« Sie nahm ihre Tasche, strich sich die goldenen Haare zurück und ging.

Drei

Der Januar begann schleppend. Die Müdigkeit, die der letzte Höhepunkt eines Jahres immer nach sich zieht, machte sich bemerkbar; es wurde nicht wärmer, aber es gab auch keinen tröstenden Schnee, und das trübe Milchlicht der Wintersonne tat ihr übriges.

Sie saßen die Stunden ab. Fast schien es, daß die Lehrer das auch taten. Das Schuljahr ging in die letzte Phase, aber niemand hatte noch die Kraft, um Durchschnitte zu kämpfen.

In Englisch gab es eine Neuerung, von der Tilli nicht so genau wußte, ob sie sie gut finden sollte oder nicht: Ihre Seminargruppe wurde aufgeteilt und hatte von nun an getrennt Unterricht. Tilli konnte sich nicht erklären, was das Ganze jetzt, am Ende der elften Klasse, sollte, aber sie steckte ja auch nicht drin. Vielleicht war schon immer die Einstellung eines zweiten Englischlehrers geplant gewesen, und jetzt konnte ein solcher erst finanziert werden, und vielleicht sah der Schlüssel für den Sprachunterricht weniger Schüler vor. Russisch zum Beispiel hatten sie von Anfang an getrennt bei zwei Lehrern gehabt.

Nach der Aufteilung der Englischklasse verschwand ein riesiger, furchteinflößender Mann, der sich Mr. Jäger nannte, mit der Hälfte der Seminargruppe in den Tiefen des Schulhauses. Zu dieser Hälfte gehörten Fräulein Schmidt und Christian. Edith und Tilli blieben verwaist in der Obhut des freundlichen Mr. Tanner zurück und brachen sich weiterhin halbherzig die Zungen am »th«.

Im Matheunterricht berechnete Herr Kegler mit ihnen den Flächeninhalt des neugebauten ALDI-Marktes und des »Objektes«.

Herr Brüter, ihr Physiklehrer, der sie nur noch selten mit »Zug« ansprach, ließ sie ein ums andere Mal Flugbahnen von Geschossen berechnen. Was sie in Chemie machten, war Tilli völlig schleierhaft.

Bei Klausuren ließ Edith sie abschreiben, sonst hätte sie ernste Probleme bekommen.

Tilli ging trotzdem ganz gern zu Chemie, weil sie für den Lehrer schwärmte. Er hieß Herr Schöffe, kam eigentlich von der Uni, man munkelte, strafversetzt worden, und mußte sich zwischen ihnen fühlen wie Orpheus in der Unterwelt. Taube Gestalten, die, an Molekülketten gebunden, im wabernden Äther der Anorganik herumtappten. Er hätte mit ihrer Dummheit Walzer tanzen können, wie der Physikfeldwebel. Aber er tat es nicht. Das lag wohl daran, daß er nicht ausschließlich für die Chemie lebte und es also auch von niemand anderem verlangte.

Manchmal, und um solcher Stunden willen liebte Tilli ihn, erzählte er ihnen von Händel-Opern, die er im Staatstheater gesehen hatte, oder er rezitierte ein paar Passagen aus Goethes »Faust«.

Herr Schöffe verehrte Goethe. Mit einigen gefälligen Reimen à la »Osterspaziergang« konnte man ihm, und damit sich, den ganzen Tag versüßen. Was er nicht leiden konnte, war Lethargie. Da wurde er fuchtig.

Also bemühte Tilli sich, wenn sie in Chemie schon nicht durchsah, wenigstens auf geistreiche Art blöd zu sein. Und das funktionierte ganz gut.

Irgendwann in diesem toten Januar kam er – flink wie ein Wiesel – mitten in einer schriftlichen Arbeit zu Edith und ihr an den Tisch. Vielleicht hatte er Wind von ihrer Koproduktion bekommen. Tilli senkte den Kopf über ihr Blatt und tat so, als würde sie emsig schreiben.

»Wie geht's vorwärts?« fragte er leise.

»Geht so«, murmelten Edith und sie synchron.

Er nickte, und Tilli hoffte, daß er verschwinden würde. Er blieb aber stehen.

»Sagen Sie, Frau Albrecht«, fragte er plötzlich, »was möchten Sie nach dem Jahr bei uns eigentlich studieren?«

Tilli fiel beinahe der Kugelschreiber aus der Hand. Schnell deckte sie eine Gleichung ab, die sie sich gerade ausgedacht hatte. »Archäologie«, stotterte sie.

Herr Schöffe nickte wieder, lächelte freundlich und flüsterte: »Gut. Da brauchen Sie ja keine Chemie.« Er tätschelte ihr die Schulter und ging nach vorn. Sie atmete auf. Edith grinste vor sich hin.

Auf halbem Wege kehrte Herr Schöffe plötzlich wieder um und eilte mit den leuchtenden Augen dessen, der gerade eine Eingebung gehabt hat, zu ihnen zurück. »Sie brauchen *doch* Chemie!« raunte er entzückt. »Wegen der Knochenanalysen.« Ein abermaliges Tätscheln, und er ging hinter Reagenzgläsern und Erlmeierkolben in Deckung.

Knochenanalysen? dachte Tilli dumpf.

In Deutsch kämpfte Frau Michel darum, daß ihre Schützlinge die Gesetzmäßigkeiten der deutschen Grammatik anerkannten – es war ein echter Klassenkampf: sie gegen die Klasse –, und jedes Komma, das sie nicht auf Anhieb erklären konnte, wurde wie ein Sieg gefeiert. Leider verfügte Frau Michel über schwerere Geschütze als sie: Das Februarzeugnis.

Tilli freute sich jetzt schon auf die drei Wochen Ferien danach.

Birthe hatte ihr geschrieben. Sie hatte die letzten beiden Februarwochen frei und wollte mit ihr nach Leipzig fahren. Eine kleine Nostalgietour. Sie hatte sogar schon Übernachtungen in ihrem ehemaligen Internat klargemacht, das über die Ferien leer stand.

Wenn Tilli an Birthe dachte, tauchten alte Bilder wieder auf, Schatten einer fernen Vergangenheit. Dann schwankte sie zwischen einer kindlichen Sehnsucht, die an Heimweh erinnerte und die mit der Erinnerung an sonnige Stunden auf dem Dach ihres Barockhauses oder die Enge ihrer dunklen WG-Küche einherging und tiefer Erleichterung, das unscheinbare neidische Etwas, das sie in dieser Zeit gewesen war, hinter sich gelassen zu haben.

Sie hatte Birthe seit ihrem Auszug nicht gesehen. Manchmal, wenn Tilli an den geplanten Urlaub dachte, bekam sie vor Freude Hummeln in der Hose und wäre am liebsten sofort losgerannt.

Aber es waren noch ein paar Wochen bis Buffalo.

Nachmittags vertrieben sie sich die Zeit jetzt häufiger bei Funes mit einem brandneuen Spiel, das Fräulein Schmidt zu Weihnachten geschenkt bekommen hatte (nicht von Edith). Es hieß »Adel verpflichtet« und war ein absolut passendes Medium, um sie als das zu entblößen, was sie im Grunde ihres Herzens wirklich waren. Das Spiel funktionierte so, daß jeder der Mitspieler zum Antiquitätenliebhaber ernannt wurde, der eine möglichst wertvolle Sammlung alten Trödels zusammenbekommen mußte. Dazu war jedes Mittel recht: Kaufen, Handeln, Stehlen. Natürlich waren die anderen auch nicht faul, die kauften und stahlen ja auch oder erwischten einen Dieb und steckten ihn in den Knast.

Dieses Spiel war schon von anderem Kaliber als »Mensch ärgere dich nicht« und die wenigen anderen Spiele, die sie aus der DDR kannten.

Für die Entwicklung eines Kapitalistenspieles wie »Adel verpflichtet« wäre man damals für eine Dekade nach Bautzen gegangen, und Arbeiterspiele, wie zum Beispiel »Jede Menge Kohle – sei dein eigener Adolf Hennecke«, hatte niemand erfunden, weil erstens niemand ernsthaft Minenarbeiter sein wollte, nicht mal im Spiel, zweitens hatte niemand die Zeit gehabt, sich mit solchem Kikifax wie Spielen abzugeben, weil eben alle arbeiten gegangen waren. Nicht wie im Westen, wo Spieleerfinden selbst als Arbeit angesehen wurde.

Jedenfalls lernten sie mit Hilfe von »Adel verpflichtet« endlich mit Geld umzugehen. Dem einen gelang es besser als dem anderen. Edith etwa hatte am Spielende immer noch fast alle Geldkarten auf der Hand, weil sie sich von ihnen nicht trennen mochte, und ergatterte ihre Antiquitäten über Diebstahl und Festnahme von Dieben. Das funktionierte ein paarmal, dann kannte jeder ihre Strategie, und sie kam damit nicht mehr durch. Christian setzte auf Risiko. Manchmal klappte es, daß er bekam, was er wollte, allerdings eher selten. Meistens hatte er einfach Pech. Dann wurde er wütend, und es war ihm anzusehen, daß er sich beherrschen mußte, seine Karten nicht auf den Tisch zu werfen und auszusteigen.

Tilli spielte auf Glück, ohne groß nachzudenken, und es lief mal so, mal so. Aber da sie keine Pläne ausgetüftelt hatte, ärgerte sie sich wenig über Verluste, dafür freute sie sich um so mehr über einen Glücksstreich. Eigentlich weniger ihretwegen – es war zu schön, Christian zuzusehen, wie er an den Rand eines Nervenzusammenbruches geriet, weil sie ihm einen Dieb weggenommen hatte, nachdem er eine Viertelstunde lang überlegt hatte, ob er den Dieb legen sollte oder nicht.

Am häufigsten allerdings gewann Funes. Wieder einmal wußte keiner, wie er das machte. Er überlegte nie länger als sie und quasselte dabei so viel, daß ohnehin nach zehn Minuten alle wußten, welche Karten er auf der Hand hatte. Vielleicht deshalb. Sie nahmen ihn nicht ernst – und bums, plötzlich saß er ihnen im Nacken.

Hin und wieder ließen sich bei Funes auch andere Leute aus ihrer Klasse blicken, die langsam aus ihrem gesellschaftlichen Halbschlaf erwachten.

Philo beispielsweise, ein etwas verträumter Blonder, der sich gern über die Erbsünde und den in ihrer Folge bevorstehenden nahen Weltuntergang unterhielt. Er hatte in Edith eine würdige Gesprächspartnerin gefunden, und wieder einmal merkte Tilli, wie es an ihr nagte. Nicht, daß sie versessen auf die Apokalypse war, es störte sie nur, daß Philo nicht einmal *versuchte*, sie in das Thema zu verwickeln. Um ehrlich zu sein, mußte Tilli zugeben, daß er sie komplett ignorierte.

Axel, ein langer, mit Aknenarben übersäter Junge, war im Dezember zu Funes gezogen, weil er keine Lust mehr hatte, jeden Tag nach Hause zu fahren, und weil nur bei Funes noch Betten frei waren. (Vielleicht auch, weil es bei ihm immer was Warmes zum Abendbrot gab.) Zum Glück war Axel unkompliziert und immun gegen die Verbalfeuer seines Mitbewohners. Im Gegenteil, er selbst hörte sich auch gern reden, und Tilli hatte den Eindruck, daß es für Funes schwieriger war als für Axel, damit zurechtzukommen.

Barbara sah sie selten, sie spielte nicht gern. Außerdem hatte sie inzwischen einen Freund, nämlich den Blonden aus der SG 5, mit dem Tilli sie im Herbst beim Essen gesehen hatte.

Es war überhaupt erstaunlich, wie schnell sich allerorten Pärchen gebildet hatten. Die ersten waren schon wieder getrennt und brachten schlechte Luft ins Internat. Man merkte es in den Pausen, wenn Mädchengruppen im Flur einen feindseligen Blick aufsetzten, wenn ein bestimmter Junge in ihre Nähe kam; sobald er vorbei war, tuschelten die Verlassenen oder trösteten sich gegenseitig.

Tilli fand es nicht viel anders als damals in der POS, obwohl sie inzwischen alle ein paar Jahre älter waren und man doch eigentlich ein wenig mehr Contenance hätte erwarten können. Hoffentlich blieb das nicht ein Leben lang so, dachte sie, daß die Mädchen kicherten wie Legehennen oder weinten und die Männer coole Sprüche droschen und verklemmt waren, wenn es wirklich mal ans Eingemachte ging. Aber *viel* Hoffnung hatte sie nicht.

Es gab Tage, an denen sie dachte, daß Christian und sie die Talsohle durchschritten hatten und der zermürbende Kleinkrieg der letzten drei Monate nur ein nötiges Vorspiel zum Auftakt einer reifen Freundschaft, wenn nicht sogar einer frischen Liebe gewesen war. Sie waren beide Anfänger, wie konnten sie erwarten, daß ihre erste ernste Beziehung reibungslos verlaufen würde!

Komisch war nur, daß genau das bei Edith und Fräulein Schmidt offensichtlich klappte. Die beiden waren noch immer *das* Lehrbeispiel für Liebesglück.

Sie und Christian waren von Natur aus kantiger, das merkte Tilli oft, aber manchmal war sie davon überzeugt, daß sie sich eines Tages aneinander rund geschliffen haben würden, und dann würde es genauso schön werden wie bei den anderen. Diese Hoffnungsanfälle waren allerdings verhältnismäßig selten und währten nur kurz.

Eines frostigen Abends etwa kamen sie alle vier vom Schlittschuhlaufen auf dem Lehnitzsee zurück. Es war lustig gewesen. Fräulein Schmidt und sie hatten eine Schneerampe gebaut, und dann hatten sie geübt, darüber zu springen. Als die Rampe, was nicht lange gedauert hatte, restlos demoliert gewesen war, waren sie zu Paartanz übergegangen. Edith hatte Tränen gelacht, wenn Fräulein Schmidt versuchte, sie zu stemmen, und jedesmal unter ihr zusammenbrach.

Christian und Tilli fielen auch hin, aber ein- oder zweimal trug er sie ein paar Meter über das Eis, und Edith versicherte ihr, daß es gar nicht so schlecht ausgesehen habe.

Zwischendurch, wenn ihnen die Kälte in die Glieder kroch, gingen sie hinüber zur Thermoskanne, die Fräulein Schmidt mitgebracht hatte, und tranken Glühwein. Sogar Edith. Sie waren alle leicht beschwipst, als es dunkel wurde. Edith hängte sich vorsichtshalber bei Fräulein Schmidt ein, als sie über den See zurückgingen.

Ab und zu krachte es unter ihren Füßen, und Christian erzählte sehr detailfreudig von Eisunfällen, die er aus seiner Kindheit kannte.

Daraufhin hängte Tilli sich auch ein. Er hielt sie fest, und behutsam wie Christophorus bugsierte er sie über den See nach Hause.

Wenn Christian einmal trank, dann dauerte es nie lange, daß er locker und gesprächig wurde. So hatte Tilli ihn am liebsten. Wenn es nach ihr gegangen wäre, hätte sie ihn stets in einem leichten Alkoholrausch gehalten, und sie wären glücklich gewesen bis an ihr seliges Ende, davon war sie überzeugt.

An der Wirkung, die Alkohol auf ihn hatte, merkte sie, daß die Schwermut und die Zweifel, die er mit sich herumschleppte, Zugaben der letzten Zeit sein mußten oder vielleicht das Ergebnis einer zu strengen Erziehung waren. Wenn es stimmte, daß nach einigen Gläschen Gegorenem der wahre Mensch zum Vorschein kam, dann war der wahre Christian nämlich weit entfernt von dem, den *sie* kannte.

An Abenden wie diesem war es inzwischen selbstverständlich, daß er noch mit zu ihr ging. Irgendwie schien er einen extra Sinn dafür entwickelt zu haben, ob es gut war, sich bei ihr einzuladen, oder nicht. Außerdem argwöhnte Tilli, daß er wußte, daß sie ihn beschwipst gern hatte, und er war nie besoffen genug, das nicht auszunutzen.

Christian ließ sich sofort aufs Bett fallen, während sie daranging, ihnen einen Grog zu kochen, um den Abend abzurunden. Sie war gerade dabei, den Klaren zu öffnen – sie nahm immer Klaren statt Rum, das war billiger –, da rief er herüber, daß er nur Wasser wolle, Hauptsache heiß.

Leicht verstimmt ließ Tilli den Schnaps daraufhin auch bei sich weg. Es schien ihr zu gefährlich, daß er einen klareren Kopf hatte als sie selbst. Dann nahm sie die Becher mit zum Bett.

Es war nicht gemacht. Sie sah, daß Christian sich einfach auf die zerknautschte Decke gelegt hatte und die Arme unter dem Kopf verschränkt hielt. Mit gelindem Schrecken wurde sie gewahr, daß er sich bis auf den Schlüpfer ausgezogen hatte.

»Du kannst bei mir schlafen, wenn du willst«, sagte sie kühl, um das Ruder wieder in die Hand zu bekommen.

Christian lächelte und nahm seinen Becher entgegen.

Bevor sie zu ihm ins Bett stieg, zog Tilli die Hose und ihre Strumpfhose aus. Den Rest behielt sie vorsichtshalber an. Man mußte ja keine schlafenden Hunde wecken.

Dann lagen sie da, tranken Wasser und plauderten. Tilli genoß es. Es kam selten genug vor, daß einfach alles in Ordnung war. Warum konnte es nicht immer so sein?

»Wenn wir ein bißchen üben«, sagte Christian, »können wir uns in ein paar Jahren zur Weltmeisterschaft im Paarlauf anmelden.«

Sie kicherte. »Ja. Als Clowns, im Vorprogramm.«

Er lachte sein hohes Lachen, das Tilli schon seit Ewigkeiten nicht mehr gehört hatte. Dann drehte er sich auf die Seite und sah sie an. Seine Augen glänzten, aber sie war sich nicht sicher, ob der Glühwein dabei seine Finger im Spiel hatte. »Ach, Tilli. Manchmal ist es richtig schön.«

Sie setzte sich auf. »Was?«

»Na das hier. Das Leben.«

Tilli stellte den Becher neben das Bett. Das Wasser hatte ihr die Zunge verbrannt. »Und sonst?« fragte sie.

»Sonst? Sonst ist es doch eher ein irrwitziger Alptraum, oder?«

»Meinst du?« Sie streckte die Zehen und sah, daß sich ihre Fußnägel schon wieder einwärts bogen. Das waren doch keine Frauenfußnägel! Irgendeiner ihrer Vorfahren mußte eine Krähe gewesen sein. Schnell versteckte sie sie unter der Bettdecke. »Ein irre witziger Halbtraum«, sagte sie gähnend. Ihr war nicht nach ernster Unterhaltung. Der Nachmittag war so leicht gewesen. Sie wollte ihn unbedingt über den Abend retten.

»Wortverdreherin!« brummte Christian.

»Dortverweherin.«

Christian grunzte und schlug mit seinem linken Fuß gegen ihr deckengeschütztes Bein.

Tilli gab auf. »Na gut. Was soll denn nun am Leben so alptraumhaft sein?« fragte sie schläfrig.

Kaum hatte sie ausgesprochen, zog Christian sich in sein Schneckenhaus zurück, wie immer, wenn er meinte, auf gefährliches Terrain zu gelangen. An diesem Punkt hörte sie jedesmal auf, das Mädchen zu sein, das er begehrte. Stattdessen wurde sie zu einer Spionin, jedenfalls fühlte sie sich so, obwohl sie keine Ahnung hatte, was sie ausspionieren sollte.

»War *dein* Leben etwa glücklich?« fragte er.

Eine Gegenfrage. Nun gut. »Ich weiß nicht. Im letzten Sommer nicht so.« – »Willst du eine Information, gib zuerst eine preis!« hatte Birthe immer gesagt. Er biß sofort an.

»Warum nicht?«

»Ich weiß es eben nicht genau«, sagte sie wahrheitsgemäß. »Nicht, weil ich keine Arbeit hatte, glaube ich. Es war nur alles anders als vorher. Ich mußte mich neu definieren. Auch das Wort Glück mußte ich neu definieren. Auf einmal war ich sozusagen selbst meines Glückes Schmied. Das war ungewohnt, verstehst du.«

Tilli dachte an Birthe. War sie glücklich? War sie es mit ihr gewesen? Tilli nahm sich vor, sie unbedingt danach zu fragen. »Aber ich glaube, daß ich auch nicht direkt *unglücklich* war«, fuhr sie fort. »Es war so etwas wie eine Auszeit. Komisch. Das verstehe ich jetzt erst. Vielleicht ist es so, daß es dann und wann taube Zeiten gibt. Aber danach kommt logischerweise wieder etwas Neues. Man kann ja schlecht achtzig Jahre lang nur so sitzen und atmen.«

»Doch«, sagte Christian.

»Quatsch. Nicht mal du. Sei nicht so wehleidig! Du hast genau wie ich einen starren Sommer hinter dir, na und? Käfer machen das doch auch so: Wenn sie nicht weiterwissen, stellen sie sich tot. Aber guckst du mal nicht hin, rappeln sie sich plötzlich auf und rennen – haste was, kannste was – in ihr nächstes Abenteuer. Genau wie wir. Hättest du dir vor einem halben Jahr vorstellen können, daß du heute als Angehöriger der Bundeswehr mit einem Mädchen in einem klapprigen Bett liegen und über das Glück reden würdest?«

»Du bist so erfrischend optimistisch«, sagte Christian nach einer Weile. »Ich wollte, ich wäre auch so.«

Tilli sprang plötzlich die Wut an. »Ich bin überhaupt nicht optimistisch!« brüllte sie, ohne Rücksicht auf ihre Nachbarn. »Ich versuche nur zu erklären, daß das das Leben ist – daß immer was kommt. Ich zum Beispiel treibe so vor mich hin, und wenn ich zufällig in eine günstige Strömung gerate, paddle ich ein bißchen mit. Das ist nicht optimistisch, das ist bequem. Aber du, du versuchst ja mit aller Gewalt, günstigen Strömungen *auszuweichen*! Das ist irrwitzig, du, du – vertrackter Pessimist!«

Eine Sekunde oder länger hockten sie sich gegenüber und starrten sich an, wie zwei Kampfhähne. Tilli hörte das Blut in ihren Adern rauschen. Christian war bleich geworden. Plötzlich streckte er die Arme aus, zog sie auf seine Betthälfte und klammerte sich an sie wie ein Ertrinkender. »Hilf mir da raus«, keuchte er. »Ich komme alleine nicht auf die Beine. Ich schaff's nicht.«

Tilli stieß ihn angewidert weg. »Hilf dir selbst raus!« sagte sie hart. Sein Schweiß klebte an ihrem Gesicht, es war ekelhaft. »Ich bin nicht dein Bootsmann. Wenn du dich an mein Bein hängst, saufen wir beide ab. Wann begreifst du das endlich!«

Christian taumelte zurück. Er ließ sich auf sein Kissen fallen, am ganzen Körper zitternd wie im Schüttelfrost, und krallte sich im Bettzeug fest.

»Warum siehst du aus wie ein Mann, wenn du keiner bist?« sagte Tilli.

So oder ähnlich war es oft. Ihre Treffen begannen entspannt, aber sie endeten jedesmal damit, daß sie ihnen entglitten wie ein Paar gewachster Zügel. Tilli wandte sich von Christian ab, und Christian rollte sich wie ein Igel zusammen. Manchmal vergingen dann ein paar Tage, in denen sie kein Wort wechselten und Edith vorwurfsvolle Blicke von einem zum anderen warf. Aber immer war er es, der das Schweigen brach.

Tilli konnte darauf warten, daß er irgendwann an ihre Tür klopfte, um sich zu entschuldigen. Sogar wenn eindeutig sie diejenige gewesen war, die das Faß zum Überlaufen gebracht hatte. Das machte die Sache nicht besser, denn sie wußte, daß sie ihn in der Hand hatte. So unglaublich es klang: Sie konnte *tatsächlich* mit ihm machen, was sie wollte, er kam trotzdem immer wieder, wie ein Hund.

Nur einmal, in der zweiten Januarwoche, schien sich bei ihm so etwas wie Widerstand gegen die verächtliche Art, mit der sie ihn behandelte, zu regen.

Sie waren auf dem Rückweg vom Biologieunterricht in der Oranienburger Volkshochschule. Es war gegen sechs und die S-Bahn ziemlich voll, weil die Werktätigen ihrem wohlverdienten Feierabend entgegenratterten. Edith und Fräulein Schmidt waren noch in Oranienburg unterwegs, um die Buchhandlungen nach irgendeinem Buch über alternative Lebensformen abzugrasen, und so blieb Tilli nichts weiter übrig, als mit Christian allein den Heimweg anzutreten.

Zu allem Übel hatten sie sich schon im Unterricht gestritten. Und sie gab sich keine Mühe, ihre schlechte Laune zu verbergen, wozu auch?

Als sie über die Brücke fuhren, die Lehnitz mit Oranienburg verband, und Christian sie fragte, ob sie ihn auf einem Spaziergang um den See begleiten würde, antwortete sie, wenn sie sich langweilen wolle, könne sie das wesentlich bequemer in ihrem Zimmer tun, dazu müsse sie nicht um einen See laufen.

Sie sagte es so nebenher. Sie sah Christian nicht einmal dabei an, sondern aus dem Fenster, von dem man einen guten Blick auf das Eis hatte, auf dem sie manchmal Schlittschuh liefen. Tilli war neugierig, ob sie einen Bekannten erspähen würde. Christian wandte sie sich erst zu, als sie ihn mit merkwürdig rauher Stimme sagen hörte:

»Macht es dir eigentlich Spaß, mich zu demütigen?« Seine Augen hatten sich verengt, und die Hände, das einzige an ihm, was sie vorbehaltlos liebte, lagen, zu Fäusten geballt, auf der grünen Gasmaskentasche.

Tilli zuckte die Achseln. »Wenn's dich stört, dann wehr dich doch.«

Sie griff nach ihrer Tasche, die auf dem Boden lag, aber ehe sie sie erreichte, stand Christian auf, trat einen Schritt auf sie zu und schlug ihr eine seiner großen geliebten Hände ins Gesicht, daß Tilli in Eberswalde die Glocken läuten hörte. Dann setzte er sich wieder.

Die Werktätigen um sie herum warfen ihnen verstohlene Blicke zu.

Tilli traten vor Schmerz, aber mehr noch vor Empörung und Scham die Tränen in die Augen. Das machte sie noch wütender.

»Hast du sie nicht mehr alle?« zischte sie.

Christian lehnte sich zurück. »Du wolltest es ja nicht anders.«

Außer sich vor Wut holte sie aus und knallte ihm ihrerseits eine, und vermutlich wäre es, zum Gaudi ihrer Mitreisenden, so weitergegangen, wenn die Bahn nicht in Lehnitz eingefahren wäre.

»Das kriegst du wieder!« schrie sie, bevor sie die Bahnhofstreppe hinunter und den ganzen Weg nach Hause rannte, um möglichst viel Platz zwischen den tollwütigen Christian und sich zu bringen.

Als Tilli in ihrem Zimmer in den Spiegel sah, zeichneten sich deutlich fünf rote, wohlgestalte Finger auf ihrer Wange ab. Die brannte noch immer wie Feuer. Aber trotzdem: Auf seine Hände ließ sie nichts kommen. Nur ihr Besitzer war total kaputt.

Nach diesem Vorfall dauerte es fast eine Woche, bis er an ihre Tür klopfte.

Die alten Römer schworen auf Zuckerbrot und Peitsche, um das Volk ruhigzuhalten. Offensichtlich hat sich das Rezept über ein paar Jahrtausende hinweg bewährt. Die Römer hatten eben Erfahrung im Umgang mit der Macht. Nach nur einem knappen Vierteljahr hatte Tilli sie auch.

Zuckerbrot und Peitsche bewähren sich auch bestens im Umgang zwischen Liebenden. Quatsch. Sie waren keine Liebenden. Was waren sie eigentlich? Feinde, die ab und zu Waffenstillstände schlossen und gegen einen Dritten durchaus sogar einmal zu Verbündeten werden konnten?

Edith hatte es wirklich nicht leicht mit ihnen. Sie gewährte ihnen abwechselnd Audienz, hörte sich die wechselseitigen Beschuldigungen an und bemühte sich nach Leibeskräften, einen guten Diplomaten abzugeben. Wenn Christian für Rußland und sie für Frankreich stünde, dachte Tilli oft, wäre Edith ein perfekter Talleyrand.

»Das liegt alles nur daran, daß ihr noch nicht beziehungserprobt seid!« sagte sie weise. »Eigentlich seid ihr nämlich wie füreinander geschaffen. Wann willst du das endlich mal wahrhaben?«

»Wenn Christian anfängt, sich von einer Memme in einen Mann zu verwandeln.«

Edith ließ ihr einen ihrer nachsichtigen Erzieherinnenblicke zukommen. »Hast du schon mal darüber nachgedacht, daß er vielleicht wirklich ein paar schlimme Erfahrungen gemacht hat, die ihn nicht loslassen, und daß er deshalb so empfindlich ist?«

»Empfindlich ist gut!« schnaufte Tilli. »Welche Erfahrungen sollten das wohl sein, die einen dermaßen empfindlich werden lassen. Seine Eltern leben noch, soviel ich weiß.«

Sie fixierte Edith argwöhnisch. Christian hockte fast genauso oft bei ihr herum wie sie. Es war denkbar, daß Edith inzwischen mehr wußte als sie. Edith hatte den Job der Beichtmutter angenommen, den sie abgelehnt hatte.

»Ich weiß es nicht«, gab Edith zu. »Es kann alles mögliche sein.«

»Dann könnte er es mir sagen, verdammt noch mal. Wir könnten darüber reden. Wie soll ich denn mit jemandem umgehen, der bei jedem falschen Ton durchdreht, ohne wenigstens zu wissen, welche Töne ich meiden soll. Das ist nicht fair!«

Edith faltete sorgfältig ein leeres Schokoladenpapier zusammen und legte es zur Seite. »Gib ihm doch einfach ein bißchen Zeit. Er ist kein solches Stehaufmännchen wie du.«

Sie schmunzelte. »Erinnerst du dich eigentlich noch an unsere erste gemeinsame Wache? Als wir uns so fürchterlich selbst bemitleidet haben, daß es schon getropft hat? Ich finde, daß unser Selbstbewußtsein seitdem rapide genesen ist.«

Sie tippte Tilli leicht gegen die Brust. »Und du hast deine Genesung zum größten Teil einem Arzt namens Christian zu verdanken. Nun stoße ihn nicht dauernd vor den Kopf, bloß weil er auch ein paar Gebrechen hat. Das wird schon wieder. Er sucht noch.«

»Ja«, knurrte Tilli. »Er sucht eine Frau, die ihn auf den Schultern durchs Leben trägt. Sehe ich aus wie eine Walküre?«

»Du könntest trotzdem netter zu ihm sein«, sagte Edith stur. »Du vergißt nämlich, daß er einer von der raren Sorte Mann ist, der dich vermutlich sein Leben lang auf Händen tragen wird, wenn du ihn läßt. – Was willst du eigentlich? Christian ist klug, treu und hübsch, und er liebt dich wirklich. So was findest du nie wieder.«

»Schön. Das weiß ich alles. Aber fragt mich bei Gelegenheit einfach mal jemand, wie es um *meine* Liebe bestellt ist?«

»Wie denn?« erkundigte sich Edith.

»Keine Ahnung«, sagte Tilli und ging in ihr Zimmer.

Edith hatte ganze Arbeit geleistet. Tilli merkte es daran, daß sie sich nachts auf dem Bett herumwarf und darüber nachgrübelte, was sie hätte anders machen sollen. Sie hatte doch normal reagiert, oder etwa nicht. Edith hatte gut reden! Im Gegensatz zu ihr war sie mit einem Liebsten gesegnet, der den überwiegenden Teil des Tages lachte. Andererseits hätte sie auch nicht tauschen wollen, und was Edith da über ihre Genesung und Christian als Arzt gesagt hatte, stimmte. Natürlich war er auch hübsch, klug und ihr ergeben. Was war es also, was sie von ihm abstieß?

»Sein Gebrechen«, wie Edith es genannt hatte? Christian konnte durchaus fröhlich und gelassen sein, und wenn er es war, liebte sie ihn. Warum, zum Teufel, schlug er sich selbst also mit dieser Selbstverachtung? Jeder Mensch hat das natürliche Bestreben, den Ballast, den er trägt, abzuwerfen, warum er nicht? Warum, warum? *Welchen* Ballast? Ihr war heiß. Sie stand auf und öffnete das Fenster.

Eine eisige Bö fegte herein. Tilli ließ das Fenster trotzdem angeklappt und trank ein Glas Saft. Wie kam Edith nur darauf, daß Christian und sie füreinander geschaffen waren? Es war absurd. Sie verband nichts, gar nichts, das sah ein Blinder. Aber für alle Fälle konnte sie sich vornehmen, in Zukunft ein bißchen netter zu ihm zu sein. Es konnte ja nicht schaden.

Der Winter machte seine Runde gründlich. Im Dezember waren Tillis Milchflaschen, die sie auf dem Fensterbrett aufbewahrte, über Nacht regelmäßig geplatzt. Im Januar gab es keine Milchflaschen mehr. Der Konsum hatte angesichts der wellblechernen Übermacht nebenan dichtgemacht. Statt dessen kaufte sie, wie alle anderen, diese neuen Tetrapacks, die den Vorteil hatten, nicht zu platzen, und die sich gut auf dem Fensterbrett stapeln ließen. Aber ihr Inhalt ließ sich morgens nur mit dem Hammer bearbeiten. Irgendwann gab Tilli auf und ließ sie drinnen. Und siehe da: Solange sie sie in der Nähe des Fensters aufbewahrte, blieb die Milch trotzdem kalt.

Sie verließ das Internat und erst recht das Objekt nur, wenn es unumgänglich war. Zum Einkaufen gaben sie mittlerweile Sammelbestellungen auf, und dann wurden der Reihe nach immer zwei andere Unglückliche mit einem Handwagen (Funes!) in den neuen ALDI geschickt.

Tilli litt unter dem selbstgewählten Arrest, aber noch mehr litt sie unter der Kälte. Sie hatte nie für möglich gehalten, daß sie minus fünf Grad einmal für einen Vorfrühlingsboten halten würde, aber es war so.

Noch immer traf sich die Stammrunde fast jeden Nachmittag bei Funes im Wohnstübchen. »Adel verpflichtet« spielte niemand mehr, statt dessen trank man Zitronentee, oder was Funes sonst im Angebot hatte, und lernte für die Halbjahresklausuren. Nur die unverwüstliche Edith und ihr

Galan spazierten nach wie vor dick vermummt durch die erfrorene Botanik.

Einmal, als draußen der Frost gegen die Fenster rammte und Tilli die sechs russischen Fälle schon aus den Ohren quollen, kam das Thema aus irgendwelchen Gründen auf die mittlerweile anderthalb Jahre zurückliegende Wende. Später hätte sie nicht sagen können, wer damit angefangen hatte, scheinbar hatte die Wende sich selbst eingebracht, weil sie fand, daß sie einfach mal dran war. So was soll's geben. Tilli, die es sich mit Barbara und Christian auf Funes' Bett bequem gemacht hatte, beugte sich zum Tisch gegenüber, an dem Funes, Philo und Axel saßen, um kein Wort zu verpassen.

Berichte von ganz normalen Leuten über historische Ereignisse hatte sie, seit sie denken konnte, faszinierend gefunden. Das war wirkliche Geschichte, fand sie. Was man in Büchern als Wahrheit präsentiert bekam, waren doch meist nur Nachdichtungen von vermeintlicher Objektivität. Selbst in den relativ frischen Berichten über die Wende, die sie bisher gelesen oder im Radio gehört hatte, wurden Dinge in den Vordergrund gestellt, die für das Ereignis, so wie sie es in Erinnerung hatte, unwichtig waren oder sogar falsch.

So hatte Tilli bei einem ihrer seltenen Potsdamer Wochenendaufenthalte im Herbst, als sich der Tag der Grenzöffnung zum erstenmal jährte, eine pathetische Fernsehsendung gesehen, deren Bilder nur einen kleinen Ausschnitt der damaligen Stimmung wiedergaben. Volkseinheit, friedliche Revolution, die Kraft der Massen. Wer hatte so was eigentlich erfunden – eine Werbeagentur?

Da sie zur fraglichen Zeit in Leipzig gewesen war, hatte sie dort erlebt, wie vielschichtig die Gründe der Leute gewesen waren, zu den Montagsdemonstrationen zu gehen. Einige ernsthafte Intellektuelle hatten vorgehabt, das politische System nach Gorbatschows Vorbild zu reformieren. Viele wollten in den Westen, noch mehr wurden von einer Welle allgemeiner Erregung getragen, bei einem außergewöhnlichen Ereignis dabeizusein, das am Ende erst durch sie zu einem solchen geworden war. Und ein paar wollten einfach nur die Eltern ärgern, das heißt das ZK, weil es so autoritär war. Das kannte ja jeder. Tilli glaubte nicht, daß letztere überhaupt eine genaue Vorstellung davon hatten, was sie eigentlich erreichen wollten. Sie steckten in einer Art politischer Pubertät. Nicht viel anders dachte sie sich mittlerweile die Revolution von 1848. Sie bedauerte zutiefst, daß es keine Augenzeugen aus der Zeit mehr gab.

Axel war gerade dabei, zu erzählen, wie er eine Woche nach dem 9. November *rüber*gefahren war, um Freunde zu besuchen und das Begrüßungsgeld abzuholen. Als er mit allem durch war, hatte er noch zwei Westbier getrunken. Dann wollte er zurück.

»Ich kam gerade noch in diesen Doppeldeckerbus rein, so voll war der. Mann, das war vielleicht eine Folter! Der Bus brauchte über eine Stunde, weil er alle fünf Minuten gehalten hat. Und bei mir hat's gepreßt, wie eine Kanonenkugel, die schon Lunte gerochen hat. Vor der Glienicker Brücke bin ich raus, ich hab's einfach nicht mehr halten können. Nicht mal zum nächsten Busch hab' ich's geschafft.«

Das war doch Geschichte!

»Willst du damit sagen, daß du eingekackt hast?« fragte Barbara pikiert, die ihre buntbestrumpften Beine neben Tilli ausgestreckt hatte. Seit sie nicht mehr »Adel verpflichtet« spielten, kam sie wieder häufiger herunter.

Axel strahlte sie an. »Das kannst du laut sagen. Ich hab' mich vollgeschissen wie ein Baby.«

Babara wedelte mit der Hand. »Hör auf!«

»Und dann?« fragte Philo, den Tilli aus Frust darüber, daß er sie nicht beachtete, »Apokalyptusbonbon« getauft hatte.

Axel setzte ein Was-soll-schon-gewesen-sein-Gesicht auf. »Ich bin bis nach Babelsberg gelaufen. Da wohnt meine Tante. Mitten in der Nacht, mit vollgeschissener Hose. War toll. Sie hat sich gefreut, als ich in der Tür stand.«

Funes schenkte dampfenden Grog aus. Irgendwie hatte er

einen sechsten Sinn dafür, was seine Schützlinge brauchten. Durch Axels Geschichte ermutigt, traute Tilli sich einzuhaken. »Ich war am 9. November bei einer Gedenkveranstaltung für die Opfer der Pogromnacht von 1938. Es hat geregnet, das weiß ich noch. Als ich so gegen elf Uhr abends nach Hause kam, hab' ich ein Mädchen aus unserem Haus getroffen. Sie hat mich beinahe umgerannt und geschrien: ›Die Grenze ist offen!‹ – ›Quatsch!‹ hab' ich gesagt. Aber die hat weitergezetert: ›Doch! Sie haben es gerade im Fernsehen gezeigt!‹ Ich bin weitergegangen, und obwohl ich ihr kein Wort geglaubt habe, ist mir irgendwie mulmig geworden. Kurz darauf war dann alles klar. Und wißt ihr, was mein erster Gedanke war? Ich dachte: O Gott, es ist alles vorbei. Die Kapitalisten kommen und zerstören meine Heimat.«

»Das hast du gedacht?« erkundigte sich Barbara.

»Ja.«

»Ach. – Ich auch.«

Sie sahen sich an und lächelten, ihre Favoritin und sie.

»Na ja, und am nächsten Tag in der Buchhandlung herrschte natürlich Ausnahmezustand. Eine Kollegin war gar nicht erst gekommen, die zweite war schon um zehn Uhr morgens blau wie eine Haubitze und zeigte uns Lehrlingen dauernd ihren Schlüpfer, weil sie den mal im Intershop gekauft hatte. Peinlich.«

»Bist du nicht rüber?« fragte Funes.

»Doch. Ich hab' mein Begrüßungsgeld geholt, irgendwo in Zehlendorf, wo nichts los war und mich nicht jeder auf der Straße mit geschultem Blick als Ossi erkannt hat.«

»Und, was hast du davon gekauft?«

Tilli mußte überlegen. Sie hatte damals nichts kaufen wollen, es dann aber doch getan, weil – o Gott, jetzt fiel es ihr wieder ein: »Das war später, auf dem Ku'damm. Ich war mit einer ehemaligen Schulfreundin unterwegs, und eigentlich wollten wir nur ein bißchen gucken. Aber dann kamen wir an einem dieser Stände vorbei, wo man sich aus verschiedenen Sorten von Süßigkeiten seine eigene Mischung zusammenstellen kann und dann nach Gewicht bezahlt. Ich war völlig von den Socken. Zwei Mark fünfzig, dachte ich, für eine Riesentüte leckerster Sachen? Die Tüten hingen ja daneben, und auf dem Schild über dem Stand hatte ich den Preis gelesen. Ich dachte, daß der Stand vielleicht noch ein Willkommensgeschenk für DDR-Bürger war, und hab' zur Schaufel gegriffen. Meine Freundin gab sich mit einer Vierteltüte voll zufrieden, und ich dachte noch, daß sie doch dumm ist, eine solche Gelegenheit verstreichen zu lassen, und hab' meine Tüte bis zum Rand gefüllt. Sie hat mich ein bißchen komisch angeguckt, aber nichts gesagt.«

»Wieviel?« fragte Barbara.

Tilli merkte, wie sie rot wurde. Selbst nach einem Jahr schämte sie sich, wenn sie daran dachte, daß sie wahrscheinlich den Prototypen des Ossis im Ausland abgegeben hatte. »Achtundzwanzig Mark. Ich hatte meine Brille nicht auf, weil sie zu auffällig war, deshalb habe ich das Kleingedruckte nicht lesen können: Zwei fünfzig für hundert Gramm!«

»Du hast das Zeug hoffentlich wieder zurückgegeben!« sagte Barbara streng.

»Wie denn! Der Süßkram war doch schon total vermischt. Außerdem wollte ich ja nicht entlarvt werden.«

»Du hast diesen ganzen Scheiß bezahlt?« fragte sie ungläubig.

Tilli wagte es nicht, Barbara anzusehen, als sie sagte: »Ich habe sogar noch Trinkgeld gegeben, damit es so aussieht, als würde ich jeden Tag ein Kilo Süßigkeiten kaufen.«

Barbara schüttelte den Kopf. Natürlich wäre ihr so etwas nicht passiert, dachte Tilli. Barbara hätte es so gedreht, daß der Verkäufer ihr die Tüte umsonst überlassen hätte, weil sie ihn im anderen Fall wegen Verschleierung von Tatsachen oder unlauterer Absichten oder sonst was verklagt hätte.

»Mach dir nichts draus. Ich war auch nicht viel besser«, sagte sie plötzlich zu Tillis Überraschung. »Ich hab' mir einen Vorrat Milchschnitten gekauft, weil die in der Werbung immer so lecker ausgesehen haben. Auf dem Heimweg hab' ich eine runtergewürgt, dann kam mir der dringende Verdacht, daß die Wessis ihre Kinder vergiften wollen. Es wäre viel ehrlicher, in den Werbestreifen einfach ein Pfund Zucker und ein paar gefärbte Tortenböden zu zeigen. Den Text könnten sie meinetwegen lassen, damit die Leute mal sehen, was ihnen da untergejubelt werden soll. Na, immerhin ist es beruhigend zu wissen, daß die Wessis genauso naiv sind wie wir.«

Christian grinste verhalten. Aber es sah nicht so aus, als läge ihm eine Anekdote auf der Zunge. Er mußte schon bei der NVA gewesen sein, als allerorten die große Freiheit ausgerufen worden war. Das war doch interessant, warum erzählte er nichts darüber?

Funes hatte, wie nicht anders zu erwarten, sofort den Weg zum nächstbesten Trödler gefunden und eine spottbillige Hedwig-Bollhagen-Kanne als Weihnachtsgeschenk für seine Mutter gekauft, wodurch er in ihrer Gunst enorm gestiegen war. Die Kanne war mindestens das Zehnfache wert.

Nachdem sie angefangen hatten, in ihren Erinnerungskästchen zu kramen, kullerten die Geschichten und Geschichtchen über den Herbst 89 nur so heraus. Sie waren alle mehr oder weniger lustig, aber selbst ihnen merkte man schon die leichte Verzerrung an, die zwangsläufig auftritt, wenn Rhetorik Gedächtnislücken ersetzt. In ein paar Jahren würden aus den Geschichten Legenden werden, denen ihre Kinder mit offenen Mündern lauschen würden.

Morgens, wenn der Radiolautsprecher anging und sie daran erinnerte, daß sie seit geraumer Zeit nicht mehr arbeitslos war, galt Tillis erster Gedanke manchmal Birthe, und dann fühlte sie sich sekundenlang so verlassen wie im letzten Sommer.

Sie konnte sich nie so recht erklären, woran das lag, schließlich war der Sommer lange vorbei, und einsam war sie auch nicht. Vielleicht war Birthe durch ihre Träume gehuscht, oder es war ein Rest Gewohnheit von früher, als sie durch die offene WG-Zimmertür auf das Deckenknäuel hatte blicken können, unter dem sie gelegen hatte.

Hier war sie, seit Nina zu ihrem Fotografen entschwunden war, allein. Außer, wenn Christian bei ihr schlief, was inzwischen relativ selten vorkam.

Sie war also ihr einziger Gefährte, wenn der Lautsprecher um sechs Uhr fünfundvierzig ansprang und ein Lied schepperte, dem Tilli abergläubisch den Verlauf des Tages abzulauschen versuchte. Mochte sie es, fiel die Prognose günstig aus, war es Schrott, war alles offen. Redete aber ein Moderator um diese Uhrzeit, lohnte es sich gar nicht erst aufzustehen.

Dienstag, der 15. Januar, war ein solcher Tag. Tilli wachte von einer Männerstimme auf und dachte im ersten Moment, daß Christian jetzt schon anfing, sie vor Sonnenaufgang heimzusuchen. Als sie widerwillig die Augen aufschlug, nahm sie erst erleichtert, dann bestürzt zur Kenntnis, daß es das Radio war.

Sie stand vorsichtig auf, und während sie die Kaffeemaschine anstellte, die Nina ihr großmütig hinterlassen hatte, hörte sie der Stimme mit halbem Ohr zu, in der Hoffnung, irgend etwas über das Wetter zu erhaschen. Langsam schlug ihr der Dauerfrost aufs Gemüt. Wenn es wenigstens schneien würde, dann wäre es heller, und sie würde nicht unter dem ständigen Zwang leiden, das Abendbrot vorbereiten zu müssen.

Ihre Stimmung hob sich erst, als sie nach dem Bericht die »Housemartins« spielten, die einzige Band, die Christian genauso gefiel wie ihr. Tilli setzte sich auf Ninas ehemaligen Schreibtisch, den sie zum Eßtisch erkoren hatte, und trank in kleinen Schlucken ihren heißen, starken Kaffee.

Dabei dachte sie über Ultimaten nach. Warum eigentlich? Ach ja, der Reporter hatte etwas von einem Ultimatum erzählt, das die USA dem Irak gestellt hatten und das heute auslief. Sie hörte keine Nachrichten, seit dem Sommer interessierte sie sich kaum noch für Politik. Trotzdem war auch bei ihr angekommen, daß es Clinch mit dem Irak gab, weil er ins benachbarte Kuwait einmarschiert war oder Diplomaten als Geiseln gefangenhielt oder keine USA-Konzerne in sein Land lassen wollte oder weiß der Kuckuck. Tilli kam nicht weiter, ihr Interesse an der Weltpolitik war sofort wieder erloschen und wandte sich der Geschichtsklausur zu, die sie in ein paar Stunden schreiben würden.

Sie wurde erst am Nachmittag wieder auf das Thema gebracht, als Christian kam, um mit ihr Winkelfunktionen für die Halbjahresklausur zu üben.

Er besaß einen Radiergummi in Form einer Coca-Cola-Flasche. Als Tilli damit ein falsches Ergebnis ausradierte, fiel es ihr wieder ein. Die USA und ein Ultimatum. Auf ihre Frage hin erklärte ihr Christian leicht gelangweilt, daß es diesen Konflikt zwischen UNO und Hussein schon seit dem Sommer gab, als der Irak – das hatte sie sich also richtig gemerkt – in Kuwait einmarschiert war. »Außerdem werfen sie Hussein, glaube ich, vor, an einer Atombombe zu basteln und Chemiewaffen zu besitzen.«

»Was ist mit den Geiseln?« fragte Tilli.

Er winkte ab. »Die hat er wieder freigelassen. – Gar nicht so dumm, damit hat er die UNO nämlich ein bißchen besänftigt. Ich nehme an, daß es hauptsächlich die USA sind, die Hussein einen Strick drehen wollen, und daß die Sache mit Kuwait ihnen gar nicht so ungelegen kommt. Hussein sitzt nämlich auf einem riesigen Erdölsee.« Er pustete ein paar Fusseln von seinem Coca-Cola-Gummi. »Darum geht's denen, wenn du mich fragst.«

»Und, meinst du, daß die Iraker sich zurückziehen?«

Christian hob die Schultern. »Weiß ich nicht. Kann sein, vielleicht auch nicht. Die Sache ist viel zu komplex, als daß wir sie durchschauen könnten.« Er sah sie an und krümmte einen Mundwinkel. »Komm, – versuch nicht, dich ums Rechnen zu drücken. Herr Kegler nimmt keine Rücksicht auf die politische Weltlage.«

Weil er nur insgesamt ein knappes Jahr dauerte, war der

Abiturkurs so aufgebaut, daß in den Seminargruppen bis zu den Winterferien Ende Januar der Unterrichtsstoff der elften, von März bis Juli der der zwölften Klasse durchgenommen wurde. Als Grundlage diente noch der alte Lehrplan der DDR. Die elfte Klasse wurde mit je einer großen Klausur in allen Fächern abgeschlossen, deren Note jeweils mit fünfzig Prozent in den Durchschnitt des jeweiligen Faches einging.

Wer danach irgendwo auf fünf stand, mußte gehen und hatte das Abitur verspielt. In Mathe stand Tilli glatt Vier. Bei einer Fünf in der Abschlußklausur sah es schlecht für sie aus.

Christian schien es als seine Bestimmung anzusehen, sie durchzuboxen. Dafür war Tilli ihm dankbar, aber sie hatte trotzdem keine Lust zu lernen. Und ihr Gehirn war ein ausgemachter Zensor, was sollte sie dagegen tun? Wenn es eine Information empfing, die unter die Rubrik »uninteressant« fiel, dann ließ es sie im Vorzimmer sitzen und gewährte keinen Zutritt. Tillis zerebrales Wartezimmer war voll mit Formeln aller Art. Sie besaß einen guten Taschenrechner. Wozu sollte sie da so etwas Futuristisches wie die hinterhältige Vektorrechnung lernen, die in ihrem aktuellen Lebenskonzept überhaupt keine Rolle spielte?

Wenn sie Archäologin oder Schauspielerin werden wollte, brauchte sie ihre Hirnkapazität dringend für andere Sachen. Wozu sollte sie sich der Gefahr aussetzen, beim Lernen von Texten ständig über Winkel oder Vektoren zu stolpern?

»Wegen der Klausur!« sagte Christian.

Tilli schmollte. Und er? Tat er vielleicht etwas für Deutsch, Gesellschaftskunde oder Kunst? Zugegeben, durchfallen würde er nicht, aber er hatte das Zeug, in allen Fächer mit Eins abzuschließen, wenn er ein bißchen daran arbeiten würde. Seufzend machte sie sich wieder an ihre Aufgabe, nur um Minuten später festzustellen, daß zumindest hier die Mauer noch nicht gefallen war.

Ärgerlich beschuldigte sie Christian, ein schlechter Lehrer zu sein. Er warf ihr im Gegenzug albernen Trotz vor, woraufhin sie ihn auf seinen unverständlichen Trotz in bezug auf das Leben allgemein aufmerksam machte. Daraufhin wurde er laut, sie noch lauter, und Christian beendete den Akt, indem er donnernd die Tür ins Schloß warf. Danach saß Tilli vor ihrer dünn radierten Funktion und fühlte sich im Recht, aber unverstanden.

Am Tag darauf vertrugen sie sich vorerst wieder. Es war der Tag, nach dem das Ultimatum ausgelaufen war. Im ganzen Haus herrschte eine seltsame Stimmung. Es kam Tilli vor, als ob das Internat, und damit meinte sie nicht nur seine Bewohner, sondern irgendwie alles, einschließlich der Möbel, der Raumluft und des Gebäudes selbst, den Atem anhielt.

Draußen fraß noch immer der Frost an den Bäumen, und sie hockten wieder einmal in Funes' Stube und pusteten in ihren Holunderpunsch.

Die Nachrichten des Tages hatten verhalten geklungen. Hussein stellte sich tot, und die Welt wartete ab. Irgendwer aus der Runde hatte zu Tillis Überraschung den Israelkonflikt ins Spiel gebracht. Sie kannte natürlich Arafat, den Helden ihrer Kindheit, der unentwegt für sein Völkchen ohne Raum kämpfte, aber was bitte hatten er oder sein Widersacher Schamir mit Hussein zu tun?

Es ging das Gerücht, daß der Irak mit seinen konventionellen Mittelstreckenwaffen möglicherweise das amerikafreundliche Israel angreifen würde, falls die USA einen Krieg gegen ihn vom Zaun brachen.

Nach dem Motto: »Treff' ich dich nicht, bring' ich eben deinen Bruder um und treff' dich trotzdem.«

Die Israelis wiederum verfügten über Kernwaffen. Und Philo orakelte, daß sie die hundertprozentig einsetzen würden. Bei der bloßen Erwähnung des Wortes gingen bei Tilli alle Sirenen an.

Sie hatten den »Ernstfall« einfach zu oft in der POS geprobt. Ihre Schule war um den Keller herum mit abgeschrägten Betonplatten versehen gewesen, die man, so hieß es, bei einem Atomangriff hochklappen konnte. Tilli hatte sich immer gefragt, wie das funktionieren sollte, denn die Platten waren Teil des Schulhofes, sie stellten nur eine Art schräger Grabenbefestigung dar, damit der Hof nicht in die Kellerfenster abrutschte. Auch Ketten oder Winden hatte sie nie gesehen. Nun ja, vielleicht gab es irgendwo einen versteckten Mechanismus.

Jedenfalls wurden sie alle einmal im Jahr durch das bekannte Signal aufgeschreckt, einen pausenlosen Dauerton, woraufhin sie geordnet (diszipliniert, hieß es damals) in die Keller gegangen waren, sich eine Decke über den Kopf gezogen und sich unter Tischen und Stühlen verkrochen hatten. Es war grotesk und unbequem, aber sie waren die Prozedur gewöhnt gewesen – und wenn's gegen Strahlen half …

Nachts hatte Tilli bei jedem Flugzeug, das den Flughafen Schönefeld anflog, Angst gehabt, es könnte ein amerikanischer Bomber sein, bis sie sich endlich auch an das Motorengesumm gewöhnt hatte und nur noch aufwachte, wenn es sich merkwürdig anhörte. Wahrscheinlich hätte sie einen Absturz eher registriert als die Piloten selbst.

Wie dem auch sei. In ihrer Kindheit war, neben allem Spaß, auch immer eine Portion Angst mit von der Partie gewesen, und dieselbe Angst, die sie längst vergessen geglaubt hatte, befiel Tilli an diesem Abend in Funes' Zimmer und begann sie langsam, aber gründlich zu durchsetzen.

Gegen dreiundzwanzig Uhr ebbten die Unterhaltungen nach und nach ab. Alle waren müde und einige betrunken, aber es konnte sich niemand entschließen, in sein Zimmer zu gehen.

Funes' Mitbewohner Axel mußte sie hinauswerfen. Er wollte ins Bett.

»Heute passiert sowieso nichts mehr«, meinte er. »Wir sehen uns morgen um fünf hier, alle, die noch Probleme mit Mehrfachbindungen haben.« Er stutzte kurz und wurde plötzlich mit Ausnahme der Aknenarben puterrot, was ihm

Ähnlichkeit mit einem Fliegenpilz verlieh. »Na, ihr wißt schon.«

Tilli war in Orpheus' Höhle hinabgestiegen. Dort war es still, und der Gott stand eben im Begriff, ihr ein paar Träume zur Ansicht vorzulegen, da wurde die Tür zu ihrem Zimmer aufgerissen. Jemand schaltete das Licht an. Mit zugekniffenen Augen schoß sie in die Höhe. »Was ...«

Sanne stand vor ihr.

Seit ihrem letzten kurzen Gespräch hatte Tilli sie nur hin und wieder im Treppenhaus getroffen, aber ohne sie anzusprechen. Meistens hatte Sanne schon etwas getrunken. Auch jetzt roch Tilli den mit Rauch vermischten Weindunst. Sanne hatte sich in ihre Steppjacke gehüllt, trug einen dikken gelben Schal und eine Mütze mit Ohrenklappen. Ihre Augen schienen durch eine mehrfache Schutzwand aus Glas zu blicken und glänzten. »Es ist Krieg«, sagte sie mit Heroldsstimme. »Zieh dich an, wir fahren nach Berlin! In fünf Minuten im Foyer.«

Sie verschwand so plötzlich, wie sie gekommen war, und nur das Trappeln im Flur und das noch immer brennende Licht bewiesen Tilli, daß sie wach war.

Die drei Worte hatten sie wie einen Schlag getroffen. »Es ist Krieg.«

Sie war also in eine Zeit hineingeboren worden, die einen Krieg erlebte. »Es ist Krieg«, hatte 1939 vielleicht auch ihr vom Radiogerät zurückkehrender Opa zu seiner schlaftrunkenen Frau gesagt – und woran gedacht? Tilli konnte nicht denken. Die Israelis und ihre Atombomben – es konnte jeden Augenblick soweit sein. Und sie war mutterseelenallein.

Sie sprang aus dem Bett und rannte, so schnell sie konnte, durch das überfüllte Treppenhaus; nicht zu Sanne und den anderen, die aus ihr unbegreiflichen Gründen lieber in der S-Bahn als im Internat sterben wollten, sondern zu Christian.

In der Tür traf sie Fräulein Schmidt. Auch er trug Parka

und Schal, seine langen, dichten Haare ersetzten ihm die Mütze. Er sah sie fragend an, aber sie schüttelte den Kopf. »Grüß Edith von mir!« nuschelte sie, ging an ihm vorbei in das dunkle Zimmer, direkt auf Christians Bett zu, und schlüpfte unter die Decke. Dort war es warm, und es roch nach frischen Brötchen. Sie brauchte eine Weile, um zu begreifen, daß er schlief. Um ihn herum fiel die Welt in Schutt und Asche, und er verschlief es!

Sie rief ihn beim Namen, jeden Augenblick vom Himmel her das leise Sirren erwartend, das das Ende ankündigte. Dann fiel ihr ein, daß es ganz so schnell nicht gehen konnte, erst mußte Hussein ja mal die Israelis beschießen, dann schossen die zurück, und so eine Rakete würde wohl auch ein Weilchen brauchen. Aber sicher war sie sich nicht.

»Christian!« Er wurde nur langsam wach. Als er die Augen aufschlug und sie in seinem Bett vorfand, huschte ein verschlafenes Lächeln über sein Gesicht.

»Tilli?« Er streckte eine Hand aus und fuhr ihr über den Rücken.

Tilli benutzte dieselben Worte, mit denen Sanne sie aufgerüttelt hatte. »Es ist Krieg!«

Bei ihm zeitigten sie allerdings nicht ganz dieselbe Wirkung wie bei ihr. »Ja?« fragte er. In seinem Blick lagen Zärtlichkeit und eine immer noch nicht ganz überwundene Überraschung. Tilli merkte, wie sie angesichts seiner Trägheit hysterisch wurde.

»Die Amis haben angegriffen! Und Atombomben der Israelis können in einer halben Stunde hier sein!« Ihre Stimme überschlug sich.

»Quatsch.« Sein Lächeln wurde breiter, das Streicheln bewußter.

Keine Frage, er nutzte ihre Panik aus. Das machte sie noch wilder.

»Wir sind wahrscheinlich bald tot, und du, du sagst ›ach Quatsch‹ und tatschst an mir rum? Ist dir denn das alles egal?«

Er nahm die Hand von ihrem Rücken und rutschte ein Stück zur Seite, damit sie mehr Platz hatte. »Reg dich erst mal ab!«

Tilli blieb die Luft weg. Er verstand es nicht! Christian war so klug, doch die einfache Tatsache, daß gerade der Dritte Weltkrieg ausgebrochen war, ging nicht in seinen Kopf!

»Da passiert schon nichts«, fügte er hinzu und legte sich bequem auf den Rücken. »Warum sollten die Israelis auf *uns* schießen?«

Das Argument sickerte nur langsam in ihr mit Angst imprägniertes Hirn. Er hatte recht. Warum sollten die Israelis ausgerechnet auf die Deutschen schießen? Sie hatten ihnen in den vergangenen fünfundvierzig Jahren schließlich nichts getan. Tilli dachte eine Weile darüber nach. Endlich fiel ihr etwas Neues ein. »Aber die *Strahlung*! Auch wenn sie den Irak beschießen. Die kommt zu uns herübergeweht. Denk doch an Tschernobyl! Und was ist, wenn Hussein seine Ölfelder ansteckt? Die Asche und der Rauch verdunkeln die Sonne, es gibt eine Klimakatastrophe, und wir sterben trotzdem – nicht gleich, aber langsam und qualvoll.«

Christian erwiderte nichts. Sein Atem ging langsam und regelmäßig. Kurz darauf fuhr ein Zucken durch seinen Körper, das Tilli ankündigte, daß er im Begriff stand, das Diesseits zugunsten freundlicherer Gefilde zu verlassen.

Sie schmiegte sich an ihn und versuchte ihrer Panik Herr zu werden.

Als das nichts half, legte sie sich auf ihn drauf. Sie mußte einen anderen Körper spüren, soviel davon wie möglich, um nicht allein zu sein. Christian seufzte im Schlaf. Die Hand, die sie vorhin gestreichelt hatte, hob sich wie ein autonomes Wesen, fuhr ihr ein paarmal über den Rücken und blieb dann steif darauf liegen.

Vielleicht hätte sie in dieser Nacht mit ihm geschlafen – Angst macht vieles möglich. Und doch, obwohl sie sich in einer Position befand, von der Christian vermutlich seit

Monaten träumte, lag er einfach da wie ein Brett und schnarchte. Was sie betraf: Sie bekam kein Auge zu. Falls doch etwas passierte, wollte Tilli, daß es sie bei Bewußtsein erwischte.

Manche können den Anblick nicht ertragen, wenn ihnen beim Arzt Blut abgenommen wird. Sie schauen weg, sobald die Schwester anfängt, eine frische Kanüle aus ihrer Plasteverpackung zu schälen.

Tilli nicht. Sie wußte, daß sie die ganze Zeit Angst haben würde, vom Aufstecken der Kanüle bis zum Einstich. Eine vage Angst, aber dadurch um so schrecklicher. Lieber verfolgte sie jede vorbereitende Bewegung, in dem Wissen, daß es noch nicht soweit war.

Wenigstens konnte sie sich so auf den Schmerz vorbereiten. Auch in dieser Nacht wollte sie auf das Schlimmste vorbereitet sein. Sie mußte aber feststellen, daß ein leiser Unterschied zwischen der Vorbereitung auf einen Sekundenschmerz und der auf das eigene Ableben bestand. Wenn sie ihrem Tod gefaßt ins Auge sehen sollte, brauchte sie dafür schon einen bißchen mehr Zeit als eine Stunde oder eine Nacht.

Ihr Puls raste, sie litt an Sauerstoffmangel, und Christians gleichmäßig auf und nieder gehender Brustkorb machte es nicht besser.

Wenn er keine Angst hatte, warum tröstete er sie nicht? Schließlich gab er doch vor, sie zu lieben! So kümmerlich war sein Einfühlungsvermögen, daß sich sein Wortschatz in ein paar Platitüden erschöpft hatte? Sie fand, daß er sie hätte in den Arm nehmen, ihr Argumente gegen die Furcht aufzählen oder wenigstens seine Teilnahme schenken sollen. Statt dessen verschlief er seine vielleicht letzte Chance, sie zu besitzen.

Tilli lag da, zählte die Sekunden und versuchte zu beten. Wäre sie nur mit den anderen nach Berlin gefahren! Zusammen starb sich's leichter. Nach einer Zeit, die ihr endlos und kurz zugleich erschien, stand sie auf und verließ das Zimmer. Christian schlafend neben sich zu haben war genauso, wie ihn gar nicht zu haben.

Sie tappte durch das mittlerweile wieder finstere Internat, die Treppe hinauf zum Fernsehraum der Jungen. Beim Eintreten sah sie, daß sie nicht die einzige war, die der Schlaf floh. Ein Junge aus der SG 6 hockte vor dem Fernseher, zwischen den Knien eine Flasche Bier. Sie nickte ihm zu und nahm einen Stuhl, der möglichst weit von ihm entfernt stand.

Auf dem Bildschirm prangte Helmut Kohls Gesicht, das unentwegt den Mund auf und wieder zuklappte und eine lange Rede an die Nation hielt. Tilli fiel auf, daß er sie weniger hielt als aufsagte. Entweder hatte er sie auswendig gelernt, oder er sah, während er sprach, auf einen neben oder über der Kamera angebrachten Text.

Seinem starren Blick nach war wahrscheinlich letzteres der Fall.

Wie dem auch sei, die Rede an die Nation mußte, als der Krieg ausgebrochen war, bereits geschrieben gewesen sein.

Das beruhigte sie ungemein. Es war alles in festen Händen. Der Krieg war erwartet worden, auf dem Fernsehbildschirm knisterte und kriselte nichts, keine neuen Meldungen wurden eilig ins Studio getragen, Helmut Kohl sah nicht verschlafen aus. – Ha! Vielleicht war die Rede schon vor Tagen oder Wochen nicht nur geschrieben, sondern aufgezeichnet worden, und der Bundeskanzler lag in diesem Moment, in dem der Junge aus der SG 6 und sie mit rotgeränderten Augen an seinem Mund hingen, friedlich schlummernd im Bett! Der Gedanke machte Tilli so wütend, daß sie minutenlang ihre Angst vergaß.

Als sie sich wieder einigermaßen gefaßt hatte, registrierte sie, daß die Satzfetzen, die durch die Luft flatterten, inzwischen nicht mehr aus dem ARD-Fernsehstudio kamen, sondern aus dem Weißen Haus. Bushs englische Rede war ebenso lang und monoton wie die seines deutschen Bruders. Zwischendurch gab es Bilder von Luftaufnahmen, auf denen zu sehen war, welche Ziele die Amerikaner gerade mit Bomben einsegneten.

Es war alles im Lot. Von Hussein kein Wort, keine Nachricht.

Tilli blieb zwei Stunden vor dem Bildschirm, auch als der Junge aus der SG 6 sein Bier ausgetrunken hatte und gegangen war. Danach war sie endlich so von deutsch-englischen Stellungnahmen und Versicherungen eingelullt, daß sie getrost ins Bett gehen konnte.

Axel hatte recht: Hier würde wohl erst mal nichts passieren.

Am Donnerstagmorgen kamen die Berlinfahrer gerade zurück, als Tilli auf dem Weg zum Waschraum war. Sie sahen übernächtigt und durchgefroren, aber durchaus zufrieden aus. In ihrer Mitte entdeckte sie Edith und Fräulein Schmidt. Edith gähnte, wobei sie sich fast den Kiefer ausrenkte, dann sah sie sie und kam herüber.

»Morgen. Hannes – sie war die einzige, die Fräulein Schmidt bei seinem Vornamen nannte – hat gesagt, daß du keine Lust hattest mitzukommen.« Sie sah sie fragend und ein wenig vorwurfsvoll an.

Tilli schämte sich mit einemmal. »Nein. Ich hatte *Angst.*«

Edith schnaufte kurz. »Ich auch.«

Im Radio hatte Tilli ausnahmsweise einmal aufmerksam die Nachrichten verfolgt und dabei erfahren, daß die Operation »Wüstensturm« gut angelaufen war. So nannte sich also das Bombardement, in dessen nächtlichem Verlauf so viel Material vom Himmel geschmissen worden war, wie zuletzt im gesamten Zweiten Weltkrieg Verwendung gefunden hatte.

Sonst im Osten nichts Neues. Trotzdem wurde es kein normaler Tag. Das wurde den letzten klar, als ihr Englischlehrer, Herr Tanner, den Raum betrat. Tilli mochte ihn gern. Er war, wie Herr Schöffe, ein freundlicher Mensch, der niemandem etwas zuleide tat. Es mußte schon eine Menge passieren, damit er mal die Stimme hob.

Wie sein Kollege war er um die Fünfzig, aber anders als Schöffe, mit dem er zuweilen ein gemeinsames Zimmer im Internat bewohnte, was die Gerüchteküche immer ordentlich in Gang brachte, hatte er ein schmales, typisch englisches Gesicht. Er wirkte ausgesprochen gepflegt und begann jede Stunde mit einem sanften, fast gesungenen: »What about the weather today?«

Bevor er nach Lehnitz gekommen war, hatte er Englischunterricht in Äthiopien gegeben. So sprach er auch. Er hätte gut in eine Reggaeband gepaßt.

An diesem Morgen stellte er seine Tasche auf den Tisch und sah sie der Reihe nach nachdenklich an. Tilli bemerkte unter seinen Augen dieselben dunklen Ringe, die Edith von ihrer Berliner Nachtwanderung mitgebracht hatte. Sie fragte sich, ob irgendwo eine ältere Frau auf ihn wartete, um sie mit zarter Hand wegzuwischen. Oder war er tatsächlich schwul, wie viele behaupteten?

»Ja«, sagte Herr Tanner endlich, zu ihrer aller Überraschung auf deutsch. »Wir könnten jetzt hier sitzen und über das Wetter sprechen. Ich weiß nur nicht, wie Sie sich dabei vorkommen.« Wieder trat eine Pause ein, während der er sie betrachtete, wie ein Gruppenbild. Es war still wie nie. Alle warteten mit angehaltenem Atem, was als nächstes passieren würde, denn daß das hier kein normaler Unterrichtsanfang war, ging selbst am Schläfrigsten unter ihnen nicht vorbei.

»Also, ich bin an dieser Schule als Lehrer angestellt«, fuhr er versonnen fort. »Ich habe nicht das Recht, Stunden abzublasen.« Er räusperte sich, sah zur Uhr und räusperte sich noch einmal. Dann fuhr er fort: »Aber niemand könnte mich dafür belangen, wenn die Schüler streiken, weil sie zum Beispiel an einer Demonstration teilnehmen wollen. In dem Fall käme ich wohl meiner Pflicht am besten nach, wenn ich mitführe, nicht wahr?«

Eine gute Minute verstrich, ehe Barbara aufstand und ihre Sachen einpackte.

»Miss Albrecht?« Herr Tanner winkte Tilli zu sich. »Würden Sie so freundlich sein, der anderen Gruppe zu sagen, daß Sie den Unterricht ausgesetzt haben?«

Tilli bekam einen Schreck. Von Christian hatte sie gehört, daß man sich Mr. Jäger, dem neuen Englischlehrer, am besten in gebückter Haltung und nur von vorn näherte. Er galt als launisch und unberechenbar, und sein Zorn sollte furchtbar sein. Mr. Jäger galt als Ares im Olymp des Lehrkörpers, während Mr. Tanner dann wohl die Rolle des Apoll innehatte.

Sie war noch nicht mal in der Nähe des anderen Englischraums, da hörte sie es schon brüllen, daß die Neonlampen flackerten. Bevor sie es wagte, die Tür zu öffnen, wartete Tilli, bis es innen leise geworden war. Mr. Jäger gab offensichtlich ganz normal Unterricht. Vorsichtig trat sie ein.

Gleich vor ihr, also in der letzten Reihe, saßen wie immer Fräulein Schmidt und Christian.

Sie sahen sie fragend an und runzelten die Stirn. Tilli war mulmig, gleichzeitig kam sie sich aber auch ungeheuer wichtig vor. Sie konnte nur hoffen, daß Herr Jäger sie nicht auffordern würde, ihre Botschaft in englisch zu wiederholen. Für derartige Späße war er berüchtigt.

»Was!« schnauzte er, als er ihrer ansichtig wurde.

Tilli ging innerlich in die Knie. »Ich wollte nur ausrichten, daß unsere Gruppe jetzt nach Berlin zur Demo fährt, und ...«

»Aha!« Er begann einen angedeuteten Paartanz mit ihr, Tango oder so, indem er einen Schritt auf sie zu und sie einen nach hinten ging. Daraufhin stemmte Herr Jäger die Fäuste in die Hüften, vollführte eine Vierteldrehung und stand nun vor einem sehr bescheiden dreinblickenden Funes. »Und *Sie* setzen sich hier hin und stammeln Ihre Sätzchen, als wäre draußen nichts los!?« donnerte er ihn an. Funes zuckte zusammen und sah sich hilfesuchend nach Christian um. Der achtete nicht darauf. Er warf Tilli einen fragenden Blick zu, den sie nicht erwiderte.

»Sachen einpacken!« befahl Herr Jäger. »Daß wir in einer Kaserne sitzen, heißt noch lange nicht, daß wir mit diesen Ballermännern hier konform gehen.«

Er war als erster fertig, weil er sich von keinem Schock erholen mußte. Er nahm seine abgewetzte Aktentasche und stürmte aus dem Raum. »An der Botschaft!« hallte seine Bärenstimme noch aus den Tiefen des Flures wider.

Tatsächlich traf Tilli die halbe Schule an der amerikanischen Botschaft wieder. Herr Tanner, Herr Jäger, sogar Frau Michel und die als ihr eigenes Transparent fungierende Frau Kerze. Auch Herrn Kegler sahen sie von weitem. Sie alle schwammen in einem endlos wirkenden Strom von Menschen an ihnen vorbei. Sie mußten lange warten, bis der Zug so licht wurde, daß Edith, Fräulein Schmidt, Christian und sie sich einreihen konnten, ohne Angst haben zu müssen zu ersticken.

Tillis Befürchtungen von letzter Nacht waren einem warmen Gefühl von Geborgenheit gewichen. So viele waren gekommen. Vornehmlich waren es junge Leute, aber sie waren längst nicht so in der Überzahl, wie Tilli es von früheren Protestmärschen her kannte. Die amerikanische Botschaft wurde inzwischen bewacht wie Fort Knox, sie verbarg sich fast vollständig hinter Polizistenleibern. Es war lange her, daß Tilli so viele Leute ein und derselben Sache wegen auf der Straße gesehen hatte – 1989 in Leipzig.

Mit jeder Stunde, die sie diesen verrückten Angriffskrieg unbeschadet überlebten, kehrte ein Stück der alten Gelassenheit zurück. Tilli hatte es in ihrer Unwissenheit nicht wahrgenommen, aber die ganze Sache war wirklich ziemlich weit weg.

Trotzdem drängten sich die Leute wie Ölsardinen in den Straßen. Die meisten, das sah man an der Kleidung, waren Ossis. Der Anlaß war klar, aber der wirkliche Grund für viele, sich bei der Hundekälte die Füße abzufrieren, war wohl die Abscheu gegen die alten Erzfeinde, die überheblichen Amerikaner. Es war eigentlich schon immer klar gewesen, aber nun existierte ein Beweis dafür, daß sie auch nur ein Volk ohne Raum waren, wie immer man Raum definieren wollte.

An diesem Morgen identifizierten sich außerdem die Verwirrten der letzten anderthalb Jahre erstmalig wieder als Volk. Hier, an der amerikanischen Botschaft, war trotz einzelner Wessis die DDR wiederauferstanden – Hussein sei Dank.

Auch jenen, die inzwischen fast vergessen hatten, wo sie waren, ging es in den Tagen des Golfkrieges wieder auf. An das leidige Ausweiszeigen hatten sie sich ebenso gewöhnt wie an den Anblick durchs Objekt rollender Artilleriefahrzeuge (denen Funes mit feuchten Augen hinterhersah). Das alles gehörte dazu wie das Amen zur Kirche. Aber mit Ausbruch des Krieges änderte sich einiges.

Die Sicherheitsmaßnahmen wurden drastisch verschärft. Wenn man jetzt vom ALDI kam und ins Objekt wollte, rannte man zunächst gegen geschlossene Stahltore. In einem der Tore befand sich ein winziges Fensterchen, gerade so groß, daß ein Hamster bequem hindurchgepaßt hätte, und daneben ein Klingelknopf. Man drückte also auf die Klingel. Es dauerte eine Weile, ehe die Luke sich öffnete und ein Augenpaar sichtbar wurde. Diesem Augenpaar hielt man seinen Dienstausweis entgegen, der peinlich genau studiert wurde, bevor die Luke sich wieder schloß und dafür eine der Stahltüren entriegelt wurde.

Anders als sonst gelangte man auf diese Weise aber nicht in die Weiten des Objektes, sondern erst einmal in eine Art Freiluftfoyer, das drei Meter weiter an einer Sandsackmauer endete, über die in gleichmäßigen Abständen Gewehrmündungen lugten. Tilli hatte jedesmal Angst, daß einer der Soldaten seine Drohung vom Oktober wahrmachen und sie erschießen könnte, schließlich herrschte Ausnahmezustand, und er hätte hinterher sagen können, daß er sie fälschlicherweise für einen Terroristen gehalten hätte, oder so.

Hinter den eifersüchtig bewachten Sandsäcken lag die Wache. Endlich etwas, das man kannte. Dort saßen wie eh und je zwei Soldaten und kontrollierten noch einmal die Dienstausweise. Sechs Augen sahen besser als zwei. Und dann war man drinnen. Soviel Beachtung wurde einem nicht oft geschenkt. Allerdings war sich Tilli schon nach ein paar Tagen nicht mehr sicher, ob der Aufwand, den die Bundeswehr betrieb, gerechtfertigt war.

Mitten in der Kriegszeit nämlich bekam Funes verspäteten Besuch von seiner Freundin Mandy, jenem rosa gerüschten blonden Engel mit Brille. Sie kam aus Sachsen, besuchte ihn zum erstenmal in Lehnitz, und er war aufgeregt wie ein Schulanfänger. Tilli und Christian trafen die beiden auf dem Rückweg von der Post.

Funes hatte Mandy gerade von der S-Bahn abgeholt. Er hatte sich rasiert und in Schale geschmissen. Sie auch. Bei zwölf Grad minus trug sie einen Stufenrock aus Jeans und ein nur bis zu Taille reichendes Jäckchen, von Schal und Mütze ganz zu schweigen. Sie mußte frieren wie ein Fisch im Eisschrank. Wenigstens hatte sie Stiefel an. In ihrer goldenen Brille blitzte der Glitzerstein.

Als sie kurz vor den neuen Stahltoren waren, hielt Tilli Funes zurück. »Hast du dir eigentlich schon überlegt, wie du deine Freundin ohne Dienstausweis ins Objekt lotsen willst, wo die sich doch *mit* Dienstausweis schon so haben?« fragte sie. Die halbgefrorene Mandy blieb stehen und blickte ihn entgeistert an. »Meinst du, die lassen mich hier in der Kälte stehen?« hauchte sie. Ihre zarte, himbeerfarbene Oberlippe begann zu zittern.

Aber im Gegensatz zu Christian war Funes ein Mann, der es *verstand*, seine Freundin zu beruhigen. »Erst mal sehen. Zur Not lasse ich dich als Pfand da und bringe Herrn Schröder dazu, dich hier reinzuboxen, weil … weil wir verlobt sind.« Er wurde rot und blickte an Tilli vorbei, die Christian einen bedeutungsvollen Blick zuwarf und sich darüber ärgerte, daß er es nicht mitbekam.

»Na toll!« seufzte Mandy. Dann drückte sie sich hastig zur Seite, denn die Luke wurde gerade geöffnet. Ein stahlblaues Augenpaar starrte ihnen entgegen. Einer nach dem anderen hielt seinen Dienstausweis ganz nah an das Fensterchen.

Die Augen ließen sich Zeit. Sie schweiften von den Paßfotos auf den Dokumenten zu ihnen hinüber und zurück. Als sie die Dokumente endlich wieder in den Taschen verstaut hatten, atmeten sie auf.

»Was ist mit der da?« schnarrte die zu dem Augenpaar gehörende Stimme.

Mandy zuckte zusammen und versuchte sich hinter Funes zu verstecken.

»Sie ist mein Gast«, sagte er streng.

Eine kurze Pause trat ein, während der sie einen Wettbewerb um den harmlosesten Gesichtsausdruck abhielten.

»Ach so«, sagte die Stimme. Die Luke schloß sich, dafür öffnete sich kurz darauf die Tür, und sie durften passieren. Am Wachhäuschen gab Mandy, wie alle Besucher, für die Dauer ihres Aufenthaltes ihren Personalausweis ab, das war's.

»Und ihr meint, dieses ganze Theater veranstalten die da vorne, damit kein Terrorist die Chance hat, hier einzudringen?« fragte Mandy, als sie den Betonweg zum Internat entlanggingen, erstaunt.

Funes sah sie liebevoll an. »Genau.«

Ein paar Tage später war alles vergessen. Man könnte es in dem Sinne verstehen, daß einen ordentlichen Abiturkurs auf Dauer nichts aufhält, auch kein Irakkrieg. Tilli trug die Nacht vor dem Fernseher zwar als »Angstnacht« in ihr Heftchen ein, aber dabei blieb es.

Inzwischen brannten tatsächlich einige Ölfelder, nur sprach niemand mehr über drohende Klimaveränderungen. Die Sandsacksoldaten wurden nachlässig, und auf einmal schlossen die Kriegsparteien einen Waffenstillstand, und der ganze Spuk war schon wieder vorbei.

Es war eine aufregende Episode gewesen, gut für die Klasse, weil sie sich, verbunden durch die Unsicherheit, für eine Weile wie eine Familie gefühlt hatte, aber nachdem sie sich nun alle zu den glücklichen Überlebenden zählen durften, wurden sie nach und nach wieder zu dem, was sie vorher gewesen waren: junge Leute, die ihre Halbjahresklausuren schrieben.

Die DDR war nun wirklich kein Land gewesen, dem es an Feiertagen gemangelt hatte. Jeder Berufsstand, jedes Geschlecht, jede größere Organisation besaß einen eigenen Ehrentag. Tillis persönlicher staatlicher Lieblingsfeiertag war der Pioniergeburtstag gewesen, weil sie da mal zur Disko gedurft hatte, auch wenn es nur eine Schuldisko gewesen war. Gleich darauf folgte der Lehrertag, an dem die Schüler kleine Geschenke, Seife, Konfekt, Alpenveilchen und so was mitbrachten und ein paar Lehrer schon zu Unterrichtsbeginn einen Schwips hatten. An dem Tag wurden nie Arbeiten geschrieben. Statt dessen spielten sie etwas, erzählten sich Witze oder lasen sich Bücher vor – je nach Gusto des jeweiligen Lehrers.

Was die Feiertage anging, hatten die Westdeutschen ihr sogar manchmal ein bißchen leid getan. Sie mußten das Jahr ohne Höhepunkte, abgesehen von den kirchlichen, die es zum größten Teil auch in der DDR gab, durchstehen. Niemals wäre Tilli deshalb darauf gekommen, daß es im Westen einen Feiertag gab, der nach ihrem Gemeindepfarrer benannt war. Als sie am 14. Februar mißtrauisch (das Lied, das sie geweckt hatte, war ein grauenhafter Rap einer Band namens Snape oder Snap gewesen) auf den Flur trat, lief sie einer strahlenden Nina in die Arme.

»Morgen«, nuschelte sie durch halbgeöffnete Lippen, damit ihr Gegenüber vom sumpfigen Odem ihrer noch ungeputzten Zähne nicht umfiel. Statt eines Gegengrußes ließ Nina die linke Hand unter ihre Nase sausen. Tilli wich erschrocken ein Stück zurück.

Über die Brillenränder spähte sie auf makellos manikürte Fingernägel und dann ein Stück weiter zu einem in Silber gefaßten, milchig schimmernden Ring. Ein wenig unsicher fragte sie: »Bist du verlobt?«

»Ach, hör auf!« Nina gluckste belustigt und zog die Hand wieder zurück. »Heute ist Valentinstag, du Dösel. Den hier«, sie sah liebevoll auf das leicht schimmlig anmutende Schmuckstück, »hab' ich von Thomas gekriegt. Mondstein, stärkt die erotische Ausstrahlung.«

Tillis erster Gedanke war, daß Nina ihre erotische Ausstrahlung gut und gern noch mit ein paar Leuten teilen konnte, ohne ärmer zu werden (zum Beispiel mit ihr). Ihr zweiter Gedanke war, daß Ninas Fotograf sich hoffentlich darüber im klaren war, daß er sich selbst ein Bein stellte, indem er sie noch verstärkte. Aber sie sagte nur: »Sehr schön. Was ist ein Valentinstag?«

Nina zog die Brauen zusammen, und Tilli konnte erkennen, daß sie darüber nachgrübelte, ob sie gerade veralbert werden sollte. Als eine ihrer Mitschülerinnen den Gang herunterkam, streckte sie ihre Hand in einer Weise aus, wie man es seit fünfundvierzig Jahren in Deutschland nicht mehr so gern sah, und stürmte auf sie zu. »Guck mal, was Thomas mir geschenkt hat!«

Am Valentinstag schenkte man nicht unbedingt Schmuck, sondern vornehmlich Blumen. Das erfuhr Tilli nicht von Edith und erst recht nicht von Christian, sondern beim nachmittäglichen Entspannungskaffee aus dem Radio.

Vor allem rote Rosen standen hoch im Kurs. Der Valentinstag hatte nämlich nichts Pastorales an sich, sondern war schlicht und einfach der Tag der Verliebten und wahrscheinlich in Hollywood erfunden worden. Wie schön. Sie hatte keine Blumen bekommen. Edith auch nicht, soviel sie wußte, jedenfalls hatte sie nichts gesagt.

Tilli ging zu ihr. Nicht unbedingt, um sich über den Valentinstag auszutauschen, sondern, sagte sie sich, weil es Zeit war, den Fensterbrettkühlschrank mal wieder aufzufullen, und vielleicht konnten sie zu zweit an der Wache vorbeigehen, das war angenehmer.

»Ach, du«, sagte Edith aufatmend, als sie eintrat, und nahm die Hände wieder hervor, die sie hinter dem Rücken versteckt gehalten hatte. »Ich packe gerade was ein, kannst du deinen Finger mal auf den Knoten da halten?« Sie legte ein kleines Päckchen auf den Tisch.

»Valentinstag?« riet Tilli aufs Geratewohl. Edith nickte und wurde rot. »Es ist eigentlich nur ein Spaß.« Sie band die Schleife zu und besah sich ihr Werk.

»Was ist es denn?« fragte Tilli neugierig.

»Ein Buch.« Edith grinste verlegen. »Das Kamasutra. Aber wirklich nur zum Spaß!« beeilte sie sich zu versichern.

Das Kamasutra. Edith überraschte sie immer wieder. Eine Sekunde lang fragte sich Tilli, ob ihre Freundin die geheime Stelle in der Leistengegend schon gefunden hatte.

»Schenkst du Christian auch was?« fragte Edith, nachdem sie die Schleife sorgfältig glattgestrichen hatte.

»Hat *dir* Fräulein Schmidt eigentlich etwas geschenkt, Blumen oder so?« fragte sie zurück.

Edith lächelte sanft. »Männer müssen auf so was immer erst mit der Nase gestoßen werden«, sagte sie. »Außerdem will ich keine Pflichtgeschenke. Ich gebe ihm das Buch ja auch nur zum Spaß.«

Das hatte sie nun schon so oft wiederholt, daß Tilli zu zweifeln anfing. Bevor sie es ein viertes Mal tun konnte, knöpfte sie ihren Parka zu. »Na ja. Ich geh' ins Dorf, einkaufen. Brauchst du was?«

Edith legte den Kopf schief. »Eine Rose vielleicht?« lispelte sie.

Tilli kaufte eine gelbe. So weit kam es noch, daß Edith anfing, mit abgegriffenen Symbolen um sich zu werfen. Man erkannte sie ohnehin kaum wieder. Seit sie mit Fräulein Schmidt zusammen war, war sie ununterbrochen gut gelaunt und energiegeladen. Sie sah auch viel besser aus als in den ersten drei Monaten. Nicht, daß sie auf ihre Jacke oder das Stirnband verzichtet hätte, aber ihre Haare lagen dicht und glänzend auf den Schultern, und sie hatte Apfelbäckchen. Sie sah rundum glücklich und gesund aus. Du bist neidisch, sagte sich Tilli und griff, um sich das Gegenteil zu beweisen, nach einem Zwergrosentöpfchen.

Als sie im Internat ankam, marschierte sie geradewegs in die erste Etage, drückte es einem verblüfften Christian in die Hand, warf einen forschenden Blick auf das lebende Leberwurstglas und ging wieder.

Dann suchte sie die Dusche auf. Vor sechs war der Waschraum noch leer. Tilli mochte es nicht besonders, sich nackt von anderen Mädchen angaffen zu lassen. Als sie zurückkam, fand sie einen Apfel und einen Zettel auf dem Bett. Sie brauchte nur einen kurzen Blick auf das blaue Gekrakel zu werfen, um zu wissen, von wem er war. Christian hatte englisch geschrieben. Warum das? Seine Schrift war so schon kaum zu lesen, jetzt würde sie überhaupt nichts mehr verstehen.

Ärgerlich biß sie in den Apfel und machte sich ans Dechiffrieren.

»Liebe Tilli. Eine Rose ist eine Rose ist eine Rose. Warum schenkst du mir so was, wie soll ich das verstehen?

Heißt eine Rose Liebe oder nur Waffenstillstand oder gar nichts oder was? Ich war bei Funes und bei Philo, um sie zu fragen. Die beiden waren gerade ziemlich deprimiert, als ich kam. Wegen der Schule, wegen der Frauen, wegen der Zukunft. Und plötzlich mußte ich lachen. Du bringst mich so oft zum Lachen. Und was gebe ich dir? Hab Geduld.«

Sie biß in den Apfel und ließ den Zettel sinken.

Marcelle, Ankes Wessi, kam am letzten Tag vor den Winterferien, um Anke abzuholen. In der Zwischenzeit war Anke wieder bei Edith eingezogen, worüber sich Edith und Fräulein Schmidt offenbar nur bedingt freuen konnten. Mehr Freude allerdings empfanden sie, als Anke ihnen offenbarte, daß sie nicht mehr allein war. Marcelle und sie mußten sich also zusammenraufen, und so hatte er beschlossen, sie seinen Eltern in Stuttgart vorzustellen. Für die würde es eine hübsche kleine Überraschung werden, dachte Tilli, wenn ihre Schwiegertochter in spe in Lederjacke, gestreiften Stretchjeans und dem langsam herauswachsenden Irokesenschnitt auf ihrer Türschwelle auftauchte. Erst büchste ihr einziger Sohn in den Osten aus, der für die Eltern laut Anke so etwas wie die Dritte Welt war, und kaum ein halbes Jahr später schleppte er als werdender Papa eine Punkbraut aus Schwedt zu Hause an. Tilli bedauerte ein bißchen, daß sie nicht dabeisein konnte.

Marcelle zu Ehren hatten sie beschlossen, das Halbjahr mit einer Dönerparty zu beenden. In Berlin, wo er wohnte, aßen die Leute dauernd Döner, hatte Edith gehört. Tilli hatte diese neue Art von Imbiß zum erstenmal Anfang Januar nach einem Kinobesuch gekostet, und sie mußte zugeben, das es tatsächlich etwas war, wofür sich die Montagsdemos gelohnt hatten.

Sie fuhren also wieder nach Berlin und kauften Kohl, Fladenbrot, Knoblauch, Tomaten, Gurken und Falafelmehl in einem türkischen Supermarkt. Auf Falafeln, kleinen Buletten aus Kichererbsenmehl und Weizen, bestand Edith, die sich strikt weigerte, auch nur einen Pfennig in den Erwerb von Fleisch zu stecken. Tilli oder Christian wußten sowieso nicht, welche Sorte Fleisch in einem Döner steckte, und außerdem besaßen sie im Internat keinen dieser Grillspieße, die sie in den Imbißbuden benutzten. Also vertrauten sie Edith und machten sich zu viert daran, eine Soße zu komponieren.

Das Brot gab es, mangels eines Grills, ungebacken. Es lohnt nicht, viele Worte über das Ergebnis zu verlieren. Man sollte Döner nicht selbst machen. Es ist zuviel Aufwand dafür, daß man nachher die Hälfte wegschmeißt. Ediths Falafeln hatten eine ähnliche Konsistenz wie ihre Vollkornplätzchen, das Brot war zäh, der Kohl hart und irgendwie taub, und Tilli tat es um die Tomaten leid, die schuldlos mit im Mülleimer landeten.

Entsprechend war die allgemeine Stimmung. Die knurrenden Mägen ihrer Gäste und deren spürbares Hinundhergerissensein zwischen Ekel und Höflichkeit waren schlechte Voraussetzungen für einen fröhlichen Abend. Schon vor zehn Uhr saßen sie nur mehr zu sechst in trauter Runde und schleppten sich von Thema zu Thema, und nur Marcelles Anwesenheit verbot es, den ganzen Abend zu einem gescheiterten Versuch zu erklären.

Rein äußerlich paßte er überhaupt nicht zu Anke, fand Tilli. Er hatte gepflegte blonde Haare, die sich oberhalb der Stirn bereits zu lichten begannen, trug Jeans und Pullover und eine Uhr, die aussah, als hätte sie ein Vermögen gekostet. Auch sein Dialekt war fremd und ergab mit Ankes halbberliner Gossendeutsch ein bizarres Duett.

Er war ihr suspekt. Sicher, er war nett und schien nach allem, was Anke so erzählt hatte, eine Menge drauf zu haben, und immerhin war er zu ihnen in den Osten gekommen, aber gerade das machte ihn verdächtig. Tilli fragte sich, *warum* er das getan hatte, aber sie traute sich nicht, die Frage laut zu stellen. Aus unerfindlichen Gründen hatte sie eine merkwürdige Scheu davor, ihn zu ihresgleichen zu zählen. Marcelle erinnerte sie an ihre Westverwandten, die sie früher alljährlich besucht hatten und die ihr allesamt wie Übermenschen vorgekommen waren.

Später im Bett fragte sie Christian, ob es ihm genauso ging. Sie hatte ihm erlaubt, bei ihr zu schlafen, schließlich war es die letzte Nacht vor den Ferien, und es war nicht sicher, ob sie sich in den drei freien Wochen sehen würden.

Christian stülpte nachdenklich die Unterlippe vor. »Eine Schippe machen«, hatte es Tillis Mutter früher genannt. »Tja«, sagte er vage. Er zog seine Decke bis ans Kinn und verschränkte die Arme hinter dem Kopf. Tilli hatte das Fenster geöffnet, es war kalt im Zimmer. »Ich hab' Marcelle eigentlich nur als Freund von Anke gesehen, weniger als Wessi. Na ja. Ein bißchen zu trocken, zu selbstsicher, und dann dieser gräßliche Dialekt. Aber selbst den hab' ich nicht unter typisch Wessi eingeordnet. Sächsisch gefällt ja auch nicht jedem. Aber, was du da sagst, ist interessant. Laß mich mal überlegen!«

Sie ließ ihn überlegen und nutzte die Zeit, um, am ganzen Leibe bibbernd, noch hastig ein paar Sachen in ihre Tasche zu stopfen. Morgen würde sie Birthe sehen. Tilli hatte ein Gefühl im Bauch wie als Kind am Abend vor ihrem Geburtstag.

»Also«, sagte Christian plötzlich, und Tilli zuckte zusammen. Sie hatte ihn über ihrer Vorfreude fast vergessen. »Ich hatte zwar keine Westverwandten, aber ich kann mir schon vorstellen, daß einem Leute, deren Währung der unseren fünffach überlegen war, deren abgelegte Kleidung man mit Stolz trug, die dann und wann hereinschneiten und Geschenke abwarfen und an deren Lebensstil man sich immer orientiert hat, einem wie höhere Wesen vorkommen. Die BRD wurde ja nicht umsonst ›Der goldene Westen‹ genannt.«

»Und wir waren die armen, zurückgebliebenen Verwandten«, ergänzte Tilli.

»Ja. Aber wenn wir mal bei Marcelle bleiben wollen, bist du bestimmt nicht dümmer als er. Und daß wir hier anders, aber nicht am Hintern der Welt leben und daß das Leben hier Dinge bieten kann, die in seinem sterilen Zuhause längst nicht mehr zu finden sind, wird er inzwischen auch mitgekriegt haben.« Er grinste. »Grundlos hat er sich bestimmt nicht ausgerechnet in unsere politisch ambitionierte Altleder-Anke verliebt. Komm ins Bett, du holst dir ja den Tod!«

Das war doch mal ein Ton, den Tilli von einem Mann erwartete. Fügsam kroch sie unter ihre Decke und rollte sich zusammen. »Und was ist, wenn Anke für ihn so etwas wie eine Trophäe darstellt?« fragte sie. »Hier, guck mal, Mami: eine Eingeborene. Hab' ich von meiner Ostexpedition mitgebracht.«

Christian lachte. »Anke würde einen super Haussklaven für Marcelles Eltern abgeben.«

Noch kichernd, angelte Tilli nach dem Lichtschalter. Dann lagen sie eine Weile nebeneinander und schwiegen vor sich hin. Aus irgendeinem Zimmer unter ihnen klang Partylärm herauf. Dort gab es bestimmt keinen Döner.

»Tilli?« fragte Christian endlich.

»Hm.«

»Würdest du mit mir nach Israel trampen?«

Es dauerte eine Weile, bis sie begriff, daß er eine echte Frage gestellt hatte. »Wie bitte?«

»Würdest du mit mir nach Israel trampen?«

Da war er wieder, dieser Unterton, der an klebrige Kaubonbons erinnerte und der sie verrückt machte. Gut, daß sie wenigstens seinen Blick nicht sehen konnte.

»Nein! Was ist das denn für eine bescheuerte Frage!«

Seine Stimme wurde eine Nuance leiser. »Warum nicht?«

»Weil ich erstens mit Birthe, meiner Freundin, die ich seit einem halben Jahr nicht gesehen habe, wegfahre – und was soll denn Israel? Warum gerade dahin? Und warum trampen?«

»Ich dachte, das würdest du aufregend finden«, sagte er noch leiser.

Abrupt setzte sich Tilli auf. »Ach so! Mal wieder ein Knochen als Köder für das Wildhündchen Tilli!« bellte sie. »Hast du überhaupt schon mal überlegt, wie lange man trampt, um dahin zu kommen? Bis wir da sind, sind die Ferien vorbei! Und was soll ich denn überhaupt mit dir in Israel? Wir öden uns hier doch schon genug an.« Sie steigerte sich langsam in Rage. Sie vergriff sich im Ton – na und? Wann begriff dieser Trottel endlich, daß sie keine Dienstboten liebte! Bis eben war alles so schön gewesen! »Wer unterhält denn tagelang die Autofahrer, die so gnädig sind, uns mitzunehmen? Tilli. Die redet ja so gern. Und dann? Spielen wir den ganzen Tag Karten, besuchen die Geburtskapelle? Den Ölberg? Oder sitzen wir romantisch bei Sonnenuntergang am See Genezareth, ich lese dir aus der Bibel vor, und du streichelst mir den Oberschenkel?

Allein in der Fremde, was für eine schöne Basis für eine harmonische Beziehung.«

»Hör auf!« sagte Christian.

Aber so schnell konnte Tilli keinen Gang runterschalten. »Wetten, daß du das im Auge gehabt hast? Wenn ich im Ausland auf dich angewiesen wäre, weil schließlich einfach kein anderer da ist, dann endlich würde ich mich doch willig in deine Arme werfen.«

Sie schürzte den Mund und quäkte: »Schütze mich! Ich schlafe auch mit dir!«

»Hör auf!« Er sagte es so leise, daß Tilli es nur hörte, weil sie gerade eine Atempause machte. Plötzlich fiel ihr etwas ein. Vielleicht, warum nicht …

»Okay«, sagte sie und ließ die Idee kurz auf sich wirken. »Ich fahre mit Birthe eine Woche nach Leipzig. Bleiben noch zwei Wochen. Die könnte ich *möglicherweise* mit dir verbringen. Aber unter drei Bedingungen.« Das Wort »drei« hallte als dreistes Echo durch den Raum.

Christian ließ eine Minute verstreichen, ehe er, etwas lauter, sagte: »Gut.«

»Erstens: Nicht nach Israel. Das ist zu weit. Die Tschechei oder Ungarn tun's auch.«

»Klar.« Es klang gelassen.

»Zweitens: Wir fahren nicht als Liebespaar, sondern als Freunde. Versuch nicht, mich anzubaggern.« Dazu sagte er nichts, und sie fuhr fort. Es war brutal, aber es mußte sein. Warum also nicht jetzt? »Drittens möchte ich, daß du mir jetzt auf der Stelle erzählst, warum du jedesmal eine Krise kriegst, wenn jemand das Wort Armee oder Soldat in den Mund nimmt oder versucht, deine krankhafte Selbstverachtung zu verstehen. Also: Was ist los mit dir?«

Tilli wußte nicht, was sie sich vorgestellt hatte. Aber das bestimmt nicht. Ein paar Sekunden lang passierte nichts, aber es war, als ob die Luft um sie herum plötzlich gefror. Dann legte sich Christian auf sie, schloß mühelos seine großen Hände um ihren Hals und drückte zu. Sie kam nicht mehr dazu, zu schreien oder überhaupt einen Laut auszustoßen.

»Aha«, dachte sie. »Ein Wahnsinniger! Wenn *das* Edith sehen würde!« Weiter kam sie nicht. Tilli hatte plötzlich das Gefühl, ihren eigenen Kehlkopf hinunterzuschlucken, ein rasender Schmerz schoß ihr in den Magen hinab, und sie merkte, wie der Sauerstoffmangel ihr langsam die Sinne vernebelte. Außer sich vor Angst, trat sie um sich, aber sie traf Christian kaum, und das verdoppelte ihre Panik. Endlich schwoll ihr der Kopf, das Angstgefühl ließ nach und wurde von einer seltsam schwingenden Gleichgültigkeit abgelöst. So starb man also. Es war gar nicht so schlimm. Von fern hörte Tilli Christian irgend etwas brüllen, aber sie begriff es nicht. Sie wurde schwer, und gleichzeitig wurde das Bett unter ihr ganz leicht. Dann plötzlich fuhr ihr ein rauher Luftzug durch den wunden Hals und brach sich an ihren Rippen. Tilli knallte zurück auf die Erde, und mit dem wiederkehrenden Körpergefühl kam auch der Schmerz zurück. Ihre Kehle fühlte sich an, als hätte sie eine Handvoll Nähnadeln geschluckt. Ein Hustenreiz überwältigte sie. Sie hustete und hustete, bis der Hustenreiz in Brechreiz überging und sie die Falafelbröckchen, die sie vorhin so tapfer gegessen hatte, als halbverdaute Masse wieder herauswürgte. Sie sah sie vor sich liegen. Das Licht war an. Christian mußte es eingeschaltet haben. Aber er war nicht mehr da, der Feigling.

Tilli ließ sich fallen und begann zu heulen. Sie wußte nicht so genau, warum. Sie mußte einfach heulen. Und danach mußte sie wieder kotzen.

Eine Hand schob sich unter ihren Kopf, und ein kalter, nasser Lappen glitt über ihr Gesicht. Dann wurde sie auf die andere Bettseite gehoben. Durch ihre verquollenen Lider erkannte Tilli Christian, der das vollgebrochene Laken abzog und hinaustrug. Nach einer Weile kam er wieder und brachte ihr ein Zahnputzglas Wasser. Sie trank es langsam, das Schlucken tat weh. Er saß neben ihr und wartete und nahm ihr das Glas wieder aus der zittrigen Hand.

»Dein Nachthemd ...«, sagte er. Tilli hörte an seiner Stimme, daß er auch geweint hatte. Und als sie ihn ansah, fielen ihr seine rotgeäderten Augen auf.

»Das mach' ich selbst«, krächzte sie heiser. Sie war völlig fertig. Aller Vernunft zum Trotz wünschte sie ausgerechnet jetzt, daß Christian sie in den Arm nahm und festhielt, damit sie nicht auseinanderfiel. Aber sie hatte ein vollgekotztes Nachthemd an. Und sie wollte nicht, daß er sie nackt sah. Deshalb nickte Tilli, als Christian unsicher fragte, ob er sie allein lassen solle.

Sie sah ihm nach, als er den Raum verließ. Mit gebeugten Schultern, als warte hinter der Tür das Schafott.

Sie lag in einem dunklen Raum. Die Luft um sie herum war dick und roch merkwürdig modrig. Eine Weile brachte Tilli damit zu, ihre Augen an die Dunkelheit zu gewöhnen, um wenigstens ungefähr herauszubekommen, wie groß der Raum war, in dem sie sich befand. Aber sosehr sie ihre Sehmuskeln strapazierte, sie fand nur Schwärze. Die Finsternis war vollständig.

Die Angst zu ersticken zwang sie auf die Beine. Sie hockte sich hin, und während sie darauf wartete, daß das Blut den Weg in ihre abgestorbenen Gliedmaßen fand, tastete sie nach beiden Seiten und griff in etwas Kühles, Weiches, Glitschiges. Unter ihrer Berührung begann es sich schwach zu bewegen. Entsetzt zog sie die Hände zurück. Im darauffolgenden Augenblick verschwand die Decke des Raumes, in dem sie saß. Sie zog sich nicht langsam weg, sondern sie wurde abgehoben. Licht flutete in den Raum und stach ihr in die Augen. Als sie endlich wieder sehen konnte, erkannte sie, was sie berührt hatte. Es waren große rosa-bläuliche Regenwürmer. Und sie waren tot, oder zumindest fast. Der Raum, in dem sie hockte, war gar kein Raum! Er war eine Schachtel. Ein überdimensionales Gesicht schob sich vor die Sonne, die sie geblendet hatte, und sie erkannte Christian.

»Ach du Scheiße«, sagte er mit unnatürlich dröhnender Stimme zu irgend jemandem im Hintergrund. »Die sind alle hin.« Dann blieb sein Blick an ihr hängen, und er lächelte. »Außer dem da.« Eine gigantische Hand sauste herab, und ehe Tilli eine Chance hatte zu entwischen, packte sie sie und hob sie aus der Kiste. Die Hand hielt sie vorsichtig um die Taille, aber es tat trotzdem weh. Sie schrie und strampelte, was das Zeug hielt, um loszukommen.

»Ganz schön zappelig«, sagte die Stimme ohne Gesicht aus dem Hintergrund. »Da beißt sofort was, möchte ich wetten.«

»Gib mir mal einen Haken!« sagte Christian.

Er schwenkte sie in der Luft herum, daß ihr übel wurde. Dann plötzlich hielt er sie ganz still. Und auf einmal kam ein riesiger glänzender Angelhaken auf sie zu und bohrte sich in ihren Hals.

Tilli wachte von einem hohen Schrei auf und schoß in die Höhe. Erst als sie stand, merkte sie, daß sie selbst geschrien hatte. Mit einer Hand hielt sie noch immer ihren Hals umklammert. Es war dunkel. Tillis Zähne schlugen aufeinander, bis sie bemerkte, daß die Dunkelheit durch ein fahles Licht gemildert wurde, das von links in den Raum fiel und Umrisse von Möbeln erkennbar werden ließ. Das hier war keine Kiste, sondern ihr Zimmer.

Erleichtert tappte sie zum Tisch und trank einen Schluck abgestandenen Kaffee. Das Schlucken tat weh. Nach und nach fiel ihr der vergangene Abend wieder ein. Christian hatte sie gewürgt, weil sie ihn dazu hatte bringen wollen, ihr sein Geheimnis zu verraten.

Komischerweise kam ihr das nicht besonders schlimm vor. Sie hatte ihn schließlich vorher schon so lange gepiesackt, daß er irgendwann die Beherrschung hatte verlieren müssen. Andere Männer schlugen ihre Frauen. Er hatte sie gewürgt, weil es ihm als die einzige Möglichkeit erschienen war, sie zum Schweigen zu bringen.

Trotzdem war Tilli sauer auf ihn. Er hatte ihren letzten

Abend vor den Ferien versaut. Und zwar mit seiner blöden Ergebenheit. Es war ein Jammer.

Sie ging aufs Klo und stieg dann wieder ins Bett. Dabei wunderte sie sich darüber, daß die andere Bettseite unbezogen war. Ach ja – er hatte sie abgezogen.

Bevor sie in einen traumlosen Schlaf fiel, stellte Tilli fest, daß sie sogar ganz gern mit Christian verreist wäre – wenn er ein paarmal häufiger in diesem unbeugsamen Ton »Komm ins Bett, du holst dir ja den Tod!« gesagt hätte.

Am nächsten Tag, dem vorerst letzten, lud sie sich kurzerhand bei Edith zum Frühstück ein. Da Anke und ihr Freund auch da waren, ging Tilli davon aus, daß es auf einen mehr oder weniger am Tisch nicht ankam. Schließlich würden sie sich lange drei Wochen nicht sehen. Tilli gestand es sich nur ungern ein, daß sie es allein in ihrem Kabuff nicht aushielt. In ihr sah es aus wie in einem Ameisenhaufen. Es waren nunmehr Stunden, die sie zählen mußte, bis sie Birthe in die Arme fallen würde; sie hatten sich für zwanzig Uhr in der WG verabredet. Und jetzt kam auch noch die Sache mit Christian dazu.

Beim zweiten Erwachen war Tilli die Szene vom Vorabend schon nicht mehr so harmlos vorgekommen wie in der Nacht, als sie alles im Spiegel der Erleichterung gesehen hatte, weil der Haken in ihrem Hals sich als Traumgespinst herausgestellt hatte. Das, was Christian so eifersüchtig in seiner Brust hütete, mußte etwas wirklich Zerstörerisches sein, das mittlerweile sein ganzes Wesen beherrschte. Das einzige, was so etwas bewerkstelligen konnte, war ein Verbrechen. Christian ein Verbrecher? Kaum. Obwohl, so wie er gestern reagiert hatte ... Er hätte schließlich auch in Tränen ausbrechen können ob ihrer Gemeinheiten, und im Zweifelsfall hätte es eine Ohrfeige, wie seinerzeit in der S-Bahn, auch getan.

Das Frühstück bei Edith half ihr auch nicht weiter. Edith und Anke waren irgendwie verstimmt. Scheinbar hatten sie sich gestritten. Die beiden Männer guckten verlegen in die

Runde, und Tilli hatte das Gefühl, daß sie von ihr erwarteten, die Raumluft zu verbessern. Sie hätte gewettet, daß jeder einzelne von ihnen froh war, als es endlich Zeit war zu gehen.

Unten vor dem Klassenraum standen die andern. Funes war dabei, Telefonlisten zu verteilen, damit man sich in den Ferien anrufen konnte. Tilli war gespannt, was sie hinter ihrem Namen vorfinden würde. Weder die WG noch ihre Mutter verfügte über ein Telefon. Während sie ihre Liste entgegennahm, spähte sie nach Christian, sah ihn aber nirgends. An sich war das nichts Besonderes. Er kam fast immer erst nach dem Stundenklingeln. Aber es schürte ihre Aufregung. Sie ertappte sich dabei, wie sie sich Worte zurechtlegte, die sie später benutzen wollte, ruhige Worte ohne Aggression. Es war verdammt schwer.

»Sag mal, Funes«, hörte sie Edith sagen, »woher hast du eigentlich meine Telefonnummer?« Funes grinste. Tilli sah, wie Fräulein Schmidt errötete. Edith bemerkte es auch. »Schon mal was von Datenschutz gehört?« fauchte sie ihn an. Tilli wunderte sich darüber. Das war gar nicht ihre Art. Offensichtlich war Fräulein Schmidt aktiver Teil des von ihr vermuteten Streites am Morgen gewesen.

Wie erwartet, fehlte auf der Liste hinter ihrem Namen die Telefonnummer. Das hieß aber nicht, daß Funes tatenlos geblieben wäre. Statt der Nummer hatte er fein säuberlich die Adresse ihrer Mutter eingetragen. Nicht, daß es Tilli gestört hätte, sie fragte sich nur verwundert, wen er in ihrem Fall als Informanten benutzt hatte.

Es klingelte, Frau Michel wehte heran, unter dem Arm eine schwarze Mappe. Die Klasse schwappte in den Raum, die Zeugnisausgabe begann. Christian war nicht anwesend.

Ihrer Lehrerin fiel es erst nach der Begrüßung auf. Sie starrte leicht pikiert auf den leeren Stuhl in der letzten Bank, bevor sie Fräulein Schmidt mit einem matten Winken auf die Füße beorderte. »Würden Sie bitte ihren Mitbewohner wecken gehen!«

Natürlich hatte sie sich längst daran gewöhnt, daß Christian selten pünktlich kam, und es mit bewundernswertem Gleichmut hingenommen. Aber heute war Zeugnisausgabe, und an einem solchen Tag von ihm versetzt zu werden schien sie als persönliche Beleidigung zu empfinden.

Fräulein Schmidt erhob sich, aber noch bevor er sich aus der Bank herausgeschoben hatte, schnippte Funes' Arm nach oben. »Christian ist krank. Er ist nach Hause gefahren – zum Arzt«, fügte er hinzu, und sein Blick huschte kurz zu Tilli hinüber. »Vielleicht kann Tilli sein Zeugnis mitnehmen«, schlug er vor. »Sie wohnt in derselben Stadt.«

Frau Michel schaute unschlüssig auf Yvonne, die Klassenbeste. Es war deutlich, daß sie überlegte, ob sie die Entschuldigung über einen Dritten annehmen oder überhaupt glauben sollte. »Die eine Stunde hätte er wohl auch noch geschafft«, sagte sie schließlich. Funes wackelte mit dem Kopf. »Ich weiß nicht. Er sah ganz schön schlimm aus. An seiner Stelle wäre ich gar nicht gefahren.« Er lächelte süßlich und hob in gespielter Resignation die Hände. »Aber das geht ja nicht.«

Wieder einmal sah er zu Fräulein Schmidt. Dieser wurde zum zweitenmal an diesem Morgen rot, er hatte die unausgesprochene Frage verstanden: *Wo warst du eigentlich heute früh?*

»Stimmt das?« Das galt den Sportlern. Die zuckten die Schultern und wiegten unschlüssig die Köpfe. Sie machten immer schon im Morgengrauen ihren Dauerlauf und hatten bestimmt nicht viel von ihrem Zimmergenossen mitbekommen.

»Warum hast du denn nichts gesagt?« flüsterte Edith. »Du warst doch mit ihm zusammen.«

»Nein.« Tilli war froh, daß sie einen Rollkragenpullover trug, der die lila Flecken an ihrem Hals verdeckte.

»Wie«, fragte Edith erstaunt. »Ihr habt die *letzte* Nacht getrennt verbracht?« Sie warf ihr einen verständnisvollen Blick zu. »Habt ihr euch wieder gestritten.« Es war eine Feststellung, keine Frage.

Frau Michel entnahm ihrer Mappe die ersten Zeugnisbögen, einfache A4-Blätter ohne sichtbaren Schmuck, und begann sie zu kommentieren.

Tilli war es mehr als recht. Sie gewann so Zeit, sich eine passende Antwort für Edith einfallen zu lassen, denn sie hatte noch immer nicht die Absicht, ihr irgend etwas über die vergangene Nacht zu erzählen. Ein Streit war ein Streit, und davon gab es viele in ihrer und Christians Geschichte. Aber dies hier ging ein Stück darüber hinaus. Ohne es zu wollen, hatte es sie beide aus der vertrauten Umgebung gelöst und auf eine andere Ebene gesetzt, wo sie dicht an dicht mit Madame Butterfly und Turandot wohnten: die Ebene der Dramen.

Und selbst wenn der vergangene Abend nun das endgültige Ende ihrer symbiotischen Beziehung markierte, sie würden ihn beide nie vergessen, und damit hatte Christian, was er gewollt hatte: Er hatte sich in sie eingebrannt. Sie waren jeweils ein fester, unvergeßlicher Bestandteil der Biographie des anderen geworden. Und genau das gönnte sie ihm nicht.

Die ganze Stunde, während der die stolze Frau Michel Zeugnisse austeilte – stolz, weil ihre Seminargruppe die einzige war, die komplett, ohne einen Verlust, in die zweite Halbzeit überwechselte –, ließ sich Tilli immer neue Schimpfnamen für Christian einfallen und zerkaute sie knirschend zwischen den Zähnen.

»Ein bißchen übel ist ihm schon gewesen«, log sie, als sie – ihr sehr durchschnittliches und Christians brillantes Zeugnis unter dem Arm – an Ediths Seite zur Tür ging.

Tilli hatte sich nicht darum geschlagen, es mitnehmen zu dürfen. Sie fragte sich sogar, ob es überhaupt erlaubt war, immerhin konnte sie ja versuchen, es zu fälschen, oder es verlieren, aber als sie seinen Erhalt mit ihrem Namen quittiert hatte, war auch das nur ein weiterer Beweis dafür gewesen, daß die Schule, an der sie lernten, keine normale war.

Edith und sie waren fast die letzten. Funes stand am

Lehrertisch und redete leise und eindringlich auf Frau Michel ein, die immer wieder unauffällig auf die Uhr blickte und inzwischen etwas erschöpft aussah. Die anderen waren noch vor dem Pausenklingeln, sobald Frau Michel ihnen schöne Ferien gewünscht hatte, zu ihrem Gepäck geeilt, und Tilli wäre mitgelaufen, wenn Edith sie nicht zurückgehalten hätte.

»Ihm ist schlecht gewesen?« fragte sie atemlos. »Das lag vielleicht am Döner. Anke war auch schlecht, und sie wollte mir den ganzen Morgen über einreden, daß ich schimmliges Brot gekauft habe. Und dann hat Hannes auch noch in die Kerbe geschlagen. Ich dachte, der macht sich über mich lustig, und Anke ist doch sowieso dauernd am Brechen. Aber wenn nun auch noch Christian ...«

Tilli wußte, daß es gemein war, aber sie beließ es dabei. Das einzige, was sie zu Ediths Trost hinzufügte, war, daß niemand an einem Stück schimmligen Fladenbrot sterben würde.

Auf dem Flur wurden sie von Funes eingeholt. »Na, du Schnüffler«, bemerkte Edith abfällig.

Funes wuchsen rote Flecken oberhalb der Backenknochen, die wie kleine Landkarten aussahen. »Du wirst dich schon noch freuen, wenn du von mir eine Urlaubskarte kriegst«, sagte er.

»Garantiert.«

Tilli hakte sich bei ihrer Freundin ein. »Oder du von mir.« Sie fand, daß es an der Zeit war, Funes ein wenig Waffenhilfe zu geben.

Edith lächelte. »*Dir* hätte ich meine Adresse auf jeden Fall noch in die Hand gedrückt, bevor wir auseinanderlaufen.«

»Tilli ist aber bestimmt auch froh, daß sie Christian ohne Probleme sein Zeugnis bringen kann, ohne lange herumzufragen«, fiel Funes ein. Er blinzelte ein unappetitliches Blinzeln. »Oder hast du sie schon?«

Statt einer Antwort fragte sie: »Was wolltest du eigentlich heute früh in seinem Zimmer?«

Funes machte eine selbstgefällige Geste mit der freien Hand. »Ich habe ihm meine Kaffeemaschine geschenkt«, sagte er.

Edith zog die Brauen zusammen. »Wieso? Willst du das Abi abbrechen?«

Funes grinste breit. Endlich hatte er wieder eine Handbreit Wasser unter dem Kiel. Wahrscheinlich hatte er die ganze Zeit unter der Sorge gelitten, daß Edith ihm wegen der Adreßliste mit dem Datenschutz kommen könnte. Und Tilli nahm an, nicht einmal zu Unrecht. Jetzt zuckte er leicht die Achseln: »Ich krieg' eine neue. Eine größere.«

Seit er an ihrer Seite aufgetaucht war, brannte Tilli eine Frage auf der Zunge. Aber sie hatte nicht den Mut, sie auszusprechen, aus Angst, daß sie sie irgendwie verraten würde. Als Edith es für sie tat, fiel ihr ein Stein vom Herzen. »Was hat Christian eigentlich? Eine Grippe? Kopfschmerzen?« Sie zögerte. »Ein Verdauungsproblem?«

Sie standen am Fuß der Treppe, die zu ihrer Etage hinaufführte.

Aber Edith machte keine Anstalten hinaufzusteigen. Sie sah Funes an wie eine Frau, die den Oberarzt im Krankenhaus fragt: »Wird er durchkommen?«

Tilli hätte ihr gern gesagt, wie dankbar sie ihr dafür war. Edith sprach für sie mit, denn sie war sich sicher, daß sie ihren Mund nicht aufbekommen würde, ohne sofort ins Stottern zu verfallen. Sie hatte genug damit zu tun, einen einigermaßen neutralen Blick zu wahren.

Funes legte den Kopf ein wenig schief und leckte sich über die Lippen. Das tat er immer, wenn er sich der ungeteilten Aufmerksamkeit seiner Zuhörer sicher war, und das kam selten genug vor.

»Also, *gesagt* hat er nichts Direktes«, begann er genüßlich. Edith seufzte. »Nur, daß er zum Arzt wollte. Aber wenn ihr mich fragt, hat's ihn ganz schön erwischt. Ihr hättet ihn mal sehen sollen! Er sah aus wie ein Zombie. Solche Augenringe!« Er formte aus Daumen und Zeigefingern zwei

Kreise und hielt sie sich vor die Augen. »Und seine Hände haben wie bei einem Alkoholiker gezittert, als ich ihm die Kaffeemaschine gegeben habe. Ich habe jeden Moment gedacht, er fällt um. Und dann hat er so komisch geredet – so abgehackt.« Funes sah Ediths weit aufgerissene Augen und verstummte.

Vor ihrer Tür verabschiedete Edith sich von Tilli. »Rufst du mal an?« fragte sie. Sie verzog die Lippen zu einem halben Grinsen. »Meine Nummer hast du ja nun.«

»Klar.« Wie immer, wenn sie sich trennen mußten, wurde Tilli sich gewahr, wie sehr sie sich an Edith gewöhnt hatte, wie lieb sie ihr geworden war.

»Und ich schreib' dir auch eine Karte aus Leipzig«, versprach sie.

Sie umarmten sich. »Grüß bitte Christian von mir, wenn du ihm das Zeugnis bringst.«

»Mach' ich.«

»Was ist eigentlich ein Zombie?«

»Keine Ahnung.«

Plötzlich spürte Tilli die Würgemale an ihrem Hals. »Irgend etwas Ekliges, glaube ich. Wie ein Vampir.«

»Na hoffentlich ist es kein Synonym für einen Menschen, der gerade an verschimmeltem Fladenbrot stirbt«, sagte Edith, ohne zu lächeln, und drückte die Tür auf.

Es war halb zwei, als Tilli endlich in Potsdam ankam. Sie stand auf dem Potsdamer Busbahnhof, die Lederriemen des Rucksackes schnitten ihr in die Schultern, und sie hatte Hunger. Fünfeinhalb Stunden trennten sie noch von Birthe. Das hieß, daß Tilli sich bei ihrem Botengang beeilen mußte, wenn sie danach noch zu ihrer Mutter fahren wollte. Und das mußte sie. Weniger der frischen Sachen wegen, die sie dringend benötigte, als um sich lebendig von der »Front«, wie ihre Mutter es nannte, zurückzumelden.

Im anderen Fall würde sie, ohne sich lange mit Nebensächlichkeiten aufzuhalten, die Polizei alarmieren, auch wenn ihre Tochter über achtzehn war. Es wäre nicht das erste Mal.

Nach kurzem Zögern entschied Tilli, zuerst in der WG vorbeizuschaun, um den Rucksack loszuwerden. Sie hatte keine Lust, ihn noch eine Minute länger als nötig mit sich herumzuschleppen. Die Klamotten darin konnte sie auch noch in einer Woche waschen. Außerdem fand sie dort vielleicht etwas Eßbares.

Sie stapfte die wenigen hundert Meter zum Holländerviertel hinüber. Von außen sah alles aus wie immer. Nur unter dem Fenster der oberen Etage hing ein neues Transparent: »Kein Bushkrieg!« Seine Ecken schlugen im Wind sacht gegen die Hauswand. Es berührte Tilli eigenartig, weil ihr auf einmal bewußt wurde, wie lange sie schon nicht mehr hiergewesen war.

Auch als sie die knarrende Holztreppe zu ihrem Zimmer hochstieg, kam es ihr vor, als besuchte sie eine Stätte ihrer Kindheit und nicht den Ort, den sie noch vor kurzem bewohnt hatte.

Der Kühlschrank war abgeschaltet und leer. Sie hatte eigentlich nichts anderes erwartet. In ihrem Zimmer sammelten sich die Staubflusen in dichten Ballen, und es schien kälter zu sein als draußen auf der Straße. Tilli legte den Rucksack auf das noch bezogene klamme Bett und sah sich um.

Ein paar Bücher waren aus dem Wandregal gefallen, andere hielten sich nur mühsam aufrecht, indem sie sich gegenseitig stützten. Irgend jemand hatte sich in ihrer Abwesenheit aus ihrem Literaturvorrat bedient. Auf dem Schreibtisch lag eine millimeterdicke Schicht Staub, außerdem alte Briefe, ein paar ungelenke Skizzen, Bonbonpapier. Das also war sie gewesen. Wann hatte sie eigentlich zum letztenmal an diesem Tisch gesessen?

Sie pustete den Staub von einem Schreibblock und sah, daß die oberste Seite einige mit Bleistift geschriebene Zeilen enthielt:

»Christian hat einen aufrechten, leicht hüpfenden Gang. Nur seine Schultern sind etwas gekrümmt, aber vielleicht kommt das daher, daß er so groß ist. Jedenfalls schlurft er nicht. Das muß bedeuten, daß er sich seiner sicher ist. Andererseits hat er die Angewohnheit, seine Gesprächspartner kaum anzusehen, was auf das Gegenteil hindeutet. Er ist mir ein Rätsel.«

Darunter stand ein Satz, den selbst Tilli erst nach mehrmaligem Lesen entziffern konnte. »Ich glaube, ich habe mich in ihn verliebt.«

Sie konnte nicht verhindern, daß ihr die Tränen in die Augen traten.

Offensichtlich war es eine der Notizen, die sie sich in der Zeit der Christian-Obversationen gemacht hatte. Das mußte Ende September gewesen sein. Vermutlich an dem Wochenende, nachdem er sie zum erstenmal auf der Treppe angesprochen hatte. Noch während sie sich die Tränen abwischte, sah sie ihn plötzlich vor sich: groß, dunkel, wie er mit weit ausgreifenden Schritten den Bahnsteig entlangging. Mit der rechten Hand führte er sein Fahrrad, die Linke stöpselte gerade den Kopfhörer des Walkman in sein Ohr, und über dem rosa T-Shirt trug er seinen grauen Schafwollpullover, der am Rücken ein Stück zu kurz war.

Dann schob sich unvermittelt ein anderes Bild vor ihre Augen: Christian, mit nacktem Oberkörper, die Augen aufgerissen, der Mund verzerrt und irgend etwas brüllend. Sie konnte nicht verstehen, was. Nicht einmal fünf Monate lagen dazwischen.

Tilli riß das Blatt vom Block und steckte es ein. Dann nahm sie ihre Tasche und ging. Es gab hier nichts mehr zu tun.

Ursprünglich hatte sie mit dem Gedanken gespielt, sich von den Jungs in der oberen Etage eine Stulle zu erbetteln, aber jetzt schien es Tilli unmöglich, länger in diesem öden, kalten Haus zu bleiben, das sie nicht mehr kannte. Vielleicht konnte sie Birthe anrufen und einen anderen Treffpunkt ausmachen, eine Kneipe, ihretwegen den Bahnhof, irgendwas.

Vorher hatte sie noch etwas zu erledigen. Die Notiz auf dem Schreibtisch hatte ihre Verwirrung komplett gemacht. Wenn Christian sie nicht auch im Urlaub noch besetzt halten sollte, mußte sie mit ihm reden. Und zwar bald, denn die Zeit drängte. Seit dem heutigen Morgen wußte Tilli dank Funes' Liste, daß er in einem der Neubauten ganz in der Nähe des Busbahnhofes wohnte. Es war eigentlich ein höchst ungewöhnlicher Zufall, dachte sie, daß sie Christian früher nie begegnet war.

Das Haus, in dem er wohnte, war einer von mehreren vierstöckigen Bauten ohne jeden Charme. Hier also hatte er einen Sommer lang zwischen Kafka und den Housemartins vor sich hin gedöst. Und jetzt? Tillis Hände begannen unwillkürlich zu flattern, als sie sie zur Klingel hob.

Noch nie hatte sie Christian außerhalb von Lehnitz getroffen. Sie hatte natürlich ein Anliegen, das Zeugnis. Aber trotzdem. Sie stand im Begriff, sich weiter vorzulehnen, als sie je beabsichtigt hatte, indem sie sich in den Teil seiner Welt begab, der sein eigentliches Leben ausmachte. Tilli wurde überhaupt zum erstenmal bewußt, daß es so etwas gab, Christians private Welt. Sein Zimmer war für sie immer die kleine ungemütliche Kasernenstube gewesen, in der auf dem Fensterbrett eine unbekannte Lebensform in einem Leberwurstglas hauste, der Ort, wo sein Bett stand. Sie hatte nie daran gedacht, daß dies hier mindestens denselben Stellenwert in seinem Leben besaß. Vielleicht waren sogar seine Eltern da. Er hatte natürlich Eltern, wie seltsam. Hier war sie die Fremde, ganz egal, was sie da drinnen erwarten mochte.

Bevor sie die Aufregung handlungsunfähig werden ließ, drückte sie auf den Knopf. Es schnarrte. Und auf einmal war sie völlig ruhig. Es war zu spät. Jetzt konnte sie nicht mehr weglaufen. Neben den Klingeln befand sich kein Summer, wie in den modernen Hochhäusern. Die Tür war einfach nur mit einem Knaufgriff gesichert. Das hieß, wer immer hier Besuch bekam, mußte herunterkommen und aufschließen.

Tilli trat von einem Fuß auf den anderen, um sich von der Kälte abzulenken, und wartete. Endlich vernahm sie von innen ein leises Geräusch, das ihr verriet, daß jemand auf dem Weg war. Sie atmete zweimal tief durch.

Dann erkannte sie durch die Glasscheibe eine Frau, die Christians Mutter sein mußte.

Sie war alt, so um die Sechzig, also gut fünfzehn Jahre älter als ihre eigene Mutter. Sie kam bedächtig zur Tür, schloß sie auf und sah sie erwartungsvoll, aber nicht unfreundlich an. »Ja?« fragte sie mit tiefer, etwas brüchiger Stimme. Tilli fiel ein, daß Christian nie etwas über sie oder seinen Vater erzählt hatte.

Sie nahm all ihren Mut zusammen und kam ohne Umschweife auf den Punkt. »Ist Christian da?«

Die Frau betrachtete sie erneut, diesmal ein wenig eingehender, und erst als es Tilli unangenehm zu werden begann, fragte sie: »Wer sind Sie denn?«

Tilli merkte, wie sie rot wurde. Wer war sie? Ach, zum Teufel mit den Formalitäten! »Entschuldigung. Tilli. Ich bin ... eine Klassenkameradin von Christian.« Wenigstens war das keine Lüge.

Seine Mutter zog die Brauen hoch. »Von der Russischschule?«

»Nein. Aus Lehnitz. Wir sind in derselben Seminargruppe.« ›Ich möchte ihm sein Zeugnis bringen,‹ wollte sie hinzufügen, aber die Mutter kam ihr zuvor.

»Christian ist noch nicht da«, sagte sie und trat ein Stück zurück, um sie vorbeizulassen. »Aber wenn Sie schon in Potsdam sind, kann es ja bei ihm auch nicht mehr lange dauern. Wollen Sie solange hereinkommen?«

Sie war definitiv eine freundliche Frau, aber sie hatte etwas Autoritäres, und Tilli fühlte sich eingeschüchtert, ohne daß sie genau hätte sagen können, warum.

»Danke. Nein. Ich glaube, ich mache erst noch ein paar

Besorgungen«, murmelte sie verlegen. »Ich komme nachher noch einmal vorbei.«

»Na gut«, sagte die Mutter. »Ich werde es ihm ausrichten, wenn er kommt – Tilli.«

Sie wartete, bis sie sich umgedreht hatte, ehe sie die Tür schloß.

Tilli hatte mit allem möglichen gerechnet: mit einem betrunkenen, einem reglos auf dem Bett liegenden, einem sehr beherrschten Christian – aber nicht damit, daß er nicht da war.

In ihrer Verblüffung hatte sie sogar vergessen, seiner Mutter das Zeugnis zu geben. Die hatte keine Ahnung, daß Christian schon seit Stunden hätte hiersein müssen. Wozu sie mit Sorgen belasten.

Inzwischen hielt Tilli die Kälte an ihren Füßen kaum noch aus. Sie mußte umgehend aus den engen Schuhen heraus. Der Schmerz an den Zehen begann sogar ihre Enttäuschung über Christians Abwesenheit zu überlagern. Und sie hatte kaum noch die Nerven, sich darüber zu wundern, daß sie überhaupt enttäuscht war und nicht erleichtert oder, in Vertretung seiner unwissenden Mutter, besorgt.

So schnell sie konnte, rannte sie zur nächstbesten Telefonzelle und rief Birthe an. Ihre Stimme traf Tilli wie ein Hammer, warf sie Lichtjahre zurück.

»Tilli?«

Wie hatte sie nur diese Stimme vergessen können.

»Birthe. O Mann!«

Birthe lachte. Tilli lachte auch. Am liebsten hätte sie die Freundin durch den Hörer geküßt.

»Ist das verrückt, dich wieder richtig zu hören!«

»Mensch, du glaubst gar nicht, wie ich mich auf den Urlaub freue. Ich hab' seit einer Woche kaum noch an was anderes gedacht. Vorhin war ich in der WG. Weißt du, was: Wir sollten uns nicht dort treffen, es ist traurig da. Lieber im Heider oder –«

»Tilli.«

»Was?«

Birthe räusperte sich. »Wir können uns gerne im Heider treffen. Aber was würdest du von übermorgen halten?«

Tilli beobachtete, wie vor ihrem Mund ein Dampfwölkchen aufstieg, und plötzlich war ihr nicht nur an den Füßen kalt. »Warum?«

Birthe lachte wieder, es klang ein wenig verlegen. »Ich, na ja … ich weiß, es klingt albern, aber ich habe mich verliebt.« Sie räusperte sich noch einmal, als habe sie einen Frosch im Hals. »Sie ist gerade übers Wochenende hier. Bitte sei mir deshalb nicht böse. Es war nicht direkt geplant. Und nun dachte ich, daß du dich vielleicht auch erst mal ausruhen willst, so daß wir alle vielleicht am Sonntag fahren könnten.«

Tilli schwieg. Das Telefongeld war fast aufgebraucht. Eben rutschte der vorletzte Groschen durch den Apparat. Ihr fiel nichts dazu ein, offensichtlich hatte sie einen Blackout. Nur drei Worte kamen ihr über die Lippen: »Wer ist sie?«

Jetzt klang Birthes Stimme noch unsicherer. »Ich dachte, du hättest schon gehört, daß Gesa… Ich erzähl' dir alles später, nicht am Telefon. Also Sonntag um acht im Heider, okay? Bis dann, ich muß.«

Der letzte Groschen polterte durch das Metallgehäuse, und Birthes Stimme verstummte. Tilli lehnte sich an die von Eisblumen bedeckte Tür. Das hier war nun ganz sicher ein Film. Und sie spielte auch eine Rolle darin. Oder alle anderen spielten, und nur sie war das Zufallselement. Das mit dem Film war doch nicht neu. Nein, jetzt wußte sie es! Es gab gar keine zwei Filme – den, in dem Christian seinen Auftritt als »Der Unwissende« gehabt hatte, und diesen. Alles, was passierte, gehörte zum selben großen Drehbuch. Und was für eins!

»Vom Winde verweht« war eine Gutenachtgeschichte dagegen! Es fragte sich nur, wer der Autor war. In ihrem Bauch gluckste es, und Tilli wollte gerade anfangen zu kichern, als sie merkte, daß sie schon weinte.

Zum wer weiß wievielten Mal an diesem völlig verqueren Tag nahm sie ihre Tasche und machte sich auf den Weg zur Straßenbahnhaltestelle.

Der Weg, den sie von der Haltestelle bis zur mütterlichen Wohnung zurücklegen mußte, war ein Teil ihres ehemaligen Schulweges. Er war nach dem letzten Schneefall geräumt worden. Als Kind hatte Tilli kaum frischen Schnee gesehen, weil sie damals immer so schnell mit dem Schieber angerückt waren.

Die rosa-gelben Gehwegplatten hatten einen Graustich angenommen, eine Leihgabe des Neubauhimmels wahrscheinlich, der davon zu viel hatte, daneben türmten sich dicke Krusten aus Dreck, der einmal Schnee gewesen war. Die »Blockhäuser« ringsum sahen sich zum Verwechseln ähnlich, und von den mit Einkaufstüten beladenen Passanten kannte Tilli niemanden. Auch dies hier war nicht mehr ihr Zuhause.

Wenn sie als Kind ihren Opa besuchen gegangen war, hatte Tilli darauf warten können, daß der irgendwann sein Sektglas hob – er war Sekttrinker – und sang: »Von nun an geht's bergab.« Hilde Knef, oder so. Die Zeile hatte immer Unbehagen in ihr ausgelöst, wie das so ist, wenn ein alter Mensch vom nahen Tod spricht. Wie die meisten Leute in einem solchen Fall hatte sie sofort angefangen, Opas Rüstigkeit zu preisen. – Heute hätte sie einfach eingestimmt.

Sie trug ein Mal am Hals, der Verursacher war vor seiner Tat, vor sich oder vor ihr geflohen, ihre beste Freundin ließ sie im Stich, weil sie eine Beziehung zu ihrer ehemaligen Jugendliebe unterhielt, und sie ging an den mütterlichen Herd, um sich die Füße aufzuwärmen. Von Hundert auf Null, wenn das nicht bergab war!

Als sie um die letzte Ecke bog, sah Tilli, daß in der Küche und in ihrem Zimmer Licht brannte. Warum auch nicht? Sie war so gut wie nie da, und als sie nach Lehnitz gegangen war, hatte sich Tillis Schwester noch mit ihrer Mutter ein Schlafzimmer geteilt, was wirklich kein Vergnügen gewesen sein konnte, denn ihre Mutter schnarchte wie ein Bär.

Es roch nach frischer Pizza, als sie in den Flur trat.

Inzwischen war sie so hungrig, daß der Duft sie fast umwarf.

Trotzdem: So stark er war, er täuschte sie nicht darüber hinweg, daß hier etwas nicht stimmte. Es war zu still. Sonst kam ihre Mutter immer schon angesprungen, wenn sie den Schlüssel im Schloß knacken hörte, es sei denn, sie hatte davon nichts mitbekommen, weil eine besonders spannende Sendung sie vor den Fernseher bannte.

Heute blieb das Empfangskommando aus, ohne daß ein Ton aus dem Wohnzimmer drang. Außerdem war es dunkel hinter der Glastür. Alle Wohnzimmer in ihrem Viertel waren aus irgendeinem Grund durch Glastüren vom Flur getrennt.

Eine Schrecksekunde lang glaubte Tilli, daß etwas Schlimmes passiert sein mußte. Vielleicht war ihre Mutter krank? Sie litt häufig an irgendwelchen obskuren Krankheiten. Vielleicht lag sie also im Bett? Wo war ihre Schwester?

Tilli fiel das Licht ein, das in ihrem Zimmer und in der Küche gebrannt hatte, sowie die Pizzadämpfe, und sie beruhigte sich wieder.

Natürlich aßen sie zu Mittag, wenn auch, zugegeben, um eine etwas ungewöhnliche Zeit. Es war fast halb vier.

Tilli zog den Parka aus, stellte die Tasche ab und ging in die Küche.

Der Duft von Käse, Schinken und Teig war betäubend – zuviel für einen leeren Magen wie ihren.

Von ihrer Mutter war nichts zu sehen. Aber Corinna, ihre Schwester, hob eben die Pizza aus dem Ofen. Von ihren Ohren abwärts führten dünne Kabel, die in einer Schürzentasche endeten. Es war die Dederonschürze ihrer Mutter, violett mit weißen Blümchen.

Bis zu ihrem zwölften Geburtstag hatten sie und Cori auch Schürzen tragen müssen, kleinere Versionen aus dem gleichen Stoff. Nicht immer, nur zum Essen und für die Hausarbeit, ab dem zwölften Geburtstag nur noch für die Hausarbeit. Tilli hatte diesen Brauch mit ihrem Umzug in die WG selbstverständlich abgelegt, aber ihre kleine Schwester schien ihn beibehalten zu haben.

»Hallo, Cori!« sagte sie laut.

Corinna fuhr zusammen und drehte sich um. Das Pizzablech schwankte beängstigend. Sie fing es im letzten Moment ab, bevor es zu Boden poltern konnte.

»Mann, Tilli!« schrie sie. Vorsichtig bugsierte sie das Blech auf den Campingtisch, der als Eßtisch diente, und nahm die Kopfhörer aus den Ohren.

»Ist der neu?« Tilli zeigte auf den Walkman.

Cori nickte stolz. »Von Dennis.«

»Dennis?«

»Mein Freund«, setzte sie hinzu, während sie die Topflappenhandschuhe auszog.

Nicht schlecht, dachte Tilli. Cori war fünf Jahre jünger als sie und trug noch Schürzen, aber was Männer anging, schien sie ihr um einiges voraus zu sein. Mit einem Anflug von Neid mußte sie zugeben, daß ihre Schwester eben einfach auch die Hübschere von ihnen beiden war. Mit ihren vierzehn Jahren hatte Cori schon eine Barbie-Figur. Außerdem war sie blond, blauäugig und trug Dauerwelle. Der Inbegriff eines Dirty-dancing-Mädchens. Der Film hatte vor einem Jahr die Mode revolutioniert.

»Aber erzähl Mutti nichts davon«, bat Cori. »Du weißt ja, wie sie sich immer hat.«

Allerdings. Bis zu ihrem achtzehnten Geburtstag hatte Tillis Mutter jeden ihrer wenigen jugendlichen Verehrer umgehend und eigenhändig zur Tür hinausbefördert. Danach hatte es immer eine Umverteilung der Hausarbeit zu ihren Lasten gegeben. Ihre Mutter war der Meinung, daß Mädchen einfach zu wenig beschäftigt waren, wenn sie sich mit Jungen abgaben. Was letztere anging, hatte sie nie einen Hehl daraus gemacht, daß sie alle, vom Pfarrerssohn bis zum Tanzpartner, nur eines wollten – sie nannte das »sich an einem vergehen«. Nicht zuletzt deshalb war Tilli Punkt achtzehn ausgezogen. Leider umsonst. Als sie nämlich endlich frei gewesen war, hatte kein Hahn mehr nach ihr gekräht. Bis jetzt …

»Ich habe übrigens eine Überraschung für dich«, sagte Cori. Ihre Augen blitzten.

Tilli lehnte sich gegen einen der ängstlich knirschenden Küchenschränke. »Sag mir erst mal, wo Mutti eigentlich ist!«

Cori schob die Unterlippe vor, wie sie es schon früher getan hatte, wenn man sie um einen Spaß gebracht hatte. »Bei Frau Herzog zum Geburtstag«, maulte sie.

Frau Herzog war die Pfarrfrau. Ihre Mutter hatte eine Affinität zu Pfarrfamilien und lud sich zu jeder sich bietenden Gelegenheit bei einer von ihnen ein. Vielleicht gab ihr die Aura von Nächstenliebe, die durch die christlichsten aller christlichen Haushalte waberte, Trost für die Prüfungen, die sie täglich zu bestehen hatte und von denen Tilli und ihre Schwester nur zwei waren.

Tilli schloß die Augen und genoß die Wärme, die von der Heizung her an ihren Beinen leckte. Immerhin hatten sie den Nachmittag für sich. Das war wenigstens etwas. Sie öffnete sie wieder, als der Essensduft gefährlich nahe an sie heranschwebte.

Ohne sie zu beachten, warf Cori die Pizza auf einen Teller. Dann nahm sie einen zweiten aus dem Schrank und schließlich noch einen dritten. Tilli sah ihr erstaunt zu, wie sie die Pizza gerecht in drei Teile zerlegte. Endlich ging ihr ein Licht auf! »Dennis?«

Ihre Schwester räumte das Blech weg und holte Gabeln aus dem Schrank. Dann sah sie sie an. »Geh und hol deine Überraschung!«

Tilli rührte sich nicht. »Was?«

»In deinem Zimmer. Los, das Essen wird kalt!«

Als sie noch immer nicht reagierte, sagte Cori grinsend: »Er sieht ganz schön schick aus.«

Leicht benommen öffnete Tilli die Tür zu ihrem Zimmer. Das Licht brannte, wie sie es von draußen schon gesehen hatte.

Am Boden, auf einer Matratze, die sie bei ihren wenigen Wochenendaufenthalten als Bett benutzte, lag Christian – und schlief.

Funes hatte nicht übertrieben. Er *sah* krank aus. Seine Haut war so hell, daß sie auch aus Alabaster hätte sein können, wenn um die Kinnpartie herum nicht dunkle Bartstoppeln gestanden hätten. Unter den Augen lagen tiefe Schatten, die bis zu den Wangenknochen reichten. Wenigstens in seinen Lippen war ein bißchen Farbe, und er atmete gleichmäßig.

Tilli hockte sich vor das Bett und betrachtete ihn. Cori hatte auch recht, wenn sie behauptete, er sei »schick«. Er sah aus wie ein gefallener Engel. Über das Kissen schlängelten sich seine schwarzen Locken. Mit den Augen folgte sie den Sehnen seiner Arme, die sich verjüngten, bis sie sich in einem unbestimmten Punkt trafen, aus dem die Hände hervorgingen, seine Hände, die sie sogar in ihren härtesten Tagen geliebt hätte und die noch jetzt im Schlaf stark und warm und gut aussahen. Dieselben Hände hatten sich gestern um ihren Hals geschlossen.

»Was ist los?« Hinter ihr stand Cori.

Tilli deutete auf die schlafende Gestalt zu ihren Füßen. »Sollen wir ihn nicht lieber in Ruhe lassen?«

»Nein!« Cori stemmte die Hände in die Hüften und funkelte sie an.

»Ich habe die Pizza nur für *ihn* gemacht. Er sah völlig verhungert aus. Wenn sie kalt ist, schmeckt sie nicht mehr!«

»Wie lange ist er schon da?« fragte Tilli.

Ihre Schwester zuckte die Achseln. »Eine Stunde? Mutti war gerade weg. Ein Glück«, setzte sie hinzu.

Also blieb noch ziemlich viel Zeit übrig, die er irgendwo anders verbracht haben mußte.

»Ist Christian dein Freund?«

Unwillkürlich mußte Tilli lächeln. Es war seltsam, seinen Namen aus dem Mund ihrer kleinen Schwester zu hören. Jetzt hatten sich die beiden Welten tatsächlich verknüpft. »Ich weiß noch nicht«, gab sie zu.

Cori runzelte die Stirn. »Wie – du weißt es nicht! Habt ihr euch noch nicht geküßt?«

»Doch.«

»Na also!« sagte sie zufrieden.

Einen Augenblick lang war Tilli neidisch auf die simple Art, mit der ihre Schwester die Dinge betrachtete. Glück ist was für schlichte Gemüter, dachte sie. Die komplizierteren beschäftigen sich wahrscheinlich ein Leben lang damit, es zu definieren. Sie hatte es Christian ganz schön schwergemacht und würde es vermutlich auch in Zukunft tun. Der Arme!

Vorsichtig berührte sie seine Schläfe. Sie war kühl und trocken. Aber sie wußte, daß er davon nicht aufwachen würde.

»Küß ihn!« befahl Cori.

Tilli drehte sich um. »Nicht, solange du hier bist.«

Cori streckte ihr die Zunge raus und rauschte ab.

Christians Lippen waren warm und nachgiebig und schmeckten ein bißchen salzig. Tilli versuchte sie mit ihren Lippen zu bedecken, aber sie schaffte es nicht. Ihr Mund war zu klein. Sie konnte immer nur einen Teil der üppigen Früchte küssen. Aber wenigstens das tat sie ausgiebig.

Genauso hatte sie es sich vorgestellt, als sie damals die albernen Beobachtungen über ihn in ihr Tagebuch gekritzelt hatte. Sie spürte plötzlich sogar wieder das vertraute Brennen in der Leistengegend.

Langsam und beharrlich zog ihre Zunge ihn aus dem Schlaf. Sie merkte es daran, daß sich sein Atem änderte, tiefer wurde, und seine Lippen zu vibrieren begannen. Endlich gab seine Zunge ihr Antwort, und sie hörte auf. Kurz darauf schlug Christian die Augen auf. Sie waren glasig, wanderten verständnislos über die Tierposter an der Wand gegenüber. Dann kam er schlagartig zu sich. Er wandte den Kopf und sah sie an.

Es war nicht der Hundeblick. Es war ein Abgrund.

Und Tilli starrte direkt hinein, während er sich aufsetzte und die Lippen öffnete, die sie gerade so genossen hatte.

»Du kannst mich rausschmeißen«, sagte er. »Aber erst muß ich mit dir reden!«

Sie suchte in seiner Stimme nach dem üblichen wehleidigen Timbre, aber wenn sie es nicht besser gewußt hätte, hätte sie gesagt, daß das nicht Christians Stimme war. Sie war gebrochen und tiefer als die, die sie kannte.

Er sprach mit einer Dringlichkeit, die sie erschreckte. Wahrscheinlich, dachte sie plötzlich, hatte er den ganzen Tag beschlossen, verworfen und wieder beschlossen, mit ihr zu reden, bis es ihn endlich hierhergetrieben hatte. Sie würde ihn nicht ohne weiteres loswerden, aber das wollte sie auch gar nicht. Zum erstenmal kreuzten sich ihre Wünsche.

»Jetzt gibt's erst mal Pizza«, sagte sie.

Sie nahm seine Hand und half ihm auf die Füße. Als er neben ihr stand, schwankte er leicht.

Sie sah ihn schräg an. »Hast du was getrunken?«

Christian schüttelte den Kopf und verzog kaum sichtbar den Mund. Mit etwas Phantasie hätte man es den Ansatz eines Lächelns nennen können.

»Gegessen auch nicht, was?« Tilli seufzte. »Wie ich.«

Als sie in die Küche kamen, hatte Cori ihren Anteil schon fast verputzt. »Ihr seid echt blöd«, sagte sie. »Jetzt schmeckt es wahrscheinlich wie Schaumgummi.«

Tilli sah zu, wie Christian seine langen Beine unter den niedrigen Tisch quetschte. »Hauptsache, das Aroma stimmt.«

Sie kam sich immer noch vor wie im Film. Na, wenigstens war ihr Filmpartner wieder da. Also, auf zum letzten Akt.

Nach der Eskalation vom Vortag und dem ganzen Durcheinander danach, das jeder von ihnen auf seine Weise erlebt hatte, hatten sie sich wieder in dieser fast greifbaren Spannung gefangen, die typisch für ihre ersten Treffen gewesen war.

Christian saß ihr am Tisch gegenüber. Tilli bemerkte, daß er seine Pizza gar nicht wahrnahm. Er schlang sie hinunter wie etwas, das sein mußte, um irgendwie am Leben zu bleiben, aber zwischen den Bissen verlor sich sein Blick, dann suchte er den ihren, nur um ihm auszuweichen, bevor er wieder ein Stück Schaumgummi schluckte.

Für ihn war es schwerer. Tilli ging es wieder gut, weil sie ihn gefunden hatte und nur noch warten mußte. Sie konnte sich zurücklehnen. Er dagegen war jetzt der Akteur, eine Rolle, die ihm noch nie gefallen hatte. Er aß, weil er sich für die Schlacht rüstete.

Coris Blicke wanderten zwischen ihnen hin und her. Sie kauten schweigend, das mußte eine beklemmende Wirkung auf sie haben, für die noch alles so unkompliziert war, dachte Tilli mitleidig. Vermutlich brachte es ihre Vorstellung von Partnerschaft ziemlich durcheinander.

Endlich hielt Cori es nicht mehr aus. »Soll ich mal Tee kochen?« fragte sie in einem Ton, der fast beleidigend grob war und dem nur der Anhang »ihr Deppen« fehlte.

Tilli ignorierte ihn. Sie stand auf. »Laß, das mach' ich!« Sie sah Christian an. »Willst du Tee?«

»Wasser reicht«, sagte er.

»Wir haben auch Bier«, fiel Cori ein. Tilli sah sie verblüfft an. »Mutti verabscheut Alkohol!«

»Das war einmal«, sagte Cori grinsend. »Seit einer Weile trinkt sie jeden Abend eine Büchse Bier, damit sie besser einschlafen kann.«

Tilli staunte. Und da hatte sie gedacht, im Hause Albrecht würde sich nie etwas ändern. Bis jetzt hatten vor Alkohol nur noch Männer auf der persönlichen schwarzen Liste ihrer Mutter gestanden.

»Andererseits«, fuhr Cori fort und warf einen kritischen Blick auf ihre lackierten Fingernägel, »müßtest du sagen, daß *du* es getrunken hast. Ich darf nicht. Und wenn sie mitkriegt, daß wir Herrenbesuch hatten ...« Sie ließ den Satz unvollendet.

»Ich bin erwachsen!« sagte Tilli scharf.

»*Ich* weiß das.«

Christian legte sein Besteck nieder.

»Ich brauche kein Bier. Wenn ihr nichts dagegen habt,

hole ich mir einfach ein bißchen Wasser.« Er stand auf, nahm einen benutzten Becher aus der Spüle, füllte ihn mit Leitungswasser und trank ihn in einem Zug leer. Dann lehnte er sich gegen den Spülschrank. »Was ist, wenn eure Mutter wiederkommt? Regt sie sich auf, wenn sie mich sieht?«

Tilli warf die Gabel auf den Tisch. »Sie wird sich daran gewöhnen müssen, daß zumindest ihre ältere Tochter in Zukunft hin und wieder Freunde mitbringt.« Sie benutzte absichtlich den Plural und registrierte befriedigt, daß Christian die Augen niederschlug. Dabei war sie nicht sauer auf *ihn*, sondern auf ihre Mutter, die aus jeder Mücke einen Sexualstraftäter machte. Nur aus alter Gewohnheit kodierte sie ihren Frust und warf ihn gegen seinen Kopf. Aber zum erstenmal tat es ihr sofort leid. Darum schlug sie einen versöhnlicheren Ton an. »Auch wenn Mutti dich, es soll ja Wunder geben« – immerhin trinkt sie Bier, fügte Tilli im stillen hinzu – »auch wenn sie dich mit offenen Armen empfangen würde, sie würde uns nicht einfach allein im Zimmer lassen, das kannst du glauben.«

»Genau.« Cori kicherte. Sie verdrehte die Augen und flötete: »Ach, entschuldigt bitte, aber möchte dein Gast vielleicht eine Tasse Kaffee? Haben Sie auch in der Zeitung gelesen, daß … Pardon, daß ich noch mal reinschneie, aber hast du den Tesafilm gesehen, Tilli?«

»Etwa so«, grinste Tilli. Christian sah etwas verloren drein. »Und nun?«

Sie blickte zur Uhr. »Viertel fünf. Ich würde sagen, daß uns noch etwa eine Stunde bleibt.«

»Nutzt sie!« sagte Cori frech.

Christian blickte zur Seite.

Eine Stunde. Tilli wußte, daß sie ihm, nachdem er so lange mit sich gerungen hatte, wie eine Galgenfrist vorkommen mußte. Er tat ihr wirklich leid. Außerdem war die Vorstellung, ausgerechnet ihr tierpostergeschmücktes Jugendzimmer zur Kulisse für diese zweifelsohne wichtige Aussprache zu machen, nicht gerade reizvoll. »Nein, paß auf, Cori«, sagte sie daher. »Ich siedle mit Christian in die WG über. Grüß Mutti, und sag ihr das, okay? Mein Zeugnis lasse ich hier, aber wenn sie eine ruhige Nacht haben will, sollte sie es sich lieber nicht ansehen. Es ist nicht ganz so gut wie das, was ich von der POS mitgebracht habe. Aber vielleicht interessiert sie auch nur, daß ich bestanden habe.« Und ihn auch, dachte sie. Christian warf ihr einen kurzen Blick zu, sie glaubte Erleichterung darin zu lesen.

»Vielleicht komme ich heute abend wieder. Aber wartet nicht auf mich.« Warum sagte sie so was? Wo sollte sie denn sonst hin? Selbst wenn sie einer dafür bezahlen sollte, würde sie die Nacht nicht in ihrer Gruft von WG-Zimmer verbringen. Warum also hielt sie sich ein Türchen offen? Sie wußte ja nicht einmal, wo sie *jetzt* mit Christian hinsollte. Nun ja. Vielleicht hatte er eine Idee. Er konnte schließlich auch mal was entscheiden. Sie stand auf. »Wollen wir los?«

Christian nickte. »Danke für die Pizza«, sagte er zu Cori und zauberte plötzlich ein umwerfendes Lächeln hervor. Er deutete auf ihr Handgelenk, an dem sich das zweifelhafte Weihnachtsgeschenk befand. »Deine Uhr gefällt mir. Die ist solide. Nicht so 'n Klimbim, wie ihn die Schicksen alle tragen.«

Tilli glaubte nicht, daß Cori wußte, was eine Schickse war, aber ihre Schwester strahlte wie ein kleiner Atomreaktor. »Echt? Danke!«

»Wenn du willst, kannst du ja richtig charmant sein«, sagte sie, als sie durch die beginnende Dämmerung zur Straßenbahn stapften.

Sie hatte nichts mitgenommen außer ihrem Portemonnaie, das in einer der vielen Parkataschen Unterschlupf gefunden hatte.

Christian schleppte immer noch seinen Rucksack. Mit der Rechten führte er sein Fahrrad durch den spärlichen verharschten Schnee. »Sie ist ja auch niedlich«, erwiderte er. »Wie eine kleine Hausfrau.«

Tilli stellte sich Coris Gesicht vor, wenn sie ihr erzählte, daß Christian, den sie toll fand – das hätte sogar ein Blinder gesehen –, sie »kleine Hausfrau« genannt hatte.

»Ist deine Mutter wirklich so ein ausgemachter Männerfeind?« fragte er, als sie die Haltestelle erreicht hatten.

Tilli zog die Schultern zusammen. Es war noch kälter geworden. »Ja. Seit unser Vater sie verlassen hat. Sie haßt ihn wie die Pest. Ich glaube, daß sie ihm die Schuld für ihr verpatztes Leben in die Schuhe schieben will. Immer noch. Nach vierzehn Jahren.« Sie spürte Christians aufmerksamen Blick auf sich und merkte, wie ihre Gedanken durcheinanderkamen. Als sie fortfuhr, redete sie deshalb haarscharf an ihm vorbei, in dem Bewußtsein, daß es wahrscheinlich so aussah, als schiele sie.

»Also, natürlich hat sie in gewisser Weise recht, er hat sie schließlich mit uns sitzenlassen, aber –« Zum Glück kam endlich die Bahn um die Ecke gesurrt, und sie stiegen ein. »Aber«, fuhr sie fort, als sie beide, trotz einzelner freier Plätze, am Fenstergeländer des letzten Wagens lehnten, neben sich Christians Fahrrad, »sie ist doch schließlich nur eine von vielen, denen so etwas passiert. Die meisten kriegen irgendwann wieder die Füße auf den Boden. Meine Mutter nicht. Dabei ist sie intelligent und sieht für ihr Alter echt gut aus. Sie könnte eine Menge Männer haben, wenn sie nicht so verbittert wäre. Und diese Verbitterung versucht sie auf uns zu übertragen.« – Vielleicht sogar mit Erfolg, dachte sie.

»Aber wozu?«

Tilli zuckte die Achseln. »Ich glaube, sie war so wütend auf meinen Vater, daß sie es nicht dabei belassen hat, ihn zu hassen. Sie wollte, daß *wir* unseren Vater auch hassen – das war ihre Rache. Sie dachte wahrscheinlich, das sei das einzige, das ihn treffen könnte. Und dann ist das Ganze nach hinten losgegangen. *Sie* ist in ihrer Rache steckengeblieben und hat sie auf das Gros der Männer ausgedehnt, und wir werden vielleicht einen kleinen Schaden davontragen.« Sie sah Christian an. »Aber wir hassen unseren Vater nun mal nicht. Es tut mir direkt leid für meine Mutter, ich verstehe sie ja auch. Aber wir haben nicht ihre Erfahrungen gemacht, und es ist wohl kaum einem Kind in die Wiege gelegt, seinen Vater einfach so zu verabscheuen, weil die Mutter es wünscht. Ich glaube, manchmal habe ich sie mehr verachtet als ihn, weil ich das Gefühl hatte, daß sie uns als Werkzeug gegen ihn benutzen wollte.«

Sie hielt inne. Es tat gut, einmal laut über all das nachzudenken, was sie die letzten Jahre vor ihrem Auszug ständig und in letzter Zeit hin und wieder beschäftigt hatte. Vielleicht lag darin irgendwo der Schlüssel für ihre Unfähigkeit, Christians Vorzüge schätzen zu können. Statt dessen hatte sie sie ihm als Schwäche ausgelegt. War es so? Vielleicht war sie mit einem Mann, der einfach nur gut war, überfordert?

»Das Skurrile ist, daß meine Mutter so fromm ist«, sagte Tilli. »Jesus über alles. Und dann dieses Mißtrauen, und von Nächstenliebe hab' ich auch noch nichts gemerkt. Das ist doch schizophren, oder?«

»Oder andersherum.«

Sie zog die Brauen zusammen und sah ihn verständnislos an. »Wie?«

»Entweder«, erklärte Christian, »sie ist im Laufe ihres Lebens durch bestimmte Erfahrungen ein mißgünstiger Mensch geworden, sieht sich selbst aber als treuen, praktizierenden Christen. Nach dem Motto: Die anderen sind doof, aber ich bin der Hüter der Zehn Gebote. Dann wäre schon die Einschätzung, die anderen sind doof, unchristlich und das Ganze, wegen verzerrter Selbstwahrnehmung und so, schizophren. Oder umgekehrt: Deine Mutter ist schizophren, mit allem Drum und Dran, du hast es nur noch nicht gemerkt – sie vielleicht auch nicht. Und so flüchtet sie sich in den Schoß der Religion, wo sie Sicherheit zu finden hofft, und versucht Jesus durch regelmäßige Gottesdienstbesuche und Bibelstudium zu bestechen, sie später in den Himmel zu lassen, denn ihre Güte würde sie aus erwähnten Gründen nicht dorthin bringen.«

»Aha. Und uns hat sie bei der Gelegenheit gleich mit verpfändet?«

Tilli schwirrte der Kopf. Es wäre überheblich gewesen zu sagen, daß sie Christians Vortrag komplett verstanden hatte, aber sie spürte instinktiv, daß vieles darin der Wahrheit nahekam. Sie nahm sich vor, später, wenn sie das, was sie noch vor sich hatten, aus der Erinnerung belächeln würden, darüber nachzudenken.

»Fehlt dir dein Vater eigentlich?« fragte Christian plötzlich.

Tilli sah ihn von der Seite an. Jetzt spielte er tatsächlich *ihren* Therapeuten. Und nicht einmal schlecht. Zu viele Klienten, und er selbst ist auch darunter.

»Manchmal«, sagte sie vorsichtig. »Eigentlich kaum. Früher hatte ich ihn sehr gern.«

Christian sah sie nachdenklich durch seine langen Wimpern von unten herauf an, und Tilli fiel wieder auf, wie dunkel die Schatten um seine Augen waren. Er hatte letzte Nacht garantiert kein Auge zugemacht.

»Willst du dich nicht hinsetzen?« fragte sie.

Er grinste schwach und hielt sich am Geländer fest. »Sehe ich so gebrechlich aus?«

»Allerdings.«

»Ich setze mich nachher hin«, sagte er.

Apropos sitzen: Es wurde Zeit, daß sie langsam darüber nachdachten, wo sie sich niederlassen wollten.

»Ich habe Cori gesagt«, begann Tilli, »daß ich mit dir in die WG fahren würde.«

»Okay«

Das Okay kam zu schnell. Sie fühlte schon wieder die ersten Ausläufer des altbekannten Ärgers. Aber sie riß sich zusammen. Nicht jetzt. Nicht VORHER. Während sie ihren Unwillen hinunterschluckte, sagte sie: »Die Sache ist, daß ich da eigentlich nicht hinwill. Ich war, bevor ich deine Eltern besucht habe, schon dort. Es ist zu kalt. Ich habe keine Kohlen. Und überhaupt ...«

»Du warst bei meinen Eltern?«

Er hatte die für ihn wesentliche Information sofort herausgepickt. Allein für das Gesicht, das er in diesem Moment machte, hatte sich der ganze Streß vom Nachmittag gelohnt.

»Eigentlich habe ich nur deine Mutter kennengelernt«, schränkte sie der Wahrheit halber ein und verkniff sich ein zufriedenes Lächeln.

Christian wandte den Kopf und begann die Schienen zu studieren, die sich hinter der Bahn in der Dämmerung verloren. Sie mußten sich wirklich entscheiden, wo sie aussteigen wollten. Die nächste Station war der Platz der Einheit, danach kam nicht mehr viel.

»Warum?« fragte er gegen die Fensterscheibe, die sofort beschlug.

Weil ich mit dir reden wollte. »Weil ich dein Zeugnis hatte.«

Christian schwieg.

»Übrigens habe ich es immer noch. Du warst nicht da, und ich war darüber so baff, daß ich vergessen habe, es abzugeben. Das heißt«, korrigierte sie sich beschämt, »jetzt hat es *meine* Mutter. Es steckt noch in der Reisetasche, die ich zu Hause gelassen habe.«

»Hat sie etwas gesagt?«

»Wer?«

»Meine Mutter.«

»Ach so. daß du wohl gleich kommst, wo ich ja nun auch schon in Potsdam wäre. Außerdem hat sie gefragt, wer ich bin. Sonst nichts.«

»Und, wer bist du?«

Da war endlich wieder der Christian, den sie kannte, das war sein Lieblingstonfall.

»Eine Klassenkameradin«, sagte sie kalt.

»Klassenkameradin«, wiederholte er gedehnt. Tilli merkte deutlich, wie ihr empfindlicher Zug der Harmonie wieder auf das Gleis geriet, das sie schon so oft in einen Sackbahnhof geführt hatte. Aber sie war in Fahrt. »Was hätte ich sonst sagen sollen? Ich bin sein dauernder Gegner, oder ich bin das Mädchen, das Ihr Sohn gestern beinahe erwürgt hat?«

Der entscheidende Satz war gefallen. Christian zuckte zusammen, aber er erwiderte nichts. Tilli belauerte ihn ein paar Sekunden, dann fragte sie gehässig: »Hast *du* ihr denn irgendwas über mich erzählt?«

»Nichts Bestimmtes.« Es klang müde.

»Was soll denn das heißen?« Sie gab sich keine Mühe, ihre Gereiztheit zu verbergen. Konnte er nicht einfach mal sagen, was los war, am besten im ganzen Satz? Es war so anstrengend.

»Das heißt, daß sie mich dauernd gefragt hat. Sie ist ja nicht doof. Natürlich hat sie mitgekriegt, daß da bei mir etwas anders war als vorher.« Er starrte sie an. »Mein Gott, ich war in dich verliebt. So was kann man schlecht verstecken.«

Auf einmal fiel der Mantel aus Ärger von Tilli ab. Hatte sie sich verhört, oder hatte er tatsächlich in der Vergangenheit gesprochen?

Als sie nichts entgegnete, sagte er ruhiger: »Ich habe gesagt, daß es ein Mädchen gibt, mit dem ich häufig zusammen bin. Kein Name. Nicht mehr.« Er fuhr sich über die Augen. »Ist das eigentlich so wichtig?«

Tilli wollte antworten, aber der Kloß in ihrem Hals ließ keinen Ton zu. Warum eigentlich? Sie hatte doch vorgehabt, es zu beenden. Wenn sie ihn richtig gedeutet hatte, war er damit einverstanden. Also war alles bestens. So, wie es aussah, würde er ihr sogar sein Geheimnis verraten, sozusagen als Abschiedsgeschenk. Was wollte sie mehr?

»Ich fand deine Mutter nett«, würgte sie heraus. »Und alt.«

Christian lachte zum erstenmal an diesem Nachmittag. Nicht laut, er lachte so still, daß man es aus einiger Entfernung, wenn man ihn nicht kannte, auch für Weinen halten konnte. »Sie *ist* alt«, sagte er. »Ich bin das Nesthäkchen. Im Prinzip hätte ich auch ihr Enkel sein können.«

Froh, wieder in halbwegs sicheren Gewässern zu segeln, fragte Tilli: »Und wie alt ist dann deine Schwester?«

Christian drehte sich um. Dabei berührte er ihren Arm, und sie traf ein Stromschlag. Vielleicht, weil sie wußte, daß es vorbei war. »Welche? Ich habe drei. Die älteste ist sechsunddreißig.«

»Ui«, entfuhr es ihr.

»Ich bin der einzige Sohn. Ihr Benjamin. Vielleicht verstehst du jetzt, warum sie so gern über mein Gefühlsleben Bescheid wissen will.«

»Das ist bei jeder Mutter so. Das ist normal.«

Nur ihre Mutter bildete scheinbar eine Ausnahme. Sie hatte sich nie besonders für das Gefühlsleben ihrer Töchter interessiert. Dafür hatte sie mit ihrem eigenen genug zu tun. Hauptsache, sie wurden nicht zu früh schwanger. Sie hatte ganze Arbeit geleistet, wenn man bedachte, daß Tilli es nach einem halben Jahr immer noch nicht wagte, sich vor Christian auszuziehen.

»Also gut«, sagte sie. »Wenn wir nicht in die WG fahren und hoffentlich nicht zu deinen Eltern – wohin fahren wir dann?«

Christian schenkte ihr ein halbes Lächeln. »Zu meiner Oma.«

»Nein!« stöhnte Tilli. »Nicht! Dann können wir genausogut zurück zum Stern fahren.«

Christian schüttelte, immer noch lächelnd, den Kopf. »Sie ist im Krankenhaus.« Er hob die Schultern. »Oberschenkelhalsbruch«, sagte er. »Es war eine Zeitlang ganz schön glatt auf den Wegen.«

Er machte eine Pause und guckte trübe vor sich hin, und Tilli fragte sich, ob Christians Großmutter ihm vielleicht näher stand als die freundliche, aber resolut wirkende Frau an der Haustür.

»Jedenfalls habe ich die Schlüssel zu ihrer Wohnung. Dort stört uns niemand. Und sie hat Zentralheizung«, ergänzte er.

»Und deine Eltern?« Seine Mutter wartete wahrscheinlich noch immer darauf, daß ihr einziger Sohn jeden Moment nach Hause kommen würde.

»Ich rufe sie von dort aus an«, sagte er kurz.

Die Wohnung von Christians Oma lag nur einen Katzensprung von der seiner Eltern entfernt. Er hätte, statt anzurufen, auch kurz bei ihnen vorbeigehen können. Und sei es nur, um seinen Rucksack oder das Fahrrad loszuwerden.

Er tat es aber nicht, und eigentlich war Tilli froh darüber.

Keine fünf Minuten nachdem sie aus der Bahn gestiegen waren, standen sie vor einem hohen Wohnblock, dem letzten in einer dem Ufer der Havel folgenden Häuserzeile, der im Volksmund »Wohnscheibe« hieß.

Es roch schon unangenehm süßlich, als sie ins Treppenhaus kamen, und der Geruch wurde dicker, je höher sie die Treppen hinaufstiegen. Im vierten Stock endlich zog Christian einen Schlüssel aus der Tasche und steuerte auf eine bestimmte Tür zu. Wenn es da auch so riecht, fall' ich um, dachte Tilli benommen. Aber in der kleinen Wohnung, in die sie traten, hing nur ein leichter Hauch von Tabak.

Sie nahm es überrascht zur Kenntnis. »Raucht deine Oma?«

Christian sah sie erstaunt, fast ehrfürchtig an. »Woher weißt du das?«

Tilli hatte schon gemerkt, daß er keine besonders feine Nase hatte, wie sonst konnte man mit einem lebenden Leberwurstglas auf fünfzehn Quadratmetern leben? Deshalb verzichtete sie auf eine Antwort und ging durch einen kurzen Flur ins Wohnzimmer.

Es war gleichzeitig das einzige Zimmer der Wohnung. An der linken Wand wurde es von einem wuchtigen Schrank dominiert, wie Tilli ihn so ähnlich aus Funes' Kabuff kannte, aber ohne den ganzen Tinnef, den er so gern zur Schau stellte. Wie Lakaien knieten zu seinen Füßen eine niedrige Liege, ein Beistelltisch und ein Sessel mit einer an die Lehne geschraubten Lampe. Es wäre eine typische Greisinnenwohnung gewesen – wenn sich nicht an jedem nur denkbaren Platz Bücher befunden hätten. Auf dem Boden, neben der Liege, hinter der Glasscheibe des Schrankes, auf dem Tisch – überall standen, lagen, stapelten sich Bücher.

»Ganz schön belesen, deine Oma«, sagte sie beeindruckt.

»Sie war Lehrerin.«

Tilli zuckte die Achseln. »Das heißt noch nichts.«

Christian ging in die Küche und kehrte mit einer Weinflasche und zwei Gläsern zurück.

»Abstinent ist sie offensichtlich auch nicht«, stellte sie fest. Christians Oma wurde ihr mit jeder Minute sympathischer.

»Na, wenn sie schon raucht«, meinte Christian lächelnd.

Trotz des Lächelns merkte ihm Tilli die wiederkehrende Spannung an, die er während der letzten halben Stunde fast verloren hatte.

Er ging an den Schrank, in dessen Tiefen er sich scheinbar gut auskannte, und förderte eine Schachtel Zigaretten zutage. Sie setzte sich derweil vorsichtig auf die Liege.

»Tut mir leid«, entschuldigte er sich. »Ich brauch' die jetzt. Möchtest du auch eine?« Er hielt ihr die Schachtel hin. Duett. Eine typische Damenzigarette. Tilli kannte sie, Nina hatte sie manchmal geraucht. Sie nahm sich eines der überlangen Stäbchen heraus.

»Wenn wir alt sind, freuen wir uns auch an solchen Kleinigkeiten«, sagte Christian. »Ein kurzweiliges Buch, ein Gläschen, eine Zigarette ...«

»Ich werde nicht alt«, unterbrach sie.

Er zog die üppigen Brauen hoch. »Willst du jung sterben – wie Janis Joplin?«

Diesen Ton kannte Tilli an ihm nicht. Sie hatte ihn leidend, verliebt und sachlich erlebt, aber Spott war ihr neu. »Weiß ich nicht«, sagte sie trotzig und kam sich unsagbar dumm dabei vor.

»Es ist einfach unsinnig, alt zu werden, ich will mal wissen, wer sich das ausgedacht hat.«

»Vielleicht ist es als Hilfe gedacht«, sagte Christian weise. »Alte, aufgebrauchte Menschen fürchten den Tod nicht so sehr.« Er verstummte. Tilli hielt die Luft an. Es wurde Zeit, dachte sie, daß er anfing zu reden.

»Ich werde nicht alt, weil ich es Edith versprochen habe«, sagte sie abschließend.

Er hielt das Ganze offensichtlich für eine ihrer Launen, und sie hatte keine Lust, darüber zu reden. Aber dann tat sie es doch, weil sie seines väterlich-verständnisvollen Blickes überdrüssig war. Christian rauchte und hörte, immer noch stehend, zu, und als Tilli fertig war, ließ er sich in den Sessel fallen und fragte: »Was meinst du, würdet ihr mich in euren Bund aufnehmen?«

»Wenn du willst«, sagte sie gleichgültig. Als er nach einer Minute immer noch nicht zu lachen begonnen hatte, setzte sie halbwegs versöhnlich hinzu: »Wir machen den Geheimbund der jungen Erwachsenen auf, weißt du? Wir bleiben, wie wir sind, und mit neunzig kippen wir einfach um und sind tot.«

»Meine Oma würde ganz gut in so einen Bund passen«, sagte Christian. »Sie ist siebenundachtzig, aber sie frönt sämtlichen Lastern, die es gibt – mit Ausnahme von Männern.« Er stieß ein Rauchfähnchen aus.

»Und sie hätte noch mehr Spaß dran, wenn ihre Knochen nicht langsam porös würden.«

Tilli nickte. »Bis wir alt sind, gibt es keine porösen Knochen mehr.« Was das anging, war sie zuversichtlich.

»Wir müssen viel mehr aufpassen, daß uns nicht das Herz verfettet.«

Bis zehn Uhr hatten sie zwei Drittel der Zigaretten aufgeraucht, die Luft war nahezu blau, und Tilli merkte, daß sie langsam betrunken wurde. In seinem Zustand mußte es Christian noch schlimmer gehen. Besonders, weil er ja sonst nicht trank. Aber er hatte immer noch keine Anstalten gemacht, zum Thema zu kommen.

Sie unterhielten sich wie alte Freunde, die sich seit Jahren nicht gesehen hatten, oder auch wie ein Pärchen bei seinem ersten Rendezvous – ein normales Pärchen. Christian hatte von seinen Schwestern erzählt, von der Schulzeit, seinen Pubertätsproblemen und sogar von den beiden Mädchen, die er vor ihr geliebt hatte.

Inzwischen lagen sie nebeneinander auf der Liege, den Aschenbecher als einzige sichtbare Abgrenzung zwischen sich.

Christians Wangen waren gerötet, seine Augen glänzten. Immer häufiger passierte es, daß er beim Reden den Faden verlor, und das bereitete Tilli Sorgen. Wenn er noch weiter trank, würde er bald keinen vernünftigen Satz mehr herausbekommen.

Einen Moment lang fragte sie sich, ob es überhaupt wichtig war.

Sie hatte so oft versucht, ihn zu beschwipsen. Nun ja, heute war er es – er war so, wie sie ihn gern hatte, gelöst und zum Plaudern aufgelegt, warum sollte sie es nicht nutzen? Aber im tiefsten Inneren wußte Tilli, daß sie es nicht durfte. Heute war es vielleicht schön, aber spätestens morgen würde alles wieder von vorn anfangen, und übermorgen würde sie nach Leipzig fahren.

Sie brauchte sich keine Illusionen zu machen: Christian hatte getrunken, weil er Mut brauchte, um etwas zu offenbaren, was ihm in nüchternem Zustand unmöglich über die Lippen ging. Wenn es ihm jetzt nicht gelang, dann nie.

Sie langte mit der Hand über den Aschenbecher und ließ einen Finger über den vornehmen Schwung seines Nasenrückens gleiten.

Christian, der sich gerade damit abmühte, einen zusammenhängenden Bericht über die Probleme seiner Eltern, seit beide Rentner waren, abzugeben, unterbrach sich. Sein Blick verfing sich in ihrem. Dann schloß er die Augen.

»Weshalb bist du zu mir nach Hause gekommen?« fragte Tilli.

»Um mit dir zu reden«, antwortete er tonlos.

»Und worüber?«

»Über gestern.«

»Nein, nicht über gestern!« sagte sie streng.

Er öffnete seine Augen und sah sie an wie hypnotisiert.

»Gestern, das ist nur der Anlaß dafür, daß du gekommen bist. Aber du mußt mir nicht erzählen, *was* gestern war, sondern *warum*.«

Sie kam sich ein bißchen vor, als ob sie mit einem kleinen Kind spräche. Aber er war zu betrunken und durcheinander, um ihn mit kurzen Fragen attackieren zu können.

Sie durfte ihn jetzt nicht verlieren. Wie eine Mutter strich sie ihm beruhigend durch die dichten Haare, immer wieder und wieder, bis sie merkte, wie er erst steif und dann langsam weich wurde. Bleib bei mir! flehte sie stumm. Wirf doch endlich diese Leiche ab, die du mit dir herumträgst! Sie hatte keine Ahnung, wie nah die Metapher der Wahrheit kam.

»Weißt du«, begann sie, scheinbar zusammenhanglos, »ich bin vor zwei Jahren vergewaltigt worden.«

Der Schleier vor seinen Augen riß plötzlich auf. Er war da.

»Im Park. Ich war gerade auf dem Weg zu einer Freundin, da hat mich so ein Jogger, der schon die ganze Zeit hinter mir hergerannt war, nach der Uhrzeit gefragt. In diesem Moment war mir klar, was passieren würde.«

»Tilli!« Jetzt glitt *seine* Hand über *ihre* Wange. Tilli schmiegte sich hinein.

»Es war nicht schön. Logisch. Es war widerlich, besonders, weil ich vorher noch nie einen, na du weißt schon, gesehen, geschweige denn berührt hatte. Hinterher habe ich mich stundenlang geduscht, aber dieser eklige Geruch ging nicht ab.« Ein wenig widerstrebend entzog sie ihr Gesicht seiner großen Hand. »Am schlimmsten fand ich aber gar nicht die Vergewaltigung an sich oder den Jogger, das blöde Aas, das alle meine schönen Vorstellungen vom ersten Mal kaputtgemacht hat, sondern daß ich mich nicht gewehrt habe. Ich hab' ihn einfach machen lassen, bis er fertig war, und dann bin ich weggerannt. Ich hab' mich so verachtet – das kannst du dir gar nicht vorstellen.«

»Doch«, sagte er.

Sie sahen sich an und wußten, daß sie sich dem Schnittpunkt näherten.

»Warum erzählst du mir das?« fragte er, ohne den Blick zu wenden. »Tut es nicht weh?«

Tilli schüttelte den Kopf. »Jetzt nicht mehr. Ich habe eigentlich nie vorgehabt, darüber zu reden. Irgendwie ist es ja auch peinlich. Aber ich wurde diesen Ekel nie so richtig los, wenn ich Männer in Jogginghosen gesehen habe, und eine Zeitlang hatte ich Angst vor jeder Art von Park. Und dann habe ich es Birthe erzählt, meiner besten Freundin. Sie hat fürchterlich geflucht.« Als sie daran zurückdachte, mußte Tilli lächeln. Birthe hatte nicht geflucht, sondern getobt. »Sie hat mich zur Polizei geschleift, damit ich Anzeige erstatte. Es stellte sich heraus, daß mein Jogger dort kein Unbekannter war. Sie haben ihn später sogar gestellt. Aber viel wichtiger war, daß Birthe mir erklärt hat, daß man unter Schock steht, wenn sich ein wildfremder Mann in Jogginghosen und Bommelmütze auf einen stürzt, und daß die allerwenigsten in der Lage sind, sich irgendwie zu wehren.«

Tilli versuchte, sich daran zu erinnern, wie es gewesen war, ob es weh getan hatte, als er in sie eingedrungen war, aber sie mußte feststellen, daß sie es vergessen hatte. Übriggeblieben waren nur die Minuten, ehe der Jogger sie angesprochen hatte, und die Dankbarkeit, die sie empfunden hatte, daß sie nicht mit so einem Ding zwischen den Beinen herumlaufen mußte. Und der Gedanke: Mutti hat recht.

»Ich glaube, in den entscheidenden Momenten hab' ich gar nichts gefühlt.« Sie wandte sich Christian zu und zwinkerte ihn an. »Na ja, noch mal passiert mir so was nicht. Ich hab' ja jetzt dein CS-Gas. Ich muß nur aufpassen, daß ich es nicht aus lauter Übermut jedem in die Augen sprühe, der mich nach der Uhrzeit fragt.«

Christian sah mindestens genauso geschockt aus, wie sie es damals gewesen war. Als er sich wieder gefaßt hatte, sagte er ungläubig: »Und jetzt machst du schon Witze darüber.«

Er gab sich Mühe, aber er konnte trotzdem nicht verhindern, daß ihm manche Zischlaute verrutschten, und Tilli merkte, daß er sich dafür schämte.

»Die Juden hatten so 'nen Spruch«, antwortete sie. (Wahrscheinlich hatten die Juden für alles den richtigen Spruch.) »›Ich bin stolz, Jude zu sein, denn wenn ich nicht stolz wäre, wäre ich trotzdem Jude – also bin ich lieber gleich stolz.‹ Ich mache über gräßliche Erinnerungen Witze, denn wenn ich keine Witze machen würde, wären die Erinnerungen noch gräßlicher. – Ich weiß, es hinkt ein bißchen. Mittlerweile denke ich manchmal, daß das eine von den Lehren war, die man eben machen muß. Jeder macht sie in der einen oder anderen Weise. Ich bin vielleicht sogar noch vergleichsweise harmlos davongekommen. Ich hätte ja auch schwanger werden können, oder so. Außerdem war es kurz, der Mann brauchte mich, und er hatte nichts gegen mich. Ich war nur eine Art unfreiwilliger Dienstleister. Dutzende Frauen werden von Männern vergewaltigt, die sie wirklich hassen oder die gemein zu ihnen sind, verstehst du, was ich meine?«

Tilli holte tief Luft nach dieser langen Rede, über die sie sich selbst ein wenig wunderte, weil sie schon lange nicht mehr an den Mann im Park, seine Motive und ihre Reaktion gedacht hatte. Aber sie durfte ihr Ziel nicht aus den Augen verlieren. Mit ihrem Geständnis hatte sie Christian nur auftauen wollen, jetzt mußte sie aufpassen, daß ihr die Sache nicht entglitt.

»Ist das, was du nicht sagen kannst, auch etwas in der Art?« fragte sie und versuchte, so arglos wie ein Kaninchen dreinzuschauen.

Christian sog scharf die Luft ein. Das hatte er früher schon einmal getan, irgendwann in Lehnitz in ihrem Zimmer, und es bedeutete nichts Gutes.

»Ich meine nicht, daß dich jemand vergewaltigt hat«, setzte sie hinzu.

Christian schluckte. Seine Augen wanderten zur Weinflasche. Aber er rührte sie nicht an. »Ich bin wohl eher so was wie der Jogger gewesen«, flüsterte er.

Es war so leise, daß Tilli es kaum verstehen konnte.

»*Du* hast ein Mädchen ...?«

»Nein!«

»Na gut«, sagte sie. »Wir machen es anders. Ich rate, und wenn ich richtig liege, nickst du, ansonsten schüttelst du den Kopf, einverstanden?«

»Du wirst nachher hier rausgehen und mich nie mehr ansehen«, sagte er.

»Wer weiß. Du wirst ja nicht gleich jemanden umgebracht haben.«

Plötzlich schossen ihm die Tränen in die Augen. Er hielt ihre Hand in seinen Haaren fest und bedachte sie mit einem so wilden Blick, daß Tilli zuerst glaubte, der gestrige Abend würde sich wiederholen.

Was hatte sie gesagt? »Du *hast* jemanden umgebracht.« Der Satz kam hölzern aus ihrem Mund, wie der Titel eines Schulgedichts oder eine Schlagzeile aus der Zeitung. Christian ließ ihre Hand fallen. »Weiter!« sagte er.

Es war soweit.

Christian hockte mit angezogenen Knien vor ihr und pendelte mit dem Oberkörper hin und her, während Tilli krampfhaft versuchte, der Situation Herr zu werden, die sie selbst heraufbeschworen hatte.

Jede einzelne Antwort mußte sie ihm mit glühenden Zangen aus der Brust reißen, und sein Atem ging flach. Manchmal wurde er plötzlich krebsrot, weil er hyperventilierte, aber er fing sich jedesmal im letzten Moment, bevor sie ihm Mund und Nase zuhalten mußte.

»Es hat mit der Armee zu tun.«

Er nickte.

»War es schlimm für dich, dort zu sein?«

Er sah sie an wie ein wundes Tier. »Anderes Thema!«

Genossen hat er es also nicht gerade. Aber das hatte sich Tilli auch vorher schon gedacht.

»War es ein Streit?«

Christian schüttelte den Kopf.

»Bist du dafür bestraft worden?«

Ein Blick in die Hölle seiner Augen reichte als Antwort. Er hatte in sich den rücksichtslosesten Richter gefunden, den man sich denken konnte.

Tilli wußte nicht mehr weiter. Doch wie aus dem Nebel kam ihr plötzlich eine Idee. »Du warst bei den Grenztruppen!« Und dann folgte es Schlag auf Schlag: Sie versuchte seine schlotternden Hände festzuhalten, aber er entzog sie ihr. »Du warst bei den Grenztruppen und hast einen Flüchtling erschossen?«

Sein Nicken war kaum mehr als ein verstärktes Zittern.

»Irgendeinen Menschen, wahrscheinlich einen jungen?«

Nichts.

Tilli nahm sich eine Zigarette. Ihr war schwindlig, und sie fühlte sich fiebrig. »Kanntest du ihn?«

Wieder ein schwaches Nicken.

Sie ließ den Rauch langsam zwischen den Zähnen entweichen.

»Einen Soldaten. Einen Soldaten, der über die Grenze wollte. Das muß kurz vor der Wende gewesen sein. Im Frühjahr oder im Sommer.«

Sein Atem ging jetzt so schnell, daß sie eine Pause einlegte.

»Er war mit mir zusammen«, stieß er plötzlich hervor. »Auf Streife. Wir waren immer zwei.«

O Gott! Und das, während Tausende unbehelligt über die grüne Grenze der ČSSR abhauten. Jetzt verstand sie. Und das hatte er die ganze Zeit in sich getragen, und es hatte sich ausgebreitet wie ein Tumor.

»Warst du mit ihm befreundet?« fragte sie.

Christians Zähne begannen aufeinanderzuschlagen. Lange

würde er nicht mehr durchhalten. »Bißchen«, lallte er. Dann rang er nach Atem für eine letzte übermenschliche Anstrengung. »Sie haben die Sache untersucht. Es war Fahnenflucht und Republikflucht. Sie haben mir nichts anhängen können.«

Aber du. »Komm her!« sagte sie.

Christian umklammerte sich noch fester und schüttelte den Kopf.

Also kroch sie zu ihm hinüber. Sie nahm seinen Kopf und hob ihn an, so daß sie sein Gesicht sehen konnte.

»Was hätten sie mit dir gemacht, wenn du ihn hättest laufenlassen?«

»Ich weiß nicht«, murmelte er. Sämtliche Äderchen in seinen Augen waren geplatzt. Es sah aus, als schwimme die Iris in einem Meer aus Blut.

»Sie hätten dir einen Prozeß gemacht und dich in den Knast gesteckt. Ihr wart zusammen, ich nehme an, damit einer auf den anderen aufpassen kann, oder? Sie hätten dich drangekriegt. Der Typ hat auf dein Mitgefühl gesetzt. Vielleicht war es kein Zufall, daß er es ausgerechnet bei dir versucht hat, weil er sich bei den anderen unsicher war. Und dann hat er sich geirrt. Ich weiß nicht, vielleicht hätte ich auch geschossen. Vielleicht hätte *er* auch geschossen.«

»*Ich* habe aber geschossen!« schrie Christian plötzlich.

Tilli wußte nachher nicht mehr, wie lange es gedauert hatte.

So lange, bis er keine Tränen mehr hatte, bis er keinen Tropfen Wasser mehr im Leibe hatte. Zwischendurch raffte er sich auf, um irgendwas zu sagen, aber bevor er dazu kam, schüttelte es ihn von neuem. Es war ein zorniges, erbarmungsloses Gewitter. Aber es war auch ein reinigendes Gewitter.

Sie hielt ihn, so gut es ging, aber es war schwierig, denn manchmal krümmte er sich wie ein Wurm oder bäumte sich plötzlich auf. Am Ende lag er lang ausgestreckt auf der Liege und starrte die Decke an. Es war vorbei.

Tilli erhob sich. Es mußte längst Mitternacht sein, aber sie scheute sich, auf die Uhr zu sehen. Sie hatte das Gefühl, daß das hier mit Zeit nichts zu tun hatte. Sie ging in die Küche und trank ein Glas Wasser. Dann füllte sie es wieder und nahm es mit hinüber. Christian hatte sich auf die Seite gedreht und sah sie an.

»Darf ich hier schlafen?« fragte Tilli. »Es ist zu spät, um nach Hause zu fahren. – Aber wenn du lieber allein sein willst, ist es okay. Dann geh' ich in die WG.«

Allein der Gedanke an diese Alternative löste in ihr Frösteln aus.

Er sah sie eine Weile an. Sein Blick war dunkel, und zusammen mit den geplatzten Adern glich er tatsächlich dem eines Zombies, aber es lag kein Abgrund mehr dahinter.

»Bleib hier!« sagte er einfach. Er drehte den Kopf ein wenig und nickte zum Schrank hinüber. »Meine Oma hat dort irgendwo ein Klappbett, für Notfälle.«

»Ich – ich würde mich lieber zu dir legen.«

Christian drehte den Kopf wieder zur Decke. »Ja?« fragte er leise.

»Ja. Und vielleicht möchtest du ein Glas Wasser.«

Sie reichte es ihm, er setzte sich auf und trank. »Wissen deine Eltern davon?« fragte sie.

Er nickte.

»Deine Schwestern?«

Er überlegte einen Moment und schüttelte dann den Kopf. »Sonst niemand.«

»Du hast das also ganz allein getragen.« Tilli wußte nicht, warum sie seine Eltern nicht zählte. Weil sie zu weit weg von ihm waren, vielleicht. Er hatte sie noch nicht einmal angerufen, um ihnen zu sagen, wo er steckte.

»Ich habe auch allein geschossen«, sagte er trotzig.

»Bereust du, daß du es *mir* erzählt hast?«

Er sah sie an. »Und du?«

Tilli nahm ihm das Glas aus der Hand und küßte seine kalte Stirn.

»Laß uns schlafen!«

Mitten in der Nacht wachte Tilli auf. Christian hatte sich unter der Decke zusammengerollt, die sie noch mit letzter Kraft aus dem Bettkasten unter der Liege gezerrt hatten, und schlief einen bewußtlosen Schlaf. Ihr war kalt, wahrscheinlich war sie deshalb aufgewacht. Jetzt ist es also passiert, dachte sie,, und die Erregung der letzten Stunden schwang plötzlich so heftig in ihr nach, daß sie sich unwillkürlich schütteln mußte. Das Eis war gebrochen, auf dem sie ein halbes Jahr lang balanciert waren.

Sie kuschelte sich zu Christian unter die Decke und überlegte, ob er jetzt ein anderer war als zuvor. Eigentlich nicht. Er roch genauso, fühlte sich genauso an. Er war derselbe Christian. Und doch war es neu. Sie vergrub die Nase in seinem Nacken. Ihr kam der Gedanke, daß *sie* sich vielleicht verändert hatte, seitdem sie wußte, daß er weder ein Psychopath noch ein Jammerlappen war. *Sie* sah ihn anders. Sein warmer Schweiß duftete wie eh und je nach frischen Brötchen, aber sie hatte den Geruch nie als so vertraut empfunden.

Sequenzen verschiedener Bilder flitzten vorbei, Szenen der letzten Monate, in denen sie ihn ständig vor den Kopf gestoßen hatte, weil sie unwissend gewesen war. Sie war ein ungeduldiges, egoistisches, zickiges kleines Mädchen gewesen. Um ein Haar hätte sie alles zerstört: ihn, ihre Geschichte, vielleicht sogar die Freundschaft mit Edith, die sie sich teilten – ganz sicher ihre Zukunft.

Tilli fragte sich, ob es ihr etwas ausmachte, daß er einen Menschen getötet hatte, aber sie konnte sich selbst keine Antwort darauf geben. Es war natürlich traurig. Wenn sie ehrlich war, mußte sie aber zugeben, daß es mit ihren Gefühlen für ihn nichts zu tun hatte. Sie hatte diesen Soldaten nicht gekannt, aber sie kannte Christian, von dem sie wußte, daß er kein Mörder war. Es war seine Geschichte, seine Last. Daran würde sich nie etwas ändern. Sie konnte nichts weiter tun, als aufzupassen, daß er mit ihr nicht stolperte und wieder in dieses Loch fiel. Seltsamerweise hatte sie Lust dazu.

Edith hatte recht. Sie waren sich ähnlich. Sie trugen beide Narben. Seine waren frischer als ihre, aber sie wußten beide, was es bedeutete, in die Krater zu sehen, die das Leben manchmal aufriß. Aber sie waren auch beide jung, das war ihr Vorteil. Ein ungeheurer Vorteil. Ein paar Narben würden sie auf Dauer nicht wirklich schwächen, sie würden sie nur dazu bringen, vorsichtiger mit sich umzugehen.

Nicht erklären konnte sie sich allerdings, warum Christian ausgerechnet in Lehnitz gelandet war. Er hätte das Abitur auch in Potsdam auf der Volkshochschule machen können. Es hätte ein Jahr länger gedauert, zugegeben. In Lehnitz aber mußte ihn einfach alles und jedes an seine Schuld erinnern.

Tilli dachte an den Ausdruck auf seinem Gesicht, als der Oberst sie beim Tanzen erwischt hatte, an seine defensive Haltung an diesem Abend. Schlagartig wurde ihr klar, daß er ganz bewußt nach Lehnitz gegangen war. Er *wollte* bestraft werden! Er hatte sich selbst verurteilt, in einem Militärobjekt zu leben, wo er qualvoll an seine Armeezeit erinnert wurde, und durch die Qual wollte er seine Schuld abbüßen. Dann hatte er sich auch noch ausgerechnet in sie verliebt, die ihn ständig demütigte und als sein höchst persönlicher Folterknecht auftrat. Und er hatte es als Teil seiner Strafe hingenommen.

Tilli merkte, wie sich ihr Atem langsam seinem anglich. Die Spannung wich. Das alles war jetzt vorbei. Es wurde Zeit, ins Leben zurückzukehren.

Als sie das nächste Mal die Augen aufschlug, war es hell. Das heißt, so hell, wie es in einem nach Norden ausgerichteten Zimmer im Februar sein konnte. Der Platz neben ihr war verwaist. Aus der Küche drang das Klappern von Geschirr. Wenige Sekunden später erschien ein halbbekleideter Christian mit einem Tablett in den Händen, auf dem eine dampfende Kanne und zwei Tassen standen. Er stellte es auf dem Tischchen ab und lächelte sie verlegen an. »Ich habe nichts zu essen gefunden«, sagte er entschuldigend. »Außer einer Dose Champignons.«

Erst jetzt merkte Tilli, wie weit sich ihre Bauchdecke hinter die Rippenbögen zurückgezogen hatte. Der Hunger lag ihr wie ein Mühlstein auf dem Magen.

»Macht nichts«, log sie. »Kaffee ist auch gut.« Sie war erstaunt, wie anders er aussah. Außer seinen immer noch leicht geröteten Augen erinnerte kaum noch etwas an das wimmernde Bündel, das sich vor wenigen Stunden auf der Liege gekrümmt hatte. Die Schatten unter den Augen waren fast verschwunden, und seine Lippen leuchteten wie Zwillingskirschen. Auch sein Blick war ruhig und aufmerksam. »Du siehst gut aus«, bemerkte sie.

Christian wurde ein bißchen rot. »Ich habe geduscht.«

»Das glaube ich nicht.«

Er sah sie verwundert an. »Wieso nicht?«

Tilli winkte ihn zu sich. Folgsam wie ein Kind ging er um den Tisch und blieb vor der Liege stehen.

»Darf ich mal riechen?«

Er beugte sich ein paar Zentimeter vor und nickte.

»Ich rieche nichts«, stellte sie fest.

Zögernd neigte er sich tiefer. »Jetzt?«

»Hm. Nö.« Sie umfaßte sein Genick und zog ihn zu sich herunter. Er fiel wie ein Sack auf sie. Sein Gesicht landete genau auf ihrem. Tilli sah seine weit aufgerissenen Augen und mußte lachen.

»Jetzt rieche ich es«, sagte sie. »Fa-Duschgel.« Und dann küßte sie ihn.

Sie hatte Christian auch vorher schon manchmal geküßt. Aber immer mit einem gewissen Widerwillen. Abgesehen vom Dornröschenkuß gestern, der außer Konkurrenz lief, weil er da geschlafen hatte. Diesmal war es anders. Seine Lippen umschlossen die ihren, und schon nach kurzer Zeit wußte sie nicht mehr, welche Zunge wem gehörte. Es spielte auch keine Rolle. Sie aßen sich auf, und es hatte nichts mit ihren knurrenden Mägen zu tun.

Es kam ihr vor, als ob sie sich zum erstenmal berührten, und gleichzeitig, als ob ihnen aus irgendeinem Grund nur dieser eine Kuß blieb, bevor es sie wieder auseinanderriß. Tilli merkte, wie ihre Lippen unter seinem sanften Druck warm wurden und anschwollen, wie ihr ganzer Körper anschwoll und sich hob wie ein Heißluftballon, und der Atem, den Christian ihr einflößte, war ihr Atem. Es war ihr unmöglich aufzuhören, ihn zu küssen, weil sie doch atmen mußte.

Sie hatte ihre Finger in seinen Haaren. Das war das einzige, woran sie sich festhalten konnte, um nicht wegzufliegen. Am Ziepen auf ihrer Kopfhaut merkte sie, daß er dasselbe tat. Das fand sie so komisch, daß sie plötzlich wie ein alberner Backfisch zu kichern anfing. Christian atmete einmal tief aus und sah sie leicht verschwommen an.

»Willkommen zu Hause!« sagte Tilli. Und zog ihn wieder mit hinab.

Der Kaffee war längst kalt, als sie sich endlich losließen. Christian kostete einen Schluck und schüttelte sich. »Ungenießbar. Ich weiß was Besseres.«

Tilli staunte. Christian war nicht wiederzuerkennen! Der junge Mann, der da nur mit einer Jeans bekleidet am Tisch stand und eben die Tasse absetzte, sah aus wie ein junger Gott. Er war mit Abstand das Schönste, das sie je gesehen hatte. Das Glück leuchtete aus jeder Pore seines Gesichts, und einmal mehr dachte sie, daß Michelangelo bei seinem Anblick einen Herzinfarkt gekriegt hätte. Sie konnte die Augen nicht von ihm losreißen. Es war unfaßbar, daß dieses Musterwerk an Ebenmaß und Sinnlichkeit von allen Jungfrauen auf der ganzen Welt ausgerechnet sie ausgewählt hatte. Sie mußte die ganze Zeit taub und blind durch die Gegend gelaufen sein, daß sie ihn so lange hingehalten hatte.

»Was hast du denn?« fragte Christian besorgt. »Ist dir schlecht?«

Und wie, dachte Tilli.

Sie zwang sich, ihr brennendes Unterteil in eine senkrechte Stellung zu bringen. Als es ihr gelungen war, fragte sie heiser: »Wohin jetzt?«

Christian schmunzelte. »Laß dich überraschen!«

Er führte sie durch ein Wunderland, das Tillis Heimatstadt verblüffend ähnlich sah. Aber da waren dieser Duft und die leise Geigenmusik, so daß es doch nicht ihre Stadt sein konnte. Er brachte sie zu einer Straße, die sie weder in jener noch in dieser Welt schon einmal gesehen hatte. Von der Straße bogen sie durch einen steinernen Torbogen in eine Art Hof, der aber eigentlich nicht mehr als die Lücke zwischen zwei anderen Höfen war. Am Ende dieses Zwischenhofes befand sich ein Drahtzaun mit einer Tür. Sie war geschlossen. Aber Christian öffnete sie, und sie traten in einen schmalen Garten, der zum Teil mit Steinplatten ausgelegt war und den Blick auf eine schauerliche Sammlung grellbunter Gartenzwerge und süßlich grinsender Gipsfiguren lenkte.

»O Gott!« murmelte sie.

Christian lachte vergnügt. »Im Sommer stehen hier Tische, dann kann man den Stolz des Hauses in aller Ruhe bewundern.« Er nahm ihre Hand, die er kurz losgelassen hatte, damit sie nacheinander den Pfad zwischen den angemalten Scheußlichkeiten passieren konnten, und geleitete sie zu einer weiteren Tür, die diesmal zu einem Haus gehörte. Es war unauffällig, besaß aber einen schönen Balkon, der sich über die ganze erste Etage zog. Der Schankraum war leer und roch ein bißchen muffig. Von einer Bedienung keine Spur.

»Ist denn überhaupt offen?« fragte Tilli zweifelnd.

Wie auf ein Zauberwort erschien durch eine Tür hinter der Bar ein kleiner griesgrämig dreinschauender Mann mittleren Alters. Er sah Christian an und schnarrte: »Sie wünschen!« Tilli beachtete er nicht.

Christian übersah die Unhöflichkeit des Wirtes und bestellte zweimal Frühstück.

»Mit oder ohne?«

»Mit.«

Er lotste sie an dem ihnen düster nachblickenden Männchen vorbei, eine Treppe hinauf und in eine kleine Stube, in der nur zwei Tische standen. »Verwunschen, was? Die letzte deiner Vorgängerinnen hat mich damals hier eingeführt«, sagte er, während er zu dem Tisch ging, der den Fenstern am nächsten stand.

Tilli folgte nur zögernd. »Stimmt es dich denn nicht ein bißchen melancholisch, jetzt mit *mir* hier zu sitzen? Ich entweihe doch diesen Ort.«

Christian nickte lächelnd. »Wird auch Zeit. Die Kneipe ist ein Geheimtip in der Szene. Und es ist eigentlich schade drum, das fand ich damals schon.« Er deutete auf den Balkon, den man durch eine Fenstertür sehen konnte. »Das ist doch mehr ein Romeo-und-Julia-Balkon als einer für Achill und Patroklos. Und sogar noch, als ich meiner lesbischen Liebe hoffnungslos hinterhergeschmachtet habe, habe ich mir vorgenommen, hier einmal mit der Frau meines Lebens zu sitzen.«

Tilli begann schnell die Karte zu studieren. Nach einer Weile merkte sie, daß sie die Seite mit den Spirituosen aufgeschlagen hatte, und legte sie weg. Es war ohnehin sinnlos, er hatte ja schon bestellt.

Kurz darauf knarzte der Wirt heran, knallte eine Kerze auf den Tisch und zündete sie an. Über die Schulter schielte er Christian an. »Verliebt?«

Christian grinste leicht und bekam ein bißchen Farbe. Wieder fühlte sich Tilli von dem Mann ignoriert, und sie begann sich zu fragen, ob das mit dem Szenecharakter des Lokals zusammenhängen konnte.

»Das gibt sich wieder«, knurrte der Wirt und polterte aus dem Raum.

»Ist der immer so?« fragte sie, »oder steht der auf dich?«

Christian versuchte eine eingebildete Miene zu improvisieren, was ihm nicht wirklich gelang, und erwiderte: »Jetzt weißt du, daß du mir was bieten mußt, um mich zu halten. Die Liste meiner Verehrer ist lang.«

»Quatsch!« sagte Tilli. »Du hast ihn bestochen, damit er

mir dieses Theater vorspielt. Das war doch eine abgekartete Sache mit dem kalten Kaffee, und von wegen: ›Ich weiß was Besseres.‹«

Christian lachte und trat mit dem Fuß unter dem Tisch gegen ihr Schienbein, und dann kam auch schon der Wirt und servierte den Kaffee. Der Keks auf Christians Untertasse war herzförmig, ihrer war einfach ein gezuckerter Balken.

Tilli wies ihn darauf hin und sagte: »Laß den zurückgehen!«

Eine halbe Stunde später klopfte Christian sein Ei auf (darauf bezog sich das »mit«) und seufzte. »Jetzt geht's langsam wieder.« Er beugte sich über den Tisch und berührte ihre Hand. »Sie ist so winzig.«

»Na ja, wenn sie größer wäre, würde ich ein bißchen komisch aussehen.« Sie nahm eine seiner Götterhände und maß sie an ihrer. »Wie auf diesen Postkarten vom ›Guten Vater‹, die es in den Vorräumen der Kirchen immer zu kaufen gibt«, sagte sie versonnen. »Komisch; egal, wie es sonst um uns stand – deine Hände habe ich immer angebetet. Ohne Einschränkung.« Sie trank einen Schluck Kaffee und fragte so nebenbei: »Wann hast du *mich* eigentlich zum erstenmal richtig wahrgenommen?«

Er schob die Unterlippe vor und überlegte. »Als ich deinen wunderschönen Brief mit der Harlekingeschichte bekommen habe«, sagte er nach einer Weile.

Mit einem Ruck zog Tilli ihre Hand zurück. »Was?« stotterte sie. »Woher wußtest du, daß er von mir war?«

Christian grinste. »Na erstens war er in Lehnitz abgestempelt, was den Kreis der Verdächtigen ziemlich eingeschränkt hat. Und vielleicht erinnerst du dich, daß du mir einen deiner Effi-Briest-Aufsätze überlassen hattest. Er war handgeschrieben.«

Sie schlug sich an die Stirn. »O Mann! Und ich dachte, du kannst nur rechnen!«

Christian beugte sich über den Tisch, und sein Mund suchte ihr Ohr. »Eins plus eins. Das hättest sogar du geschafft.«

Sie hielt ihn fest, damit er nicht entwischen konnte, und tauschte ihr Ohr gegen den Mund aus. Und dann suchte sich ihre Hand unter dem Tisch einen Weg.

Der Wirt polterte in den Raum. Er schien ein besonderes Gefühl für den passenden Moment zu besitzen. »Hat's geschmeckt?«

»Lecker«, sagte sie und grinste Christian an.

Christian saß erstarrt auf seinem Stuhl und atmete nicht. Die dunklen Härchen auf seinen Armen standen steil in die Höhe.

Der Mann warf ihnen einen beleidigten Blick zu und ging. Tillis Hand hatte ihr Ziel gefunden. Danke, Nina, dachte sie.

»Was *war* das?« fragte er endlich, als er wieder begonnen hatte, Sauerstoff in seine Lungen zu pumpen.

Tilli zuckte die Schultern. »Was?« fragte sie gleichgültig.

Christian langte über den Tisch und kniff ihr in die Nase. »Das, du kleine Hexe.«

Sie prustete in ihre Kaffeetasse. Die älteren Herrschaften auf den Gemälden ringsum schmunzelten wohlgefällig.

Man soll den Tag nicht vor dem Abend loben. Das lernt man schon im Kindergarten. Tilli hätte das eigentlich wissen müssen. Ähnlich verhält es sich mit dem Tag *nach* dem Abend. Besonders nach einem Abend wie dem vergangenen war es schlicht blauäugig, zu glauben, daß nun alles gut war, einfach so, nur weil Christian sich Luft gemacht hatte.

Nachdem der Wirt mißgelaunt das Geschirr abgeräumt hatte, sah er sie plötzlich mit erschrockenen Augen an. Das Lächeln war von ihm abgefallen. »Ist das hier eigentlich real?« fragte er.

Tilli prallte zurück. Nicht! dachte sie entsetzt. Lieber Gott, nicht jetzt – gib uns doch wenigstens diesen Tag!

Wenn sie keinen Ausweg wußte, verfiel sie häufig auf die Gebete ihrer Kindheit. Manchmal half es. Manchmal wurde sie durch das Beten auch nur ruhiger, aber oft genug hatte das schon ausgereicht, um ein Problem zu lösen.

»Christian?« Sie gab ihrer Stimme einen warmen Klang, vielleicht nützte es etwas.

Er richtete einen starren Blick auf sie, und Tilli sah, wie hart er kämpfte, nicht abzurutschen.

»Wenn wir hier fertig sind, gehen wir zu deinen Eltern«, sagte sie. »Du hast sie immer noch nicht angerufen. Und dann würde ich gern endlich mit dir schlafen.«

Christian schlug die Augen nieder. Um seinen Mund zuckte es. Langsam schloß sich seine Hand um ihre.

Irgendwie hatte Tilli das Gefühl, daß ihre Geschichte schon wieder stockte, und sie wurde wütend. Nicht auf Christian diesmal, sondern auf die Scheißarmee, die ihn gebrochen hatte, auf Gott, der es zugelassen hatte, und auf den grantigen Wirt, weil er schon wieder um die Ecke schielte. Sie warf ihm einen tödlichen Blick zu, und er verschwand.

»Weißt du, wie lange ich mir das gewünscht habe?« Auf einmal schüttelte er den Schatten mit einer leichten Kopfbewegung ab und sagte: »Ich kann es nicht fassen, daß du nicht mehr wegrennst, wenn ich auf dich zugehe.«

»Aber?« fragte sie mißtrauisch.

»Ich habe es mir noch nicht verdient«, sagte er und küßte ihre Hand sanft, als wäre sie ein Kücken, ehe er sie losließ.

»Willst du mich etwa von meiner Mutter loskaufen?« Tilli lachte, aber sie merkte selbst, wie spröde es klang.

Christian lächelte wieder. Es lag so viel Zärtlichkeit in diesem Lächeln, daß sie sich beherrschen mußte, um vor lauter Unverständnis nicht loszuheulen.

»Heute früh habe ich nachgedacht«, sagte er. »Es war verrückt, aufzuwachen und dich neben mir zu sehen, damit hatte ich nach allem, was war, nicht gerechnet. Es war auch etwas Besonderes, plötzlich wieder so viel Luft in der Brust zu haben.« Er machte eine Pause und suchte nach Worten. »Aber es war nicht ganz weg, verstehst du? Ich weiß, daß ich noch etwas tun muß, bevor ich das Gefühl habe, daß ich ... das hier ... genießen darf.« Er machte eine Pause.

»Ich habe die Auskunft angerufen«, fuhr er fort, »und mir

die Adresse von Jans ... von den Eltern dieses Soldaten geben lassen.« Mit der freien Hand streichelte er sacht ihre Wange. Es war mehr ein Luftzug als eine Berührung. »Ich muß hinfahren und mit ihnen reden. Ich –« Er stockte und brach ab.

Tilli versuchte seine Augen einzufangen, die ziellos über die Gemälde an der Wand wanderten. Sie schaffte es nicht. »Meinst du, das bringt was, wenn du mit den Eltern redest?« fragte sie. »Vielleicht haben sie sich gerade beruhigt, und dann kommst du und reißt gerade verheilte Wunden wieder auf.«

»Ich weiß.« Seine Stimme zitterte, und langsam übertrug sich das Zittern auf sein Kinn. Tilli fürchtete, daß er wieder weinen würde, aber was sollte sie tun? Es war *seine* Angelegenheit, und nur er konnte sie regeln.

»Ich muß das machen«, fuhr er etwas sicherer fort. »Ich glaube nicht, daß es ihnen schadet – und für mich ist es wichtig.«

»Willst du sie etwa um *Verzeihung* bitten?«

Er schüttelte den Kopf. »Meinst du, so was kann man verzeihen? Nein, wenn sie mir verzeihen würden, das wäre – also ich weiß nicht, was ich vor Freude machen würde. Aber ich glaube, es reicht mir, ihnen zu sagen, wie leid es mir tut, ohne daß sie mir verzeihen. Meinetwegen sollen sie sich austoben, statt nur ins Leere zu fluchen. Vielleicht haben sie Fragen ...«

Ihr Finger flog wie von selbst auf seine Lippen. Sie waren warm, und das Leben pulsierte so stark in ihnen, daß es weh tat.

»Gut«, flüsterte sie. »Aber laß mir noch die Zeit, Birthe abzusagen. Dann können wir fahren.«

Christians Wimpern hoben sich. Er lächelte. »Weit ist es ja nicht.«

In seinem Blick war etwas, das eine Botschaft enthielt, irgend etwas, das mit seinem geplanten Bußgang zu tun hatte, aber es gelang ihr nicht, es zu entschlüsseln. Es sei denn – aber das konnte nicht sein. Das wäre des Schlechten eindeutig zuviel!

»Es ist nicht Lehnitz!« entschied sie.

Bei der Vorstellung, daß Christian die sich selbst zugedachte Strafe derart vervollkommnet haben sollte – sozusagen als Perfektionist in Sachen Selbstjustiz –, lief ihr ein Schauer über den Rücken.

Statt zu antworten, faltete Christian seine Serviette auf das Format einer Streichholzschachtel.

»Oder?«

Er ließ die Serviette los, und sie sprang auseinander wie eine Seerose im Zeitraffer, neigte sich leicht zur Seite, und als sie endlich still und verrenkt neben seinem Teller liegenblieb, erinnerte sie Tilli mehr an ein totes Tier als an eine Blume, und sie mußte die Augen schließen, um sich gegen die alte schneidende Angst zu verwahren, die schon mit seidigem Finger lockte. »Oder?« wiederholte sie matt.

»Nein«, sagte Christian.

Tilli atmete auf. Die Schatten zerstoben. »O Mann!« ächzte sie. »Ich hätte es nicht ertragen, wenn Lehnitz die ganze Zeit unter keinem anderen Stern als dem der Buße gestanden hätte, echt. Die ganzen schönen Schlittschuhfahrten, die Spaziergänge, sogar die Touren zu ALDI – nichts wäre so gewesen, wie es war. Schrecklich.«

»So schlimm war es nicht«, lächelte Christian. »Und wenn ich dir jetzt gestehe, daß Jan aus einem Ort ganz in der Nähe von Lehnitz stammt, möchte ich, daß du mir glaubst, daß ich nicht oder jedenfalls selten an ihn oder seine Eltern gedacht habe, wenn ich mit *dir* unterwegs war.«

Tilli kniff die Augen zusammen. »Welcher Ort? Oranienburg?«

»Nein. Summt.«

»Summt!«

Mit einem Rums! ließ sich Tilli gegen die Stuhllehne fallen. Summt. Sie waren nie dagewesen, obwohl der Ort tatsächlich höchstens fünf Kilometer von Lehnitz entfernt lag. – Moment! *Sie* war nie dagewesen! Auf diesem Spaziergang im herbstlichen Sperrgebiet, als sie entlang der Summter Landstraße zurückgegangen waren, im Gepäck den ersten Schirmpilz ihres Lebens, im Kopf nur Unverständnis, da waren sie Summt ganz nah gekommen. Und wer konnte schon sagen, wo *er* gewesen war, wenn er, wie es hin und wieder vorgekommen war, sein Fahrrad geschnappt und dem Objekt den Rükken gekehrt hatte? Meistens hatte er etwas mitgebracht: eine Dose für die Mittagsrunde am nächsten Tag, Schokolade, mitunter auch ein Buch. Und Tilli hatte angenommen, daß er der benachbarten Kreisstadt Oranienburg einen Besuch abgestattet hatte. Aber wenn sie jetzt zurückdachte, hatte Christian eigentlich nie wie ein glücklicher Konsument ausgesehen. Er hatte ausgesehen wie immer – wie ein attraktives Schweigegelübde.

Es war Christian, der ihren Rückfall in die Vergangenheit unterbrach. »Der Ort wird dir gefallen. Wenn es vorbei ist, machen wir mal eine Radtour dorthin. Es gibt da einen See, schöner und größer als der Lehnitzsee. Im Sommer könnten wir dort baden gehen.«

Immerhin hatte er sich also auch für die Landschaft interessiert und nicht nur für die Bremsspur seiner Sünden. Das gab Tilli Hoffnung. Die Hoffnung auf ein endgültiges Ende und einen unwiderruflichen Anfang.

Es hatte wieder angefangen zu schneien, als sie zurückgingen, vorsichtig wie zwei Verzauberte, die durch ein betörend schönes, aber höchst zerbrechliches Reich wandelten, das sie sich erst zum Freund machen mußten.

Tilli setzte sorgfältige Spuren in den Schnee und überlegte, wie lange sie wohl bleiben und reden würden. Es war ein wenig wärmer als am Tag zuvor, aber noch kein Schmelzwetter. Sie war sich ziemlich sicher, daß ihrer beider Spuren über Nacht vereisen und dadurch ein langes, beredtes Spurenleben führen würden, und aus irgendeinem Grund freute sie sich darüber.

An der Telefonzelle auf dem Busbahnhof, die ihr vom Vortag noch sehr lebendig in Erinnerung war, blieb Tilli stehen. »Los, zwei Anrufe. Jeder einen«, sagte sie.

Christian zuckte die Achseln und begann in den Taschen seiner Lederjacke nach Münzen zu wühlen. Nach einer Weile förderte er ein Zwanzigpfennigstück zutage. Er grinste.

»Wird ein kurzes Gespräch.«

»Du kannst von mir noch was abhaben, wenn's nicht reicht«, sagte Tilli und hielt ihm ihr wohlgefülltes Portemonnaie hin.

»Wechselgeld von einem liebenden Gastwirt.«

Christians Grinsen erlosch. »Na dann los!« sagte er und zog die Zellentür auf.

Tilli zwang sich, draußen zu bleiben. Getrennt durch die Glasscheibe, kam Christian ihr auf einmal Himmelreiche weit entfernt vor. Wie ein Geist, den sie sehen konnte, den ihre Hände aber nie erreichen würden, egal, wie sie sich streckte. Durch ihren gläsernen Widersacher beobachtete sie, wie er die Münze einwarf, wie er fast zärtlich den Zeigefinger in der Wählscheibe kreisen ließ. Dann lehnte er sich in eine Ecke zurück und zwinkerte ihr zu. Tilli verschluckte sich und bekam einen Hustenanfall. Als er halbwegs vorbei war, kam Christian bereits aus der Telefonzelle und gesellte sich zu ihr.

»Du bist dran.«

Tilli räusperte sich ein letztes Mal, um den Hals freizubekommen.

Er musterte sie besorgt. »Alles klar?«

Sie berührte seine rauhe Jacke. Was war nur mit ihr los?

»Gib mir einen Kuß!« sagte sie.

Christian strich ihr die widerspenstigen Haare zurück und beugte sich herunter. Es dauerte ewig. Danach hatte Tilli vergessen, wozu sie in ihrer rechten Faust ein schwitziges Markstück hielt.

»Birthe«, half er ihr auf die Sprünge.

»Und, was hat sie gesagt?« fragte Christian, als sie durch die letzte Unterführung gingen, die sie noch von der großmütterlichen »Wohnscheibe« trennte. Der Schnee war dichter geworden. (»Ein sehr intimes Wetter«, hatte er beim Losgehen festgestellt und sie um die Schulter gefaßt. »Das ist ein gutes Zeichen.«)

»Sie konnte es erst gar nicht fassen«, sagte Tilli. « Erst dachte sie, ich wollte mich nur für ihre Reiseverschiebung von gestern rächen.« Sie kicherte. »Na, ja – es hört sich ja auch ein bißchen komisch an, wenn ich behaupte, daß mir in der letzten Nacht plötzlich die große Liebe begegnet ist, just nachdem sie am Tag zuvor dasselbe gesagt hat. Hättest *du* das geglaubt?«

»Nein«, sagte Christian.

»Siehst du. Und als ich auch noch erklärt habe, daß wir etwas ganz Dringendes erledigen müssen, von dem ich leider nicht sagen kann, was es ist, war ihr endgültig klar, daß bei mir eine Schraube locker ist. Ich hab's an ihrer Stimme gehört. Die hatte so etwas Besänftigendes. Hab' ich dir schon erzählt, daß sie den Buchhandel an den Nagel hängen und Krankenschwester werden will?« Tilli schüttelte den Kopf und gluckste in sich hinein. Es war das erste Mal gewesen, daß sie sich Birthe gegenüber ebenbürtig gefühlt hatte. Und es hatte ihr erstaunlich wenig ausgemacht, ihre Leipzigreise noch einmal um zwei Tage zu verschieben. Damit verkürzte sie sich zwar von ursprünglich neun auf nur noch fünf Tage, aber um einiges schrecklicher als das schien ihr die Aussicht zu sein, Christian gleich am Tag nach seinem Bußgang verlassen zu müssen. Dafür steckte sie mittlerweile zu tief drin. Und außerdem freute sie sich auf die Momente danach, und mit ihr freute sich ihre Haut und sogar der Winkel ihres Körpers, den sie nach jenem Erlebnis im Park schon fast aufgegeben hatte. Es war eine brennende Vorfreude, und sie lechzte nach Erfüllung.

Vier

Zwei Stunden später ratterten sie über nachmittäglich verschlafene Dörfer, dem vorerst letzten Kapitel entgegen. Tilli hatte das Gefühl, daß die Welt und alles, was darin von Bedeutung war, sich ausschließlich dort abspielten, wo sie sich mit Christian befand. Fehlte einer von ihnen, hielt sie in ihrer Rotation so lange inne, bis sie wieder zusammen waren. Das hieß, daß alles Bisherige bedeutungslos gewesen war. Oder, korrigierte sie sich, berauscht vom Duft der Lederjacke, an der ihre Wange lehnte, zumindest war es, was sie beide betraf, nur ein Vorspiel gewesen, die Ouvertüre zum eigentlichen Werk, das eben mit grandiosem Auftakt begonnen hatte.

Demnach, dachte sie schläfrig, hatte die Wende ihnen beiden zuliebe stattgefunden, denn ohne Wende würden in ihren Lehnitzer Schulbänken noch immer angehende Offiziere über dem großen Einmaleins brüten. Und demnach hatte auch Christian nichts passieren können, ohne daß es geradewegs zu ihr und in ihre bunte Zukunft geführt hätte. Ohne den Soldaten Jan ... Tilli verfolgte den Gedanken nicht weiter. Es war sinnlos, so zu denken, und grausam, auch wenn es natürlich Spaß machte, sich einen göttlichen Plan auszudenken, der zwangsläufig in der Liebe zwischen ihr und Christian aufgehen würde. Jedes Liebespaar bildete sich ein, vom Schicksal gelenkt zu werden. – Und die meisten trennten sich irgendwann wieder.

Tilli richtete ihre trägen Augen auf das verschwommene, weißliche Einerlei Randberlins und beschloß, sich vollständig dem Genuß des Moments hinzugeben. Das war das einzige, was Sinn hatte. Es gab diese S-Bahn, den Schnee draußen, diese ihre Jugend, die schönen, nutzlosen Gedanken, Christians Duft und die Wärme seiner Hände auf den ihren – jetzt!

Gestern war vorbei und morgen stand noch aus, und falls der Alte dort drüben, der mit seiner Stone-washed-Jacke vergeblich auf jung machte, Mephisto war, konnte sie aus tiefster Überzeugung sagen:

»Verweile doch!«

»Was?« fragte Christian.

»Ach nichts«, murmelte sie. »Ich freue mich nur schon aufs Kaffeetrinken. Mir ist gerade eingefallen, daß ich noch eine Packung Waffeln im Schrank habe.«

»Aber rechne nicht mit mir«, sagte er gegen die unterschwellige Geigenmusik, die schon die ganze Zeit in der Luft hing, und beendete damit das Konzert.

»Warum? Kommst du nicht mit? Ich meine, wenigstens duschen oder nur Kaffee, ohne Waffeln ...«

Christian verstärkte den Druck auf ihren Arm, schüttelte aber den Kopf. »Ich will es nicht mehr aufschieben«, sagte er trotzig, als widerspräche er sich selbst.

Die milchig weißen Felder, die wie nachlässig ausgebreitete Steppdecken rechts und links ihren Weg säumten, bekamen plötzlich einen Stich ins Grau. Es konnte aber auch sein, daß es an Christians schwarzer Motorradjacke lag, die sich zwischen Tilli und den Winter schob, und Sekunden später grub sich ein Reißverschluß in ihr Gesicht.

Über dem Reißverschluß, dort, wo es in stachlige Gefilde ging, sagte eine tiefe, warme Stimme mit viel Resonanz: »Aber ich verspreche dir, daß wir uns zum Abendbrot sehen.«

»Wir haben nichts mehr zu essen«, wisperte sie tonlos in die steifen Falten der Jacke. »Nur Waffeln.«

Die Stacheln näherten sich. »Dann fahren wir eben nach Oranienburg in ein verboten teures Restaurant, und dann –«

Tilli entdeckte eine Oase in der Mitte der Stachelwüste und beschloß, sie zu erkunden. In diesem Moment klappte Mephisto ihnen gegenüber unter einem Niesanfall zusammen und entzog sich der Szene. Und das war vielleicht ganz gut so.

Als Tilli in Lehnitz aus der Bahn taumelte, stand die Uhr über ihrem Kopf auf kurz nach halb vier. Sie folgte Christian, der sein Fahrrad wie immer neben sich herschob, und fand es erstaunlich, daß sie vor kaum mehr als vierundzwanzig Stunden erst von hier aufgebrochen sein sollte. Was seitdem passiert war, reichte, um ein ganzes Jahr zu füllen.

Sie hatte Christian angeboten, ihn bis Summt zu begleiten, aber er hatte abgelehnt. Sosehr er sie auch in seiner Nähe wünschte, er bräuchte die paar Kilometer, um sich vorzubereiten, hatte er gesagt und war danach in fast vollständiges Schweigen gefallen. Tilli konnte sehen, daß er Angst hatte. Auch jetzt, als er das Rad schulterte, um es die Bahnsteigtreppen hinunterzutragen, erkannte sie es an seinen eingezogenen Schultern und den ausgreifenden, aber steifen Schritten. Er ging wie eine Puppe. Doch am schlimmsten war für sie, daß sie machtlos war. Christian gehörte schon jetzt, obwohl er nur einen Meter vor ihr lief, den Schmerzen der nächsten Stunden. Und sie würde derweil im Internat sitzen wie Dornröschen, das auf seinen Prinzen wartete. In den kommenden Stunden würden sie Welten trennen, wie also sollte sie ihm da auch nur im mindesten beistehen können? Sicher, das Glück sprang ihr aus den Augen. Vielleicht tröstete ihn das ein wenig, falls er es bemerkte, schließlich spannte es schon jetzt die Brücke, über die er danach gehen konnte. Aber es sah nicht so aus, als ob er viel von seiner Umgebung mitbekam. Tilli seufzte.

Christian fuhr herum. »Ist was?« Sie ließ ihn in ihre Augen blicken und sagte: »Alles klar. Ich freue mich auf dich.«

Er lächelte kurz und stellte sein Rad ab.

»Ohne dich würde ich nie die Kraft haben, dahin zu fahren. Das weißt du.«

Es war ein Satz, der Tilli noch lange in den Ohren nachhallen würde. Als Christian ihn sprach, auf dem schmalen Pfad zwischen den Bauzäunen, zog sie nur in gespielter Ungläubigkeit die Brauen zusammen und raunzte: »Quatsch!«

Sie trennten sich vor dem Tor zum Objekt. Tilli sorgte

dafür, daß es ein kurzer Abschied wurde. Er sollte sie und Christian daran erinnern, daß er nur ein paar Stunden währen würde, auch wenn es für sie, jeden auf seine Weise, schwere Stunden werden würden.

»Viel Glück!« sagte sie und berührte mit den Lippen flüchtig seinen Mund – ein Vorgeschmack. »Bis gleich. Ich mach' mich hübsch.« Sie konstruierte ein tapferes Lächeln, drehte sich um und ging durch das Tor.

Als sie sich noch einmal umwandte, um zu winken, schwang Christian sich gerade aufs Rad. Für den Bruchteil einer Sekunde kreuzten sich ihre Blicke. Bald darauf war er hinter den Bäumen der Summter Allee verschwunden.

Der Soldat an der Wache warf einen ungläubigen Blick auf ihren Dienstausweis und fragte: »Hast du kein Zuhause?«

»Doch«, sagte Tilli in Hinblick auf die zehn Quadratmeter mit Sportplatzblick, die sie erwarteten.

Im Foyer der Schule begegnete sie dem Hausmeister, der an einem Heizungsrohr herumschraubte. »Was vergessen?« brummte er.

»Ja«, entgegnete sie.

Der Hausmeister grunzte etwas Unverständliches und entzog ihr seine Aufmerksamkeit.

Auf dem Weg hinauf mußte Tilli an eine Bemerkung denken, die sie vor nicht allzu langer Zeit auf dem Bahnhof mit angehört hatte, als sie auf die S-Bahn gewartet hatte. Da hatten sich zwei Leute, deren Wortmelodie keinesfalls im Gebiet der ehemaligen DDR beheimatet war, über die Einwohnerschaft von Berlin und Umgebung unterhalten und sich dabei über deren Sprachfaulheit ausgelassen. »Die Preußen reden nur in Stichpunkten, ist das nicht kurios?« hatte einer der beiden gesagt. Es hatte Tilli überhaupt nicht gefallen, irgendwelche Ortsfremden so über ihre Landsleute reden zu hören. Aber nachdem sie ein paar Monate offenen Ohres durch die Gegend gelaufen war, mußte sie zugeben, daß sie recht hatten. Die Preußen waren sparsame Redner und preußische Hausmeister die Schatzmeister unter den

Sparsamen. Und dann fiel ihr ein, daß die Westdeutschen damals nicht über den Sprachgebrauch der »Ostberliner« oder so gewitzelt hatten, sondern den der »Preußen«, die ja hüben wie drüben beheimatet waren, und das freute sie nachträglich. »Ossi« wollte keiner gerne sein, aber »Preuße« – das klang nach Friedrich dem Großen, nach Bajonetten, Eroberungen und Ruhm, und wer war nicht gern Erbe einer so abenteuerlichen Geschichte?

Unter ihren Schritten gab die Treppe ein dumpfes Dröhnen von sich, das von den Wänden widerhallte. Dieses Reich hier war verlassen. Tilli blieb stehen und lauschte. Aus dem Erdgeschoß drang leise das metallische Geklapper, das der Hausmeister verursachte. Sonst war es totenstill. Sie mußte wahrscheinlich froh sein, daß sie das Internat überhaupt offen vorgefunden hatte. Was aber, wenn der Hausmeister nach vollbrachter Tat die Tür verriegelte?

Entschlossen kehrte sie um und stieg die Treppen wieder hinunter.

»Fertig?« knarrte der Schatzmeister der Sparsamen.

»Nein. Ich wollte nur sagen, daß ich hier schlafen will und daß ich noch jemanden erwarte. Könnten Sie das Haus also vielleicht offenlassen?«

Der Mann inspizierte neugierig seine Sammlung von Schraubenschlüsseln. »Seh' ich aus wie die Wach- und Schließgesellschaft?« Sie würdigte er keines Blickes.

Tilli verstand, daß sie als Werkzeug für ihn nicht von Wert und deshalb auch sonst nicht interessant war. Trotzdem blieb sie noch eine Minute stehen, in der Hoffnung, daß er seine Bemerkung vielleicht noch ein wenig ausführen würde. Als er das nicht tat, sagte sie: »Danke« und begann den Aufstieg von neuem.

In ihrem Zimmer sah alles noch so aus, wie sie es verlassen hatte. Das rechte Bett war zerwühlt, das linke unbezogen. In der Luft hing ein abgestandener Geruch. Tilli öffnete das Fenster und behielt den Parka vorerst an. Auf dem Weg durch das Objekt hatte sie sich ausgerechnet, daß

Christian, wenn er für das Gespräch mit den Soldateneltern höchstens zwei Stunden und mindestens (zum Beispiel, wenn sie ihn nicht einließen oder nicht da waren) fünf Minuten (klingeln, warten) brauchen würde, in frühestens einer, spätestens in drei Stunden bei ihr sein würde. Diese Zeit würde sie nutzen!

Später würde sie die Reihenfolge ihrer Erledigungen nicht mehr angeben können: Sie machte ihr Bett, wusch schmutzige Tassen ab, entsorgte den in einer Ecke noch immer vor sich hin rieselnden Kiefernstrauß samt Fröbelsternen, brachte den Müll runter (»Muff«, machte der Hausmeister, als sie ihn passierte) und räumte ihren Schreibtisch auf. Als sie danach auf die Uhr sah, waren gerade zwanzig Minuten vergangen und Christian im besten Fall eben in Summt angelangt.

Der zweite Punkt ihres Pausenprogramms betraf sie selbst. Wenn Christian wiederkam, sollte er sie strahlend schön vorfinden. Wobei Tilli sich eingestehen mußte, daß es da gewisse Grenzen gab. Zum Beispiel hatte sie große Lust, ihn aus klaren braunen Augen anzusehen, die nicht durch drei Dioptrien in Glasform künstlich verkleinert wurden. Aber dann würde sie nachher in der Gaststätte mit der Nase im Essen hängen, und sie nahm an, daß auf einer Erotikskala ins Essen hängende Nasen eher unten angesiedelt waren. Also blieb die Brille, aber sie putzte sie wenigstens. Dann wusch sie sich die Haare und ging unerlaubt hinunter in das Zimmer von Nina und ihrem Fotografen. Nachdem sie den ersten Schrecken über ein paar großformatige Nacktfotos ihrer ehemaligen Mitbewohnerin überwunden hatte, griff sie sich aus einer Sammlung verschiedener Haargels, -sprays und -wachsen eines vom Fensterbrett. Es war eine kleine rot-silberne Spraydose, die ihr relativ harmlos erschien. Sie war mit ihrer Beute schon fast wieder draußen, da drehte sie sich noch einmal um und ging hinüber zu Ninas Spind. Als Tilli ihn öffnete, fand sie zu ihrer Enttäuschung nur Männersachen darin.

Sie sah sich um, und ihr Blick fiel auf den breiten Holzschrank, den sie selbst oben für Schulsachen, Nahrungsmittel, Bücher und was noch so anfiel benutzte. Nina und ihr Freund besaßen natürlich auch Schulbücher, aber die lagen säuberlich gestapelt, zusammen mit den dazugehörigen Heftern, auf einem der beiden Tische unter dem Fenster. Der Schrank dagegen, den Tilli nun mit leidlich schlechtem Gewissen öffnete, barg Schätze. Jedenfalls für ein Mädchen, das sich für ihren Geliebten vom Aschenputtel in eine Ballkönigin verwandeln wollte.

Nach einigem Probieren entschied sie sich für einen engen schwarzen Rollkragenpullover aus einem dünnen Wollstoff und einen roten Spitzen-BH, der aussah, als könnte er passen. Mit Ninas Hosen und Röcken versuchte sie es gar nicht erst. Aber ehe sie den Schrank mit einem gemurmelten »nur geborgt« schloß, griff sie noch nach dem Satinnachthemd, das Nina in der ersten Nacht getragen hatte.

Dann sah sie sich nach einem Parfüm um. Aber Nina hatte ihre Duftwässerchen wohl über die Ferien mitgenommen. Dafür entdeckte sie auf einem der beiden Tische einen zartlila Lippenstift.

Hoch beladen stieg Tilli die Treppen wieder hinauf. Als die Stunde, die sie sich als Mindestwartezeit ausgerechnet hatte, um war, wischte sie sich gerade den Lippenstift wieder ab. So was war nichts für sie. Sie kam sich überhaupt ein wenig fremd in ihrer Haut vor, auch wenn sie von ihrem eigenen Spiegelbild ausgesprochen angetan war. Die Haare lagen in losen Locken um ihren Kopf, und der schwarze Pullover, den sie zu ihrer einzigen Jeans ohne Latz trug, ließ sie um Jahre erwachsener aussehen. Außerdem zeichnete er die Form ihrer vom Spitzen-BH gehaltenen Brüste nach. Sie war eigentlich fertig. Alles andere war warten und sich freuen.

Mit einem Kaffee freute und wartete es sich besser. Obwohl sie Hunger hatte, ließ sie die Finger von den Waffeln. Sie fürchtete, Ninas empfindlichen Pullover vollzukrümeln.

Dann setzte sie sich auf ihren Schreibtisch am Fenster, von wo aus man ein Stück den Asphaltweg hinuntersehen konnte, und beobachtete den langsamen Abstieg der Wintersonne, bis sie hinter den Baumwipfeln des Sperrgebietes verschwunden war. Sie dachte an den Morgen, das Leuchten in Christians Augen nach ihrem ersten Kuß, der sie beide schier von den Füßen gerissen hatte, und das Glück sammelte sich zu einem prickelnden Klumpen in ihrem Bauch. Daß es so etwas tatsächlich gab! Und daß es so stark war!

Um zwanzig nach sechs war es ganz dunkel. Ihre Erregung stieg. Jetzt konnte er jeden Moment kommen. Und der Zeit nach zu urteilen, die er gebraucht hatte, konnte seine Fahrt nicht ergebnislos gewesen sein. Nun kam es darauf an, *welches* Ergebnis sie gebracht hatte.

Um halb sieben bereits war Tilli das Ergebnis völlig egal. Die Sehnsucht hatte inzwischen sogar ihren Hunger überflügelt. Da sie gegen die Sehnsucht im Moment leider nichts tun konnte, aß sie wenigstens die Waffeln, ohne Rücksicht auf den Pullover. Sie schmeckten nach Pappe.

Dann ging sie hinunter in Christians Stübchen und legte sich in sein Bett. Sie grub ihre Nase in sein Kissen und schloß die Augen. Sofort nebelte sie sein würziger Geruch ein. Früher hätte sie Christian dringend geraten, sein Bett endlich neu zu beziehen, jetzt war sie glücklich darüber, daß er in der Hinsicht so nachlässig war.

Gerade, als sie zum x-ten Mal auf die Uhr sah, um festzustellen, daß der große Zeiger wieder einmal eine Runde geschafft hatte, hörte sie, wie die Haustür unter ihr zuschlug. Tilli hielt die Luft an. Kurz darauf erklangen von der Treppe her Schritte. Wie von der Tarantel gestochen sprang sie aus dem Bett und aus dem Zimmer und rannte, auf Strümpfen, weil ihre Schuhe noch immer vor Christians Bett standen, hinter dem Geräusch her. Im zweiten Stock holte sie es ein. Es war der Hausmeister.

»Na, na«, sage er und sah mißbilligend auf ihre Füße. Dann schob er die Lippen zusammen, danach die Brauen, und als alles zusammengeschoben war, was in seinem Gesicht beweglich war, ließ er sich zu einem ganzen Satz herab: »Soll denn die Tür nun heute nacht aufbleiben, oder soll ich sie erst morgen früh wieder aufschließen.«

»Auflassen«, japste Tilli, und ihr war, als ob sie von oben ein leises Scharren hörte.

Der Hausmeister zuckte die Achseln. »Hätt' ja sein können, Sie fühln sich sicherer, wenn sie zu ist. Wenn irgendwas war, sagen Sie morgen Bescheid. Ab neun unten in der Hunderteins.« Er tippte mit zwei Fingern leicht gegen die Schläfe und stapfte an ihr vorbei wieder hinunter.

Tilli sah ihm nicht nach. Sie sprang, zwei Treppen auf einmal nehmend, zur Mädchenetage hinauf. Keuchend kam sie oben an und hetzte zu ihrem Zimmer. Das Licht brannte. Sie hatte es angelassen, als Gruß in der Dunkelheit, wenn er von draußen zu ihr hochsah. Aber Christian war ihm noch nicht gefolgt.

So ging das nicht. Sie mußte irgend etwas Sinnvolles tun, um sich abzulenken, sonst war sie in einer weiteren halben Stunde reif für die Klapsmühle.

Wer wußte schon, wie sich seine Begegnung mit den Eltern des toten Soldaten gestaltete. So etwas konnte vielleicht Stunden dauern, sie hatte ja keine Ahnung. Außerdem: Sie war davon ausgegangen, daß Christian ihre Adresse im letzten halben Jahr längst ausfindig gemacht hatte, aber wer sagte denn, daß es so war? Vielleicht hatte er erst suchen müssen. Auch das kostete Zeit, das wußte sie aus Erfahrung. Irgendwann würde er kommen, blieb nur zu hoffen, daß es dann nicht zu spät für das geplante Auswärtsdiner war. Gleich darauf gab sie sich eine symbolische Ohrfeige. Christian war vielleicht völlig fertig, wenn er in ihre Arme fiel, seelisch wie körperlich, und sie dachte nur ans Restaurant! Auch hier würde sich zur Not irgend etwas zum Essen auftreiben lassen, genauso wie Klamotten.

Um drei Viertel acht prangte ein Teller mit Käse- und Leberwurstknäckebroten auf ihrem frisch abgewischten

Tisch und harrte des Verspeistwerdens. Daneben stand für den Fall der Fälle eine große Dose Pfirsiche.

Um acht endlich hielt Tilli es nicht mehr aus. Ihre Nerven waren inzwischen so dünn wie Seidenfäden. Beim geringsten Geräusch geriet sie außer sich, aber es gelang ihr immer weniger, der Enttäuschung Herr zu werden, die danach regelmäßig folgte.

Ihre Haare lagen schon lange nicht mehr. Sie hatte sie so oft gerauft und wieder zurückgestrichen, daß sie nach allen Seiten abstanden, wie die Federn bei einem kaputten Sofa. Der elegante Rollkragenpullover sah inzwischen aus wie irgendeiner ihrer eigenen, und der BH schabte ihr langsam die Brustwarzen auf.

Sie hocke sich noch einmal auf den Schreibtisch und spähte den Asphaltweg hinab, aber soweit sie sehen konnte, lag er völlig verlassen. Nicht einmal ein müder Soldat stolperte seiner Kaserne entgegen.

Da faßte sie einen Entschluß. Er war gewagt, denn er beinhaltete, daß sie ganz allein hinaus in die dörfliche Dunkelheit mußte, aber nichts, nicht einmal die Nacht vor dem Jüngsten Gericht, konnte so grausam sein wie ahnungs- und tatenloses Warten.

Sie zog sich den Parka über, schlüpfte in ihre Schuhe, fand zwei Handschuhe, die nichts weiter miteinander gemein hatten, als daß sie an ihre Hände paßten, und eilte mit dem Mut des Verliebten aus dem Haus und am kopfschüttelnden Wachhabenden vorbei aus dem Objekt.

Erst jetzt, als sie an der Straße stand, die links ins Zentrum von Lehnitz und rechts ins Nichts führte, hinter dem sich irgendwo ein Ort namens Summt befinden sollte, merkte sie, *wie* kalt es war. Und sie hatte ihren Schal vergessen. Sie atmete vorsichtig, um sich nicht die Luftröhre zu vereisen, ein. Beim Ausatmen wandte sie sich langsam von Lehnitz ab und der schattenhaft aus dem Dunkel auftauchenden Allee zu.

Es gab eine Tatsache, die sie die blattlosen Bäume an der

Straße einen nach dem anderen abschreiten ließ, ohne sich umzudrehen. Es war eine ganz simple Tatsache. Sie ging nicht nach Summt. Sie ging Christian entgegen. Mit jedem Fuß, den sie vor den anderen setzte, verkürzte sie den Abstand zwischen ihnen beiden, und in allernächster Zeit, vielleicht dort, wo der Pfad aus dem Sperrgebiet, den sie im Herbst entlanggekommen waren, in die Allee mündete, würde sie das leise Klappern seines Fahrrads hören, und mit einemmal wäre die nutzlose Zeit ihrer Trennung zu Ende.

Das sagte sie sich auf jedem Meter, den sie zurücklegte, bei jedem im Eiswind stöhnenden Ast und besonders, als von weitem das Motorengesumm eines sich nähernden Autos vernehmbar wurde und eine plötzliche Angst in ihr hochkroch.

Als es näher heran war, konnte Tilli erkennen, daß es von hinten, aus der Lehnitzer Richtung kam. Bitte, Gott, dachte sie. Wenn es dich gibt, mach mich unsichtbar! Das Auto rauschte heran. Tilli merkte, wie sie in den Lichtkegel seiner Scheinwerfer geriet. Sie war sehr sichtbar. Na gut, flehte sie stumm die widerspenstige Macht an. Dann laß es wenigstens vorbeifahren!

Ihr wurde bewußt, was für ein Bild sie abgeben mußte: Ein kleines Mädchen in zu großer Jacke, abends allein auf einer winterlichen Landstraße, ohne Fußgängerweg und beinahe ohne Licht. Die nächste Laterne flimmerte in etwa hundert Metern lustlos vor sich hin.

Als das Auto längst in Richtung Summt verschwunden war und Gott damit wenigstens den zweiten Teil ihres Gebetes erhört hatte, wagte Tilli sich noch immer nicht hinter dem Baum hervor, hinter den sie in letzter Sekunde gesprungen war. Es war Wahnsinn, was sie da tat. Warum war sie nicht zu Hause geblieben?

Sie lugte vorsichtig auf die Straße und versuchte, genug Licht in den Pupillen zu sammeln, um die Finsternis durchdringen und irgendwo vor sich eine Gestalt auf einem Fahrrad ausmachen zu können. Alles, was sie sah, war ein weiteres

Auto, das sie zwang, in ihrem Versteck zu bleiben, bis es vorbei war. Sie wartete noch eine Weile, dann befahl sie sich, aufzustehen und den Weg fortzusetzen.

»Wer A sagt, muß auch B sagen.« Es war seltsam, die eigene Stimme zu hören, aber auch beruhigend. Jedenfalls ein wenig. Tilli zog die Kapuze über den Kopf und ging weiter. Wenigstens brannten die Ohren jetzt nicht mehr so. »Gut. Bei zehn kommt Christian«, sagte sie laut. Sie begann langsam zu zählen und achtete darauf, daß jede Zahl fünf Schritten entsprach. Das war Zahlenmagie. Sie war stark. Tilli hatte sie geübt, seit sie zählen konnte, und in ihrer Kindheit eine Menge damit erreicht. Zum Beispiel früher, wenn sie am Fenster gesessen und auf das Auftauchen ihres Vaters gewartet hatte, dann hatte sie gezählt und dabei die Augen geschlossen. Erst bei einer bestimmten Zahl, bei Fünfzig oder Hundert, durfte man sie wieder öffnen, wenn man ihn herbeizaubern wollte. Und siehe da: Ihr Vater war fast immer gerade um die Ecke gebogen, wenn sie fertig war. Bis auf einmal. Da hatte sie gezählt und gezählt. Lange hatte sie angenommen, daß ihr beim Zählen ein Fehler unterlaufen war oder daß ihre Gedanken kurz abgeschweift waren. So etwas durfte nicht passieren! Zahlenmagie erforderte ungeteilte Konzentration und absoluten Glauben, sonst klappte sie nicht. Ihr Vater war danach jedenfalls nie wieder gekommen.

Als Tilli bei neun war, zögerte sie kurz und machte sechs, statt fünf Schritte. Und schon war's vorbei. Jetzt konnte sie wieder von vorn anfangen. Wie blöd, daß Christians Fahrrad kein Licht hatte. Sonst hätte sie es viel früher erkennen können, ohne ständig die Ohren zu spitzen.

Wie weit sie wohl schon vom Objekt weg war? Mehr als einen Kilometer bestimmt nicht. Bis jetzt hatte sie ja die meiste Zeit hinter Bäumen zugebracht. Sie begann von vorn zu zählen, diesmal gleichmäßig, passierte dabei die Laterne und tauchte dann wieder im Straßendunkel unter. Ihre Gedanken waren ausschließlich bei Christian.

Sie umgarnte ihn damit, zog ihn zu sich heran, sie merkte, wie er näher kam. »Sechs, sieben«, zählte sie. Nur noch ein paar Dutzend Meter, gleich mußte er auftauchen.

»Acht.« Neben ihr hielt mit quietschenden Bremsen ein Auto.

Tilli fuhr zusammen. Aus ihrem Mund quälte sich, von ihr unbemerkt, ein leises Keuchen.

Gleichzeitig merkte sie, wie sie versteinerte. Sie sah zwar, daß die Beifahrertür des Wagens aufging und Zigarettenqualm herausdrang, registrierte sogar, daß es ein Kombi von undefinierbarer Farbe war, aber sie konnte sich nicht bewegen.

»Na, hast du dich verlaufen?« fragte eine heisere Stimme. Ihren Besitzer sah Tilli nicht genau, dazu stand sie zu weit weg, aber sie war sich sicher, daß er eine Bommelmütze trug.

Sie antwortete nicht.

»Du hast Schwein gehabt«, redete der Mann weiter, wohl um ihre Furcht zu zerstreuen und sie gefügig zu machen. »Ich hätte dich fast an den Baum da gefahren. Zieh dir nächstes Mal was Helles an!« Und dann kam, worauf Tilli die ganze Zeit gewartet hatte. Zugegeben, er stellte es geschickt an. Erst ein bißchen meckern, und dann: »Soll ich dich vielleicht ein Stück mitnehmen?«

Und nur weil sie darauf vorbereitet gewesen war, hatte sie die ihr verbliebene Kraft darauf verwenden können, ihre Stimmbänder in Schwingung zu versetzen, damit sie wenigstens ein Wort durchließen. »Nein.«

Der Mann duckte sich und faßte sie über den Beifahrersitz hinweg scharf ins Auge. Er trug eine Brille, aber keine Bommelmütze. Obwohl ihr war, als müßte sie gleich umfallen, quetschte sie heraus: »Ich werde hier abgeholt, danke.«

»Ah, ja ... abgeholt«, sagte der Mann und starrte sie an. Tilli zwang sich, den Blick zu erwidern. Dann zuckte er die Achseln und zog seinen Kopf wieder ein. Als er das Auto startete, kam es ihr so vor, als tippte er sich gegen die Stirn.

Gleich darauf faßten die Räder mit leisem Knirschen den Asphalt, und es rauschte davon. Tilli blieb mit laut klappernden Zähnen zurück.

Es dauerte geraume Zeit, bis die Starre wich. Aber die Angst, der sie sich mit ihrer Zählerei so erfolgreich entzogen hatte, war wie ein unliebsamer Gast zurückgekehrt und hatte nun seine Krallen mit doppelter Wut in sie geschlagen. Blind vor Panik, tastete sie sich an den Baumstämmen entlang. Waren sie besonders dick, versteckte sie sich minutenlang hinter ihnen und versuchte, ihren Atem unter Kontrolle zu halten. Jedes noch so kleine Geräusch drohte ihr das Trommelfell zu sprengen. Zum Glück gab es nur wenige. Mal ein Knistern im Wald, nicht regelmäßig genug, als daß es von einem Menschen hätte stammen können, das Quietschen eines erfrierenden Bäumchens, Wind.

Gleich nach dem Vorfall mit dem Autofahrer hatte Tilli die Straßenseite gewechselt. Jetzt kannte sie nur noch ein Ziel: Die tröstlichen Lichter des Objektes. Im Schutze einer alten Eiche nämlich waren ihr plötzlich die Augen aufgegangen. Es war völlig sinnlos, was sie da tat! Christian hatte natürlich den Weg durchs Sperrgebiet zurück genommen. Er war zwar verboten und nicht ausgeleuchtet, aber ersteres hatte ihm noch nie etwas ausgemacht, und selbst ohne Lampen konnte der Weg nicht viel dunkler sein als die Summter Chaussee, auf der sie ging.

So und nicht anders mußte es gewesen sein. Und während sie hier am Straßenrand Richtung Summt tappte, saß er längst oben in ihrem Zimmer, aß Knäckebrot und fragte sich, wo *sie* blieb.

Hier! rief sie stumm und wischte sich die Tränen ab, ehe sie auf ihren Wangen zu Eis wurden. Hier, ich komme! Sie stolperte über eine Wurzel, rappelte sich auf, lief und stolperte wieder.

Endlich, als sie merkte, daß sie so ewig brauchen würde, überwand sie sich und betrat wieder die Straße. Im nächsten Augenblick schlug ein Lichtstrahl auf ihrem Nacken auf, begleitet von dem ihr mittlerweile ebenso bekannten wie verhaßten Brummen eines Motors. Der nächste Baum stand gut zwanzig Meter entfernt, weil ausgerechnet hier der Wald von einem Stück Heide unterbrochen wurde. Tilli rannte los. Aber gerade als sie ihn erreichte, fegte das Fahrzeug mit blinkenden Lampen vorbei. Ihr wurde blau vor Augen, dann weiß und dann wieder schwarz. Sie ließ die Schultern sinken und stieß mit einem Zug die Luft aus, die sie angehalten hatte. Ein Krankenwagen! Sie lächelte.

In der wieder einsetzenden Dunkelheit erspähte sie hinter kahlen Baumkronen ein erstes helles Fenster. Ein Krankenwagen bedeutete keine Gefahr. Sie konnte weitergehen, und gleich, gleich war sie zu Hause, in Christians Armen.

Epilog

Im Mai kletterte das Thermometer auf dreißig Grad Celsius. Seine Quecksilbersäule stand damit in einem umgekehrten Verhältnis zur allgemeinen Lust am Lernen. An den Nachmittagen lagen sie meist auf dem flachen Schuldach, lasen sich aus dem Thoreau vor, den Tilli von Edith zu Weihnachten bekommen hatte, diskutierten markerschütternde Themen, etwa, ob es spießig war, eine Armbanduhr zu tragen, und nur wenn es sich nicht umgehen ließ, lernten sie für die Prüfungen.

Und rauchten. In dieser Zeit fing Tilli an, ungefähr eine Schachtel am Tag zu rauchen. Ihre Lungen nahmen langsam die Farbe des Neumondes an, und sie wußte: Nun war sie zur Frau gereift. Sie war stolz auf ihre neue, tiefe Stimme. Nicht mehr lange, und sie würde klingen wie Janis Joplin. *Summertime*.

Um das Objekt herum blühte der lila Flieder, man konnte ihn sogar oben auf dem klebrigen Teerdach noch riechen. Thoreau focht gegen Chemie, ihre Brust war voll Dunst und Juckreiz, und von allen Seiten hüllte sie die süße Droge der blühenden Büsche ein.

In ein paar Tagen würde sie zwanzig werden.

Tilli war aufgefallen, daß sie immer zwischen dem lila und dem weißen Flieder Geburtstag hatte. Das heißt, wenn der lila langsam verblaßte, der weiße aber noch nicht richtig aufgebrochen war. In diesem Jahr merkte sie zum erstenmal, was wahrscheinlich jeder wahrnimmt, der erwachsen wird: Die Zeit war nicht gleich. Gleichmäßig, ja. Sie nahm gleichmäßig an Geschwindigkeit zu. Wieder schien ihr weniger davon seit ihrem letzten Geburtstag vergangen zu sein. Vielleicht konnte man sie überlisten?

»Nächstes Jahr werde ich mich unter einen Fliederbusch

setzen«, verkündete sie nicht gerade im Brustton der Überzeugung, »und vom ersten bis zum letzten Tag seine Blüten beobachten.«

»Ach du Scheiße«, sagte Axel, ohne die Augen zu öffnen.

Philo sagte nichts. Tillis kühner Plan schien ihn nicht im mindesten zu beeindrucken, und das verletzte sie.

Auf seinen Knien lag ein Schulhefter und darauf eine Morrison-Biographie, aber er las weder in dem einen noch in der anderen, sondern schrieb etwas in ein winziges graues Lederbüchlein. Sie hatten gerade eine kurze, aber heftige Affäre hinter sich. Niemand wußte davon, nicht einmal Edith. Sie hätte es nicht verstanden.

Mit Philo war es ganz anders gewesen als mit Christian – berauschend, sinnlich und – weil Christian in ihrem Kopf noch immer lebendig gewesen war – schmerzhaft. Nach zwei Wochen hatten sie es stillschweigend wieder beendet. Aber sie wußte jetzt, daß sie Männer haben konnte, wenn sie wollte, wie Nina.

Das Abenteuer begann erst.

Ankes Bäuchlein rundete sich zusehends und nahm langsam astronomische Ausmaße an. Sie wohnte inzwischen mit Marcelle in einer kleinen Berliner Mietwohnung und ließ sich eine normale Frisur wachsen. Im Moment überlegte sie, ob sie Marcelle heiraten sollte. Es würde zwar nur eine Zweckhochzeit sein, damit Marcelle um den Wehrdienst herumkam, aber trotzdem hatte Tilli es zuerst nicht glauben wollen.

Edith und Hannes (den inzwischen niemand mehr Fräulein Schmidt nannte) galten als das Traumpaar der Schule. Dieser Streit kurz vor den Winterferien war der erste und bisher einzige zwischen den beiden gewesen. Tilli war froh darüber, daß sie Edith trotzdem nicht verloren hatte. Wenn Hannes sie, was durchaus vorkam, einmal allein ließ, schwatzten sie wie zwei alte Waschweiber, und am Ende erneuerten sie jedesmal ihren Schwur: Nie erwachsen werden!

Stillschweigend hatten sie Christian in ihre Mitte genommen. Tilli hatte Edith alles erzählt. Von seinem Geheimnis bis zum Abend auf der Summter Chaussee, als der Krankenwagen sie überholt hatte und sie sogar noch erleichtert darüber gewesen war. Sie hatte sich wochenlang Vorwürfe gemacht: Nie hätte sie Christian allein fahren lassen dürfen, mit einem Fahrrad ohne Licht, abends auf einer vereisten Straße.

Aber Edith hatte ihr den Kopf wieder zurechtgerückt. »Wenn es so war, wie du sagst, hättest du ihn auf keinen Fall davon abhalten können zu fahren. Christian war genauso stur wie du.«

Tilli blieb als einziger Trost, daß er bereits auf dem Rückweg gewesen war, als ihn das Auto erwischt hatte. Also vielleicht hatte es ihn ruhigen Herzens erwischt. Dafür saß jetzt irgendwo jemand anderes, der eine Schuld mit sich herumtrug. Was für ein merkwürdiges Kreisspiel.

»Das Leben geht weiter«, pflegte ihre Mutter zu bemerken, wenn mal wieder ein Gemeindemitglied gestorben war.

»Auch so eine Fünfzigpfennigphrase!« hätte Christian darauf geantwortet.